1,000,000 Books

are available to read at

www.ForgottenBooks.com

Read online
Download PDF
Purchase in print

ISBN 978-0-267-34124-5
PIBN 10990283

This book is a reproduction of an important historical work. Forgotten Books uses state-of-the-art technology to digitally reconstruct the work, preserving the original format whilst repairing imperfections present in the aged copy. In rare cases, an imperfection in the original, such as a blemish or missing page, may be replicated in our edition. We do, however, repair the vast majority of imperfections successfully; any imperfections that remain are intentionally left to preserve the state of such historical works.

Forgotten Books is a registered trademark of FB &c Ltd.
Copyright © 2018 FB &c Ltd.
FB &c Ltd, Dalton House, 60 Windsor Avenue, London, SW19 2RR.
Company number 08720141. Registered in England and Wales.

For support please visit www.forgottenbooks.com

1 MONTH OF FREE READING

at

www.ForgottenBooks.com

By purchasing this book you are eligible for one month membership to ForgottenBooks.com, giving you unlimited access to our entire collection of over 1,000,000 titles via our web site and mobile apps.

To claim your free month visit:
www.forgottenbooks.com/free990283

* Offer is valid for 45 days from date of purchase. Terms and conditions apply.

English
Français
Deutsche
Italiano
Español
Português

www.forgottenbooks.com

Mythology Photography **Fiction** Fishing Christianity **Art** Cooking Essays Buddhism Freemasonry Medicine **Biology** Music **Ancient Egypt** Evolution Carpentry Physics Dance Geology **Mathematics** Fitness Shakespeare **Folklore** Yoga Marketing **Confidence** Immortality Biographies Poetry **Psychology** Witchcraft Electronics Chemistry History **Law** Accounting **Philosophy** Anthropology Alchemy Drama Quantum Mechanics Atheism Sexual Health **Ancient History Entrepreneurship** Languages Sport Paleontology Needlework Islam **Metaphysics** Investment Archaeology Parenting Statistics Criminology **Motivational**

ir wollen alte Lieder singen, um den Toten der Insel zu beschwören. Eine Aeolsharfe wollen wir zwischen die Klippen spannen: wenn der Wind darüberfährt, wird sie von heiligen Erinnerungen tönen: von wehenden Fahnen und rasenden Schwertern, von Opfern und Triumphen. Wenn wir von Italiens Begrabensein und Auferstehen singen, wird Garibaldi hören: er steigt aus dem flutenden Schoße des Weltengottes und träumt in die weiten Akkorde der meerdurchhallenden Harfe. Seht, über den Felsen türmt sich sein Leib, sein Haupt umkreisen Wolken, des Ozeans blauer Ring fließt um seine Füße.

Wir wollen alte Lieder singen, um den Löwen der Insel zu beschwören.

m Sommer des Jahres 1846 bestieg der Kardinal Mastai unter dem Namen Pius IX. den Stuhl Petri. Das stumpfsinnige Regiment seines Vorgängers, Gregors XIV., hatte im Volke die Neigung erregt, von der Zukunft das Höchste zu hoffen, und da unter den patriotischen Männern, die damals Ratschläge gaben, wie das zerrissene und namenlose Land des Apennin zu heilen sei, einer war, nämlich Vicenzo Gioberti, der den römischen Papst als den ältesten und volkstümlichsten Fürsten der Halbinsel für den erklärte, der bestimmt sei, die vielen kleinen italienischen Staaten in seiner Hand zusammenzufassen und Italien zu nennen, war das Ergebnis der Wahl mit größerer Erregung als je erwartet worden. Von Giovanni Mastai-Ferretti war nicht viel bekannt, als daß er ein freundlicher, das Gute wollender Mann sei; zunächst indessen hoffte die Partei der Jesuiten ebenso sich seines Willens zu bemächtigen wie die der Patrioten. Zu den letzteren gehörte der Barnabitenpater Ugo Bassi; er eilte nach Rom und erhielt die Erlaubnis, im Kolosseum zu predigen; aber die gregorianische Partei, die noch herrschte, riet dem Heiligen Vater, wenn er denn einem Anhänger der Revolution, als welcher Ugo Bassi galt, das Wort gestatten wolle, ihn durch einen gegebenen Vorwurf der Rede, wie zum Beispiel die Süßigkeit der Armut oder die Wunderkraft des heiligen Namens Maria, zu binden. Ugo Bassi wählte die Süßigkeit der Armut. Die vielen jedoch, die um die Zeit des Ave Maria nach dem Kolosseum wanderten, erwarteten unter dem gemeinplätzigen Titel etwas ganz andres, das, was in den Herzen wühlte und nicht ans Licht durfte, auf irgendeine Weise zu hören: Freiheit, Vaterland, Größe und Auferstehung.

Der aus Bologna gebürtige Baffi galt auch bei Andersdenkenden als außerordentlicher Redner, weil er jedem Gegenstand Tiefe und Fülle zu geben wußte nicht nur durch Inhalt und Form seines Vortrages, sondern durch die in jedem Worte spürbare Gegenwärtigkeit seiner Seele. Er war sparsamer an Gebärden, als seine Landsleute zu sein pflegen, und im Beginne seiner Reden war es ihm anzumerken, daß er furchtsam, ja fast mit Widerwillen aus der reichen Verborgenheit seines Innern hinaus unter das Volk trat; allmählich vergaß er seine Zuhörer über den Phantasien, die ihm aufgingen, und ließ sich von Eingebungen der Minute hinreißen. Er stand, als das Publikum sich versammelte, auf der Kanzel, die Benedikt XIV. zum Schutze des heidnischen Gebäudes hatte anbringen lassen, stützte sich mit dem linken Arm auf die Brüstung und betrachtete ein paar bunte Blumen, wie sie zwischen den Steinen hervorwuchsen und die er im Hinaufsteigen gepflückt hatte. Päpstliche Wachen waren rings um die Mauern verteilt und blickten gleichmütig auf das Zuströmen der Menge; dagegen hörte man die dröhnende Stimme des Angelo Brunetti die Eintretenden hierhin und dorthin weisen und diejenigen, die sich um Plätze stritten, zur Ruhe mahnen, worauf sich das Lärmen und Brausen jeweilen senkte.

Es gab damals keinen bekannteren und beliebteren Mann in Rom als Angelo Brunetti; Sohn eines vermögenden Fuhrwerkhalters, hatte er das Geschäft des Vaters fortgesetzt und Reichtum damit erworben, er war gesund und stark, gutmütig, freimütig, schlagfertig und herzlich, er besaß eine ebenso schöne wie gute Frau und wohlgetane Kinder, Ansehen und Zuneigung bei allen Ständen und wurde, da er eine gewisse Vollkommenheit des menschlichen Zustandes mehr durch die Gnade Gottes und der Natur als durch Arbeit erreicht hatte, der König von Rom ge=

nannt, ohne bei seiner Freigebigkeit und Hilfsbereitschaft viele Neider zu haben. Das Volk, dem er selbst
angehörte, pflegte sich ihm unterzuordnen, weniger weil
das, was man sich von seiner ungemeinen Körper-
kraft erzählte, einschüchterte, als weil es wußte, daß
er in ehrlicher Meinung zu seinem Besten handelte.
Sein Gesicht mit den dicken Lippen, der kleinen Nase
und den tierhaft großen und guten, strahlenden Augen
erinnerte an den Typus der Neger; es spiegelte die
Kraft und Lust eines üppigen Naturwesens wider,
zugleich auch die Würde eines verantwortungsvollen
Daseins. Er war fast immer in Begleitung seines
ältesten Sohnes, des sechzehnjährigen Lorenzo, zu sehen,
der außen und innen von seinem Vater verschieden
war; seine Gestalt war schmal und geschmeidig, seine
dunkeln Augen lagen tief, und während er im Grunde
ehrgeizig und hochfahrend, heiß in Haß und Liebe
war, zeigte er sich nach außen herb verschlossen. Sie
waren häufig uneins, unbeschadet blutstreuer Zu-
sammengehörigkeit.

Als alle saßen, schien es, als wäre ganz Rom in
den Mauern des alten Theaters zusammengedrängt:
Volksfrauen waren da mit Kindern auf dem Schoße
und solche, die ein säugendes an voller Brust hielten.
Damen in hellen Kleidern und mit nickenden Federn
auf dem Hute, und dazwischen brannten die feuerroten
und violetten Mäntel der Geistlichen, die sich beflissen
um die Frauen zeigten und hinter ihren Fächern mit
ihnen flüsterten, ohne deswegen den berüchtigten Mönch
aus den Augen zu lassen.

Dieser überblickte die Versammlung, grüßte
Brunetti, den er kannte und der jetzt stramm wie
ein Wächter am Fuße eines Strebebogens stand, mit
einem Lächeln und fing an: Er schilderte die Armut,
eine Pilgerin mit mütterlichen Händen, die geben und
liebkosen, der die Waldtiere sich anschmiegen, unter

deren bestaubten Füßen Quellen springen, die mit Himmel und Erde vertraut ist und den gottgeschaffenen Menschen der jungen Erde; dann das künstliche Dasein der Menschen zwischen entseelten Dingen, in unzugänglich aufgetürmten Verhältnissen, fern von den tiefen Paradiesesflüssen allgemeiner Qual und Wonne, die lebenstrunken machen. Dann sagte er, daß Gott nach seiner unerforschlichen Weisheit den Menschen den Trieb nach Reichtum eingepflanzt habe; daß der Reichtum gut sei, wenn er Gutes wirke; daß im Tumulte des Marktes die stille Pilgerin, die er geschildert habe, nicht leben könne; daß wer sich nicht ohne Anspruch absondern könne von der Welt, mit ihr drängen und streben müsse; daß jeder im andern die Spur göttlicher Abkunft verehren, daß das Leben nicht einem Rennen gleichen sollte, wo der Vordere nach dem Gestürzten nicht zurückblickt und das Publikum den Schnellsten bejubelt, den im Staube vergißt. Danach machte er eine Pause und fuhr langsamer und in einem veränderten Tone fort: „Ich sah einst eine Bettlerin in Lumpen und mit verstümmelten Gliedern, den marmornen Göttern ähnlich, die Barbaren zertrümmert haben. Sie streckte stumm bittend die Hand aus, und weil sie so herrlich und so ganz verlassen war, kniete ich vor ihr nieder und gab ihr, was ich besaß, alle die Almosen, die fromme Mildtätigkeit mir gereicht hatte; aber ihre trauernden Augen sagten: es ist nicht genug. Ich gab ihr meine Seele, mein Fleisch und mein Blut; doch sagten ihre Augen immer noch: es ist nicht genug. Ich möchte euch, euch alle zu dieser Bettlerin führen, damit ihr alles, was ihr hättet, hingäbet, bis sie genug hätte."

Die Blicke der Zuhörer, die anfangs mit Spannung an dem kühnen Manne gehangen hatten, von dem man wußte, daß er in Sizilien die Pestkranken gepflegt hatte und daß, wo er auch sprach, ein Hauch der Freiheit durch seine frommen Worte wehte, dann aber sich von ihm verloren hatten und zerstreut den steinernen Bogen gefolgt waren, die schwer und weich am grauen Abendhimmel hinwallten, kehrten haftig zu ihm zurück, als er die Bettlerin erwähnte, in der alle mit vertrautem Verständnis ein Bild Italiens erkannten. Man beugte sich hoffend vor oder horchte lauernd, fast flüsterten unbewußt sich lösende Lippen schon, was er verhüllte, den Namen des Vaterlandes, an dessen Auferstehen aus Knechtschaft und Verkommenheit die schaffenden und schwärmenden Geister des Jahrhunderts ihr Leben wagten; aber der Prediger ließ das angefangene Gleichnis fallen und ging unvermittelt zu der weiteren Ausführung seines Gegenstandes über, wobei er gleichmäßig bis zum Schlusse blieb. Als er aber geendet hatte und einige schon von ihren Plätzen aufgestanden waren, teils um den Mönch besser zu sehen, teils um Bekannte zu begrüßen, machte er ein paar Schritte von der Kanzel bis zu einer freien Stelle des Umgangs, ließ sich auf ein Knie nieder, zögerte noch einen Augenblick und sagte dann, die Arme nach oben ausbreitend, mit warmer Stimme in die bebende Stille hinein: „Gott, segne Italien!" Beim Erklingen des geliebten und verhängnisvollen Namens erstarrte die Menge; plötzlich aber stürzten Tausende auf die Knie, und wie wenn der Frühling mit einem alten Zauber die Erde segnete und Wasser lebendig aus den erweichten Schollen quölle, antwortete ein tiefes Schluchzen dem Gebete der Revolution.

Nach einer Weile bewegte sich die genannte Masse und ergoß sich die hohen Stufen hinunter Ugo Bassi entgegen; seine Hände wurden ergriffen und von brennenden Lippen berührt, sein Name hallte von den ungeheuern Mauern wider, und diejenigen, die noch oben standen, rissen Büschel wilder Reseda und Stränge wuchernden Schlingkrauts ab, die über das Gemäuer hingen, und warfen sie unter Jubelrufen auf ihn hinunter. Es gelang Brunetti, sich zu dem Gefeierten durchzudrängen, und als er dicht an seiner Seite stand, flüsterte er ihm ins Ohr: „Auf hundert, die Euch anbeten, ehrwürdiger Vater, sehe ich einen, der Euch den Dolch ins Herz stoßen möchte. Solange Ihr in Rom seid, müßt Ihr erlauben, daß ich Euch begleite. Ich habe einige von diesen Leckermäulern erkanut, auch solche, die sich in schwarze Mäntel vermummt hatten, die Uebelkeit und Magenkrämpfe bekommen, wenn eine italienische Suppe auf dem Speisezettel steht."

Ugo Bassi fürchtete sich durchaus nicht; er fühlte sich wohl, wenn das Leben in Gefahr und Abenteuer hoch um ihn her wogte, und obwohl er sich für einen rechten Mönch hielt, für den eintönigen Dienst in Zellen und Klostergängen geschaffen, war ihm sein Stand im Grunde deshalb teuer, weil er ihm ermöglichte, einem irrenden Ritter gleich zu wandern, frei von der Fessel eines Berufes, auf den Zufall jedes Tages angewiesen. Er liebte das Leben und alles Lebendige mit Inbrunst und eigentlich abgöttisch, und weil er aus diesem Grunde mehr, als für gewöhnlich im menschlichen Gefühle liegt, unter der Vergänglichkeit aller Dinge litt, verfiel er oft aus überschwenglichstem Genießen in ebenso leidenschaftliche Todessehnsucht. Das kinderhafte Verhältnis zum Leben, daß er nämlich eigentlich keinen andern Zweck darin verfolgte als eben den, so innig wie möglich zu leben, prägte sich auch in seinem Aeußeren aus. Er war siebenundvierzig Jahre alt, aber seinem Gesicht gaben die weit auseinander stehenden Augen und der träumerische Blick voll erwartungsvoller, fast staunender Empfänglichkeit etwas Kindliches, und die Schlankheit seiner Gestalt ließ ihn von fern einem Jüngling gleich sehen; in Augenblicken der Trauer und Müdigkeit jedoch schien er ein alter Mann zu sein.

Aus den tiefhängenden Wolken floß jetzt weich und lautlos wohlriechender Regen, unter dem die Menschen zu Fuß und in offenen Wagen in froher Unruhe hin und her wogten. Brunetti führte den Mönch, den er in seinen Schutz genommen hatte, in sein Haus vor der Porta del Popolo und hätte sich gern in der Wirtsstube, die er zu ebener Erde hauptsächlich für seine Fuhrleute hatte, mit ihm gezeigt, sowohl um mit dem edeln Gaste zu prahlen, wie damit er beiläufig die richtige patriotische Gesinnung verbreiten helfe, doch verzichtete er darauf, als Bassi sagte, er sei müde und wolle lieber den Abend mit ihm allein in der Familie zubringen. Brunettis Frau, Lucrezia, stammte, wie er selbst, von einem altangesessenen Geschlechte; ihre Augen und Brauen und die starken Haare waren von schwarzer Farbe, sie hatte große und regelmäßige Züge und hätte herrisch ausgesehen, wenn nicht die Wärme mütterlichen Liebens sie umgeben und die Fülle ihrer stattlichen Gestalt ihr einen Ausdruck von Behaglichkeit verliehen hätte. Sie hatte außer Lorenzo einen zwölfjährigen Sohn namens Luigi, der ihr Liebling war, und ein kleines Mädchen von vier Jahren, das dem Vater glich, sowohl äußerlich als insofern es ein sicheres und wohlgemutes Temperament hatte und die widrigen Dinge mit einem spaßhaften Einfall abzulenken wußte. Lucrezia regierte das Haus und die Kinder und die armen Leute, die von ihr abhingen, mit Liebe und Gerechtigkeit und hörte nicht ungern, wenn man sie die Königin von Rom nannte; aber wie sehr sie sich auch ihres Wohlstandes und des Ansehens, das sie mit ihrem Manne besaß, erfreute, so legte sie doch, als von Kind auf daran gewöhnt, keinen allzu großen Wert darauf, und der Stolz, der ihre schönen Brauen hob, ruhte zum größeren Teile auf dem glücklichen Besitze des geliebten Mannes und der vergötterten Kinder. Die Ansichten und Bestrebungen ihres Mannes teilte sie in bezug auf die Kirche, indem sie den Papst verehrte, von den Pfaffen im allgemeinen aber nichts wissen wollte und, obwohl sie fleißig zur Kirche ging, sich die Geistlichen mit Würde vom Leibe zu halten wußte, außer wenn sie ihrer aufrichtigen Gesinnung gewiß war; in bezug auf das politische Wesen, insofern sie einsah, daß üble Zustände im Kirchenstande herrschten, daß es mit der Regierung schlecht bestellt sei und alles von Grund aus müsse geändert werden; jedoch für die übrigen Länder der Halbinsel hatte sie kein Interesse, weder für Neapel noch für Piemont und die Lombardei, und fand es zwar natürlich, daß diese, wie alle Reiche der Welt, zu Rom als zu ihrem herrschenden Haupte aufblickten, nicht aber, daß die Römer sich mit ihnen einließen, und etwa gar in Formen, die der Heilige Vater mißbilligte. Es kam vor, daß sie darüber mit ihrem Manne und besonders mit Lorenzo, der noch weit revolutionärere Meinungen hatte als sein Vater, Streit bekam, aber während Brunetti dabei nicht selten in einen lärmenden, wenn auch kurzlebigen Zorn geriet — er hatte schon als Kind sowohl wegen der blinkend roten Farbe seiner Wangen wie wegen seines leicht zum Aufflammen geneigten Temperamentes den Beinamen „das Feuermännchen" erhalten —, gehörte es zu der Würde ihrer Natur, daß die Aeußerungen ihrer Gefühle nicht über ein ziemliches Maß hinausgingen, ohne daß sie sich sonderlich zu beherrschen brauchte.

Die Männer waren kaum in die Wohnstube eingetreten, als sich ein Wortwechsel zwischen Angelo Brunetti und Lorenzo entspann, weil dieser noch ausgehen und einen etwas älteren Freund namens Locatelli besuchen wollte, einen Mosaikarbeiter, der nach seiner Person den Eltern genehm gewesen wäre, aber einer Vereinigung vom blutigsten Charakter angehörte, weswegen Lorenzo nicht mit ihm verkehren sollte. Es war kürzlich ein Brief von Locatelli an Lorenzo aufgefunden, auf welchem in einer Ecke das kleine Bild der römischen Wölfin mit einem Dolch im Rachen angebracht war als Symbol des Vereins, und ein heftiger Auftritt hatte sich daran geknüpft; es brachte Brunetti und seine Frau besonders auf, daß Lorenzo nicht einmal ein Hehl daraus zu machen versuchte, daß er den Umgang trotz des Verbotes fortsetzte.

Jetzt hielt Brunetti seinem Sohne, drohend vor ihn hingestellt, nochmals das schon oft Gesagte vor; daß die Pfaffen allerdings Heuchler, Faulpelze und Wüstlinge seien, die der Teufel allesamt holen könne, daß aber mit Verschwörertücke nichts Gutes begründet werde; der Römer müsse immer das Gesetz achten und, wenn es schlecht sei, dahin wirken, daß ein besseres aufgerichtet werde, mutig und unbeugsam, aber offen unter der Sonne. Mord sei die Waffe der Sklaven und der Pfaffen, freier Römer unwürdig; im erklärten Kampf einen Gegner töten oder den auf böser Tat ertappten Frevler niederstoßen sei der Ehre gemäß, Mord aus Parteihaß schändlich. Lorenzo stand dem Vater stramm gegenüber, blickte ihm fest in die Augen, die Mienen weder zum Lächeln noch zum Zorn verziehend, so daß sich in seiner Haltung ein wenig mehr Ehrerbietung als Trotz ausprägte, und antwortete nur das Notwendige mit knappen Worten: Ohne Gewaltsamkeit könne man eine schlechte Regierung nicht stürzen; durch Priestertücke seien zahllose menschliche Opfer gefallen; ob Vernunft und Ehre erfordere, daß man sich scheren und schlachten lasse wie Schafe? Blut müsse fließen, aus Blut wachse das Leben. Uebrigens wolle er in den Verein nicht eintreten, bevor er mündig sei; er besuche nur einen Freund, der der Freundschaft wert sei. Das Benehmen Lorenzos pflegte seinen Vater jedesmal zum Aeußersten zu bringen; helles Feuer sprühte aus seinem runden, festen Gesicht, er gestikulierte heftig mit den Armen und brüllte: „Geh! Fahr hin in deiner gottlosen Bosheit! Aber wenn ich höre, daß du etwas tust, was meine Ehre befleckt, so wisse, daß ich dich zusammensteche wie ein störrisches Kalb!" Lorenzo sagte mit demselben ernsten und bescheidenen Gesicht und einer anmutigen Verneigung des Kopfes: „Du bist mein Vater!" küßte dann seine Mutter, die sich in der Küche zu tun gemacht und scheinbar nicht um die Streitenden bekümmert hatte, grüßte den Mönch und entfernte sich. Luigi, der kleine Blonde, der während des Streites bald seinem Vater, bald seinem Bruder zwinkernde Zeichen zu geben verursacht hatte, die jedem bedeuten sollten, daß der andre es nicht böse meine, flüsterte jetzt seinem Vater ins Ohr, er sei sicher, Lorenzo werde bald wiederkommen und vielleicht den Locatelli gar nicht sehen, sondern tue nur des Grundsatzes wegen so, als ob er ihn besuche, wofür er einen Kuß auf den frischen Mund erhielt. Brunetti hatte seine Fröhlichkeit bereits wiedergewonnen, wischte sich den Schweiß von der Stirne und lud Bassi, der inzwischen eine große rotgelbe Katze auf dem Schoße gehalten und gestreichelt hatte, mit herzhaften Worten ein, zu Tische zu kommen, da das Essen schon aufgetragen sei. Da der Mönch den reichlichen Speisen nur mit mäßigem Hunger zusprach, bemerkte Brunetti unmutig, ihm gefielen solche Gäste nicht, die es sich nicht schmecken ließen, worauf jener lachend erwiderte: „Und schimpft doch die Geistlichen Dickschwein und Vielfraß, wenn sie es tun." Brunetti besann sich ein wenig und sagte dann: „Es ist so, der Gehaßte kann es einem nicht recht machen, und

15

dagegen ist nichts einzuwenden; das Warum und Weil ist eben der Haß." Es begann nun ein Gespräch über den neuen Papst und was nach seinem bisherigen Leben von ihm zu erwarten sei, ob er dem allgemeinen Verlangen nach Verbesserungen im Staate nachgeben und wie er sich zu Oesterreich stellen werde, wenn die Lombardei aufstände und sich losrisse. Sie saßen noch am Tische, als Lorenzo wieder eintrat und sich neben seinen Vater setzte, als ob nichts zwischen ihnen vorgefallen sei, der ihn seinerseits liebevoll um die Schulter faßte und zum Essen nötigte. Nachdem noch eine Weile über die allgemeinen Angelegenheiten geredet worden war, woran sich auch die Hausfrau beteiligte, führte Brunetti den Gast in das für ihn bestimmte Zimmer, das eine Treppe höher gelegen war. Ugo Basfi öffnete ein Fenster und beugte sich weit heraus; es regnete jetzt stark, und durch die dunkle Nacht hörte man das leidenschaftliche Rauschen der Ulmen und Weiden auf den Pariolischen Bergen, die man nicht sehen konnte; kaum waren die Umrisse der gegenüber liegenden Häuser zu erkennen. Indem er sich halb auf das Fensterbrett setzte, sagte Basfi zu seinem Wirt, er wolle ihm einen Traum mitteilen, den er vor einigen Nächten geträumt habe und an den er beständig denken müsse; und nachdem Brunetti sich dicht zu ihm gestellt hatte, erzählte er folgendermaßen: „Ich befand mich neben einer edeln Frau, die wie eine Gefangene oder Kranke schmerzhaft hingestreckt lag, und es war mir bewußt, daß dies Italien sei. Ich fühlte mit der Unglücklichen heftiges Mitleid und konnte doch, ich weiß nicht warum, nichts tun, um ihr zu helfen. Auf einmal drang aus ihrer verfallenen Brust ein Weheruf: Wer errettet mich? der meine Gefühle aufs äußerste erregte, so daß ich ihr mein Blut zu trinken gegeben hätte, wenn sie dessen bedurft hätte. Ich wollte Menschen rufen, damit andre ihr beistehen könnten, aber der Ort, wo wir uns befanden, war ein Raum ohne Weg und Steg, Richtung und Grenze, in dem meine Worte nicht weitergetragen wurden, sondern lautlos tot von den Lippen fielen. Nach einer Weile rief sie zum zweiten Male: Wer errettet mich? Und als sie es zum dritten Male gerufen hatte, antwortete eine Stimme: Ich! Es war eine Stimme, die den wüsten Raum mit Glanz und Klang füllte, eine solche, wie die Gottes gewesen sein mußte, als er sprach: Es werde Licht! und es Licht ward. Meine Angst, die Einsamkeit und das Gesicht selbst verschwanden, und es blieb in mir nur ein Zustand schwingender Erfülltheit, womit ich erwachte." Brunetti, der mit wachsender Spannung zugehört hatte, beugte sich ganz zu dem Freunde hinüber und fragte flüsternd: „Wessen war die Stimme? War sie des Heiligen Vaters?" worauf Ugo Bassi eine Weile schwieg und sann, dann aber mit Entschiedenheit antwortete: „Nein, nein, nein! Als er mich vor einigen Tagen empfing, zitterte auch ich vor Erwartung und Hoffnung, daß sie es wäre, aber obwohl angenehm und nicht ohne Musik, ist sie mit jener nicht zu vergleichen. Jene, die ich im Traume hörte, war wie ein goldner Pfeil, der die Mitte der Herzen trifft, ohne zu verletzen, weich wie Tauwind und gewaltig wie ein schmetternder Marsch, von Trompeten geblasen, der Tausende mit Lust in den Tod reißt; die des Papstes schmeichelt wohl dem Gehör, aber unterwirft sich die Seele nicht."

Brunetti, der sich mit mehreren andern Persönlichkeiten von Gewicht nach allerlei Anzeichen und Gerüchten die Ueberzeugung gebildet hatte, der neue Papst wolle und müsse der Erlöser Italiens werden, schüttelte bedenklich den Kopf und warnte den Priester, sich nicht von seiner Phantasie irreführen zu lassen.

Dieser lächelte und wiegte beruhigend die Hand; dennoch sagte er, als sie sich trennten und nachdem er seinem Gastwirte gedankt hatte, zwischen Ernst und Scherz: „Ich gehe jetzt nach Bologna und weiter nach Ravenna; sollte ich irgendwo die Stimme meines Traumes hören, würde ich ihr gehorchen, und wenn sie mir geböte, Feuer an Sankt Peter zu legen oder den Heiligen Vater zu verfluchen."

⊕

Einige Zeit nachdem Pius IX. die große Amnestie erlassen hatte, nach welcher allen politischen Verbrechern, die in den Kerkern des Kirchenstaates lagen oder in fremde Länder verbannt waren, freie Rückkehr gestattet wurde, wenn sie versprächen, künftig nichts gegen die päpstliche Regierung zu unternehmen, sprach Angelo Brunetti auf der Piazza Navona zum Volke, um den ersten Amnestierten, die am folgenden Tage in Rom ankommen sollten, einen festlichen Empfang zu bereiten. Der geräumige Platz war voll von Menschen, unter denen sich neben Tagdieben und Herumtreibern auch viele Handwerker und Krämer, Herren und Damen der höheren Stände und Fremde befanden, nicht nur, weil der Gegenstand alle bewegte, sondern auch, weil es Sache des guten Tones war, den allbekannten Volksmann und König von Rom gesehen und gehört zu haben. Er stellte sich auf die zur Kirche der heiligen Agnes hinaufführenden Stufen, so daß er von überall her gesehen werden konnte, und sprach in ungesuchter, doch keineswegs kunstloser Weise mit musikalisch singendem Ton und starken, ausgiebigen Bewegungen, die besonders bei bedeutsamen Stellen, wo er sich ganz vergaß, außerordentlich machtvoll wurden. „Meine Freunde," sagte er, „haltet euch ruhig und horcht aufmerksam in die Runde. Was hört ihr? Das Bimmeln der Gebetsglocken, das

Rasseln der Karren und Wagen auf dem Pflaster, das Trompeten der Esel, das feilbietende Geschrei der Obstverkäufer und Wasserträger und Zeitungsburschen. Hört ihr nichts weiter? Ich ja. Ich höre aus der Ferne ein unruhiges Rauschen, wie wenn ein Sturm käme und die Mauern Roms umschlingen wollte, ein Schluchzen, wie wenn die Erde unter Rom weinte, einen pochenden Marsch von Trommeln und Pauken, ein Stürzen taumelnder Schritte auf zitternden Steinen: Die Wiederkehrenden sind es! Rom, deine Wiederkehrenden, Rom, deine Kinder, die sich anbetend in deinen Staub werfen! Denkt es und fühlt es: Hier schwankten Rosengärten über kühlende Mauern; hier sprudelte lauterstes Wasser aus dem Gebirge der Brunnen; hier warfen dichtgelockte Bäume Schattengründe auf den heiligen Boden; hier thronte am Firmament Sankt Peters Kuppel und darüber die Sonne; hier begrüßten sich die Begegnenden in den schmelzenden Tönen unsrer glorreichen Sprache; indessen jene in Kerkerzellen, wie tote Hunde in den Graben geworfen, faulten oder in Ländern jenseits der Berge und des Meeres ihr Fremdlingsherz von gleichgültig Geschäftigen mußten zertreten lassen. Gott, welche Heimkehr! Einst waren sie die Tapfersten und Trotzigsten und Besten und wagten ihr herrliches Leben an des Vaterlandes Freiheit; arm und siech und sterbend kehren sie wieder."

Er nannte dann Namen und Taten derer, die erwartet wurden, und pries sie, namentlich Giuseppe Galletti aus Bologna, einen ernsten und kühnen Mann, dessen Leben im Wechsel von Kampf und Leiden und neuem Aufschwung verflossen war, und Felice Scifoni, einen Römer von so gelassener Freiheitsliebe und Tüchtigkeit, daß er der Verfolgung der Mächtigen zwar nicht entging, aber von Beifall und Bewunderung oft übergangen wurde; und forderte alle auf, ihre Häuser mit Kränzen und Teppichen zu schmücken und durch feierliche Gegenwart den Duldern Dank und Ehre zu erweisen. Nicht minder aber, sagte er zum Schlusse, sei dem Heiligen Vater als dem Urheber der Gerechtigkeitsakte zu huldigen. Päpste hätten auf dem Stuhle Petri gesessen, die im Namen Gottes geschwelgt und gebrandschatzt, gekreuzigt und verflucht hätten, die den Barbaren, der die eignen Kinder geknechtet und beraubt hätte, „lieber Sohn" genannt und den Römer, der ihm hätte wehren wollen, in den Kerker geworfen hätten. Pius IX. habe, wahrhaft ein Gesandter des Himmels, die Begrabenen auferstehen lassen, er löse alle Ketten und kröne die Freiheit, die von den Fürsten bisher als brandstiftende Zigeunerin von Haus und Hof gejagt worden sei, zur Königin aus Gottes Gnade.

Nachdem er ausgesprochen hatte, ging Brunetti die Freitreppe hinunter, hielt seinen krausen Kopf unter den Strahl des Brunnens der vier Weltströme, schüttelte sich laut prustend und ging, beständig gegrüßt und grüßend, nach Hause, wo ihn seine Frau, da er unterdessen vielfach verlangt und vermißt worden war, mäßig scheltend empfing. Sie war mit dem weitergreifenden politischen Treiben ihres Mannes nicht mehr ganz einverstanden, einmal, weil er immer häufiger außerhalb des Hauses war, besonders aber, weil er anfing, mehr Geld auszugeben, als dem Haushalte zu entsprechen schien, und zwar nicht wie früher, so daß es einzelnen zugute kam und man wußte, wo es blieb, sondern es verfloß hierhin und dorthin zu großen allgemeinen Zwecken und diente nicht Personen, sondern Begriffen, die ihrer Meinung nach des Geldes nicht bedurften. Auch ärgerte es Lucrezia, daß er die Gewohnheit angenommen hatte, wenn er Wohltaten erwies, sei es einem einzelnen oder einer Körperschaft oder einem Vereine, sich dabei als Bevollmächtigter des Papstes auszugeben, und sie suchte ihn durch die Bemerkung zu reizen, er komme ihr vor wie der Sklave eines reichen Patrons, der von Haus zu Haus gehe und austeile und dabei stets wiederhole: „Von meinem gnädigen Herrn Pius IX."; als ob nicht alles aus seinem guten Willen und seinem guten Geldbeutel fließe.

Waren ihr die Päpste bisher wie eine unantastbare Himmelsmacht vorgekommen, so fing sie an dem jetzigen zu zweifeln an, da er der Unterstützung seiner Untertanen zu bedürfen schien. Brunetti antwortete auf ihre Neckerei: „Eben, weil alles mein ist, was ich im Namen des Heiligen Vaters gebe und tue, tue ich es nicht als sein Sklave, sondern als sein treuer Dienstmann." Pius sei ein Mann mit zwei Herzen, einem roten, warmen, tätigen und einem dunkeln und trägen, und man müsse sorgen, jenem guten eine Partei zu gewinnen, da leider auch das häßliche eine habe. Er hielt es für besser, nicht einmal seiner Frau zu sagen, daß alles, was er tat, die festlichen Veranstaltungen, die Huldigungen, die ganze zur Schau getragene Anbetung des Papstes nicht dem Gefühl allein entsprungen seien, sondern ebensosehr der Berechnung, daß er mit diesen Rosenschlingen an die vaterländische Partei sollte gebunden und berauscht und geblendet auf ihrer Bahn fortgezogen werden.

Es war in Brunettis Abwesenheit ein Brief von Giuseppe Mastai, einem Bruder des Papstes, überbracht worden, einem Edelmann ohne feine Bildung, der, in jakobinischen Ideen aufgewachsen, die Kirche haßte, den Grundsatz von der Freiheit und Gleichheit aller Menschen verfocht und vom verwichenen Papste als Karbonaro in das Mamertinische Gefängnis geworfen worden war; er schrieb, daß er von der Amnestie seines Bruders keinen Gebrauch machen, sondern als Flüchtling und Feind im unzugänglichen

21

Gebirge hausen wolle. Er sprach seine Verwunderung darüber aus, daß so viel Aufhebens von der Amnestie gemacht werde; ob man noch nicht wisse, daß sein Bruder es liebe, beim Spazierengehen Zuckerwerk unter die Kinder zu verteilen, damit sie ihm zujubelten und seine Hände küßten? Ob er, Brunetti, nicht wisse, daß sein Bruder, wenn er ihn in Audienz empfangen und liebevoll und verständig mit ihm gesprochen habe, hernach Witze über ihn mache? Sein Bruder sei eitel, feige, unwahr und wollüstig und habe die Natur der Weiber, sich erst mit dem Blute edler Herzen vollzusaugen und dann unter die Faust eines Teufels zu kriechen und zu zittern.

Brunetti verstand den Sinn des letzten Satzes nicht und bemühte sich auch nicht darum, eher versuchte er sich den ganzen Inhalt des Briefes aus dem Sinne zu schlagen; aber er konnte sich einer unheimlichen Empfindung nicht erwehren. Wenn der Charakter des Papstes so unzuverlässig war, wie sein eigner Bruder sagte, so konnte es leicht geschehen, daß die Partei der Sanfedisten, welche im alten Unflat der unumschränkten Priesterherrschaft sitzen bleiben wollte, die Oberhand gewann, und daß er dann diejenigen, die das Werkzeug oder gar die Triebfeder seiner anfänglichen Liberalität gewesen waren, verpönen, vielleicht sich ihrer ganz entledigen würde; Brunetti wußte viele Beispiele von der Grausamkeit päpstlicher Strafe und Rache. Während er unruhig im Zimmer auf und ab ging, lief ihm eine Reihe von Vorstellungen durch den Kopf, an deren Ende er seine Frau und seine Kinder, elend und gemieden, sich von Haus zu Haus betteln sah, ohne daß er helfen konnte; ein Gefühl von Uebelkeit und Schwäche überlief ihn plötzlich, und er stieß die Fensterläden auf, um Luft einzulassen, mußte sie aber sogleich wieder schließen, weil das Sonnenlicht wie eine Flamme hineinschlug. Indessen verging das Grauen schnell: der innere Quell seines Frohmuts floß zu tief, als daß er sich so leicht hätte verschütten lassen; er zerriß den Brief in kleine Stücke und lachte über sich selbst, daß er sich durch die vielleicht im Unmut hingeworfene Ansicht eines Mannes, der viele andre widersprachen, hatte beeinflussen lassen. Er hatte den Papst häufig gesehen und einigemal gesprochen und hielt ihn, wenn er auch seine Schwächen haben mochte, für einen edeln, liebenden Mann, was füglich Gewähr genug war; überhaupt aber mußte man jetzt vorwärts gehen, wollte man nicht den Augenblick, wo Italiens Geschick sich zum Heil wenden könnte, verpassen, und in der Entschlossenheit, mit der man es tat, lag die beste Bürgschaft des Gelingens. Er umarmte seine Frau, die ihn forschend betrachtet hatte, mit mutwilligem Ungestüm und zog sie behutsam in das große Schlafzimmer, wo ihr Neugeborenes, ein Mädchen von vier Wochen, in der Wiege lag. Neben der kleinen Maria, die gravitätisch schaukelte, niederkniend, staunte er das eingewickelte Wesen an, das nach ihm Angela benannt worden war, und berührte mit andächtigen Lippen ein paar Zehen, die sich aus den Windeln herausgearbeitet hatten und wie die rosigen Schnäuzchen weißer Mäuse hervorguckten. Er hatte für dieses Kind nicht nur die unterwürfige Zärtlichkeit, die er jeweilen für das Jüngste empfand, es kam ihm besonders ehrwürdig vor, weil es geboren war, als Pius IX. die Amnestie erlassen hatte, und er glaubte, es müsse in ebender Vollendung und Begnadigung heranwachsen wie die neue Zeit, deren Morgenröte an den ersten Tagen ihres Lebens über der Erde aufgegangen war.

Es war bekannt, daß der Papst die Vesper in der Kirche der heiligen Dreifaltigkeit auf der Höhe abhalten würde, deswegen hatte Brunetti den Spanischen Platz zu dem Orte bestimmt, wo ihm die Hulbigung wegen der Ankunft der Amnestierten sollte dargebracht werden. Als nun Pius aus der großen Pforte trat, die auf die zum Platze hinunterführende Freitreppe geht, um in seinen Wagen zu steigen, sah er ein Volk zu seinen Füßen, aus dessen Summen und Brausen bei seinem Anblick ein einziger, langanhaltender Schrei des Jubels aufklang. Es überkam ihn ein leichter Schwindel, so daß er den Arm seines Begleiters, des Kardinals Lambruschini, ergreifen mußte; doch war dies Gefühl ebenso reizend wie ängstlich, und er gab ihm lächelnd nach. Anfänglich sah er nichts als eine große bunte Bewegung, die über die Treppenstufen, über die Häuser und Dächer schwankte und von rötlichem Goldfluß überall durchdrungen war, denn die Sonne stand gerade über dem Platze; dann unterschied er ungeduldig stampfende Pferde vor Karossen, in denen nach feinster Mode gekleidete Herren und Damen aufrecht standen, wehende Tücher und Hunderte von Armen, die sich in hingebender Begeisterung nach ihm ausstreckten. Auf beiden Seiten der Treppe standen von unten bis oben Frauen in der Gebirgstracht, die Körbe voll Rosen auf den Köpfen trugen, und er bemerkte, als er sie wohlwollend betrachtete, daß sein Wagen, anstatt oben vor der Kirche, unten auf dem Platze wartete, damit er sich gleichsam zum Volke herablassen und seine Huldigung in Empfang nehmen müsse. Der Ausdruck von Ueberraschung und Freude, der sich in seinen Zügen malte und den er mit Absicht steigerte, um dem Wunsche seiner Verehrer zu genügen, entzückte alle, die es sahen, um so mehr, als sein Gesicht von Natur, besonders wenn es Freundlichkeit ausstrahlte, hübsch und einnehmend war. Als er sich anschickte, die Treppe hinunterzusteigen, neigten die Frauen die Körbe, so daß die Rosen auf die Stufen stürzten und die besonnten Steine von ihrem Ueberfluß verhüllt wurden, und gleichzeitig wälzten sich die Rufe: „Evviva! Heil unserm Vater! Heil unserm König, dem Erlöser Italiens!" ihm entgegen und schienen ihn stürmisch umschlingen und fortreißen zu wollen. Die Empfindung des Schwindels wurde in diesem Augenblick so stark, daß ihm war, als ob er sich in das laute Gewoge hineinwerfen müsse und als ob das eine Lust sein würde. Tränen strömten über sein Gesicht, und als er die Arme zum Segnen erhob, war er sich nicht deutlich bewußt, ob er dabei dieselbe Mischung von herzlicher Liebenswürdigkeit und weltmännischer Würde an sich hatte, womit er vor großen Versammlungen aufzutreten liebte. Im Weitergehen zitterten ihm die Knie, so daß er glaubte, es müsse ihm jeder ansehen, dennoch wies er ungeduldig den Arm des Kardinals zurück, der nun hinter ihm die Treppe hinabstieg, und vollendete den Weg allein.

Am Wagen stand Angelo Brunetti mit lachenden Augen, vergnügt über den glücklichen Verlauf des Festes und weil er zugleich sein eignes Glück und seine Herrlichkeit weithin konnte glänzen lassen. Sein Anblick war dem Papste erfreulich, denn Kraft und Gesundheit waren ihm an Männern, die er sich ergeben wußte, angenehm, und die einfältige Geradheit und Herzensgüte des Volksmannes, der von der Schlauheit, die er besaß, aus einem angeborenen Hange zur Größe nur selten Gebrauch machte, bewunderte er zwar nicht, aber sie flößten ihm ein gewisses Zutrauen ein, wie man es etwa zu der Unschuld eines Kindes hat. Er ergriff geschickt die Gelegenheit, Brunetti gleichsam als dem Vertreter des römischen Volkes für die Huldigung zu danken, worauf er ihm die Hand zum Kusse reichte, dann stieg er unter fortwährend erneutem Jubel in den Wagen, der sich nur langsam Weg durch die Menge bahnen konnte. Als sie außerhalb des Gedränges waren, sagte Kardinal Lambrus-

25

chini vorsichtig lächelnd: „Eure Heiligkeit glichen droben vor der Kirche unserm Heiland Jesus Christus, dem der Satan vom Berge herunter die Pracht der Welt zeigt." — „Die Rosen hatten Dornen," erwiderte Mastai schnell, „barfüßig hätte ich die Treppe nicht hinuntergehen mögen;" konnte aber trotz der gutgelaunten Antwort seinen Verdruß über die Bemerkung des Kardinals nicht ganz verwinden und lehnte sich mit geschlossenen Augen in den Wagen zurück, wie wenn der große Auftritt ihn ermüdet hätte.

Brunetti trug Sorge dafür, daß die Worte, die der Papst zu ihm gesagt habe, allgemein bekannt wurden, nämlich: treue und furchtlose Männer wären ihm in dieser schicksalvollen Zeit vonnöten, und legte sie selbst dahin aus, daß der Heilige Vater kriegerische Ereignisse voraussehe, sei es, daß das Ausland sich der Liga, die er mit andern italienischen Staaten abschließen wollte, widersetzen sollte, sei es, daß er an die Ausbreitung der neuen Freiheit über die ganze christliche Erde dächte. Zwar konnte sich der Papst nicht entsinnen, etwas andres zu Brunetti gesagt zu haben, als daß er ein treuer und zuverlässiger Mann sei, und hatte jedenfalls, was immer er gesagt haben mochte, dabei nur die Absicht gehabt, etwas verlauten zu lassen, was dem Volke angenehm wäre; aber die ihm in den Mund gelegten Worte waren ihm nicht zuwider, und er erkannte sie bald als seine eignen an, da er mit Vorliebe von hohen Dingen und Taten, deren Mittelpunkt er selbst wäre, träumte und bis zu dem entscheidenden Augenblicke, wo gehandelt werden muß, seiner Phantasie einen Tummelplatz ohne Schranken gönnte.

✣

Unter den letzten, die aus den Gefängnissen heimkehrten, war Amedeo Desanto, ein junger Mensch von kaum zwanzig Jahren, der um 1844, zur Zeit als die venezianischen Brüder Bandiera bei dem unglücklichen Versuch, im Königreich Neapel die Revolution zu entzünden, den Tod gefunden hatten, mit seinem Vater von den Häschern des Papstes gefangen und wegen der Beteiligung an diesem Aufstande in den Kerker geworfen worden war. Sein Großvater war in der Revolution des Jahres 1831, die auch sein Vater mitgemacht hatte, gefallen, doch war er selbst, trotz dieser Ueberlieferungen, gleichgültig in politischen Dingen, überhaupt noch unreif und von kindlicher Sinnesart und spielte am liebsten törichte Spiele mit kleinen Kindern; einzig die Liebe zu seinem Vater, der sein Abgott war, hatte ihn bewogen, an allen Verschwörungen und Aufständen teilzunehmen, in denen jener mit Leib und Seele tätig war. Der Anblick des im Kerker dahinsiechenden Knaben bewog den Vater, einen Fluchtplan auszusinnen, den die meisten widerrieten, andre billigten und unterstützten; da er mißglückte, wurde Desanto als der Urheber getötet, nämlich gehängt, den übrigen Beteiligten ihre Strafe verschärft und verlängert. Seit dieser Zeit verfiel Amedeo, der, solange er seinen Vater in der Nähe wußte, sich bemüht hatte, heiter zu erscheinen, in stumpfen Trübsinn, so daß er kaum noch Speise zu sich nahm und keine andre Empfindung äußerte als Heimweh, während er Vater und Mutter und Freunde vergessen zu haben schien. Die, welche die Zelle mit ihm teilten und ihn pflegten, trugen schwerer an dieser eintönigen Melancholie als an ihren Ketten, hatten aber den Jungen lieb und gaben sich Mühe, ihn zu zerstreuen und ihn zum Essen zu bewegen. Ihr erster Gedanke, als die Amnestie verkündet wurde, war, wie glücklich Amedeo sein würde, Rom wiederzusehen, wäre es auch nur, um dort zu sterben, denn daß er seine Gesundheit wiedererlangen würde, schien ausgeschlossen; anstatt aber sich zu freuen, verzog er bei der Mit=

teilung das Gesicht zum Weinen, klammerte sich ängstlich an die Kerkerwand, von wo man ihn, wie er sagte, zum Galgen reißen wollte, und es zeigte sich, daß sein Geist zu gestört und befangen war, um, was man ihm sagte, aufzunehmen. Er mußte mit Gewalt auf ein Fuhrwerk gebracht werden, um die Heimreise anzutreten, und ließ sich schließlich alles gefallen, nur daß er leise vor sich hin weinte; aber als man sich der Stadt näherte, seine Landsleute ihm die Gegend wiesen und, selbst hingerissen, riefen: „Siehst du die steinernen Bogen, die mit uns gehen? Siehst du die Zypressen vom Aventin und den Turm vom Kapitol? Siehst du es nicht? Das ist Rom!" versteckte er das Gesicht in den Händen und jammerte: „Hättet ihr mich gelassen, wo ich war! Ihr führt mich zum Galgen!" und war von dieser schauderhaften Vorstellung nicht zurückzubringen.

Das Haus seines Vaters befand sich in der Nähe des Schildkrötenbrunnens, wurde aber jetzt von andern Leuten bewohnt; denn die Mutter hatte auf die Nachricht vom Tode des Vaters selbst Hand an sich gelegt, und es war von der Familie nur noch eine alte, kindische Großmutter übrig, der die neuen Besitzer gegen allerlei kleine Dienstleistungen, die sie noch verrichten konnte, eine Kammer auf der Terrasse eingeräumt hatten. Diese nickte und lachte, als man ihr den Enkel herauftrug, pflegte und streichelte ihn, ohne zu begreifen, in welcher Beziehung sie zu ihm stand; nur manchmal wurde ihre Miene, indem sie ihn betrachtete, ernst, sie glich dann den uralten Heiligengesichtern voll starren Grames, wie sie halberloschen an den Mauern unterirdischer Kirchen sich noch finden, und man glaubte, sie würde den Mund zu furchtbaren Verkündigungen öffnen; aber es waren nur Augenblicke. Man bettete den Sterbenden auf die Terrasse, wo er am Morgen die Sonne und abends und nachts die lindernde Kühle genießen und wo er Rom bis zum Meere vor Augen haben könnte; aber seine gemarterte Seele hatte sich schon verhüllt wie eine Tote und nahm nichts mehr wahr. Als er, am dritten Tage nach seiner Ankunft, im Sterben lag, holte die Alte einen Geistlichen, der zufällig in dem hohen, geräumigen Hause wohnte, damit er ihm die Sakramente brächte und die Sterbegebete spräche; der jedoch, ein älterer, verdrossener Mensch, als er inne wurde, um wen es sich handelte, weigerte sich, weil der Sterbende ein Ungläubiger und Feind der Kirche sei, der in seinen Sünden hinfahren solle, wie er gelebt habe. Einige der ehemaligen Mitgefangenen des Jünglings, die zugegen waren, stellten ihn scharf zur Rede, wie er sich solcher Beschimpfungen erdreisten könne, da der Heilige Vater selbst die wegen ihrer politischen Umtriebe Eingekerkerten für schuldlos erklärt und befreit habe, worauf der Priester feindselig entgegnete, man wisse wohl, daß die meisten das verlangte Versprechen, nie wieder etwas gegen den Kirchenstaat zu unternehmen, nicht gegeben hätten oder nicht zu halten gedächten, trotzdem aber von der Gnade des Papstes Gebrauch gemacht hätten. Es entspann sich ein heftiger Wortwechsel, während dessen der Knabe starb, was die Männer erst bemerkten, als ihnen nach einer Weile das Verstummen des röchelnden Atems zum Bewußtsein kam. Der Priester, der sich in der Nähe der Treppe gehalten hatte, benutzte den Augenblick, um sich davonzumachen; die Männer folgten ihm, und der Streit setzte sich auf der Straße fort, desto erbitterter, je mehr Menschen dazukamen. In den umliegenden Häusern wohnten kleine Beamte, die zum weiteren Haushalte des Papstes gehörten und mehr dem Geiste der Priesterschaft als der Person des neuen Herrschers anhingen: diese ergriffen die Partei des Geistlichen und verwünschten sogar die Amnestie als vom Teufel eingeblasen; dagegen liefen aus dem nahen Ghetto viele kleine schwarze Juden herzu, schrien mit gellender Beredsamkeit die Unanfechtbarkeit und Himmelsgüte des Heiligen Vaters aus und brachten dadurch andre, die sich sonst gegen den Priester gewendet hätten, aus Haß und Verachtung der eben befreiten Juden auf dessen Seite. Trotzdem geriet dieser, dessen Wut seine Furchtsamkeit allmählich überwunden hatte und sich in giftigen Reden Luft machte, in große Gefahr, geprügelt oder gar erschlagen zu werden, als plötzlich Angelo Brunetti auf dem Platze erschien, den Tumult mit der Kraft seiner Stimme schied und erreichte, daß ihm das Vorgefallene mitgeteilt wurde. Besonders die Juden, die wußten, wie viel sie ihm zu verdanken hatten, der die Abneigung der Römer gegen sie oft mit Ermahnungen zur Einigkeit und Achtung der Freiheit, die sie für sich verlangten, auch in andern erfolgreich bekämpft hatte, umringten ihn mit eifrigen Huldigungen, deren er sich ein wenig ungeduldig zu erwehren suchte. Die Streitenden traten auseinander, einige machten sich aus dem Staube, andre wischten sich den Schweiß ab und lehnten sich an die Mauern, wo Schatten war, um Brunetti zuzuhören, der begann, ein jeder müsse jetzt sein Blut, seine Kraft und seinen Zorn sparen für den großen Kampf, der bevorstehe. Die Barbaren, die entmenschten Tyrannen und ihre Söldlinge, die sollten nicht geschont werden, Pius, der Priesterkönig, selbst würde sein Volk in den Rachekrieg führen, und die Rache sollte so schrecklich sein, wie die Qual der Knechtschaft gewesen wäre.

Nachdem er in dieser Art gesprochen hatte, ging er auf die Zinne des Hauses, um die alte Frau, wenn es nötig wäre, wegen des Begräbnisses zu beruhigen, für das er selbst sorgen wollte, und fand sie auf den Knien neben dem Lager des Knaben,

Gebete murmelnd, übrigens unzugänglich, scheinbar verständnislos für das Vorgefallene. Der junge Tote, dessen Körper von langem Siechtum und Darben bis auf die Knochen abgezehrt war, lag in einer Stellung da, als hätte er furchtsam in die Säcke und Kissen, auf die er gebettet war, wie in ein Grab hineinzukriechen versucht, und Brunetti verspürte Neigung, ihn jetzt noch in die Arme zu nehmen und ihm Mut und Trost zuzusprechen. Er dachte an seine eignen Söhne, die schlank und zuversichtlich in ihrer frohen Jugend standen, und wiederum an jenen Vater, der sein geliebtes Fleisch und Blut in einem Kerkerloche hatte umkommen sehen und endlich allein lassen müssen; trotz des Mitleids mit solchem Jammer fühlte er in allen Nerven das Glück und die Weite seines eignen Daseins. Zu seinen Füßen loberte die Stadt, feierlich sich selbst in der untergehenden Sonne verbrennend, um wieder jung und lauter aus der Nacht in den neuen Morgen zu steigen. Er weidete sich einige Minuten an dem Feuerschauspiel, dann, da er sah, daß er für die alte Frau nichts mehr tun konnte, stieg er rasch die vielen Treppen hinunter auf die Straße, wo die Hebräer noch in einem Häufchen standen und sich tief und hastig verneigten, als er vorübereilte.

✥

In den ersten Monaten des Jahres 1848 huschten die Schauder der nahen Revolution über die römische Erde. An einem Abend im Februar waren viele Menschen in einem Wirtsgarten am Aventin versammelt, wo eine fahrende Komödiantentruppe musikalische und deklamatorische Vorträge veranstalten sollte, wie das in der guten Jahreszeit nicht selten vorkam. Man hatte auf Frühlingswetter gerechnet, aber es wurde gegen Abend noch trüber, als der Tag gewesen war, die Sonne zog sich gelb und klein wie der

Mond zusammen, und die Wolken liefen, vom Winde gejagt, wie eine Herde über dunkle Heide den Himmel entlang. Die meisten Besucher des Gartens waren nicht so sehr gekommen, um ein Theater zu sehen, sondern weil die innerliche Erregung sie ins Freie trieb; denn seit Sizilien und später Neapel sich siegreich erhoben und dem schlotternden König eine liberale Regierung aufgedrungen hatten, raste das Feuer vom Süden weiter, und Tag für Tag pflanzte sich erschütternder Nachhall aus Apulien, Kalabrien, den Abruzzen, aus Toskana, Modena und Venedig vom Schrei der fackelschwingenden Freiheit und Krachen alter Throne fort durch die Länder Italiens und Europas.

Die Leute verteilten sich auf den Bänken und Stühlen, die umherstanden, bestellten Brot, Wein, Kaffee und Limonade und hörten gleichgültig die Ouvertüre einer modischen Oper an, die ein kleines Orchester auf einer Bretterbühne spielte; der Wind in den unbelaubten Platanen, die sich über den Tischen verzweigten, und das schwere Sausen der Zypressen in einem verlassenen Garten auf der andern Seite der Straße verwehten die dünne Musik, auf die bald niemand mehr achtete. Viele, denen es zu kühl war, standen auf und gingen lebhaft plaudernd in dem geräumigen Garten auf und ab, andre betrachteten die Aussicht oder prüften gedankenlos die Windrichtung am Fluge der Wolken und am Rauch aus den Schornsteinen. Nach einer Pause trat ein Schauspieler im herkömmlichen Rokokoputz eines vornehmen jungen Mannes vor und führte in Form eines Monologs eine kleine Szene auf, die ihn in peinlicher Lage zwischen zwei Geliebten zeigte, von denen die eine eine Gräfin, die andre ihr Kammermädchen war, nämlich so, daß er von der einen im Stelldichein mit der andern überrascht worden war und nun durch

Lügen beide zu täuschen versuchte. Niemand belustigte sich an den abgedroschenen Witzen, und da einer von den Zuhörern bemerkte, er wolle sich an den Ueberbleibseln des vorigen Jahrhunderts den Magen nicht verderben, fingen mehrere an zu pfeifen und zu zischen, und der Schauspieler mußte sich schleunig von der Bühne zurückziehen. Er versuchte sein Glück noch einmal, indem er eine Ode des Metastasio anfing, was in Rom als eine Huldigung des römischen Dichters aufgefaßt und mit Beifall aufgenommen zu werden pflegte, aber das Publikum schrie und lachte weiter und fuhr damit auch einem Sänger gegenüber fort, der eine hübsche Stimme hatte und stets mit Erfolg in Rom aufgetreten war. Der Unternehmer wagte sich erst nach einer längeren Pause, während welcher der Garten sich mehr und mehr füllte und die Stimmung trotz der zunehmenden Bewölkung des Himmels immer angeregter wurde, mit einer neuen Nummer hervor: ein schüchterner Mann mit einer Flöte zeigte sich und fing sofort an zu blasen, in der Besorgnis, man möchte ihn nicht einmal zum ersten Tone kommen lassen.

Der Zufall wollte, daß einer der Anwesenden auf dem angeschlagenen Programme den Namen des Vortragenden und welches Lied er spielen sollte, las: es war ein Sizilianer und das Lied eine bekannte Arie aus einer „Die sizilianische Vesper" betitelten Oper, die eine Episode des Mittelalters, die schrecklich glückliche Verschwörung der Sizilianer gegen die ihre Insel beherrschenden Franzosen, zum Gegenstande hatte. Die musikalisch nicht bedeutende Oper war durch ihren Inhalt im Laufe der letzten Jahre bekannt und berühmt geworden, und ganz besonders eine der Heldin in den Mund gelegte Arie, durch welche sie ihren Entschluß verkündet, ihren Geliebten, der als Franzose ein Feind des Vaterlandes ist, nicht zu retten, sondern, wie die

Verschwörer es ihr zumuteten, zu töten und dann
selbst zu sterben. Kaum war einer aufmerksam geworden, daß der Musikant ebendies Lied spielte, als
die Nachricht, von Mund zu Mund laufend, sich unter
allen Anwesenden verbreitete, von denen viele ohnehin
schon die beliebte Melodie erkannten. Sofort, bevor
noch das Lied beendet war, brach lauter und anhalten-
der Beifall los, in dem die schwache Flötenstimme
unterging und der so überraschend war, daß der
Spielende zweifelte, ob er ausgezeichnet werden sollte
oder ob dies eine neue Form wäre, die Aufführungen
zum Schweigen zu bringen. Er war weder alt noch
jung und weder hübsch noch häßlich, ein harmloser
Mensch, der, um seine bescheidene Kunst und seinen
Broterwerb bemüht, sich nie um politische Dinge bekümmert hatte und nicht ahnte, was für eine verhängnisvolle Bedeutung die süß sangliche Arie, die er
vortrug, in letzter Zeit erlangt hatte. Doch war er
klug genug, sich aus dem Betragen des Publikums
und seinen beredten Ausrufungen den Sinn des Vor-
gangs ungefähr zusammenzureimen, und betrug sich
angemessen, nahm mit einer anmutigen Bewegung das
Instrument vom Munde und dankte, indem er die
Arme über der Brust kreuzte, sich ganz wenig ver-
neigte und stolz lächelte. Als er das Lied von neuem
beginnen wollte, spielte er es, von der stürmischen
Teilnahme mitgerissen, rhythmischer als vorher, wurde
aber sogleich wieder übertönt, denn nun sangen fast
alle mit, da auch diejenigen, die es zuvor nicht kannten,
wenigstens die Melodie bereits erfaßt hatten und an-
geben konnten. Besonders eine Strophe entsprach dem
Geschmack und Bedürfnis der Zeit, welche lautete:

Ist das Blut der Verhaßten vergossen
Und die Erde gesättigt und frei,
Trinkt mein Herz mit euch Sieg, o Genossen!
Dann zerbrech' es — das Fest ist vorbei

und diese wurde mehrere Male hintereinander gesungen, ungeachtet der Wind lauter geworden war und einzelne große Regentropfen fielen. Auch von den Kellnern, die mit fliegenden Rockschößen durch die Reihen eilten, um bei dem nahenden Wetter Teller und Gläser in das Haus zu bringen, blieben die meisten stehen und stimmten ein oder sahen zu. Die Damen waren auf die Bänke und Stühle gesprungen und ließen ihre Tücher in der wilden Luft flattern zur Huldigung des kleinen Virtuosen, der vergebens mit seiner klagenden Flöte durch den jubelnden Aufruhr, der ihn umtobte, zu bringen suchte. Losgerissen von seiner zierlichen Begleitung, die nach Art alter Opern die grausamsten Worte auf einer munter tanzenden Melodie wiegte, fuhr der Rachegesang im Sturme über den Garten hin und erschütterte die alten Kirchen, die seit Jahrhunderten unbeachtet in die Einsamkeit der verwilderten Gärten des Aventin versanken.

✣

Am 22. März, dem fünften Tage, den das Volk von Mailand gegen Radetzkys Kroaten kämpfte, saß Pius IX. mit den Kardinälen Lambruschini und Bernetti in einem Gemache des Quirinals und hörte den Bericht des Fürsten Corsini, Senators von Rom, über die Ereignisse an. Es sei nicht möglich, sagte Bernetti mit ungeduldiger Schärfe, daß die Mailänder der Oesterreicher Herr würden; die plötzlich aus dem Hinterhalt hervorspringende Wut des Volkes möge sie zunächst verwirrt haben; hätten sie sich wieder gesammelt, so müßten Tausende bewaffneter Soldaten mit einer Meute von Arbeitern und Vagabunden leicht fertig werden. — Das Volk werde angeführt von zahlreichen mailändischen Edeln, entgegnete Fürst Corsini, von denen viele neben Metzgern und Maurern auf den Barrikaden ständen; auch der Klerus beteilige sich nachdrücklich, nicht nur, daß Priester den in den Kampf Ziehenden das Abendmahl reichten, sondern man sähe sie Waffen aus den Händen der Toten reißen, um sie selbst gegen den Feind zu schwingen. Bernetti verzog seine dünnen Lippen und sagte ärgerlich errötend: „Den Klerus haben sich die Deutschen selbst gezogen; bei uns hat eine so zügellose Gesinnung nicht aufkommen können." — „Selten," versetzte Corsini; „indessen zählt Pater Ugo Bassi für viele." Der Papst fragte den Kardinal Lambruschini, der ans Fenster getreten war, wie es draußen aussähe; dieser drehte sich um und sagte lächelnd: „Fast als ob noch der selige Gregor statt Eurer Heiligkeit auf dem Stuhle Petri säße. Unsre Schweizer haben Raum und Muße, die Rosselenker des Phidias zu studieren." Corsini sagte erklärend, die Menschen wären in den Kaffeehäusern und vor den Zeitungsausgaben, auf neue Nachrichten begierig, man flüstere und halte den Atem an, um womöglich den Sturm von Mailand zu hören, und Pius fügte hinzu, es sei sein Wille, daß die lärmenden Huldigungen, die das Volk sich gewöhnt habe ihm darzubringen, aufhörten, nicht weil er dadurch belästigt würde, sondern weil sie darüber zu Müßiggängern würden. „Ich habe der Polizei Auftrag gegeben," bestätigte der Fürst, „dem Volke einzuprägen, daß es seiner üblichen Arbeit nachgehe, und daß jeder Versuch, Eure Heiligkeit mit Ovationen zu verfolgen, als strafbare Zusammenrottung solle betrachtet werden." Kardinal Bernetti lächelte nachdrücklich in Erinnerung daran, daß er den Mastai einmal in Tränen der Enttäuschung und Wut gefunden hatte, weil der jubelnde Zuruf des Volkes, als er sich zeigte, ausgeblieben war, nahm aber sogleich wieder eine unbefangene Miene an, als er sah, daß Pius erraten hatte, woran er dachte, und sich darüber ärgerte. „Unsre guten Römer werden froh sein, wieder arbeiten zu können," bemerkte Lambruschini, „und Eure Heiligkeit in ihren Werkstätten desto eifriger segnen."

Fürst Corsini hatte sich eben empfohlen, um, wie er sagte, neue Nachrichten einzuholen, als Antonelli eintrat, ein großgewachsener, starkgebauter Mann von schwarzgelber Gesichtsfarbe und einem Ausdruck von Ueberlegenheit im Gesichte, der sich auf bewußtes, leidenschaftliches Wollen gründete. Er war keineswegs schön, sogar fast abstoßend durch die freche Rohheit seiner Züge, doch ging die Kraft eines unzähmbaren tätigen Lebens von ihm aus und unterwarf ihm nicht nur viele Frauen, sondern auch die schwächeren und trägeren Männer. Er hatte sich schon dadurch in der Gunst des Papstes festgesetzt, daß er der arbeitsamste und entschlossenste unter den Kardinälen war und während jene noch disputierten und ratschlagten, immer schon etwas getan hatte, wodurch er so unentbehrlich geworden war wie in großen Häusern die Dienstboten, die das Getriebe im richtigen Gange halten und denen man dafür herrische Anmaßung und mancherlei Verschuldung hingehen läßt. Ganz besonders wohltuend aber berührte es den Papst, daß, da es Vorurteile der Moral oder Ehre für ihn nicht gab, er Skrupel und Quälereien des Gewissens nicht kannte und seinen Vorteil schlechthin mit einer Sicherheit verfolgte, die in Pius' Augen etwas Heroisches hatte. Schien es ihm, daß der Papst die Anwandlung hatte, eine eigne Meinung durchzusetzen, gab er im Augenblick nach, um bald darauf wieder alles nach seinem Gutdünken zu lenken, wenn die Tatkraft des Mastai erlahmte; in seinem Benehmen war er immer gleich, nicht unehrerbietig, aber kurz und knapp wie einer, der nicht viel Zeit zu verlieren hat, erheiterte aber seinen Herrn von Zeit zu Zeit durch einen derben Spaß oder ein sparsames Zeichen persönlicher Anteilnahme, womit er ihn stets in seine Gewalt bekam.

Er meldete, nachdem er die Hand des Papstes flüchtig an die Lippen geführt hatte, daß nach einem eben eingelaufenen Telegramme die Oesterreicher Mailand in der Frühe des Tages geräumt hätten, und fügte einen Fluch über den teuflischen Draht bei, der, kaum daß es an einem Orte brenne, den Funken an alle Enden der Erde trage und das Feuer verbreite. Die Kardinäle fingen lebhaft über die unerhörte Wendung zu sprechen an, verstummten aber, als die große Glocke des Kapitols anschlug und gleich darauf sämtliche Glocken Roms mit einem Geläute einfielen, das wie die Brandung eines stürmischen Meeres an die Feste des Himmels schlug. Wer dazu Befehl gegeben habe? rief Antonelli ärgerlich, doch da der Papst die Hand hob und sagte: „Laßt sein, es gefällt mir!" meinte er verbindlich: „So dürfte es auch mein Grabgeläute sein!" und verabschiedete sich, ohne die Bemerkung Lambruschinis: „Es könnte leicht unser aller Grabgeläute werden," zu beachten. Mastai entließ auch die andern, setzte sich, als er allein war, auf einen Sessel unter dem geöffneten Fenster, wo er selbst von draußen nicht gesehen werden konnte, und horchte.

Während das Klingen und Wogen seine Seele hob, zogen Bilder der unerhörten Kämpfe dieser Tage an ihm vorüber: er sah die blonden Lombarden, seinen Namen auf den Lippen, bluten, sterben, siegen; in Mailand, in Venedig, in Padua und Treviso, ja in den Bergen des Friaul flammte sein Name wie ein heiliges Feuer von Altären und Höhen; ohne eine andre Waffe als seinen Namen stürzten Greise, Frauen und Kinder siegesgewiß und todverachtend gegen den geharnischten Feind. Eine große Zärtlichkeit quoll in seinem Herzen auf und spannte seine Brust bis zu einem leisen Gefühl reizender Qual. Unterdessen hatte sich der Platz belebt, und in sein Träumen hinein hörte er das Geräusch zuströmender Menschen, trabender Pferde und rasselnder Wagen, zögerte aber, aufzustehen und sich am Fenster zu zeigen. Kardinal Corboli Bussi, der jetzt eintrat, war ihm in diesem Augenblick erwünscht wie kein andrer, denn von ihm wußte er, daß er seine Gefühle teilte und zu bewundern bereit sein würde. Der edle Mann ging rasch auf den Papst zu, kniete vor ihm nieder und küßte seine Hand, ohne die Tränen zu verbergen, die reichlich aus seinen Augen strömten. Als er sah, daß auch in Mastais Zügen Rührung zuckte, rief er beschwörend: „Schämen wir uns dieser Uebermacht der Gefühle nicht! Ich bin ein Diener Gottes, und Ihr seid sein Stellvertreter auf Erden geworden, aber geboren sind wir beide Kinder Italiens!" Er mußte innehalten, doch als er sich gefaßt hatte und die herzliche Begeisterung in dem weichen Gesichte des Mastai ihn ermutigte, fuhr er eindringlich zu sprechen fort: „Fragt jetzt den Verstand nicht mehr, nur das Herz hat heute recht mit seiner kindlichen Torheit und Weisheit. Gott hat zum ersten Male mit Italien gehalten; was geschehen ist, verkündigt seinen Willen. Verlaßt Italien nicht, verlaßt die Toten nicht, die, Euern Namen auf den Lippen, selig starben! Erfüllt, was ein gutes, unglückliches Volk von Euch erwartet!" Jetzt nahm die Bewegung auf dem Platze zu, und lautes Geschrei: „Krieg! Krieg! Nieder mit Oesterreich!" mischte sich in die üblichen Begrüßungen des Papstes. Gleichzeitig traten die Kardinäle, die den Palast nicht verlassen hatten, wieder ein, Lambruschini warf einen unwilligen Blick auf Corboli Bussi und sagte: „Die Polizei kann die Masse nicht bemeistern. Das Unkraut hätte früher sollen gereutet werden, ehe es so üppig wurde." Er sah sich herausfordernd um, ob jemand ihn wegen seiner Anmaßung zur Rede stellen wollte, dann, da niemand ihn anfocht, wandte er sich geradezu an den Papst, um ihm vorzustellen, daß er keinesfalls ein Bündnis gegen Oesterreich schließen dürfe; denn er argwöhnte, daß Corboli Bussi ihn bereits im entgegengesetzten Sinne beeinflußt hätte. Er müsse, sagte er, die menschliche Weise zu empfinden und zu urteilen aus dem Busen reißen, wenn er Papst sein wolle; ob er mit jenen Fürsten verglichen werden wollte, die aus Gewinnsucht und Eitelkeit, um ihr Reich zu vergrößern, sich mit den Nachbarn blutig rauften? Ob es dem höchsten Priester der Christenheit anständig sei, unter die Gladiatoren in die Arena zu springen? An irdischem Streit und Wettstreit wie ein Partner teilzunehmen? Wo wäre jetzt die Kirche, wenn die Päpste ihren schwachen und arglistigen Herzen hätten folgen wollen? Allein in seinem Gemache, unbelauscht, möge er Mensch sein, vor der Welt müsse seine Rede lauten: „Ich bin gleich Gott, wer mich anbetet, sei selig, wer mich leugnet, sei verdammt;" für ihn dürfe es nur Gläubige und Ungläubige geben. Corboli Bussi entgegnete schnell: „Jetzt handelt es sich nicht um Sachen der Kirche; nicht der Heilige Vater soll sprechen, sondern der König von Rom!" — „Und was ist Rom?" antwortete Lambruschini scharf. „Rom ist der Felsen Petri. Was Ihr Italien nennt, geht Rom nicht näher an als China oder Sibirien."

Obwohl der Papst in theologischen Streitfragen bewandert war und es liebte, den Schiedsrichter zu machen, wogte in dieser Stunde das Gefühl in ihm zu hoch, als daß er dem Gegensatz der Kardinäle hätte folgen mögen; eine unwiderstehliche Lust zog ihn zu dem Balkone, von dem aus er oft dem Volke, das nach ihm verlangte, die Arme entgegengebreitet hatte. Noch hatte er keinen festen Willen auf etus gesetzt; im Augenblick aber, als bei seinem Erscheinen der Schrei des Jubels und der Macht laut wurde, der ihm galt, verwarf er alle Erwägungen, mit denen er sich vorher getragen und die man ihm aufgedrängt hatte, und ließ die schönen Wellen des allgemeinen Dranges über sich zusammenschlagen. Seine Stimme tönte deutlich in das jähe Schweigen der Menschen und das Glockengeläute hinein und sagte: „Der Herr hat Italien gesegnet! Laßt uns miteinander für die Toten beten, die um das Vaterland kämpfend gefallen sind. Gott gebe ihnen seinen Frieden!" worauf die Menschen auf die Knie fielen und der eherne Chor seine Worte in die Ewigkeit zu tragen schien.

Als er wieder in das Gemach trat, sagte er mit Nachdruck, sowie der König von Sardinien, Karl Albert, seine Waffen zum Schutze der Lombardei erhebe, sei es sein Wille, sich mit ihm zu verbinden und die Sache Italiens durch Truppen, falls Freiwillige sich anböten, zu unterstützen; Corboli Bussi küßte ihm die Hand, während die andern sich stillschweigend verneigten. Da sich Antonelli ihm näherte und ihm vertraulich mit ernsthafter Miene zuflüsterte: „Welchen Palast wollen Eure Heiligkeit dem Savoyarden einräumen, wenn Rom Hauptstadt von Italien und er König von Rom wird?" stutzte er, lächelte dann und drohte dem Kardinal scherzend mit dem Finger.

Es schien, als ob der vom Volke getragene Wille des Papstes obsiegen sollte; kaum hatte Karl Albert den Krieg gegen Oesterreich eröffnet, so strömte ein Heer Freiwilliger in Rom zusammen, das unter dem Befehl des Generals Durando und mit dem Segen des Heiligen Vaters ausgestattet ungeduldig die Stadt verließ und ins Feld zog.

✠

An der Grenze des Kirchenstaates blieb das Heer liegen, und man murmelte, daß dies auf Befehl des Papstes geschehe, der den Auszug zwar zugegeben hätte, um durch den Schein der Nachgiebigkeit das aufgeregte Volk zu beschwichtigen, aber keineswegs die ernstliche Absicht hätte, sich in einen Krieg gegen Oesterreich einzulassen. Brunetti versuchte diesen Argwohn zu zerstreuen und den Glauben an das patriotische Herz des Heiligen Vaters zu erhalten, insgeheim aber grollte er demselben, daß er dem Zweifel nicht durch ein klares Willenswort ein Ende machte. In den letzten Tagen des April kam Ugo Bassi vom Süden her durch Rom auf dem Wege nach Venedig, das zu gleicher Zeit wie Mailand die dort durch den Grafen Zichy nur gelinde vertretene österreichische Herrschaft fast ohne Blutvergießen abgeschüttelt hatte und die leicht gewonnene Freiheit tapfer zu verteidigen willens war. Auf die Bitte des Angelo Brunetti und des Fürsten Canino Bonaparte, der ein Haupt der Demokratie war, sprach er, bevor er weiterging, noch öffentlich zum Volke vor der großen Kirche Santa Maria Maggiore, um es in seiner kriegerischen Stimmung zu bestärken, die eine gewisse Partei zu unterdrücken suchte.

Es war später Abend, denn er wollte sich nicht länger als einen Tag in Rom aufhalten; doch hatte sich die Kunde, daß er sprechen würde, schnell verbreitet und Zuhörer herbeigezogen, von denen viele auf der großen Freitreppe zu Füßen des Barnabiten lagerten. Indem er nach Süden wies, hub er an: „Wenn wir jetzt auf jene Höhen stiegen, dorthin vielleicht, wo über wuchernden Paradiesen die letzten Steine von Tuskulum aus dem Grase starren, oder auf den Gipfel der Volskerberge, wo zwischen Mauern, die Riesengeschlechter der Vorzeit aufrichteten, Räuber und Heimatlose sich verbergen, oder höher hinauf auf den Großen Felsen Italiens, dessen Stirne den Himmel stützt, würden wir unsre Herrin finden, der der Stern überm Haupte scheint. Er scheint durch die schwarzen Wolken, die der Sturm, der dort nicht ruht, über ihn hinjagt, und ihr Leib, um den das rote

Kleid wie eine breite Fahne flattert, wankt nicht. Sie hält eine Geige auf dem Arm und spielt zum Tanz auf mit einem Bogen, der stählern durch die Nacht blitzt: es ist ein Schwert!" Der Mönch beugte sich bei diesen Worten vor, als ob er horchte, und die erregte Menge folgte seiner Bewegung; verworrenes Geräusch drang aus der Stadt und abgerissene Musik aus den Gängen des Pincio herüber. Dann fuhr er fort: „Die Töne fließen blutig von den Saiten, die das Schwert schneidet, und die Steine, auf die sie tropfen, und die Gebeine, die darunter liegen, entbrennen. Wer möchte nach dieser Musik nicht tanzen und sterben? Wehe dem, der den pfeifenden Reigen nicht hört! Wehe dem, der die rote Fackel, die von den Bergen flammt, nicht erkennt!

„Wenn der Morgen graut, wird unsre Herrin das Schwert begraben, vielleicht in einem leeren Sarkophag unterirdischer Grüfte, vielleicht unter Zypressen und Rosen, oder da, wo Meilen und Meilen nur das Gras der Heide wächst, damit wir es suchen und finden und sie erlösen. Es gibt Orden, die Männer ehren, und Ketten, die Frauen zieren, es gibt Ruhmeskränze und Reliquien, um die die Menschheit ringt, und das Kreuz ist heiliger als alles dies; aber wir wollen alles, alles lassen, um das Schwert zu suchen. Es ist schlank und schmal und gerade wie ein Strahl aus der Sonne! unnahbar, wie die schwarze Zypresse aus der Erde schießt, durchbohrt es die Luft! Dem springenden Blitze gleich glänzt es, zuckt und trifft! Seine Reinheit spiegelt den Himmel, doch will es Blut wie ein junger Rächer seines Vaters. Gesegnet sei, der es findet, gesegnet sei, der es schwingt und in das Herz des Feindes stößt! Es wird einer kommen, unter dessen Füßen es klirrt, wenn er darüber hingeht, mag es noch so tief begraben sein; wäre er ein Räuber vom Gebirge oder ein Bettler vor der Kirchenpforte, wir wollen ihn anbeten als einen Gesandten Gottes. Wer ihn aber verkennte oder sich von ihm abwendete oder ihm das Schwert entreißen möchte, der soll unser Feind sein, und wenn er unser Vater wäre, der Verachtung und Verfolgung und Rache soll er preisgegeben sein wie ein Verräter!"

Als der Mönch in dieser Weise geendigt hatte, waren diejenigen, die auf den Stufen der großen Treppe gesessen hatten, aufgestanden und blickten starr erwartend in sein bleiches Gesicht; denn sie glaubten verstehen zu sollen, daß seine letzten Worte gegen den Heiligen Vater zielten, falls er den Krieg gegen Oesterreich hintertriebe, schwankten unter neuen und furchtbaren Gedanken und verlangten nach deutlicheren, entscheidenderen Worten.

Ugo Bassi, der, als er anfing zu sprechen, kaum gewußt hatte, wohin es ihn treiben würde, erschrak über den Eindruck, den seine Worte gemacht hatten; die Türme und die Kuppel der Kirche, die Häuser und die Menschen ragten wie ein rätselhaftes Bild in die helle Frühlingsnacht, und es schien ihm auf einmal, als hätte er ihm durch verbotene Zaubersprüche Leben eingeflößt, dessen unbekannte Kräfte sich im nächsten Augenblick furchtbar verkündigen würden. Er dachte daran, daß er jetzt, wenn er wollte, diese Menge mit sich nach dem Quirinal ziehen und dem Papste durch Drohungen die Billigung des Krieges entreißen könnte; aber es graute ihm davor, daß diese Möglichkeit Tat werden müßte, wenn die Menschen, deren Augen unverwandt an ihm hingen, errieten, daß er sie erwog. Indem er die Kapuze tief über das Gesicht zog, eilte er durch die Menge, die ihm staunend Platz machte, die Treppe hinunter, dem Tore zu, um den Weg nach Venedig anzutreten.

Im April des Jahres 1848, vier Wochen etwa nachdem Mailand Oesterreichs Herrschaft abgeworfen hatte, erließ der Papst auf Antreiben der Jesuitenpartei und unter dem Einflusse Antonellis eine Enzyklika, in welcher er den Krieg gegen Oesterreich widerrief, indem er es für im Wesen des Stellvertreters Gottes begriffen erklärte, alle christlichen Reiche mit gleicher Liebe zu umfassen, woraus folge, daß er mit keinem derselben Krieg führen könne; die Truppen seien von ihm nur zum Schutze des Kirchenstaates bis an dessen Grenze entsendet worden. Bevor noch das verhängnisvolle Schreiben zur allgemeinen Kenntnis gekommen war, ging Angelo Brunetti mit einem Manne, der mehrere Gewerbe betrieben hatte und augenblicklich Hutmacher war, durch die Porta del Popolo querüber den großen Platz, der voll Sonne war, dem Pincio zu, in wichtigem Gespräche, wobei Brunetti nach seiner Weise laut und lebhaft redete, während der andre die Stimme behutsam dämpfte und aus pechschwarzen Augen pfeilgeschwinde Blicke nach allen Seiten schoß. Es handelte sich um eine Verschwörung der Sanfedisten oder Gregorianer, wie man die Anhänger des verflossenen Systems nannte, welcher Brunetti seit langem auf der Spur war und die der Hutmacher, Malanni mit Namen, in der letzten Nacht entdeckt haben wollte, so daß man das Nest mit einem Gewaltstreich aufheben könnte. Ein gewisses Haus im Borgo stand schon lange im Verdacht, der Schlupfwinkel der Verschwörer zu sein, doch hatte man bisher vergeblich versucht festzustellen, wer die Männer und Frauen, die dort bis in die späte Nacht hinein ein und aus gingen, waren und was sie dort täten. Einem Verwandten des Malanni war es nun gelungen, sich bis zum Abend in dem Hause versteckt zu halten und unter irgendeinem Vorwande in ein Zimmer einzuschleichen, wo er die Bestätigung des Verdachtes gefunden haben mußte; doch wurde er offenbar als Eindringling entdeckt, entfloh schleunig und kam glücklich bis auf die Straße, wo ihn von unbekannter Hand ein tödlicher Dolchstoß traf. Derselbe ließ ihm so viel Leben und Besinnung, daß er einem herbeieilenden Freunde, der in der Nähe Wache gehalten hatte, zuflüstern konnte, das Haus sei wirklich in der Hand der Gregorianer, und wichtige Papiere, ihre Machenschaften gegen Pius IX. und seine Anhänger betreffend, müßten sich darin finden, er sterbe gern für die gute Sache und empfehle seinen Freunden seine Rache.

Die beiden Männer setzten sich auf eine steinerne Bank, die oberhalb des Platzes unter schattenden Bäumen stand, und der Hutmacher sagte: „Es fehlt nicht an Leuten, die gern mit ihrem Leben zahlten, wenn sie nur den schwarzen Schlangen das Genick zertreten könnten; denn die Rache meines Verwandten, der letzte Nacht ermordet wurde, ist nicht die einzige. Ich weiß auch ein Gesicht, wenn ich das nackt unter meinem Messer haben könnte, würde ich meinen Platz im Paradiese dafür geben." — „Es muß etwas getan werden," sagte Brunetti langsam, „aber so, daß es der allgemeinen Sache zum Nutzen geschieht. Wenn wir ein Blutbad unter den Schwarzen anrichteten, und selbst wenn wir beweisen könnten, daß es lauter Verräter und Spione und Schurken wären, was sie zweifelsohne sind, wäre keine Versöhnung mehr möglich, und es gäbe Krieg zwischen Rom und Rom, statt zwischen Rom und den Barbaren."

Indem sie so sprachen, näherte sich ihnen der Fürst Canino Bonaparte, ein großer, beleibter Mann mit hochmütig getragenem Kopfe, der sich laut vor jedermann Freund Italiens und der Freiheit nannte, überhaupt je weniger mit seiner Meinung zurückhielt, desto mehr er die herrschende dadurch abstieß, sowohl aus Vergnügen am Widerspruch wie aus einer Art Furchtlosigkeit, die darin bestand, daß er es für unmöglich hielt, jemand könne sich an ihm vergreifen. Man konnte leicht die wohlbekannten Züge seines abenteuerlichen Geschlechtes in seinem Gesichte wiederfinden, das schön gewesen wäre, wenn er nicht die Gewohnheit gehabt hätte, es besonders beim Sprechen in fratzenhafter Weise zu verziehen, wie er überhaupt das Bizarre liebte und es in seinem wunderlich geschrobenen Auftreten, an dem er, wenn er es auch nicht gerade ganz erkünstelte, doch seine Freude hatte, hervortreten ließ. Er verfügte über eine außergewöhnliche Fassungskraft und Leistungsfähigkeit und hatte sich als Naturforscher einen Namen gemacht, den die Gelehrten in ganz Europa achteten, doch behandelte er alle Dinge mehr mit zerlegendem Verstande als mit tieferer Einsicht in innere Lebensgesetze und war infolgedessen stets schnell mit entschiedenem Urteil bei der Hand, ohne das Unrecht im Rechte oder umgekehrt das Wahre im Irrtum zu erkennen. Er verkehrte mit den Aermsten wie mit seinesgleichen, aber ohne den rechten Griff und Ton, so daß er mit keinem vertraut wurde, wenn auch die Partei im ganzen stolz war, den berühmten, hochstehenden Mann zu den Ihrigen zu rechnen und viele sich an den Seltsamkeiten seines Wesens ergötzten. Sein einziger Sohn, der hübsch, fein und weichlich war, hing den Priestern an, und er pflegte in bezug auf ihn zu sagen, was er, der Vater, Gutes habe, gehe dem Sohne ab, nämlich der Verstand, das Schlimme dagegen habe er geerbt: ein kaltes Herz und heiße Sinne; der Umgang mit verstandlosen Leuten sei ihm unerträglich, und er könne deßhalb nicht mit seinem Sohne verkehren, und wirklich sah man die beiden nie zusammen, noch in demselben Kreise von Menschen sich begegnen. Obwohl er sich selbst der Sinnlichkeit zieh und schönen Frauen gern den Hof machte, konnte man ihm doch keine Liebeshändel nachsagen, sei es, daß er sie gut verdeckte oder daß er, wie er zuweilen andeutete, die Genüsse des Gaumens als die behaglicheren vorzuziehen begann.

Als er Brunettis ansichtig wurde, legte er ihm mit einem freudigen Ausruf die Hand auf die Schulter und sagte, daß er ihn in seiner Wohnung vergebens gesucht habe, daß er mit seiner Frau, der schönen Lucrezia, zusammen fortgegangen sei, da sie sich in die Kirche begeben habe, um für ihren Sohn, der mit den Freiwilligen ins Feld gezogen war, zu beten, und daß er nun im Schatten des Pincio habe ausruhen wollen; er schob, indem er so sprach, den Hutmacher, den er gleichfalls kannte, ein wenig beiseite und setzte sich zu den beiden. „Ihr sitzt hier bescheidentlich," fuhr er fort, „und wißt nicht, daß heute der größte Tag für Rom, Italien und die Welt, wenn anders Rom noch das Haupt der Welt genannt werden kann, aufgegangen ist, und eben um dir das zu sagen, Brunetti, bin ich zu dir gekommen: das Papstreich ist zu Ende, Rom wird Republik;" und er erzählte, der Papst habe eine Enzyklika ausgehen lassen, die an allen Enden der Stadt verlesen werde, des Inhalts, daß die Oesterreicher und Böhmen und Kroaten und Barbaren insgesamt, Radetzky, Welden, der Kaiser und sein Wasserkopf inbegriffen, seine lieben Kinder wären und getrost an seinem christlichen Herzen ruhen sollten; niemals werde er die Waffen gegen sie erheben, der Auszug römischer Truppen sei nichts als beklagenswerter Irrtum und Ungehorsam, der bestraft werden würde, auch werde er den Gebrauch des Wortes „Italien" verbieten, da es nachgewiesenermaßen in den guten Wörterbüchern nicht stehe, eine gewaltsame Neubildung mit unanständiger Nebenbedeutung sei, die das Verständnis mit dem Ausland erschwere.

Während die Augen des Hutmachers in grimmigem Triumphe blitzten, sah Brunetti den Fürsten so zornig an, daß dieser lachend sagte: „Ich weiß, daß der Bote einer schlimmen Nachricht unwillkommen ist. Wenn du mich genug gestraft hast, daß ich dir das Uebel zu Ohren gebracht habe, wird hoffentlich deine Wut auch die treffen, die es verschuldet haben." — „Es ist nicht möglich!" rief Brunetti, „es muß Irrtum sein oder Betrug oder Mißverständnis!" und stellte sich dabei vor den Fürsten, als wolle er ihn bitten oder zwingen, seine Worte zurückzunehmen. Dieser riet ihm, nach dem Platze von Venedig zu laufen, wo das Rundschreiben angeschlagen sei, worauf Brunetti schweigend die Anhöhe hinuntersprang und mit großen Schritten in die Stadt eilte.

Kaum hatte er sich entfernt, so redete Bonaparte in seiner Art auf den Hutmacher ein: „Nun," sagte er, „so kommt also die Reihe an dich zu regieren. Da wird es wohl vortreffliche und heilsame Gesetze geben! Da werden wir die Leute voll von schönen, neuen und teuern Hüten sehen! Keiner wird Sonntags mit einem Hute ausgehen dürfen, den er mehr als einmal getragen hat. Sogar der Bettler, der Almosen in der Mütze sammelt, wird keine abgetragenen dazu benutzen dürfen. Es wird die feinste Mode werden, sich mit dem Hut ins Bett zu legen, und man wird einen neuen Hut mit ins Grab nehmen müssen, um sich Gott schicklich vorstellen zu können;" und er begleitete diese Reden mit grotesken Gebärden und heftigem Mienenspiel, so daß Malanni sich bald unbehaglich zu fühlen begann und das Weite suchte, worauf der Fürst es eigentlich angelegt hatte. Er blieb noch eine Zeitlang zufrieden lächelnd auf der Bank sitzen und begab sich dann, als es ihm schien, Brunetti könne inzwischen zurückgekehrt sein, in dessen Wohnung, wo er ihn allein in einem kleinen, nach dem

Hofe gehenden Arbeitszimmer fand, das nur wenigen Freunden bekannt war. Es war ein sonnenloser, auch im Sommer kalter Raum, wo nur ein Tisch, ein paar Stühle und ein Bett standen, und wohin sich Brunetti zurückgezogen hatte, um nicht gestört zu werden. Er saß vor dem Tisch und stützte seinen Kopf in beide Hände, betäubt von der unglücklichen Tatsache, die er sich, ohne weiterzudenken, fortwährend wiederholte, und warf nur einen kurzen, gleichgültigen Blick auf den Eintretenden. Dieser setzte sich zu ihm und sagte: „Freund, wenn du König von Rom sein willst, flenne nicht, sondern sammle deine Gedanken und deine Untertanen und lasse die Bestien das Reich der Vernunft begründen. Ich bin nicht zum Eseltreiber geboren, sonst täte ich's. Wenn ich lange mit diesen Hutmachern und Gevattern verkehren müßte, ich würde, Gott sei's geklagt, Bomben werfen wie der große Hanswurst von Neapel. Es mag wahr sein, daß Gott im Volke wohnt, wie unser Mazzini sagt, aber er wird es machen wie die andern großen Herren auch, die fast das ganze Jahr in Paris leben und ihr leeres Haus einem alten blöden Diener oder einem Kobold überlassen. Wie Ochsen, denen ein roter Fetzen vor den Augen flattert, stoßen sie nach einem, dessen Großvater ihrem Großvater ein Aemtchen weggeschnappt hat, oder nach einem, der allzu galant gegen die Frau war, oder nach einem, der lachte, als ihr Vater am Galgen hing. Benutzen aber muß man ihren Blutdurst, und zwar ohne Verzug, denn noch vor der Morgensonne sollte die Revolution da sein."

Brunetti, der nicht zugehört hatte, sagte langsam: „Ich habe es gelesen und glaube es doch nicht. Die Füchse müssen ihn wohl überlistet und eingefangen haben, die Jesuiten, aber vielleicht ist er noch zu retten; es wäre eines Versuches wert." Anstatt zu antworten, seufzte Canino und stellte Betrachtungen über die Natur des Menschen an, der auch eine Kartoffel anbeten würde, wenn man ihm oft genug wiederholte, daß sie etwas Heiliges sei. Daß erwachsene Männer mit einem alten Priester Umstände machten, weil er ein besser bezahlter Schauspieler wäre als die übrigen! Es hätte sich bereits gezeigt, daß die Könige nicht auf den Thronen festgewachsen wären und die Throne nicht auf der Erde, auch der Stuhl Petri dürfte unter den Naturgesetzen stehen. „Einer muß seiner Sache sicher sein und Leber haben," sagte Brunetti bedenklich, „um die Pistole loszudrücken, wenn er weiß, daß es ihm Tausende nachmachen."

„Mensch," rief Bonaparte ungeduldig, „fasse dich und deine Seele zusammen, die dir vor Schrecken auseinander gelaufen ist. Komm aus diesem häßlichen Loch in die Sonne, sie zeigt die Stunde des Untergangs der römischen Priesterkönige. Glaube mir, als Pius IX. seinen Namen unter diese Enzyklika setzte, hat er eine große Abdankung unterzeichnet. Wer das Licht seiner Augen hat, muß jetzt sehen, daß ein Papst nicht italienischer Fürst sein kann. Es mag einmal in Jahrhunderten aus allen Staaten der Erde ein Weltfriedensreich werden, dann mögen gute Hirten vor dem Stalle sitzen und die Schafe weiden; jetzt gibt es noch Wölfe, und wir brauchen die Revolution!"

Sie wurden jetzt durch Pietro Sterbini unterbrochen, einen kleinen Mann mit eifrig glotzenden Augen und gerade aufgesträubtem Haar, der Arzt war, seinen Beruf aber seit einigen Jahren nicht mehr ausübte, um sich ganz den öffentlichen Angelegenheiten zu widmen; denn abgesehen davon, daß er Patriot war und es gut meinte, glaubte er der Mann der Zeit und zu großen Dingen bestimmt zu sein. Doch traute er sich ohne Brunetti, der nun einmal die Masse des Volkes in der Hand hatte, nichts zu unternehmen und kam, um ihn zu holen; seiner Meinung nach war die Revolution da wie eine geladene und gerichtete Kanone, die der Kanonier nur zu entzünden brauche. Er erzählte begeistert allerlei, was er mit angesehen oder gehört hatte: Wie man einen Dominikaner, der über das Forum gegangen sei, bis aufs Hemd ausgezogen und ihm ein Bajazzokostüm hingeworfen habe, das er angelegt habe, um nicht splitternackt über den Platz gehen zu müssen; wie das große verschlossene Tor eines Palastes päpstlicher Aristokraten, die Rom verlassen hätten, in Brand gesteckt worden sei, weil der verhinderte Durchgang den Verkehr störe; daß man sich überall zusammenrotte. Die Leute seien dadurch zum Aeußersten gebracht worden, daß man ihnen klargemacht hätte, nach dem Rundschreiben des Papstes müßten die römischen Soldaten entweder auf eigne Faust in Venedig und der Lombardei bleiben und kämpfen und dürften dann nie wieder in die Heimat kommen, oder sie müßten sofort umkehren, um zu Hause eingekerkert zu werden; nun wollten alle, die Angehörige im Heere hätten, das Regiment umstoßen und eines von italienischer Gesinnung aufrichten.

Unterdessen war Brunetti im Geiste draußen im Aufruhr; er wußte, wie es anzufangen wäre. Er warf sich auf das Pferd, gab die Losung, ordnete, schlichtete und befahl. Er sah Aexte in die Balken zischen, ausgerissene Pflastersteine rollen, die Flamme aus den Dächern springen, er hörte es ächzen, pfeifen, heulen, jubeln; ihm nach stürzte das tobende Element und er führte es vor die Burg des päpstlichen Gauklers, der ihn und alle betrogen hatte: auf einen Wink von ihm würde es darüber hinfluten. Dann würden die dunkeln Schwärme des blutsaugenden Ungeziefers fliehen, und aus Schutt und Blut würde sein Rom steigen, schön und stark, allen Menschen zur Verehrung. Er war darüber aufgestanden, seine Muskeln spannten sich bei der Vorstellung des schauderhaften Kampfes und unerhörten Sieges, aus seinen Augen funkelte die Lust zu wagen und zu spielen.

Der Fürst und Sterbini beobachteten seine veränderte Stimmung mit Genugtuung und gedachten sie auszunutzen, als Lucrezia eintrat, die inzwischen nach beendetem Gebete mit diesem und jenem gesprochen hatte und von allem wohlunterrichtet war. Zwar beunruhigten sie Lorenzos wegen die zweideutigen Aeußerungen des Papstes über den Krieg, aber im Grunde fühlte sie sich durch das Bewußtsein des Rechtes gesichert und hielt dafür, daß alles aufs beste erledigt würde, wenn die Truppen aus jenen fremden Ländern, die sie nach ihrer Meinung ohnehin nichts angingen, friedlich nach Hause zurückkehrten. Offene Empörung gegen den Papst schien ihr Frechheit und Wahnwitz zu sein, und sie hatte beschlossen, mit ihrem Leben zu verhindern, daß ihr Mann in solche Umtriebe hineingezogen würde. Indem sie sich breit vor ihn hinstellte, wie wenn er ein Kind wäre, das sie beschützen müßte, sagte sie sprühend vor zorniger Verachtung zu den Herren: „Ihr glaubt also, ihr könntet den Papst aus der Welt schaffen! Versucht es meinetwegen mit euern Armen und euerm Blut und euerm Herzen! Angelo Brunettis Herz soll nicht für eure Torheit zahlen. Rom und der Papst ist eins und Rom ist ewig!" wobei sie immer schneller und lauter sprach und ihre stolze Nase sich drohender zu biegen schien. Der Fürst fürchtete ernsthafte Auseinandersetzungen mit Frauen, besonders solchen, mit denen er bei einem Glase Wein zu scherzen liebte, und machte verzweifelte Grimassen, während Sterbini vergebens versuchte, den feurigen Schwall von Vorwürfen und Behauptungen aufzuhalten und zu widerlegen. Brunetti jedoch, dem die Freude des Aufruhrs schon wieder gesunken war, schob sie entschieden, wenn auch nicht unsanft zur Seite, hieß sie schweigen und sagte: „Genug! Hört auf, mich reizen zu wollen, ich tue es nicht. Es ist nicht, daß ich für mich oder die Meinigen besorgt wäre, denn ihr wißt, daß ich mich und sie dem Vaterland opfern könnte, wenn es sein müßte, obwohl ich sie, meine Frau und meine Kinder, gerne schonte; es ist aus einem andern Grunde, daß ich es nicht tue. Gerade eben als ich im Geiste mitten darin war und den Rauch und das Blut schmeckte und es mich bis ins Eingeweide gelüstete, spürte ich, daß ich es nicht machen kann. Es mag sein, daß mein Gewissen der großen Sache nicht gewachsen ist, denn einen andern Grund weiß ich nicht. Also laßt mich ledig!"

Sterbini wiederholte wütend und fast weinend, es bedürfe nur eines Schusses, der fiele, nur eines Tropfen Blutes, der flösse, dann wäre die Revolution im Gange, es müßte tückische Berechnung sein, daß die Päpstlichen sich so geduldig zeigten, sie machten eher gemeinsame Sache mit dem Volke, als daß sie sich zu einer Gewaltsamkeit reizen ließen. Indessen verflösse der günstige Augenblick! Auch Bonaparte wollte sich noch einmal mit überredenden Worten an Brunetti wenden, als dieser abwehrend und drohend zugleich den Arm erhob und mit gebrochener Stimme schrie: „Laßt mich! Packt euch! Habt ihr nicht gehört, daß ich zu schwach bin?" so daß der Fürst unwillkürlich auswich im Gefühl, es könne ein Schlag auf ihn herunterfahren. Er warf dem Wütenden einen halb mitleidigen, halb ärgerlichen Blick zu, der, nachdem die Herren sich entfernt hatten, noch eine Weile vor sich hin starrte, dann in sein Schlafzimmer ging, sich aufs Bett warf und einschlief. Kurz vor Sonnenaufgang wachte er auf und eilte in die Stadt; sie lag unheimlich groß und still in der farblosen Helle. Wagen mit Gemüse und Geflügel rasselten in der Nähe des Tores, sonst waren die Straßen leer, die

Türen und Fenster der Häuser geschlossen, es war alles beim alten.

Nun begann jene schleichende Revolution, die den Sommer lang grollte und pochte und im Spätherbst plötzlich einen mörderischen Stoß führte, unter dem der neue Minister Rossi, ein hochfahrender, unbeugsamer Greis, der Papst und Volk zugleich regieren wollte, verblutete.

✠

Der Verein der „Söhne der Wölfin" bestand schon vor dem Regierungsantritt Pius' IX. und zählte ursprünglich etwa dreißig Männer, die sich das Ziel gesetzt hatten, das Vaterland, das eines diesen stürmischen Zeiten gewachsenen Steuermanns entbehre, zu retten. Sie stellten die allerstrengsten Ansprüche an die Mitglieder hinsichtlich der Gesinnung, da nur die heroischen Charaktere, welche selten wären, sich für die bevorstehenden Ereignisse eigneten und die geringste Beimischung schwächlicher Elemente zielbewußtes Handeln vereiteln würde. Republikanische Ueberzeugung und Haß des Papstes, der Geistlichkeit, der Kirche sowie der Religion war das erste Erfordernis, und zwar wurde hierbei wie überhaupt Halbheit, welche paktiert, Ausnahmen macht und persönlichen Gefühlen Raum gibt, ausgeschlossen. Es mußte ferner die Einheit Italiens mit Rom als Hauptstadt angestrebt werden, und infolgedessen war brüderliche Gesinnung gegen alle italienischen Staaten und ihre Bewohner mit Ausnahme der Verräter vorgeschrieben. Bei den Sitzungen, die in einem großen Saale stattfanden, trug jedes Mitglied die rote phrygische Mütze, und mitten auf dem Tische, um den sie saßen, lag ein Dolch, um daran zu erinnern, daß, wer sich gegen die Gesetze des Vereins verginge, dem Tode verfallen sei.

Die Folge der strengen Grundsätze auf der einen und der menschlichen Hinfälligkeit auf der andern

Seite war, daß viele Mitglieder nacheinander aus=
gestoßen werden mußten und ihre Zahl schließlich auf
fünf herabsank. Es hatte zum Beispiel einer seine
Tochter an einen päpstlichen Angestellten verheiratet,
einer, ein Bäcker, hatte trotz dreimaliger Mahnung
fortgefahren, einem Trappistenkloster Brot zu liefern,
einer hatte sich verleiten lassen, an einem zur Huldigung
Pius' IX. veranstalteten Feste teilzunehmen, ein andrer
hatte sich mit einem Franziskaner betrunken, einer war
sogar zu der sogenannten Konstitutionspartei über=
gegangen, welche die päpstliche Regierung mit zeit=
gemäßen Reformen beizubehalten wünschte.

Träger der unerschütterlichen Tugend des Vereins
war vor allem der Präsident Matteo Barba mit dem
Gesellschaftsnamen Quiritus, Inhaber einer kleinen
Mosaikfabrik, ein Mann von etwa fünfundvierzig
Jahren, zierlich, schwarzhaarig, mit kleinen glitzernden
Augen und einem freundlichen Munde, der in dem
meist düster gefalteten Gesichte sich auf eigne Hand
lustig machte, höchst beweglich von Kopf bis zu den
Füßen, so daß er allein auf der Straße es oft nicht
unterlassen konnte, den Kopf hin und her zu werfen
und zu gestikulieren. Durch seine Redegewandtheit
wie auch durch seine Ueberzeugungstreue war er allen
überlegen und in die herrschende Stellung gekommen,
die er freilich niemals betonte; er nannte sich einen
Ersten unter Gleichen und bediente sich namentlich
während der Sitzungen und bei Erledigung der Ge=
schäfte einer höflichen und bescheidenen Sprache, um
so mehr, als es keinem einfiel, seine Würde anzutasten.

Die übrigen Mitglieder waren zwei Arbeiter aus
Barbas Fabrik, von denen der eine Lorenzo Brunettis
Freund, Annibale Locatelli, war, ferner ein alter Kar=
bonaro mit dem Gesellschaftsnamen Mucius Scävola,
der niemals lachte, viel trank und alles mißbilligte,
und ein Kutscher, Numa Pompilius, von gemütlichem

Aeußern, aber äußerst blutdürstiger Sinnesart. Er hoffte beständig darauf, daß ihm die Ausführung der Todesurteile übertragen würde, welche zuweilen über verräterische Mitglieder gefällt wurden, wozu er sich als außerordentlich kräftig und gewandt, obwohl dick, besonders geeignet wußte; allein Quiritus pflegte diese Aufgabe sich selbst vorzubehalten, unter dem Vorwande, der Todgeweihte dürfe nicht ermordet, sondern müsse gerichtet werden, worauf sich nicht jeder verstehe, in Wahrheit, weil er es liebte, sich auf einsamen Spaziergängen die Tat auszumalen, wobei er das Gesicht und die Arme so leidenschaftlich bewegte, daß er das Gelächter der Vorübergehenden erregte; auch machte es ihm Vergnügen, die Opfer einstweilen durch vorbereitende Blicke in Furcht zu versetzen. Numa Pompilius hätte sich niemals eine offene Unbotmäßigkeit gegen den Präsidenten angemaßt und fügte sich schweigend; ließ dieser aber eine allzulange Zeit bis zur Ausführung des Urteils verstreichen, kam es vor, daß ihn die Ungeduld übermannte und er den Betreffenden schnell und insgeheim auf seine Art vom Leben zum Tode brachte, was Quiritus absichtlich übersah, weil ihm im Grunde nur an der Vorfreude etwas gelegen war.

Als es nach der Flucht des Papstes verlautete, daß Garibaldi seine Legion nicht nach Venedig, sondern nach Rom führen würde, beraumten die Söhne der Wölfin eine Versammlung an, um darüber zu entscheiden, wie sie sich gegen ihn verhalten wollten. Der Präsident, welcher eine größere Bewunderung für den berühmten Soldatenführer empfand, als ihm selbst der Würde des Vereins gemäß schien, hielt eine vorsichtige Ansprache, in welcher er die Verdienste Garibaldis beleuchtete: daß er große Siege in Amerika erfochten und den italienischen Namen auf der ganzen Erde herrlich gemacht habe, daß er ein Mann aus dem Volke, einfach, arm, vorurteilslos, edel sei, daß Rom

einen tüchtigen Feldherrn von erprobter Gesinnung
brauche, und daß man gut tun würde, dahin zu wirken,
daß die Regierung ihn festhielte und seine Fähigkeiten
verwertete. Dagegen erwiderte der alte Karbonaro,
Tapferkeit sei zu loben, genüge aber nicht, die Söhne
der Wölfin müßten vor allem auf unentwegte Grundsätze sehen, die Garibaldi nicht hätte. Er habe zuerst
von Amerika aus seine Dienste dem feigen, heuch-
lerischen Vaterlandsverräter Pius IX. angeboten, habe
sich darauf persönlich dem treulosen Savoyer Karl
Albert vorgestellt, dem Henker, der vom Blute seiner
Untertanen triefe, und um eine Anstellung in seinem
Heere gebeten; habe dann die löbliche Absicht, das
heldenhafte Sizilien zu unterstützen, aufgegeben, um
sich in Toskana huldigen zu lassen und mit Guerazzi
und Montanelli, untauglichen Leuten von verächtlicher
Halbheit, zu verhandeln, und habe dann nach Venedig
gehen wollen, das zwar republikanische Größe gezeigt
habe, aber dem Daniele Manin, einem mehr einfältigen
als braven Manne ohne die Löwenkraft des lateinischen
Blutes, zuviel Einfluß einräume. Solle man nun,
da die größte Arbeit getan und die heilige Fledermaus
mit ihrer Brut ausgekehrt sei, sich einen neuen Götzen
machen, anstatt selbst zu handeln und nur von sich
selbst abzuhängen?

Numa Pompilius trat für Garibaldi ein, indem
er darauf hinwies, daß derselbe mehrfach die Republik
als die beste Staatsform bezeichnet habe und besonders
eine vortreffliche Gesinnung gegen die Pfaffen immer
bewährt habe, von denen ihm keiner lebendig entkäme
und die er, wie man erzählte, oft mit eignen Händen
aufspieße, verbrenne oder ertränke. Auch sei es
keineswegs an dem, fügte der Präsident hinzu, daß
alle Arbeit getan sei, die Männer, die augenblicklich
an der Spitze des Staates ständen, unterhandelten in
schmählicher Weise mit dem Papste und würden ihm

unversehens Rom wieder in die Hände spielen, wenn man sie nicht beizeiten durch eine wahrhaft volksmäßige und italienische Regierung ersetzte; dazu bedürfe man aber eines Mannes, der Ansehen bei den Soldaten genösse und das bewaffnete Europa nicht fürchtete. Gegen die Folgen etwaiger Untreue Garibaldis sei man geschützt durch den rächenden Dolch, der einem Blitze gleich auf das Haupt eines jeden Verräters falle.

Der kleine Mann sprach mit so viel Feuer und machte ein so böses Gesicht, daß die andern vier teils überzeugt wurden, teils nicht mehr zu widersprechen wagten, worauf beschlossen wurde, daß man zunächst Garibaldi einen angemessenen Empfang bereiten und je nach dem Eindruck, den er machen werde, das weitere Vorgehen einrichten wolle.

✦

Als Garibaldi, der mit seiner Legion auf dem Wege nach Venedig war, erfuhr, daß der Papst seine Residenz verlassen und sich in den Schutz des Königs von Neapel begeben habe und die Abgeordneten des Parlaments, die mit ihm über Versöhnung und Rückkehr unterhandeln sollten, nicht einmal vor sich lasse, wendete er sofort um und ging auf dem gerabesten Wege nach Rom, um dem aufgelösten Staat in diesem Schicksalsmoment seinen Dienst anzutragen. Den ersten Gang machte er nicht zu den Ministern, sondern auf das Forum, das er einmal in seinen Jünglingsjahren und seitdem nicht wieder gesehen hatte, und war dabei begleitet von dem Genuesen Luigi Montaldi, einem Kriegsgefährten aus Amerika, und dem Mohren Aghiar, welche beide mit ihm zusammen nach Italien gekommen waren. Montaldi war einige Jahre jünger als Garibaldi, schlank, schön und kräftig, immer tätig und heiter und dadurch erfrischend. In vielen Gefahren und aussichtslosen Kämpfen war er Garibaldis Genosse gewesen und ihm brüderlich nahegekommen, wenn sie auch nicht in allen Ansichten übereinstimmten; denn Montaldi hätte sich, wäre nur Genua eine unabhängige Republik wie ehemals gewesen, um Italien nicht bekümmert und folgte Garibaldi mehr aus Liebe zu ihm und aus Lust an Kampf und Wagnis, als um in die Geschicke der Halbinsel einzugreifen. Rom war ihm fremd, und er ließ Garibaldi führen, der stillschweigend, ohne sich umzusehen, scheinbar ziellos, durch viele kreuz und quer durcheinander laufende Gassen schritt, bis sie auf einmal an einer altertümlichen Kirche vorüber auf den „Campo Baccino" genannten Platz kamen, den Schutt von Jahrhunderten fast unzugänglich machte. Montaldi sah sich neugierig um, und da er zur Rechten die jähe Felsenmauer des alten Kapitols und zur Linken den unvertilgbaren Umriß des Kolosseums erkannte, reimte er sich zusammen, wo sie waren, und rief: „Das Forum der Römer!" indem er vorauseilte, um die Stätte der Geschichte zu betreten. Er kletterte über aufgehäufte Steine, betastete die vereinzelten Säulenstümpfe und versuchte hier und da eine zerstückte Inschrift zu lesen, während Garibaldi auf ein erhöhtes Gemäuer sprang, das ursprünglich zum Vorhof eines Tempels und später zu einer nun längst nicht mehr benutzten Kirche gehört hatte und von welchem noch fünf gigantische Säulen mit gebrochenem Gebälke aufragten; er blickte von dort nach den Ruinen des gegenüberliegenden Palatins hinüber. Der Tag war grau und still, und die kaum merkliche Bewegung der dünnen Wolken sah aus wie Rauch, der immer noch seit den unvordenklichen Tagen ihres Sturzes aus den furchtbaren Resten der Kaiserburgen stiege. Als Montaldi sich nach seinem Freunde umblickte und ihn an eine der hohen Säulen gelehnt sah, den Mohr nicht weit von ihm auf dem Raube der Mauer sitzend, stutzte er und betrachtete ihn nachdenklich; denn Garibaldi stand nicht wie ein Fremder da, der Denkwürdigkeiten anstaunt, sondern wie ein Heimkehrender vor den hohen Trümmern seines Vaterhauses, in dessen Brust über der Trauer das göttliche Bewußtsein aufsteigt, Erbe dieser gesunkenen Herrlichkeit zu sein. Er sprang auf, lief zu Garibaldi hinüber, umarmte und küßte ihn und sagte: „Ich begreife jetzt, warum du plötzlich, alle früheren Pläne umwerfend, so daß es einige und auch mich ärgerte, nach Rom gegangen bist; du gehörst hierher. Ich möchte wissen, was deine Gedanken waren, als du eben nach dem Palatin hinüberblicktest." Garibaldi antwortete: „Ich erinnerte mich des Tages, als ich vor etwa dreiundzwanzig Jahren, als armer Schiffsjunge, zum ersten Male hier war und dasselbe sah, was ich jetzt sehe. Von dem wenigen, was mir von Lehrern beigebracht war, hatte ich das meiste vergessen und wußte nicht mehr von Rom, als daß es Sitz eines Volkes war, das die Welt beherrschte und dessen Nachkommen wir sind, die wir die italienische Sprache sprechen; von Italien verstand ich noch nichts. Dennoch hörte ich das unterirdische Schlagen eines begrabenen Herzens, das die römischen Bauern, die ihre Kühe an jene Pfähle banden und um das Vieh handelten, und die Prozessionen der lallenden Priester, die um die Kirche trollten, nicht hörten, und mir ahnte, daß es das Herz Italiens war und daß ich es befreien sollte. Meine Liebe strömte so mächtig in meinem Herzen zusammen, daß mir vor Lust schwindelte, und ich schwur mir, bis zum Tode nicht von jenem Gefühl zu wanken, das ich kaum nennen konnte. Wie viele Jahre ich seitdem auch fort gewesen bin, war doch der Schlag des Herzens, das hier begraben liegt, die Uhr, nach der ich meine Zeit gemessen habe." — „Unterdessen," sagte Montalbi, „sind die Liebhaber Italiens wie Pilze aus der Erde

gewachsen, und die Nebenbuhler werden dir so viel
zu schaffen machen wie deine Feinde, auf die man
wenigstens keine Rücksicht zu nehmen braucht." Gari=
baldi sah ihn erstaunt an und sagte: „Ich will es
nicht besitzen, nur frei machen; wer ebenso denkt, ist
mein Bruder, jeder andre mein Feind; so teilt sich
mein Gefühl, bis Italien eins und frei ist."

Er mußte indessen sofort erkennen, daß die Lage
überall verwickelter war als in seinem Herzen; als
er sich nämlich dem Ministerium und Parlament, das
seit der Flucht des Papstes an der Spitze des Staates
stand, vorstellte, entging es ihm nicht, daß er fast
allen diesen Männern unwillkommen war, insbesondere
dem Grafen Terenz Mamiani, den sich Pius IX. zum
Schlusse noch als Minister hatte aufdrängen lassen müssen.
Derselbe war ein zierliches Männlein, welches dichtete
und philosophierte und in politischer Hinsicht die
Priestertyrannei der römischen Lande in einen ver=
fassungsmäßigen, aufgeklärten Kirchenstaat umwandeln
wollte, weswegen er und seine Anhänger danach trach=
teten, den Papst nach Rom zurückzuführen und all=
gemach zu einem der Neuzeit angepaßten Regenten zu
machen und alles zu vermeiden, was den Bruch
zwischen ihm und seinem Volk unheilbar machen könnte.
Sie glaubten aber, und nicht mit Unrecht, daß den
Mastai nichts mehr entrüsten würde, als wenn sie sich
mit Garibaldi einließen, dem Rebellen, der, nachdem
der König von Sardinien Frieden mit Oesterreich ge=
macht hatte, auf eigne Hand wie ein Souverän den
Krieg fortsetzte und dem die Geistlichkeit mehr Wider=
willen als Achtung einflößte. Sie waren außerdem
gewöhnt, ihn einen Matrosen und Seeräuber zu nennen,
da sie wußten daß er sich selbständig, zum Teil mit
eroberten Schiffen in die wilden Parteikriege unent=
wickelter südamerikanischer Staaten gemischt hatte, und
überhaupt aus der unaufhaltsamen Liebe des Volkes

zu dem kaum gekannten Manne schlossen, er müsse ein gefährlicher Verführer zum Zweck allgemeinen Umsturzes sein. Zwar, als er selbst in Rom erschien, machte sein schönes Antlitz und der gelassene Blick seiner allmächtigen Augen die Vorurteile wanken, anderseits schien seine abenteuerliche Tracht sie zu bestätigen, noch mehr aber der Mohr, der, beträchtlich größer und breiter als Garibaldi, mit feierlichem Gange und unnahbarer Miene wie der eiserne Vollstrecker seines Willens neben ihm zu schreiten pflegte. Montaldi machte sich das Vergnügen, den Mißtrauischen zu erzählen, der Schwarze sei ein Kannibale und fresse die Pfaffen, die sein Herr für ihn einfange, weil er sie ihres Fettes wegen allem andern Menschenfleisch vorziehe; was, wenn es auch nicht eigentlich geglaubt wurde, doch das unbestimmte Grauen vor dem prächtigen Ungetüm erhöhte.

Im Rat äußerte Mamiani die Ansicht, Rom habe seit Jahrhunderten zu zwei Regierungsarten geneigt, Herrschaft des Papstes oder des niederen Volkes, wovon unbedingt jene vorzuziehen sei, und schwanke jetzt, nun der Papst fort sei, auf scharfer Kante über dem Abgrund, man müsse besorgen, daß es den ungezügelten Massen anheimfalle, wenn ein glücklicher Häuptling sie anführe, und es sei deshalb notwendig, verfängliche Elemente, an denen wie an zündenden Stoffen das Brennbare Feuer finge, aus der Stadt zu entfernen. Da es nun aber auch nicht angezeigt schien, das Volk durch schnöde Abfertigung seines Lieblings zu reizen, erklärte er es für den besten Ausweg, Garibaldi zwar in Sold zu nehmen, aber mit irgendeinem Auftrag in möglichst entlegene Gegend zu verschicken, wo er womöglich in Vergessenheit geriete und wenigstens an der inneren Entwicklung Roms sich nicht beteiligen könne. Da der unbequeme Mann ihm persönlich gegenüberstand, entwarf er zunächst in umständlicher Weise eine Schilderung der Lage; wie sämtliche katholische Fürsten sich beeiferten, dem Heiligen Vater ihren Schutz anzubieten, wie selbst England sich mit offener Erklärung von Rom zurückziehe, wie der Präsident der französischen Republik, damals Cavaignac, das Oberhaupt der Kirche mit Heeresmacht nach Rom zurückzuführen drohe, und was für eine heikle Aufgabe es sei, den innerlich erschütterten Staat durch alle diese äußeren Gefahren hindurchzuleiten.

Garibaldi bemerkte, als der Redner eine Pause machte, seiner Meinung nach habe die Regierung in solcher Lage nur eine Aufgabe, nämlich Geld und ein tüchtiges Heer zu sammeln, das allen diesen Feinden gewachsen wäre. Mamiani blickte eine Weile vor sich nieder und fragte dann mit vorsichtigem Lächeln, unter was für einem Titel und zu was für einem Endzweck er sich gedacht habe, das Schwert für Rom zu führen, worauf Garibaldi antwortete, das beste würde sein, wenn ihm unumschränkte Gewalt übertragen würde, wie die Römer in Zeiten äußerster Gefahr einen Diktator ernannt hätten, der, wenn der Staat gerettet gewesen sei, die verliehene Macht der volksvertretenden Regierung zurückgegeben habe; doch würde er auch als gemeiner Soldat sein Leben für Rom einsetzen. Er sei der Ansicht, Rom werde in Zukunft weder unter einem Papst noch unter Königen stark werden, sondern als Republik, für das Wichtigste halte er aber, daß es das freie Haupt Italiens werde.

Diese Erklärung war der gemäßigten Partei angenehm und nützlich, weil danach auch die Republikaner, die für Garibaldi eingetreten waren, ihn als einen Mann von rücksichtslosem Ehrgeiz zu fürchten anfingen und es billigten, daß er entfernt und unschädlich gemacht würde. Infolgedessen wurde er als Oberstleutnant mit seiner Legion in den Sold der Regierung genommen und nach Macerata, einer hochgelegenen kleinen Stadt im adriatischen Küstengebiet, geschickt, wo er einstweilen im Winterquartier liegen sollte.

Am Abend seiner Ankunft versammelte sich das Volk vor dem kleinen Gasthof, in welchem Garibaldi abgestiegen war, um ihn zu sehen, und so waren dort außer einigen patriotischen Gesellschaften auch Brunetti mit seinem ältesten Sohne und Ugo Bassi, der seit kurzem nicht unerheblich verwundet aus Benedig zurückgekehrt war. Die enge Straße war nur durch Oellämpchen beleuchtet, von denen eines an der Tür des Gasthofes angebracht war, und es war nicht möglich, Garibaldis Züge deutlich zu erkennen, als er, um dem Wunsche seiner Verehrer zu entsprechen, auf einen kleinen eisernen Fenstervorsprung im ersten Stock trat; dennoch kam über die Untenstehenden ein Gefühl, als habe sich ein Adler dort niedergelassen und breite die Schwingen wie einen Schild über ihnen aus. Nachdem mehrere Redner ein langes und breites über das Vaterland, die verflossene Knechtschaft und die bevorstehende Befreiung, über das vergossene und noch zu vergießende Blut, die Barbarei der Päpste und die Heldentugend der Söhne der alten Römer vorgetragen hatten, was alles Garibaldi in ähnlicher Weise kürzlich in Livorno, Florenz und Bologna gehört hatte, antwortete er folgendermaßen: „Römer, ich bin glücklich, unter euch zu sein, und danke euch, daß ihr mir wohlwollt. Eure Ahnen, die die Welt beherrschten, waren karg mit Worten, verschwenderisch mit Taten; ahmt ihnen nach, so werden wir vereint Italien befreien und Rom, Italiens Haupt, aus dem Staube aufrichten. Dafür will ich leben und sterben." Er dankte mit der Hand für den Beifall, der losbrach, und zog sich in das Haus zurück.

Während die Menge noch vor dem Fenster wogte, hinter dem er verschwunden war, griff Ugo Bassi den neben ihm stehenden Brunetti am Arme und zog ihn durch die nächsten Straßen, schweigend und lächelnd wie ein Verzückter; erst als der andre ihn fragte, was dies bedeuten solle, blieb er stehen und fragte, ob Brunetti sich jenes Traumes entsänne, den er ihm vor Jahren erzählt habe. Die Stimme, die er damals gehört habe, sei Garibaldis. Brunetti sagte staunend und nachdenklich: "Er hat eine edle Stimme, es ist wahr, die aus einer sonnenhaften Seele herauszustrahlen scheint;" und Ugo Bassi fuhr fort: "Was für ein Tor und Träumer war ich! Ich glaubte an Gott und gelobte doch, wenn ein Räuber oder Schelm, ein blutbeflecktes Tier mit der Stimme meines Traumes spräche, ihm nachzufolgen: anstatt dessen ist es Garibaldi, dessen Augen und Lippen dieselbe wohllautende Sprache eines harmonischen Instrumentes reden; so mußte es sein." Brunetti fügte hinzu: "Wenn er aber auch kreischte wie eine verrostete Türangel oder knurrte wie ein Hofhund, so würde ich doch dafür halten, daß er der Mann ist, den wir brauchen und von dem wir nicht lassen sollen." — "Er ist ein Werkzeug Gottes," sagte der Mönch, "und ich will das seine sein."

Es gelang ihm jedoch nicht, während der wenigen Tage, die Garibaldi noch, mit vielen wichtigen Geschäften überhäuft, in Rom verweilte, sich ihm persönlich bekannt zu machen, besonders auch, weil diejenigen, die in des Generals Umgebung waren, wußten, daß derselbe Geistlichen gern aus dem Wege ging, und den Priester deshalb von ihm fernzuhalten suchten.

Von Macerata wurde Garibaldi nach Rieti geschickt, einem Ort an der neapolitanischen Grenze, mit dem Auftrage, die südlichen Provinzen, die infolge der Umtriebe des Papstes und des Königs von Neapel in hellem Aufruhr gegen die vom Heiligen Vater verdammte Regierung in Rom standen, zu unterwerfen.

Unter dem Einflusse fanatischer Priester erhoben sich ganze Dörfer und vereinigten sich zur Bedrohung der Patrioten mit den Räuberbanden der Abruzzen, die es wohl zufrieden waren, unter dem Segen des Papstes und dem Schutze des Königs dieselben Frevel auszuüben, die bisher ihr geächteter Beruf gewesen waren und deren grausame Wildheit bald der allgemeine Geist wurde. Diese Horden bekämpfte Garibaldi mit schnellem Erfolge und erhielt durch seine Gegenwart und seinen Namen den Süden in leiblicher Ruhe und Unterwürfigkeit.

Eines Tages kam Ugo Bassi, als es schon dämmerte, vor Rieti an und fand unter den Mauern eine Abteilung Soldaten, von denen einige Fleisch an Feuern rösteten, andre ihre Waffen putzten, noch andre sich an der Flamme zu wärmen suchten, denn es war winterlich frisch. Da er sich einigen von ihnen näherte und nach Garibaldi fragte, fingen sie sogleich an, ihn zu necken und zu beschimpfen; sie hatten sich in dieser Gegend daran gewöhnt, in den Geistlichen einen boshaften Feind und noch dazu der Zahl nach übermächtigen zu sehen, denn es stand hier Kloster an Kloster, und die Glockentürme vieler Kirchen ragten mit den Zypressen wie ein verzauberter Wald über die Mauern von Rieti, und fühlten sich deshalb im Rechte, alle Roheit und Unlust an einem jeden ohne Unterschied auszulassen. Einer fragte Bassi, ob er den bösen Blick habe, ein andrer, ob er ein Messer im Aermel trüge, um den Augen nachzuhelfen, und mehrere schickten sich an, ihn in grober Weise daraufhin zu untersuchen, während von den übrigen einige lachten und ihre Kameraden aufreizten, gründlich zu verfahren. Wäre Ugo Bassi nicht nach mehrtägiger Fußwanderung erschöpft gewesen, hätte er seinen Quälern zureden und sie mit seiner Redegabe auf seine Seite ziehen können, nun suchte er sich ihrer nur zu erwehren; doch auch so gefiel sein unbekümmertes Wesen manchem, und da ohnehin nicht alle mit dem rücksichtslosen Angreifen eines keiner Schuld überführten Wanderers einverstanden waren, entstand unter den Soldaten Streit, der nach heftig gewechselten Worten anfing, tätlich zu werden. In diesem Augenblick erschien der Befehlshaber der Abteilung, Leutnant Nino Bixio, einer junger Mann mit feinem Kopf auf ebenmäßigem, ungewöhnlich muskelstarkem Körper, bei dessen Anblick die Raufenden sich losließen, um sich vor ihm durch Begründung des Streites zu entschuldigen. Bixio hatte kaum von einer Seite gehört, daß es sich um einen spionierenden Priester handle, der sich zu Garibaldi habe drängen wollen, als er den Zorn, der bereits auf seinem Gesichte brannte, gegen Ugo Bassi losbrechen ließ und, ohne ein Wort von ihm oder einem andern Soldaten anzunehmen, befahl, den Elenden zu den gefangenen Räubern zu werfen, damit er bei seinesgleichen sei. Seine Untergebenen mußten aus Erfahrung, daß, wenn sich eine gewisse Falte auf seiner Stirn und ein gewisses Beben in seiner Stimme zeigte, man ihm stillschweigend willfahren mußte, widrigenfalls man sich des Aeußersten zu gewärtigen hatte, und der Mann, den er dazu angewiesen hatte, führte deshalb den Priester ab, der sich seinerseits achselzuckend fügte, empfand aber so viel Mitleid mit ihm, daß er versprach, ihm Essen und Trinken und Stroh zu einem Lager zu bringen, und ihn auch wegen der Räuber tröstete, sie seien an Händen und Füßen mit Ketten zusammengebunden, so daß er sie nicht zu fürchten brauche. Ugo Bassi sagte: „Ich fürchte die Räuber so wenig, wie ich euch gefürchtet habe," und warf dabei einen gutmütigen Blick auf den Soldaten, so daß dieser lachen mußte und mit zunehmendem Wohlwollen versicherte, Nino Bixios Laune sei wie das Wetter in den Hundstagen, wo in einem Augenblick ein Gewitter zusammenlaufe mit Blitz und Donnerkeilen und im nächsten der Himmel wieder lache, und Garibaldi sei gerecht wie der Herrgott und werde ihn aus seiner peinlichen Lage erlösen, sowie er davon erführe.

Das Gefängnis der Banditen war ein Kellerraum in einem alten Kloster, das den Garibaldinern jetzt als Kaserne diente, wo um diese Jahreszeit eine wohltuende Wärme herrschte, und Ugo Bassi streckte sich, zufrieden, daß er ruhen konnte, auf das Strohlager, das der Soldat ihm bereitet hatte. Die Gesellschaft der Räuber war ihm zwar nicht lieb, aber keineswegs gefährlich, vielmehr beeiferten sie sich, seinem Gewande durch Kniebeugen, Händefalten und mannigfaltige Aeußerungen zerknirschter Demut Ehrfurcht zu bezeugen; denn sie zweifelten nicht, daß er gewissermaßen zu ihrer Partei gehöre und als ein Getreuer des Papstes von dem Antichristen Garibaldi eingefangen und zu ihnen eingesperrt sei. Nachdem er sich ein wenig erholt hatte, fiel es ihm ein, diesen Umstand und daß er viel mit den untersten Volksschichten umgegangen war und sie zu nehmen wußte, zu benutzen und ihnen ins Gewissen zu reden; erstlich hielt er ihnen die Schändlichkeit ihres Gewerbes und aller Art Untaten vor, von denen er annehmen konnte, daß sie sie begangen hatten, und nachdem sie sich dazu bekannt und als der Hölle würdige Sünder selbst beurteilt hatten, folgerte er, daß der Papst, wenn er ein heiliger Mann wäre, sich solcher Uebeltäter nicht als Werkzeuge bedienen und noch viel weniger sie zu Räuberei und Blutvergießen selbst anstacheln würde, was sie einsahen, und bereitete auf diese Weise die Erklärung vor, daß die Republikaner bessere Christen wären als Pius IX. selbst und daß Garibaldi ein Sendbote Gottes sei, der Italien frei und alle Menschen glücklich machen werde.

Die Folge dieser Belehrungen Ugo Bassis war, daß einer der Räuber in der Frühe des folgenden Morgens vor Garibaldi geführt zu werden verlangte und diesem vortrug, es sei ihm und seinen Genossen nachts ein Engel erschienen, der ihnen offenbart habe, daß er, Garibaldi, der echte Papst, Pius IX. aber ein betrügerischer Fürst der Hölle sei, und sie wären nunmehr bereit, ihm zu dienen und das Blut seiner Gegner vergießen zu helfen, wenn er ihnen ihre bisherigen Schandtaten nachsehen und ihnen die Freiheit wiedergeben wolle. Der Mann sah schwarz, häßlich und stumpfsinnig aus, war mit einer Samtjacke, roten Bändern und goldenen Ohrringen geputzt und gut gewachsen; er sprach schnell und zudringlich, während er mit kleinen pfiffigen Augen Garibaldi vorsichtig belauerte. Dieser sagte, nachdem er sich einen Augenblick bedacht hatte: „Die Natur hat dich und deinesgleichen mit geraden Gliedern, scharfen Augen und offenem Verstande geschaffen zur Arbeit und zum Schutze der Schwachen; aber ihr entehrtet euch durch Müßiggang, Diebstahl und Mord. Ich glaube nicht, daß sich euer Herz so schnell von schändlichen Taten zu rühmlichen zu wenden vermag, doch will ich euch prüfen. Erweist ihr euch als tapfere und gehorsame Leute, so soll die Vergangenheit ausgelöscht sein, und ihr mögt euch brave Soldaten des Vaterlandes nennen; laßt ihr euch aber bei einer Widersetzlichkeit gegen eure Vorgesetzten oder bei einem Diebstahl betreffen, sei es auch nur, daß ihr einer Bäuerin ein Ei oder einen Kupferpfennig entwendet, so sterbt ihr infamen Tod am Galgen."

Da nun Garibaldi sich nach dem Engel erkundigte, welchem die Banditen ihre Bekehrung verdanken wollten, erfuhr er, daß Ugo Bassi da war, der ihm nach seinem Rufe bekannt war, und eilte in den Klosterhof, wo Bassi sich, von Nino Bixio bei Tagesanbruch befreit, wartend aufhielt. Sie trafen sich im Säulengange,

und Garibaldi sagte: „Ihr habt kein feines Gast=
zimmer bei mir erhalten, weil Ihr nicht gut eingeführt
waret," wobei er einen Blick auf das Mönchsgewand
warf; „es wird nun künftig von mir heißen, wie
es in der Heiligen Schrift steht: ‚Siehe, er hat einen
Engel beherbergt und wußte es nicht.'" Ugo Bassi
errötete und schüttelte den Kopf, um die Huldigung
dieser Worte abzulehnen, indem er erwiderte: „Mein
Benehmen war nicht biblisch, denn ich habe üble Be=
handlung noch übler vergolten, da ich Euch die Ban=
diten beschert habe; ich begann die Sache aber nicht
in böser Absicht, sondern im Uebereifer und zur Kurz=
weil, und dachte zu spät daran, daß man den ge=
fangenen Wolf lieber nicht aus der Falle lassen soll,
und wenn er hundertmal beschwört, er wäre ein Lamm
geworden." Hingegen sagte Garibaldi lebhaft, er habe
gut gehandelt, ihn habe es geschmerzt, diese mißleiteten
Menschen, die auch Italiener seien, als Feinde und
Verbrecher behandeln zu müssen; hätte er so viel Zeit
sie zu bessern, wie eine gottlose Regierung gehabt hätte
sie zu verderben, so könnte etwas Rechtes aus ihnen
werden; denn es lägen in jedem Menschen Keime des
Guten wie des Schlechten. Wenn es nur Krieg gebe!
Bei dem bewaffneten Müßiggange, den sie jetzt treiben
müßten, ließen sich schwerlich brave Männer aus
Lumpenkerlen machen.

Von diesem Tage an blieb Ugo Bassi bei Gari=
baldi und erwies sich ihm oft dadurch nützlich, daß er
zwischen der Legion und den übelwollenden Land=
bewohnern vermittelte. Obwohl er Garibaldis Willen
fast immer erriet und, wenn er konnte, ausführte, gab
er doch in einem nicht nach, daß er seine geistliche
Tracht abgelegt hätte, was Garibaldi deshalb wünschte,
weil es ihn an das faule, eigennützige und verstockte
Mönchstum erinnerte, das er verabscheute, und weil
es auf seine Soldaten wie das rote Tuch wirkte, das

man vor den Augen des Ochsen flattern läßt, um ihn
zu reizen, und sie verhinderte, den kühnen Priester
so zu verehren, wie er es wünschte. Er entschuldigte
seine Sinnesart damit, daß er erzählte, er habe als
Knabe mehr kriegerische Neigung als mönchische ver-
spürt, da sei ihm ein geliebtes Mädchen, reich und
von adeliger Geburt, ihm zärtlich vertraut, noch in
den Kinderjahren gestorben, und seitdem habe sich seine
Sinnesart unglücklich verändert. Nicht das Mädchen
hätte er nicht vergessen können, aber den Tod nicht,
in allen Dingen der Natur, die er wahrgenommen,
hätte er die Vergänglichkeit als etwas Süßes und zugleich untröstlich Trauriges empfunden und hätte sie
lieben müssen wie kleine verfolgte Tiere, die in seinem
Schoße Schutz vor den Geschossen des Jägers suchten.
Durch diese Liebe und diese Trauer sei sein Herz
empfindlich geworden und er hätte sehr unter dem
Leben gelitten, da wäre das Mönchskleid ihm wie ein
geweihter Bezirk gewesen, wo er mit seiner einsamen
Empfindung unbehelligt hätte bleiben können, und wenn
er es ablegte, würde ihm zumute sein wie einem, der
nackt den Pfeilen der Mittagssonne ausgesetzt sei.

Hierüber sprach er oft mit Garibaldi, der sagte,
diese Trauer sei natürlich, doch müsse man sie überwinden und nicht wie hartnäckige Kinder mit der
himmlischen Natur trotzen, die, unerschöpflich in Ver-
wandlungen, Schöneres aus Schönem hervorgehen lasse.
Verschmerze das Herz aber auch nie ganz, so achte
der doch seines Wehs weniger, der um göttliche Dinge
kämpfte, die ihn selbst überdauerten. So sei es, gab
Ugo Bassi zu, so habe er erst Leben gefunden, seit
er es für Italien aufs Spiel setzte.

Eines Tages fand Ugo Bassi beim Erwachen statt
seiner Kutte eine Uniform vor seinem Lager, nämlich
eine scharlachrote Bluse und einen Kalabreserhut mit
schwarzen Straußfedern, in allen Stücken der Gari-

baldis gleich, der bald darauf selbst eintrat und sie ihm zum Geschenk anbot; er selbst habe sie einige Male getragen, sagte er, in der Hoffnung, die sonst unerwünschte Tracht werde ihm dadurch lieber werden. Nachdem er ihm beim Ankleiden behilflich gewesen war, hängte er ihm selbst die Kette mit dem Kreuz um, das Bassi immer auf der Brust getragen hatte, damit es ihm statt jeder Waffe diene und Freund und Feind ihn als einen erkennten, der sein Leben Gott geweiht habe. Die Legion begrüßte den soldatischen Priester mit Jubel, und er selbst fand bald Gefallen an seiner neuen Erscheinung; auch schienen mit der Uniform verkümmerte Triebe seiner Knabenzeit wieder aufzuleben, denn er zeigte Lust zu allen körperlichen Uebungen, ritt mit Eleganz und Keckheit und bat sich die wildesten Pferde von Garibaldi aus, der ihn oft zu größerer Vorsicht ermahnte. Obschon Ugo Bassi fast fünfzig Jahre alt und etwa sieben Jahre älter als Garibaldi war, behandelte dieser ihn wie einen Jüngeren, an dessen dem Augenblick hingegebener Empfänglichkeit man sich erfreut; freilich lag in der Inbrunst, mit der er Lust und Weh sich aneignete, etwas von der Art des Abschiednehmenden, der bereit ist, von sich zu werfen, was seine Arme noch umschließen.

Rom! Ueber deinem untergegangenen Leibe schwärmte die Trauer der Erde und schüttete ihrer Schönheit Ueberfluß zerrissen in ewige Opferglut; nun steigst du aus deinem Grabe und erhebst dein unverwelkliches Haupt. Noch ist dein Antlitz dunkel von der Schwere deiner langen Versunkenheit und ihren versteinerten Träumen; aber die fernen Lichter deiner Seele schimmern morgenrot durch den allumfangenden Himmel deiner Augen. Herrin! Mutter! du erwachst; allen Völkern wird der Frühling wiederkehren!

Am 9. Februar des Jahres 1849 zogen die Abgeordneten der verfassunggebenden Versammlung vom Palast Monte Citorio auf das Kapitol und erklärten dort öffentlich nach dem Beschlusse der Volksvertretung Rom als Republik und die weltliche Herrschaft des Papstes für verfallen. Sie wählten eine oberste regierende Behörde von drei Männern, deren einer Carlo Armellini wurde, ein alter Mann, der sich der großen französischen Revolution entsinnen konnte und seiner Familie zum Trotz, die ihn zum Priester hatte machen wollen, sich an ihren starken und einfachen Idealen entwickelt hatte; er war ein geborener Römer und tüchtiger Jurist und sowohl dadurch wie durch Reichtum, Kultur und bewußte Würde geeignet, an der Spitze eines Staates zu stehen. Zum Zeichen jedoch, daß die römische Republik sich nicht beschränken, sondern der Grundstein eines künftigen Italien sein wollte, berief die Versammlung den Genuesen Giuseppe Mazzini, der beim Ausbruch der Revolution aus der Verbannung nach Mailand geeilt war und nach Mailands Fall sich nach Florenz gewendet hatte, in der Hoffnung, Toskana zum Zusammenschluß mit Rom zu bewegen, was ihm nicht gelang.

Als er an der Seite des Präsidenten Galletti zum ersten Male den Saal im Konservatorenpalaste betrat, wo die Versammlung tagte, erhoben sich die Abgeordneten, und vielen pochte die Brust vor Erregung; denn sie waren fast alle noch junge Männer, die ihren Glauben an Italiens Wiedergeburt in der Einheit und Freiheit aus seinen Schriften geschöpft hatten und ihn, den reifen Mann, auch darum verehrten, weil er seine Ideen nicht nur lehrte, sondern auch lebte, nie wankte und mit der Kraft seines selbstverleugnenden Geistes die Leitung und Verantwortung ihrer treibenden Jugend auf sich zu nehmen schien. Sie erblickten einen feingebauten Mann, der durch die

Erlesenheit seiner Erscheinung und die einsame Luft unbeugsamen Denkens, die von seiner Stirn glänzte, ihre begeistert entgegenfliegende Neigung aufhielt; sowie er aber im Sprechen war, machte sich die kindliche Süßigkeit seiner Stimme und seines Lächelns geltend und lockte das verscheuchte Gefühl um so inniger zurück. Er fing damit an, daß er sagte: „Als ich ein Knabe war, träumte ich in den Stunden, wo ich mir gönnte, glücklich zu sein, daß ich als alter Mann Rom sehen würde, das dann die Hauptstadt des einigen Italien wäre, und daß die ungebrochene Jugend jener sorglosen Zeit mich grüßen und zu mir sagen würde: ‚Du hast für uns gelitten, ruhe nun aus inmitten unsers Friedens!' und daß ich dann lächeln und sterben würde; denn die Kinder lieben Blut und einfache, satte Farben. Damals ahnte mir kaum, wie weh der Schmerz tun kann. Ich hätte nicht geglaubt, daß man Jahr für Jahr das Sterben und den Abfall geliebter Freunde, Einsamkeit, Not und Heimweh, die Schwachheit des gefolterten Gewissens, den Hohn der Welt erleiden und dennoch leben kann. Aber alles dies in beinah zwanzig Jahren der Verbannung Erduldete tilgt diese Sonne wie einen Tropfen! Ich, noch nicht alt, noch kräftig zum Kampfe, sehe Rom als Republik Italiens und darf mich ihren Bürger und einen ihrer verpflichtetsten Diener nennen. Nichts nimmt mir diesen Augenblick; er ist und wird sein, solange ich sein werde." So, fuhr er fort, möchten alle das Erscheinen der römischen Republik auffassen; sie hätte ganz Europa zum Feinde, die Standhaftigkeit und der Mut ihrer Bekenner, so groß sie wären, könnten doch ihre Dauer nicht verbürgen: aber es genügte für die Geschichte, daß sie gewesen wäre. Wenn ein Erfinder eine Maschine erdächte, und sie würde gebaut und bewegte sich und ginge, wenn dann auch der nächste Augenblick sie zerstörte und den Erfinder mit seinem Geheimnis tötete, ihr Dagewesensein zwänge die Zeit, sie wiederzubringen. Er sage das aber nicht, schloß er, um sie zu entmutigen, sondern um jeden Zweifel, der auftauchen könnte und sollte, unschädlich zu machen; beleuchtete dann alle Hilfsmittel und Verbündeten, die in Betracht kommen könnten, und verwies vor allem auf die Kraft des Rechtes und den göttlichen Atemzug des Notwendigen in der Geschichte.

Er hatte, wenn er vor vielen stand, eine Art zu sprechen, als wollte er seine Meinung niemand aufbrängen, ja als ob er nur zu überreden fast mehr fürchte als wünsche; aber die Glut seines Wollens brach durch sein dunkles Auge und pflegte zusammen mit der Ueberlegenheit seines Geistes, die sein Duft war, besonders die Jüngeren in seiner Umgebung unbedingt zu beherrschen, während Eitelkeit und Schwäche sich ihm leicht widersetzte und Andersdenkende oder selbständig Gereifte ihn gern vermieden.

Nachdem er sich von allen, die ihn begrüßen und sprechen und kennen lernen wollten, frei gemacht hatte, ging er schnell, sich jeder Begleitung entziehend, in den belebteren Teil der Stadt, um sich allein der Gegenwart Roms bewußt zu werden. Es war ihm so ums Herz, daß er hätte niederknien und die Steine küssen mögen, auf denen er ging; aber er glitt nur mit zärtlicher Hand im Vorbeigehen über die Mauern der Häuser. Unverhofft sah er aus dem Gewimmel unscheinbarer Straßen, von ewigen Mauern und Säulen mächtig getragen, die erhabene Kuppel des Pantheon steigen; er stand still und trat aufatmend von dem sonnenwarmen Platze in den Göttersaal. Ein paar alte Bettler saßen schlummernd oder gleichgültig auf den Bänken an der Wand, und er konnte seinem überwältigten Herzen genugtun, ohne sich kühler Neugierde preiszugeben. Vor einem der Altäre niederkniend, betete er: „Du, göttliches Bewußtsein, berührtest mich

mit einem deiner Strahlen und gabst mir Kraft, dich
anzubeten und aus dem Staube nach dir zu ringen.
Um dir zu dienen, bekämpfte ich mein ungebärdiges
Blut und opferte dir meine Liebe, meine Rache, ja
meine Traumbilder und Schönheiten, ach, jede späte
Blume, die meine Brust noch tragen wollte, nachdem
ihre Rosen längst zertreten waren, riß ich aus, um
nur deine Saat zu empfangen. Allgegenwärtiges
Licht, den ganz Entblößten führst du zur Höhe und
weisest ihm an den Küsten das goldene Wogen deiner
reifen Ernte. Laß mich aus deiner Wahrheit denken,
führe mich deinem unfehlbaren Gange näher, an Sternen,
die irren und täuschen, vorüber."

⊕

Wie die Schiffe, wenn es Nacht wird, der Wind
ins Horn stößt und die Wellen wie ungeduldige Hunde
über den glatten Jagdgrund laufen, nach dem Stern des
Leuchtturms streben, der unbewegt durch das Getümmel
strahlt und den Hafen anzeigt, so eilten die Patrioten
nach Rom, als Mazzini das Haupt der Republik geworden war, während in allen andern Ländern Italiens
die Hoffnungen wankten. Es kamen Erstlinge der
irrenden Ritter Italiens, Maurizio Quadrio und
Nicola Fabrizi; jener hatte im Jahre 1821 die verhängnisvolle Täuschung derer geteilt, die Karl Albert
von Sardinien, den entnervten Abkömmling fürstlichen
Hochmuts und fürstlichen Taumels, zum Könige der
Revolution machen wollten, und hatte seitdem das
Elend der Verbannung tapfer ertragen, ein einfacher
und getreuer Mann, der, mehr seiner als andrer
Pflichten eingedenk, niemals prahlte noch klagte und
ebenso willig war, andre anzuerkennen, wie die Ver-
kennung seiner selbst zu verzeihen. Nicola Fabrizi
von Modena hatte mit Ciro Menotti, dem hochsinnigen
Opfer des aufgeblasenen Tyrannen Franziskus, ge-

wagt und verloren, und nach vielen Fahrten suchte sein düsterer Blick vom Exil in Malta aus die blauen Gestade Italiens. Dieser war ein Mann wie ein Felsen in der Hochflut, der sich vom stärksten Drange des Blutes nicht zu unbedachten Opfern verführen ließ, aber nicht zögerte, sich ganz zu geben, wenn es dem Vaterlande nötig war und nutzte, schweigsam, ernst, nicht leicht vertrauend, wo er traute unerschütterlich, als Republikaner geboren, da er der Menschen nicht bedurfte, weder als Beispiel noch als Stütze, noch zur Huldigung. Verschieden von diesen war der unglückliche Carlo Pisacane, Sohn des Herzogs von San Giovanni in Sizilien, den heißes Blut und bange Leidenschaften auf nicht unedeln, aber unsicheren Wegen zum Untergange führten. Zum Offizier erzogen, wäre er in seiner Heimat einer ansehnlichen Laufbahn gewiß gewesen; aber zu stolz, sich bloßen Titeln unterzuordnen, haßte er den brutalen König, dessen Plumpheit und Unwissenheit seinem Adel und seiner Bildung ein Greuel waren. Liebe zu einer Frau, die von ihren Eltern einem von ihr nicht geliebten Manne vermählt war, vollendete sein Geschick; er entriß sie dem Nebenbuhler und entfloh mit ihr, ebenso krank aus Groll gegen die Heimat wie aus Sehnsucht nach ihr. Mazzini ersetzte ihm den schützenden Wurzelgrund eines ehrenvollen Lebens im Vaterlande; dennoch wogten unter der Zuversicht, die er zur Schau trug, trübe Unruhe, Ehrgeiz, Heimweh und nie begnügtes Verlangen. Er war jung, schlank und blondhaarig und hatte die Züge eines von jeher in Wohlstand und im Genusse der Kultur lebenden, noch nicht herabgekommenen Geschlechtes.

Ein Sohn des Volkes war der Bolognese Giuseppe Petroni, von Kindesbeinen an Verschwörer und unversöhnlicher Rebell wie viele in der Romagna. Die Natur hatte seinen Geist reich begabt und seinen

Körper entstellt; er war häßlich von Gesicht, schielte und hatte einen buckeligen Rücken. Anstatt sich darüber zu kränken, pflegte er sein Schicksal zu rühmen, daß es ihn dadurch von der Liebe ausgeschlossen hätte, die ohnehin ihre Anhänger mehr plagte als vergnügte und viel Tatendrang und Willen an sich zöge, der für das geknechtete Vaterland nutzbar gemacht werden könnte. Zwar sagte man ihm nach, daß er mehr Glück bei Frauen habe, als er verriet, doch lag ihm nichts daran, ja es hieß, er verjage die Zudringlichen wie Fliegen; das Feuer seines Geistes, das desto lustiger brannte, je älter er wurde, widmete er ungeteilt der italienischen Republik, wie Mazzini sie lehrte, und den Genossen, die sie mit ihm ins Werk setzen wollten. Als erprobter Rechtskundiger war er dem Justizministerium beigeordnet.

Aurelio Saffi, ein junger Edelmann aus Forli, guter Sohn guter Eltern, der es nicht anders wußte, als daß sein Stand, seine Bildung und sein Vermögen ihn verpflichteten, dem Vaterlande die schwersten Dienste zu leisten, die größten Opfer zu bringen und das geringste Entgelt für sich zu fordern, hatte sich ganz am Geiste Mazzinis erzogen und gab sich ihm ohne Vorbehalt hin, sowie er ihn gesehen und gesprochen hatte. Er trug ihm seine Freundschaft mit dem Bewußtsein an, gegen die Gabe seines ganzen Herzens nur empfangen zu können, was Hunderte, ja alle, die es wollten, mit ihm teilen konnten; obwohl mehr im fremden als im eignen Lichte lebend, besaß er doch die zurückhaltende Würde des feinen Menschen, die für das fehlende Gewicht der Persönlichkeit entschädigt.

In einem Punkte wichen die meisten Anhänger Mazzinis von ihm ab: er wollte, daß der neue Staat dem Papste seine Rechte als Vater aller Christen und Oberhaupt der Kirche nicht nur ließe, sondern verbürgte, wie er überhaupt das Gebäude des Glaubens nicht umgestürzt, vielmehr befestigt, wenn auch gereinigt wissen wollte. Dies wollte er nicht, wie andre, aus Klugheit, um die herrschenden Mächte des Lebens nicht durch Mißachtung der ältesten Ueberlieferung gegen sich aufzubringen, denn er verwarf die Berechnung in der Diplomatie, die der Ueberzeugung Schaden tat, sondern weil er an den das Weltall tragenden Gott glaubte und sich nicht getraute, bessere Formen für das ewige Geheimnis zu erfinden, als die Menschheit im Umschwung der Geschichte sich gebildet hatte. Dagegen vermochten besonders die Italiener des Kirchenstaates, welche das Unwesen der Papstregierung stets vor Augen gehabt hatten, unter dem Unrat und der Verwesung der Zeit die Idee der Kirche nicht mehr zu erkennen und begriffen nicht, warum der Mann des schneidenden Gedankens, der Eroberer der neuen Zeit, der das hungrige Volk an die Majestät seiner Arbeit mahnte, an der schwersten und dunkelsten Vergangenheit nicht rütteln wollte. Es ärgerte sie, daß er sich des Wortes „Gott" nicht nur als Bild bediente, sondern Gott für eine Wesenheit hielt, die er in Zusammenhang mit den irdischen Angelegenheiten brachte. Dennoch siegte nach hitzigem Streit der Wille Mazzinis, und der Schutz des Papstes als Oberhaupt der Kirche wurde in das Grundgesetz der Verfassung der Republik aufgenommen.

⊕

Der März dieses Jahres war schwül und regnerisch. An einem früh dunkeln Abend traf Mazzini im Gasthofe der „Minerva", wo er mit Freunden die Mahlzeiten einzunehmen pflegte, mit Luigi Miceli, einem jungen Kalabresen, zusammen, der nach Rom gekommen war, um die Hilfe der Republik, die ihr Banner über ganz Italien wehen ließ, für seine Heimat in Anspruch zu nehmen. Sein Geschlecht, das im sechzehnten Jahrhundert um der Reformation willen aus Toskana in das Neapolitanische ausgewandert war, hatte dem neuen Vaterlande Blut der Seinen verschwenderisch geopfert; die Väter vererbten den Söhnen Haß der bourbonischen Könige, Mut und Todesverachtung. Luigi hatte vor fünf Jahren an dem unglücklichen Aufstand teilgenommen, dessen Ende der Fall der Brüder Bandiera besiegelte, und seitdem danach getrachtet, diesen Tod zu rächen. Da nun die jüngste Erhebung, die eine Zeitlang mit dem Glück Siziliens und Neapels glücklich gewesen war, der Uebermacht des Königs erlag, warf er seine Hoffnung auf Rom, entrann mit Not dem Gemetzel und langte flüchtig als Schutzflehender in der freien Stadt an. Um ihn nicht mit vergeblichen Aussichten hinzuhalten, eröffnete ihm Mazzini einen Einblick in die Lage der Republik: hätten sie Geld und Truppen genug, was könnte Rom Lieberes und Größeres unternehmen, als den Süden befreien? Aber es fehle dem eignen Bedürfnis. Das Land hinge zum größeren Teil dem Papste an, die Städte brauchten ihr Volk, um die Grenze und sich selbst zu schützen.

Petronio bemerkte, es wäre besser gewesen, das Feuer in Kalabrien zu schüren, als dem König von Sardinien Truppen zuzuschicken, der an Geld und wohlgeübter Mannschaft Ueberfluß habe, der Republik, die er verachte, die Hilfe nicht danke, ja, wenn er siegte, das erprobte Heer vielleicht im Namen des Papstes gegen Rom wenden würde. Mazzini erwiderte, er wisse wohl, daß die Römer mit wenigen Ausnahmen seiner Absicht, Karl Albert mit Truppen zu unterstützen, entgegen gewesen wären; er könne nicht bereuen, es dennoch durchgesetzt zu haben. Wenige hätte die grausame Schwäche des unseligen Königs so tief und unheilbar ins Herz getroffen wie ihn, er könne ihn nicht lieben, er halte es für möglich, daß er nur deshalb den Krieg gegen Oesterreich erneuert habe, um den Republiken von Rom und Venedig den Ruhm zu entreißen, die einzigen gewesen zu sein, die für Italien eintraten; aber wie dem auch sei, er habe es getan; er kämpfe gegen Italiens Erzfeind und tue es im Gegensatze zu der Hälfte der Bevölkerung seines Landes, die ihm am nächsten stehe; er sei jetzt für ihn keine Person mehr, sondern ein italienischer Staat wie Rom, und Rom müsse ihn achten, wie es von ihm geachtet sein wolle. — Mit dieser Logik, rief Gustavo Modena, der berühmte Schauspieler, könne Rom zugrunde gehen. Wer nicht zu allererst leben und bestehen wolle, sei nicht wert zu leben. Er hasse Oesterreich, aber noch mehr Karl Albert, den kalten Verräter, den neidischen Schwächling, das blutsaugende Gespenst. Ein Sieg seiner meineidigen Hand würde Italiens Fluch werden. Möchte lieber die Zahl der Feinde wachsen, als daß Italiens Zukunft mit diesem König ohne Seele verbunden sei. „Der Bombenwerfer von Neapel," sagte er, „hetzt Hunde auf die, die an seine Krone fassen, was ein unwillkürliches Reagieren erschrockener Könige ist, und wird schließlich auf seiner Dummheit zur Hölle fahren; aber jener mordet die, die er hegen würde, wenn er sie verdunkeln könnte, weil er ihnen nicht einmal ähnlich sein kann. Er ist dem Himmel zu schmutzig und der Hölle zu zimperlich; wenn die Erde ihn endlich ausstößt, fällt er in das Nichts." Es antwortete lärmender Beifall. Gustavo Modena stand auf und rief: „Bringen wir seinem Untergang ein volles Glas!" Die Gläser klangen schnell und scharf gegeneinander, nur Mazzini trank nicht. Obwohl er im Gespräch leicht unduldsam war gegen solche, die seine Ansichten bestritten, versuchte er doch, wenn er über Menschen urteilte, gerecht zu sein und sich nicht von Gefühlen des Hasses oder der Rachsucht bestechen zu lassen. Er sagte mißbilligend: „Wer weiß, ob ihr dem Könige nicht wünscht, was er selbst sich sucht. Ein Mann, der das Große fühlt und tun möchte und doch nicht fähig ist, sich vom Niedrigen loszumachen, ist freilich von Gott verworfen; richtet er aber sich selbst, indem er sich opfert, so überwindet er den Fluch, der auf ihm lastete, und macht seinen Namen hell und ehrwürdig."

„Ja, so spiegeln sich die Dinge in deiner tragischen Seele," sagte Modena. Du solltest mir glauben, daß ich die Könige, die ich studiert habe und, wie man sagt, meisterlich darstelle, besser kenne als du. Woher kommt es denn, daß ich, der Schauspieler, als Urbild des Königs auf die Bühne treten kann? Weil die Könige Schauspieler sind! Die Maske, die dem Königskinde in der Wiege angelegt wird, wächst mit ihm, und es gewöhnt sich an sie, daß es sie nicht mehr bemerkt, wie auch andre sie nicht mehr bemerken. Sie wächst fest, und das ist sein Glück; denn würde er sie in einem Augenblicke der Zerstreutheit einmal ablegen, so würde er sehen, daß kein menschliches Gesicht mehr dahinter ist, sondern eine Höhle. Der Schwund ist über seine Seele und sein Gesicht gekommen, das immer hinter der Larve steckte, und die schönen Sentenzen, die von seinem künstlichen Munde abschnurren, werden desto hochtrabender, je mehr er zum Gespenste wird, damit der Betrug nicht ans Licht komme. Du, Pippo, der du erscheinst und verschwindest, ungreifbar und unverwundbar bist wie ein Gespenst, mit deinem Blut und Leben aber Italien, das jener Franzose das Land der Toten nannte, lebendig speisest, du passest nicht zu den Königen und hättest nicht mit ihnen anbinden, dich nicht mit ihnen vertragen sollen!"

Die andern stimmten ihm bei und fuhren fort, sich in beschimpfender Weise über den König zu äußern. Lachend sagte Modena: „Vielleicht hat die Rache den Verdammten ereilt, und aus den Sümpfen seines

Lebens schleicht sich sein Geist zu uns und vergiftet unsre Worte!" da er aber sah, daß das Gespräch Mazzini zuwider war, lenkte er es mit der Gabe witzigen Plauderns, die ihm eigen war, unvermerkt auf einen andern Gegenstand.

Immer nach Ruhe und Behaglichkeit begierig und immer auf abenteuernden, gefährlichen Wegen, hatte Gustav Modena lange als Flüchtling in der Verbannung irren müssen, um zwischendurch als Begründer einer neuen Schauspielkunst gefeiert zu werden. Gegen Beifall und Bewunderung zeigte er sich unempfindlich, teils weil er nicht eitel war und den Wert des Publikums nicht überschätzte, vielleicht auch weil den von niemand geahnten, ihm selbst fast unbewußten Ansprüchen seines Herzens doch die überschwenglichste Huldigung nicht genügt hätte. Einzig die Liebe Julias, seiner Frau, einer Schweizerin, die sein Leben begleitete, wie eine Quelle zu Füßen des Wanderers unermüdlich, heiter und erquickend hinfließt, füllte mit ihrer unwandelbaren Liebe und Ergebenheit sein Herz aus.

Es war etwa eine Stunde später, als Mazzini gerufen wurde, da der Gesandte des Königs von Sardinien, ein gewissenhafter Mann, der nicht verhehlte, daß die Republik, der der König und sein Land tatsächlich übelwollten, ihm Achtung abnötigte, ihn allein zu sprechen wünschte: er brachte die Nachricht von der gänzlichen Niederlage des piemontesischen Heeres bei Novara, wodurch Oesterreich wieder unbeschränkter Herr der Lombardei wurde und seine gesammelte Macht zur Wiedereroberung Venedigs und Unterbrückung aller italienischen Erhebung südlich seines Gebietes verwenden konnte. Daran dachten im ersten Augenblick die wenigsten: einige eiferten, sie hätten dies vorausgesagt, man hätte ihnen glauben sollen, nie hätte Karl Albert ehrlichen Krieg mit Oesterreich im Sinne gehabt, er selbst hätte dem Feinde den Steg in die Hände gespielt, ein so zahlreiches und tüchtiges Heer wäre nicht geschlagen worden, wenn die eignen Führer es nicht in die Falle gelockt hätten; andre frohlockten, daß es so gekommen sei und Italien zu den goldenen Ketten Oesterreichs nicht noch die eisernen Piemonts tragen müsse.

Nach Mitternacht ging Mazzini nach Hause; er war noch ohne Schlaf und setzte sich an ein offenes Fenster der kleinen Wohnung, die er auf dem Kapitol innehatte. Die feuchte dunkelwolkige Nacht verhüllte die Formen der Häuser und Bäume, auf die er blickte, und es sah aus, als tauchten sie selig in eine schöne, ihm unerreichbare Welt; zuweilen flutete Veilchengeruch durch die warme Luft. Wenn Mazzini die Augen schloß, sah er die Ebene, wo Gott gegen Italien entschieden hatte, voll von Toten: braven Piemontesen, die, ihrem König gehorsam, in den Streit gezogen waren, heimatlosen Lombarden, Tapferen aus allen Gauen seines Vaterlandes. Er glaubte das Stöhnen und Seufzen der Sterbenden, das weit und breit niemand hörte, zu hören, und ihre letzten zuckenden Gedanken, Fluch, Verzweiflung, Sehnsucht, Ergebung, jagten wie Pfeile mit einer Blutspur durch seine entblößte Seele. Kurze schwarze Wolken flogen haftig dicht über das verlassene Schlachtfeld und verwandelten sich in Geier und Raben, die niederstießen und mit triefendem Schnabel wieder auf und weiter flogen dem Süden zu. Sie zogen mit der siegreichen Heerschar, gegen die jene Toten ein Wall gewesen waren, und die nun unbezwingbar, grausam und verachtend vorwärts stürmte gegen Rom. Der Tag fiel ihm ein, als er in die freudenvolle Stadt eingezogen war und ein halbnackter brauner Junge, der auf einem der Löwen am Obelisk der Piazza del Popolo saß, jubelnd eine kleine rote Mütze geschwenkt hatte; er mußte an einen Tag denken, wo alle diese Leute, die er damals nur mit halbem Bewußtsein gesehen hatte, aus den Trümmern ihrer Häuser flüchtend, bergauf und bergab durch die Straßen irren würden, flüchtig vor der Wut barbarischer Soldaten, die das Angstgeschrei hilfloser Kinder zum Morde reizte.

Nach einer Weile stand er auf und versuchte die grauenvollen Bilder, die sich ihm anhängten, abzuschütteln. Er sagte sich: „Der König hat den Gang verloren, nun treten wir in die Schranken; der nächste Augenblick der Geschichte ist unser, und wenn er auch weder Frucht noch Lorbeer für mich oder einen der meinigen trägt, so wollen wir trachten, wenigstens Samen in seine Tiefe zu säen, der unverloren den Späterkommenden aufgeht."

✠

Viele Geistliche fügten sich scheinbar dem neuen Zustande, andre folgten dem Papste nach Gaeta, einige blieben in Rom und suchten heimlich das Volk in ihrem Sinne zu beeinflussen. Es wurde bekannt, daß ein Kanoniker von Sankt Peter, mit Namen Don Silvio, in einem kleinen Wirtshaus im Borgo feindselige Reden gegen die Republik halte, und da er witzig sei, viel Beifall finde, worauf sich sogleich mehrere Republikaner mit Hintansetzung ihrer Berufsgeschäfte dem Aufspüren des sanfedistischen Verschwörers widmeten, indem sie in allen Scheuken der bezeichneten Gegend die Runde machten und dabei ein vergnügtes Leben führten. Schließlich entdeckten sie den Uebeltäter, wie er im verräucherten Winkel einer Taverne mit seinen Anhängern beim Weine saß und fröhlich das Wort führte. Don Silvio war ein mittelgroßer dicklicher Mann, dessen grauer Haarkranz einen struppig kecken Wuchs hatte, wie bei einem Pinscherhunde, und dessen Augen, wenn er listig blinzelte, im umgebenden Fett verschwanden, wenn er erschrocken war, wie glänzendschwarze runde Knöpfe hervorsprangen;

seine Lippen waren so dünn, daß sein Mund einer langen, das Untergesicht durchschneidenden Spalte glich. Die Bedrohungen der Republikaner, die mit groben Schimpfwörtern nicht zurückhielten, versetzten ihn dermaßen in Angst, daß er, heftig zitternd, kaum um Gnade zu bitten vermochte, was bei seinen Feinden kein Mitleid erregte, vielmehr ihre Rachsucht steigerte. Sie fingen schon an, ihm gefährlich zu Leibe zu gehen, als einer von ihnen auf den Einfall kam, zu verlangen, er solle nun ebenso eine Rede für die Republik halten, wie er zuvor gegen sie getan hätte, widrigenfalls sie ihm den Beweis ihrer Gerechtigkeit auf die kürzeste Art liefern wollten, und ließen dabei ein paar blanke Messer vor seinen Augen spielen. Don Silvio warf einen wehmütigen Blick darauf und sagte, er sei gern bereit, über einen so trefflichen Gegenstand zu sprechen, der nur vielleicht größer als seine Beredsamkeit sei, aber an seinem guten Willen solle es nicht fehlen. Dann fing er sogleich geläufig zu reden an und sagte unter anderm: „Vorüber sind nun die abergläubischen Zeiten, wo die Priester das Volk regierten: sie saßen auf den guten Weideplätzen, sie hatten die fettesten Pfründen, die höchsten Aemter ohne Zoll und Steuer, sie sogen die Armen aus, übervorteilten die Reichen und teilten mit den Mächtigen ihre Beute. O Barbarei! o Greuel! Heil der Republik, die nach unten gekehrt hat, was oben war in ihrer Gerechtigkeit! Jetzt sitzen auf allen Thronen und Stühlen, in allen Aemtern und Stellen die Laien und besteuern und verfolgen und übervorteilen die Pfaffen. Das ist Ordnung! Das ist Weisheit! Das ist die Lösung aller Fragen! Wieviel mehr Wohllaut liegt im Winseln blutender Pfaffen, als im Jammern geplagter Laien! Wieviel saftiger und fetter sind sie, wieviel ausgiebiger! Ist es nicht billig, daß sie die Maschine des Staates speisen, anstatt sie zu brehen? Dazu gehören starke Knochen und schwielige Fäuste von Leuten, die arbeiten. Die Pfaffen sind fett, sauget sie aus, das Volk hat Muskeln, es regiere!" Er mischte ergötzliche Beispiele und Anspielungen dazu, und schon der weinerliche Ausdruck seines schlauen Gesichts war in Anbetracht der festlichen Stimmung seiner Rede so komisch, daß die Männer lustig wurden und er schließlich vor Beifall und Gelächter kaum weiterreden konnte. Dabei legte sich der Groll, und es entfaltete sich ein brüderliches Zechen im Wirtshause; immerhin schworen die Republikaner, als man sich trennte, wenn sich Don Silvio noch einmal antreffen ließe, daß er das Volk gegen die Regierung aufwiegle, würden sie ihn ohne Umstände an die nächste Laterne hängen.

✥

Aus Imola, Forli, Lugo, Ancona und andern kleinen Städten des Kirchenstaates wurde von Untaten berichtet, die im Namen der Republik begangen wurden, denen zum Teil Anhänger des Papsttums, zum Teil auch andre zum Opfer fielen, bei denen von politischer Gegnerschaft keine Rede sein konnte. In Imola war es hauptsächlich eine große, verzweigte Familie, die von den Republikanern verfolgt wurde. Diese Leute, die sehr reich waren und namentlich viel Land besaßen, setzten sich dadurch dem Uebelwollen aus, daß ihre Häuser der Sammelplatz aller derer waren, die dem alten Regiment anhingen, seien es Geistliche oder Laien; auch führte man den erbitterten Haß auf ein bestimmtes Vorkommnis aus nunmehr etwa dreißig Jahren entfernter Zeit zurück. Damals hatte ein Ehepaar aus dieser Familie einen jungen Mann, der mit einer seiner Töchter ein Liebesverhältnis angeknüpft hatte, dem es dieselbe aber, da er arm und vielleicht auch von revolutionärer Gesinnung war, nicht geben wollte, mittels einer Anklage wegen geheimer Umtriebe gegen die Regierung unschädlich zu machen versucht, was zu dessen Tod am Galgen führte. Das Mädchen starb bald hernach, andre behaupteten, sie sei nicht tot, sondern werde von den Eltern, in einem Zimmer eingeschlossen, verborgen gehalten, wo sie, verwildert wie ein Tier, bis zur Unkenntlichkeit verkommen, nur zuweilen durch ein sinnloses Geheul ihr Dasein verrate.

In Ancona hatte sich eine Bande von Männern gebildet, die sich nachts in die dunkeln Häuser schlichen und mordeten. Man hörte sie nicht kommen, wußte sich auch nicht zu erklären, wie sie eintraten und wohin sie verschwanden; am Tage war keine Spur von ihnen aufzufinden, und hatte man auch Verdacht gegen den einen oder den andern, so wagte man ihn doch nicht geradezu anzuklagen oder gar festzunehmen. Der Ursprung dieser Frevel war folgendes: Zu einer kleinen frommen Handwerkerfamilie gehörte eine alte Frau, die ihr beträchtliches Vermögen einem ihrer Neffen, einem guten einfachen Knaben, für den Fall vermachte, daß er in ein Jesuitenkloster einträte, wozu er denn auch von seinen Eltern, die arm waren und in der Aussicht auf die Erbschaft lebten, bestimmt wurde. Die Väter, denen das Vermögen, wenn das Kind stürbe, zufallen sollte, verbrauchten dasselbe für sich und ihre Zwecke und waren damit schon fertig, bevor der Knabe mündig war, weshalb sie Anstalt machten, ihn durch ein langsames Gift aus dem Wege zu räumen, damit ihr räuberisches Vorgehen nicht an den Tag käme. So wenigstens wurde erzählt, nachdem der früher gesunde Junge kränklich und nach längerem Siechtum, wenn auch körperlich einigermaßen wiederhergestellt, schwachsinnig geworden war und nun die Veruntreuung des Geldes dennoch mußte zugestanden werden. Den Vater des verblödeten Knaben wußten die Jesuiten so zu bearbeiten, daß er glaubte, er würde sein Seelenheil verscherzen, wenn er das mindeste von dem, was er wußte und zu vermuten Ursache hatte, laut werden ließe, und blieb ein stiller, scheuer Arbeiter, der alle kirchlichen Obliegenheiten noch ängstlicher als früher erfüllte; doch hatte er noch einen andersgearteten Sohn, einen robusten Menschen, der die Geistlichkeit haßte und nicht unzufrieden war, einen Grund zu persönlicher Rache zu haben. Dieser begrüßte die in Rom verkündete Republik als den Anbruch der Zeit, wo die Gerechten, die bisher gelitten hätten, die ungerechten Urheber ihrer Leiden bestrafen dürften, ja sollten, und bildete mit Gleichgesinnten eine Gesellschaft, die sich als eine Art Tribunal betrachtete und Geldbußen oder Tod über die Gehaßtesten unter den Gegnern verhängte. Sie hatten mit den meisten Häusern irgendwelche Verknüpfung, sei es durch ein Glied der Familie oder durch Bedienstete oder andre, die ein und aus gingen, so daß sie heimlich Eintritt gewinnen und den Gerichteten, der sich sicher wähnte, lautlos niedermachen konnten.

In Rom fehlte es nicht an solchen, die jubilierten, daß die Stunde der Vergeltung gekommen wäre, dagegen sahen die Verständigen ein, wie häßlich der Name der Republik befleckt würde, wenn solche Verbrechen ungeahndet blieben, und Mazzini betrieb mit höchstem Eifer die Schlichtung des gefährlichen Aufruhrs. Es hatte das aber bedenkliche Schwierigkeiten; denn die Abgeordneten der Republik, die beauftragt waren, die Schuldigen ohne Verzug und ohne Ansehen der Person nach strengem Gesetz zu bestrafen, fanden ihre Urteilskraft aufgehoben: in diesen kleinen Orten, zwischen alten kahlen Mauern, wo sich die Menschen so nah und so allein mit ihrem heißen Blute waren, wütete Flamme gegen Flamme, und niemand konnte sich dem Umkreis, wo die Glut wehte, nähern, ohne mit zu entbrennen und, statt zu richten, an den tödlichen Leidenschaften teilzunehmen.

In dieser Verlegenheit kam Mazzini auf den Gedanken, Felice Orsini zu entsenden, einen der schönsten und unerschrockensten Männer des römischen Volkes, den nur ein unbändiger Stolz, der ihn schwerfällig im Umgang machte, von manchem Erfolge ausschloß, den seine Kenntnisse und seine Tatkraft ihm sonst verdient hätten. Er hatte mehrere Jahre wegen Beteiligung an Aufständen gefangen gesessen und war durch die Amnestie befreit worden, ohne sich vor dem Papste gebeugt zu haben. Die republikanische Gesinnung war ihm angeboren, und wer ihn kannte, wußte, daß nichts eine Ueberzeugung, die er einmal gefaßt hatte, würde erschüttern können; auch hätte der Mann, der keinen über sich ertragen konnte und doch nicht als Herrscher geboren war, sich nur mit einem Staatswesen befreunden können, wo alle wenigstens dem Titel nach einander gleich waren. Mazzini hatte keine Vorliebe für ihn; die Roheit vieler Romagnolen, die durch einen Anflug mittelalterlich-scholastischer Bildung, wie sie oberflächlich auf den Schulen beigebracht wurde, notdürftig zugedeckt wurde, etwa wie der Faltenwurf eines wallenden Gewandes einen unschönen Körper verhüllt, widersprach in verletzender Weise der feinen Kultur seines eignen Geistes. Anderseits war er voreingenommen für alle, die sich zu seinen Ansichten bekannten, besonders wenn sie entsprechend handelten, was Orsini in tapferer und selbstloser Weise getan hatte. Obwohl nicht ohne Ueberwindung gestand Orsini, wenn auch nicht ausdrücklich in Worten, so doch in seinem Bewußtsein, Mazzini einen gewissen Vorrang zu. Als Mazzini ihm sein Ansinnen vorgetragen hatte, antwortete er nach kurzem Bedenken, daß er ein solches Amt nicht gern übernehmen würde, wo es gälte, die mit harter

Hand niederzudrücken, die endlich sich das Recht selbst suchten, das eine gewissenlose Regierung ihnen vorenthalten hätte, dagegen Leute zu beschützen, die seine Feinde wären. Feinde dürfe er allerdings, entgegnete Mazzini, als Beamter der Regierung unter den Bürgern des Staates nicht haben, als solcher dürfe er in diesem Falle nur Schuldige und Unschuldige kennen und jene rücksichtslos bestrafen. Auch er, setzte er hinzu, leide darunter und wünsche, es wäre zu diesen Verirrungen nicht gekommen; aber das neue Rom müsse zeigen, daß es die Gerechtigkeit besitze, deren Mangel es dem päpstlichen vorgeworfen habe. Eines Mannes bedürfe man, der unbestechlich, unerschütterlich, unbeugsam sei; er wisse, ein solcher sei er, Orsini, er möge sich dem Vaterlande, das seiner bedürfe, nicht entziehen. „Es ist mir zuwider," sagte Orsini abweisend, „die Epoche der Freiheit mit Häscherdiensten zu beginnen." „Auch Garibaldi hat sich nicht zu gut gedünkt, Räuber zu fangen und zu strafen, weil die Republik es forderte," warf Mazzini ein. „Mag sein, Garibaldi," sagte Orsini kurz, ohne daß eine Miene in seinem schönen Römergesichte spielte. Mazzini errötete leicht. „Er trägt freilich Lorbeeren, die nichts und niemand ihm nehmen kann," sagte er scharf. Orsini schien sich durch die Zurechtweisung nicht gekränkt zu fühlen, vielmehr sagte er einlenkend: „Es gibt nichts, was ich im Namen der Freiheit nicht täte, außer eben diejenigen einkerkern, die ihr zu rasch und trotzig dienten." Mazzini fuhr ungeduldig auf mit den Worten: „Gäbe es doch ein Gebot gegen diejenigen, die den Namen der Freiheit unnützlich führen! Freiheit ist kein Genuß, Freiheit ist eine Aufgabe. Sie bringt und gibt nicht, sie verlangt. Es gäbe nicht so viele Tyrannen auf der Erde, wenn es nicht leichter wäre zu gehorchen und zu leiden, als frei zu sein. Wären diese Morde unter Gregor geschehen, ich würde die Täter wie die Opfer beklagen und die Schuld denen zuschieben, die sie regieren; da sie sich Republikaner und freie Männer nennen, kann ich keine Nachsicht üben. Wenn wir nicht tüchtigere Männer und geordnetere Zustände in Rom haben, als in jedem andern Staate Italiens sind, haben wir nicht das Recht zu dauern." In seinem Wesen, das für gewöhnlich weich nnd liebenswürdig war, kam leicht eine zurückstoßende Schärfe zum Ausbruck, wenn er widerstreitenden Ideen begegnete, zumal bei denen, die auf derselben Grundlage standen wie er, so daß die Möglichkeit vollen Verständnisses vorhanden schien. Orsinis Hochmut war durch seinen tadelnden Ton verletzt, trotzdem machte ihm die Größe von Mazzinis Standpunkt, wofür er Sinn hatte, Eindruck, und er sagte freimütig: „Ich habe Euch verstanden und muß Euch recht geben. Es ist mir darum nicht minder unlieb zu tun, was Ihr verlangt, aber wenn Ihr es keinem andern und kein andrer es sich zutraut, will ich mich zwingen und es tun." Mazzini dankte lebhaft mit warmen Worten der Anerkennung und machte Orsini mit allen Einzelheiten der Vorgänge und mit dem, was bisher in der Sache geschehen war, bekannt. „Ihr könnt nun wegen dieser Dinge ohne Sorge sein," sagte Orsini, als sie sich trennten; „denn da ich es übernommen habe, werde ich ohne Verzug so handeln, daß dem Rechte Genüge geschieht und ähnliches sich nicht wiederholen kann."

●

In diesen Tagen kam ein Franziskaner nach Rom, der durch den ganzen Kirchenstaat wanderte, um das Volk gegen die Republik aufzustacheln, und predigte vor der Laterankirche, die einsam außerhalb des Verkehrs lag, so daß er darauf rechnen konnte, von den Bürgerwachen, die meist die besuchteren Plätze und Straßen abgingen, weniger bald bemerkt zu werden.

Er war ein alter Mann von einiger Bildung, besonders aber von Ueberzeugung und Aufrichtigkeit, wodurch es seinen Reden nie an Wirksamkeit fehlte, wenn er auch in Rom selbst, wo die Anwesenheit vieler Patrioten und eine kluge Regierung die Stimmung zugunsten der Republik entschied, einen nennenswerten Zulauf nicht hatte. Er stand auf der Treppe der Kirche gegen die grasbewachsene Steppe außerhalb der Stadt gewendet und kam im Verlaufe seiner Predigt zu folgender Stelle: „Ein Eugel des Zornes steht über den sieben Hügeln. Die Kirchen sind verlassen, die Heiligen Gottes haben ihr Antlitz abgewendet und hören die Anbetung der Armen nicht mehr. Denkt an die Tage, als der Heilige Vater in eurer Mitte war, euch speiste und kleidete und segnete; das waren Tage milder Sonne, wo eure Felder trugen und die Trauben an euern Bergen reiften; jetzt zerstampft die Saaten der Ungestüm raubender Soldaten, und was er nicht zerstört, vernichtet der Nachbar dem Nachbarn in unnatürlicher Fehde. Die sich vorher liebten, kennen sich nicht mehr, zielen auf ihre Herzen. Blut rinnt in die Erde, nicht von Fremden, von Brüdern, die Wurzeln trinken es, es steigt in die Stämme, die Halme, die Früchte und Körner, das Brot, das wir essen, ist voll davon. Alle Völker der Erde, die Christen heißen, waffnen sich gegen euch, Neapel, Oesterreich, Frankreich, Spanien und die von Norden werden kommen, werden eure Männer verstümmeln, eure Kinder töten, euer Gut verprassen, um euch für die Schmach zu strafen, die ihr dem Vater der Christenheit angetan habt."

Zufällig kamen Mazzini und Maurizio Quadrio vom freien Felde her auf die Kirche zu, als der Mönch mitten in dieser Rede war, und traten näher heran, um zu sehen, was der Zusammenlauf von Menschen an dieser Stelle zu bedeuten hätte, so daß der Franziskaner ihrer ansichtig wurde. Er erkannte sofort den geistesstolzen Kopf Mazzinis, den er oft auf Abbildungen gesehen hatte, und anstatt zu erschrecken, daß er von ihm bei einer so aufrührerischen Handlung betroffen wurde, wendete er sich ihm ganz zu und richtete, mit ausgestrecktem Zeigefinger auf ihn weisend, die Rede an ihn: „Da bist du, Luzifer, Empörer gegen Gott! Fluch dir und wehe euch, die sich von ihm mitreißen lassen in die teuflische Rebellion! Der Blitz des beleidigten Gottes trifft alle, die sich von deinen lügnerischen Worten umgarnen lassen, im Augenblick, wo sie sich dir ergeben, verläßt sie der Herr. Wie geschlachtete Kälber sind sie gefallen, schöne Jünglinge, Kinder liebender Eltern, die du vor dir her schicktest, und liegen stumm vor deinen Füßen. Wo du hinkommst, schwinden Friede, Wohlstand und Liebe, wo du hinkommst, bewegen sich die Schwerter in der Scheide und klirren. Deine Farbe ist bleich, weil du bei Nacht umgehen und mit den Toten ringen mußt, die ihre Seele von dir wollen. Glaubst du, dein beladenes Herz könne ein Volk glücklich machen? Glaubst du, du könntest so viel Glück schaffen, daß es das Unglück aufwiegt, das du über unser Land gebracht hast? Was weißt du von dem Gesetz, nach welchem Gott Glück und Unglück, Reichtum und Armut, Freiheit und Dienst verteilt hat? Du unterfängst dich, die Welt nach den Plänen deines Kopfes umbauen zu wollen, der Staub ist, nein, eine Luftblase vor den Atemzügen des göttlichen Verhängnisses! Glaubt mir, ihr Betrogenen, die unter euch, die Gott arm geschaffen hat, wird euer Abgott nicht reich machen, diejenigen, die Gott krank geschaffen hat, nicht gesund. Wenn er mit eurer Hilfe den alten Gott gestürzt hat, wird er euch vor den Pflug spannen, damit ihr das Brot aus der Erde grabt, und wenn ihr euch weigert, werdet ihr Steine essen müssen, wie es bisher gewesen ist."

Während der ganzen Anrede stand Mazzini ohne sich zu rühren und starrte in das drohende Mönchsgesicht. Es hatte nicht gemeine Züge: die nicht großen Augen lagen tief unter der vorspringenden Stirne, die Backenknochen waren wuchtig gebaut, aber am auffallendsten waren Kiefer und Kinn, die dem barbarischen Gott eines wilden Riesengeschlechtes anzugehören schienen. Mit dem, was er sagte, schnitt er in die wundeste Stelle von Mazzinis empfindlichem Herzen, das alles, was, seit er die Leitung der italienischen Revolution in seine Hand genommen hatte, an Leiden und Sterben kühner Patrioten geschehen war, auf sich geladen hatte, auch wenn er nicht unmittelbar daran beteiligt war. Hatte er auch die Ueberzeugung von der Notwendigkeit der Opfer, so litt er doch nicht geringere Qual darum, ja, er hatte unsäglich trostlose Stunden, wo er zweifelte, ob jemals ein Errungenes das Verlorene aufwiegen würde. Auch Quadrio hatte sich anfangs dem Eindruck, den der Mann und seine Sprache machte, nicht entziehen können, aber bald überwog das Mitleid mit dem Freunde, dessen bittere Empfindung er mitfühlte, und die Besinnung, daß ein solcher Angriff gegen das Haupt der Regierung augenblicklich unterdrückt werden müsse, und er sah sich schleunig nach Wachen um, die nun auch sogleich zu mehreren herbeieilten und den furchtbaren Mönch ergriffen, um ihn in Gewahrsam zu bringen. Bei diesem Anblick kam Mazzini zu sich, drängte sich rasch durch die Menge, verabschiedete die Polizeisoldaten durch einen Wink und sagte zu dem Mönch, der trotzig stehen blieb: „Dieses Mal, weil ich selbst gegenwärtig bin, sollst du frei ausgehen; sprächest du noch einmal so zum Volke, würdest du als ein Aufwiegler bestraft, wie das Gesetz es verlangt. Ich zürne dir nicht und will dir nur dies sagen: ich bin ein Mensch, der in Gottes Hand steht wie du, irren kann wie du, und dem vergeben werden kann wie dir." Der Mönch warf einen düsteren Blick auf Mazzini, aus dem nicht abzulesen war, ob und wie er die Worte aufgenommen hatte, und entfernte sich langsam; die Soldaten standen unschlüssig wartend, allein Mazzini bedeutete sie nochmals, daß sie den Mann unbehelligt sollten ziehen lassen, worauf sie sich zurückzogen. Während Quadrio dem Davongehenden eine Strecke folgte, um acht zu geben, daß das Volk ihm nicht nachliefe, und auch den Wachen winkte, ihn zwar nicht anzugreifen, aber doch zu beobachten, blieb Mazzini auf dem Flecke stehen; seine Augen hingen, ohne daß er es wußte, an den steinernen Heiligenfiguren auf der Zinne des Lateran, deren gigantische Gebärde über ihn hinaus in das Unendliche starrte. Er fuhr aus Gedanken auf, als Quadrio zurückkam und ihm gutmütig Vorwürfe machte, daß er den Mönch habe gehen lassen, anstatt dem Gesetze seinen Lauf zu lassen. Allenfalls hätte er vorübergehen können, ohne scheinbar etwas zu bemerken, da er aber einmal stehen geblieben wäre, hätte er eine solche Auffässigkeit nicht unbestraft lassen dürfen. Die, welche dabei gewesen wären, würden nicht glauben, daß Großmut oder eine hohe Gerechtigkeit seine Handlungsweise veranlaßt hätten, sondern würden denken, er hätte nicht gewagt, Hand an einen Mann Gottes zu legen, dessen Wort ihn getroffen und niedergeschmettert hätte. Mazzini gab dem Freunde recht und entschuldigte sich damit, daß er in diesem Augenblick nicht anders hätte handeln können und daß er der Sache keinen großen Wert beigelegt hätte, da die Zuhörer nur ein Haufen Müßiggänger, die dem Zeitvertreib nachgingen, gewesen wären. Der gequälte Ausdruck verschwand aus seinen Augen, und er sagte, indem sie weitergingen: „Ich dachte vorher mit Entsetzen, wie es um mich stände, wenn jener recht hätte und ich unrecht; aber ich kann nichts andres tun, als

nach meiner Einsicht handeln und die Entscheidung
Gottes erwarten. Vielleicht," fügte er lächelnd hinzu,
„sollte er mir auch nicht recht geben, läßt er mich
doch ohne Strafe laufen wie ich jenen, weil ich es
ebenso ehrlich gemeint habe."

⊕

In Rieti hatte ein Soldat aus Garibaldis Legion
eine alte Bäuerin erschlagen, woraus ein Aufruhr entstanden war, und Bauern und Soldaten, in deren
Mitte der Täter trotzig einherging, ohne sich führen
oder gar binden zu lassen, kamen vor Garibaldi gelaufen, der, wie gewöhnlich des Abends, mit Ugo Bassi,
Montalbi und einigen andern Offizieren auf seinem
Lieblingsplatze in der Nähe des Klosters saß. Es
standen dort auf einer hügelartigen Erhöhung Feigenbäume mit glutstarren Zweigen hinter steinernen Bänken
um einen Brunnen, zu dem über einer breiten flachen
Treppe Frauen und Mädchen kamen, um Wasser zu
holen, mit ernsten Gesichtern und steilem Halse, hoch-
aufgerichtet und feierlich unter der Last der schweren
Kupfergefäße, die sie auf dem Kopfe trugen. Garibaldi gebot den Bauern, die durcheinander schrien,
und den Weibern, die laut heulten und beteten, zu
schweigen, und hieß den Beschuldigten selbst sagen, was
geschehen sei; der, ohne zu leugnen, erzählte, er habe
der Alten Eier abkaufen, sie ihm keine geben wollen,
er habe ihr Geld gereicht, um zu zeigen, daß er bezahlen
könne, eine neugeprägte republikanische Münze, darauf
habe sie ihm das Geldstück aus der Hand gerissen,
darauf gespien und ihm ins Gesicht geworfen, dazu
in unverständlicher Sprache gegen ihn gezischt, auch
mit den Händen Zeichen gemacht, so daß ihn die Wut
und noch mehr der Abscheu vor ihrem geifernden
Hexengesicht übermannt und er mit dem Kolben seines
Bajonetts nach ihr geschlagen habe. Er habe nicht die
Absicht gehabt, sie zu töten, doch bedauere er auch

nicht, daß es geschehen sei, er wisse, daß er sterben müsse, und sei dazu bereit. Die Soldaten und Offiziere, die anwesend waren, schwiegen beklommen und blickten ängstlich und einige trotzig bittend auf Garibaldi, der auf das fließende Wasser des Brunnens starrte und endlich sagte: „Du warst immer ein braver Soldat und hast nie Schändliches begangen; die Strafe mußt du leiden, die das Gesetz will, aber du sollst durch die Kugeln deiner Kameraden einen ritterlichen Tod sterben." Der Mann rief mit fester Stimme: „Es lebe Garibaldi!" und machte kehrt, von den andern blieben mehrere unschlüssig, ob sie noch um sein Leben bitten sollten, aber vor dem verdüsterten Gesicht des Generals wichen sie gesenkten Hauptes zurück. Den Bauern, die mit verbissenen Gesichtern noch dastanden, während die Weiber zu heulen fortfuhren, vielleicht in der Hoffnung, Almosen zu erhalten, befahl Garibaldi drohend, wie es sonst seine Weise nicht war, nach Hause zu gehen und ihre Tote in der Stille zu begraben, worauf sie erschraken und wie böse mutlose Tiere, blutige Blicke rückwärts wendend, davongingen. Ugo Bassi stand auf, um den Verurteilten auf seinem letzten Gange tröstend zu begleiten; die Legionäre hatten sich an ihn gewöhnt, und so widerspenstig sie auch im allgemeinen gegen religiösen Zuspruch waren, ließen sie sich doch seine Predigten, in denen nur von Gott als der großen Selbstverständlichkeit des rätselhaften Daseins und sonst von nichts Kirchlichem die Rede war, und seine brüderliche Anteilnahme an allen ihren Angelegenheiten gern gefallen. Montaldi, der allein bei Garibaldi zurückblieb, ging mit schnellen Schritten auf dem Platze auf und ab und schalt mit zornig gefalteter Stirn auf die Bevölkerung der Gegenden, durch die sie während dieses ruhm- und freudlosen Feldzuges gekommen waren. Die Soldaten, sagte er, könnten unmöglich begreifen, warum sie Räuber niederschießen dürften und diese nicht, da sie doch allesamt Gauner wären, Wölfe, dazu abgerichtet, den Rosenkranz durch die Zähne zu ziehen. Warum brave Bursche aus Mailand oder Modena oder Bologna ihr Blut vergießen sollten, um dies Gesindel als Brüder umarmen zu können, das die Gelegenheit nur benutzen würde, um ihnen während des Kusses die Börse aus der Tasche zu ziehen. Ein besserer Dienst würde Italien geleistet, wenn man sie ausrottete, und es wäre richtiger, Belohnungen auf die Vertilgung solcher Bestien zu setzen, als Strafe.

Da Garibaldi nicht antwortete, fing er an, von dem Soldaten zu sprechen, der zum Tode geführt wurde, und sagte: „Dieser Mann war ein braves und tapferes Herz. Er kam zu meiner Zeit nach Montevideo, war Matrose gewesen und hatte Briefe von Mazzini aus Marseille nach Genua und Livorno befördert, darum mußte er fliehen. Gelernt hatte er nicht viel, aber er war ein treuer Kamerad und besonders deswegen bei allen so beliebt, weil er viele Geschichten, die er Gott weiß wo aufgefangen hatte, zu erzählen wußte." — „Auf dem Meere mußte man ihn sehen," fiel Garibaldi ein, „wenn Sturm war und das Schiff von Welle zu Welle stürzte, kletterte er auf den höchsten Mast und stieß gellende Schreie aus, der Möve ähnlich, die durch Mark und Bein gingen und einem das Herz hoben."

Die Sonne ging unter, und während die nahen Gipfel der Apenninen dunkler wurden und näher rückten, erglomm die Einöde des fernen Hochgebirges in rötlichblauen Farben, die erst immer süßer und röter wurden, dann grau und zuletzt den Stein und die Schneestreifen tonlos und kalt zurückließen. Das war die Stunde, wo die Frauen zu dem Brunnen zu kommen pflegten, aber an diesem Tage blieben sie aus, vielleicht eines Tanzes wegen; denn man hörte von irgendwoher schwirrende Musik von Flöten und Geigen. Plötzlich fielen ein paar Schüsse, die anzeigten, daß das Urteil an dem Soldaten vollzogen sei, und ein verlängerter Widerhall rollte wohllautend durch die Berge. Montaldi warf sich aufatmend auf die niedrige Steinbank unter den Feigenbäumen, und da gleich darauf Ugo Bassi zurückkam, begann er mit diesem, wie er gerne tat, zu streiten, indem er sagte: „Ich glaube, der brave Mann hat ein fröhliches Sterben von Euch nicht lernen brauchen, eher könntet ihr Pfaffen es von ihm lernen, die ihr das Leben in Ewigkeit verlängern wollt. Ein rechter Mann muß es mit dem Leben halten wie mit den Frauen: sich hinein schicken, wenn sie grausam sind, sie genießen, wenn sie einem lächeln, ohne warum? und wie lange? zu fragen, und ihnen nicht nachblicken, wenn sie einen verlassen." Ugo Bassi entgegnete lächelnd: „Ihr habt recht, euch Heiden müßte man eher lehren, das Leben zu lieben, als den Tod nicht zu fürchten. Denn freilich ist es mit dem Leben wie mit den Frauen: je zärtlicher, leidenschaftlicher und getreuer wir sie anbeten, desto mehr Ueberfluß an Süßigkeit und Heiligkeit werden sie uns geben." Der andre machte eine ungeduldige Bewegung und sagte: „Sie sind wert, was ich daraus mache, und ich hüte mich wohl, sie meiner Herr werden zu lassen."

Es war inzwischen Nacht geworden, und die Truppen zogen mit ihren Signalen in die Kaserne; über einem schwarzen Bergrücken stand noch ein Flecken dunkle, traurige Abendröte. Garibaldi hatte an dem Gespräch der beiden nicht teilgenommen, auch nicht zugehört, da er eignen Gedanken nachhing; jetzt ließ er sich von dem Brunnenrande, auf dem er gesessen hatte, herunter, näherte sich den Freunden und sagte: „Ich bin des Lebens in diesen Gegenden nie froh geworden und habe mich jetzt entschlossen, ein Ende damit zu machen. Es war gut und nützlich, daß wir dies Volk in Ordnung und Gehorsam erhalten haben; aber was hilft es? Ehe nicht hüben und drüben ein andres Regiment herrscht, werden diese armseligen Menschen Schmuggler und Banditen sein wie seit alters und mit jedem Feinde des Staates zusammen spielen. Sollen wir deshalb bis an das Ende unsrer Tage hier Wache stehen? Ich habe gesehen, daß unsre Leute, die in der Mehrzahl gutartig und willig waren, bei diesem tatenlosen Leben und zwischen anrüchigem Volk, das sie schonen sollen, träge und aus Unlust lasterhaft werden; denn der Mensch ist so, daß ihn seine schwere Natur in den Schlamm zieht, wenn ihn nicht ein stärkerer Wille oder die Schwungkraft großer Zeiten emporhebt. Das darf nicht weitergehen, weil ich feste und reine Herzen für größere Zwecke brauche. Es gibt Soldaten genug, die uns hier ablösen und die Räuber jagen können, aber ich muß fürchten, es gibt niemand, der das Volk aufruft, um den fremden Räuber zu vertreiben, der Italien nach dem Leben stellt. Mailand ist gefallen, Piemont streckt die Waffen, die Männer bucken sich, wenn der verfluchte Tiger auf Italiens Nacken tritt. In Umbrien, in der Romagna, in den Marken ist mein Name nicht unbekannt; sie werden mir in Scharen folgen, wenn ich ausrufe: ich schenke österreichisch Blut! Der Augenblick muß endlich kommen, wo wir sie Gnade flehen hören und ihnen das Eisen ins Herz stoßen, wo wir unsre Pferde über ihre Leichen jagen, daß sie sie mit ihren Hufen zertreten. Kann ich den Kampf im Namen der römischen Republik führen, so ist es mir lieb, hat sie nicht Mut zu dem Krieg, so führe ich ihn im Namen des Volkes und mit dem Volke; statt des Schwertes mögen sie mit den eisernen Zähnen des Pfluges töten. Wer mit gutem Hasse haßt, findet die Waffe, um den Feind zu erlegen."

Bis in die tiefe Nacht hinein erklärte er Ugo
Bassi, wie er sich den allgemeinen Volkskrieg vorstellte,
den er im Geiste schon mit allen Einzelheiten ent=
worfen hatte, und beauftragte ihn, sich in aller Eile
nach Rom zu begeben und der Regierung seinen Plan
vorzulegen. Vor Tage verließ der Gesandte Rieti
und ritt nach Rom.

❋

Nicht lange nachdem Ugo Bassi das Lager ver=
lassen hatte, traf dort eine Botschaft der Regierung
ein, die Garibaldi nach Rom rief, da in den nächsten
Tagen schon der Angriff eines französischen Heeres
müsse erwartet werden. Nachdem nämlich Pius IX.
eingesehen hatte, daß sein Volk ihm freiwillig die
Tore nicht öffnen werde, wählte er betrübt und miß=
trauisch unter den Mächten, die ihm die Hilfe ihrer
Waffen antrugen, ohne sich entscheiden zu können;
denn die schwächeren, so Spanien, verbürgten keinen
Erfolg, und von den stärkeren mußte er annehmen,
daß sie ihren Sieg ebensosehr gegen ihn wie gegen
die Republikaner ausbeuten würden. Da ihm aber
die Anmaßung Oesterreichs, das die Wiedereinsetzung
entthronter Fürsten in Italien als sein herkömmliches
Recht betrachtete, vor allem unleidlich war und er
auch fürchten mußte, jeden Anhang in seinem Reiche
zu verscherzen, wenn er auf der Spur der berüchtigten
Kroaten zurückkehrte, ließ er sich Frankreichs Schutz
aufdrängen, freilich mit saurer Miene, denn der Name
der französischen Republik war ihm so zuwider wie
der ihres Präsidenten Napoleon Bonaparte. Die Wahl
war dem Papst insofern günstig, als die Römer nicht
glauben wollten, Frankreich, das ihnen bisher als
Lehrmeister und Muster der Freiheit erschienen war,
das die Unantastbarkeit der Freiheit andrer Länder
zu einem Grundgesetz seiner Verfassung gemacht hatte,
könne sich zum Häscher des Priestertyrannen gegen

sein Volk erniedrigen, und verabsäumten in ihrem eigensinnigen Vertrauen, rechtzeitig Maßregeln gegen den zweizüngigen Feind zu ergreifen. Es kam dazu, daß von Bonaparte, dem Präsidenten, der Jahre seiner Jugend in Italien verbracht hatte, die Rede ging, er sei Karbonaro gewesen und habe nach den furchtbaren Gesetzen dieses Bundes geschworen, für Italien zu leben und zu sterben, widrigenfalls er der Rache der Genossen wolle verfallen sein, und daß er tatsächlich in der Revolution des Jahres 1833 eine bedeutende Rolle gespielt hatte, weswegen man eher für möglich hielt, er werde für Mazzini als für den Papst eintreten. Immerhin gab es einige, die den Neffen des Oheims, wie man den jüngeren Napoleon nannte, und seinen weibischen Ehrgeiz durchschauten und voraussagten, daß er die europäischen Verhältnisse verwirren wolle, wie sein großer Vorfahr, um sich leichter zur Größe aufschwingen zu können, aber mit kleineren Zielen und unechtem Glanze. Fürst Canino sagte, er habe seinem Vetter nie getraut, weil er sich selbst nicht traue und seine Zukunft nicht beherrsche. Er habe Verstand und könne ein feiner Gelehrter sein, klage auch zuweilen darüber, daß ihm der stille Platz am Schreibtisch bei Büchern nicht vergönnt sei, doch vertreibe ihn niemand von dort als seine eignen Träume, denn er sei Phantast, obwohl er Staatsmann sein möchte. Seine Phantasie habe indessen nicht den Hochschwung des Adlers, sondern das ungewisse Stoßen der Fledermäuse, die erst, wenn es dunkelte, heimlicherweise zu kreisen anfingen, auch schwärme sie häufiger in den Busen einer nackten Frau als nach Gipfeln in Wolken, und verlange nach Krone und Zepter nicht viel anders, als ob es eine Vorstecknadel, sich zu zieren, wäre. Ob er Karbonaro gewesen sei, wisse er nicht, halte es aber für möglich und meinte, wenn ihn damals ein Gelüsten oder Zweck zur Rolle eines patriotischen Verschwörers gelockt hätte, würde ihn kein Bedenken zurückgehalten haben, so wenig wie ihn jetzt etwas abhalten würde, Rom der teuflischen Dummheit der päpstlichen Reaktion auszuliefern, wenn es seinen Plänen diente. Grundsätze habe er nicht, nur Wollust, Gefühl und Berechnung. Italien liebe er, aber mit der schnöden Liebe des eiteln Schwächlings, der die starke Leidenschaft einer hochherzigen Frau fürchtet, indem er sie anbetet und sie gelegentlich einer buhlerischen Dirne aufopfert, die er verachtet.

Trotz des Glaubens an Frankreich und der Erwägung, daß es unklug sein würde, die einzige Nation, von der noch Beistand zu erwarten war, gegen sich aufzubringen, war die Versammlung stolz genug, den Abgesandten des französischen Heeres, der freien Einzug in Rom für dasselbe forderte, damit es verhindern könne, daß eine andre Armee, etwa die österreichische, unter dem Vorwande, die Rechte des Papstes zu wahren, sich dort festsetze, mit der Antwort abzuweisen, daß sie jedem Versuch irgendeiner Macht, Rom zu besetzen, mit Waffengewalt entgegentreten würden, und es war demnach geboten, die Stadt schleunig in Verteidigungszustand zu setzen. Es war eine der wichtigsten und schwierigsten Fragen, wer zum leitenden General der gesamten Heeresmacht ernannt werden sollte; denn so wenig es an tüchtigen Offizieren fehlte, die sich an ihrer Stelle schon bewährt hatten, so sehr mangelte es an einem Manne, welcher die Feldherrngabe des Ueberblicks und der Verteilung großer Massen besessen hätte; Garibaldi wurde sie gleich lebhaft abgestritten wie zugeschrieben. Mazzini wußte, daß er in soldatischen Kreisen außerhalb Roms als der einzig Geeignete angesehen wurde, und neigte zu derselben Ansicht; aus andern Gründen war er unsicher, ob die Wahl nicht schlimme Folgen haben könnte. Es war kürzlich vorgekommen, daß Garibaldi Gefangene, die aus Ankona nach römischen Gefängnissen transportiert wurden, weil sie bei jenen Ausschreitungen der republikanischen Partei beteiligt gewesen waren, die erst Orsini hatte unterdrücken können, willkürlich befreit hatte, um sie bei einer kriegerischen Operation zu verwenden, was eine peinliche Auseinandersetzung zwischen ihm und der Regierung zur Folge gehabt hatte. Diese Nichtachtung der Regierung und seiner Grundsätze machte Mazzini Bedenken, und er fragte sich, ob es angehe, einen Mann mit militärischer Gewalt zu bekleiden, der sein Ziel, die Besiegung der Feinde, verfolge wie die ungeheuer waltende Natur, deren Gewitter Häuser niederbrenne und Menschen erschlage, um die Saat fruchtbar zu machen, und Geschlechter hinraffe, um einem neuen Keime Raum zu schaffen. In einer Versammlung, wo darüber endgültig sollte beschlossen werden, nahm er das Wort und sagte: Im Kriegsministerium sei der Oberst Roselli vorgeschlagen, der, ein gebildeter Offizier und vortrefflicher Mensch, ihm selbst vollkommen genehm sei; doch müsse er darauf aufmerksam machen, daß noch ein Mann in Frage komme, der vielleicht mehr Anwartschaft auf eine so hohe und verantwortliche Stellung habe als Roselli oder irgendein andrer: Garibaldi. Dies sage er nicht wegen der Siege, die Garibaldi mit seiner Legion jenseits des Meeres erfochten habe, so staunenswert sie wären, denn die dortigen Verhältnisse wären von den hiesigen zu verschieden, als daß man von jenen auf diese schließen könnte. Hier habe er noch keine Gelegenheit gehabt, große Schlachten zu schlagen; aber man sage oft, die schwerere Kunst sei, einen Rückzug geschickt auszuführen oder sich nach einer Niederlage schnell zu erheben, und es sei ihm gelungen, aus dem schmachvollsten Feldzuge als der einzige nicht ohne Ehre und Glanz hervorzugehen.

Avezzana, ein Genuese, der am Tage zuvor flüchtig in Rom eingetroffen war, nachdem die Erhebung seiner Vaterstadt gegen Piemont wegen des Friedens mit Oesterreich unglücklich geendet hatte, gab seine Stimme nachdrücklich für Garibaldi ab. Giuseppe Avezzana hatte die Jahre der Verbannung in Amerika zugebracht; er besaß mit fünfzig Jahren noch die Gläubigkeit der Jugend und hätte Außerordentliches leisten können, wenn seine Geistesgaben seiner Redlichkeit und seinem Opfermut gleichgekommen wären. Er hob rühmend hervor, daß Garibaldi allein, nur auf sich selbst gestützt, im Felde geblieben sei, nachdem der König von Sardinien entmutigt oder verräterisch das Schwert weggeworfen hätte.

Das könne nur verblendeter Eifer der Partei loben, warf Pisacane ein, im Dienste des Königs hätte er dem Könige gehorchen müssen. Ob man glaube, er werde im Dienste der Republik nicht derselbe Mann voll Trotz und Willkür sein? Auch als römischer General werde er angreifen oder zögern, Waffenstillstand halten oder brechen, wie es ihm, nicht wie es der Regierung beliebe. „Italien hat diesen göttlichen Ungehorsam gesegnet," rief der junge Calbesi, „sollen wir ihm eine Falle daraus machen?"

Man könne es dem Menschen zum Ruhme, dem Feldherrn müsse man es als schlimmsten Fehler anrechnen, wenn er seinem Herzen folge, beharrte Pisacane. Garibaldi sei tapfer, ausdauernd, tatkräftig wie andre Offiziere, oder mehr, und was mit diesen Eigenschaften ausgerichtet werden könne, leiste er; aber Krieg führen sei eine Wissenschaft, und die habe er nicht gelernt. Er könne Glück haben, und der Zufall könne ihn begünstigen; einen Plan, der durch die Klugheit seiner Berechnungen den Sieg herbeiführen oder im schlimmsten Falle eine Katastrophe verhindern müsse, könne er nicht ersinnen oder durchführen, da er wie alle ursprünglichen Menschen der Macht des Augenblicks unterliege. Die Mehrzahl der Abgeordneten fiel dem Redner lebhaft bei. Einige gaben zu, daß Garibaldi wohl ein glänzender Krieger sein und Gewandtheit und Erfahrung sich angeeignet haben möge, bezweifelten aber, ob er deswegen auch zum Befehlshaber einer regelmäßigen Armee tauge. Andre fanden, daß, da er als Schiffsmann geboren und seine besten Erfolge mit der Flotte erzielt habe, er allenfalls Admiral, doch nicht Führer zu Lande werden könne, noch andre betonten, daß er aus Nizza gebürtig sei und nur ein Römer römische Soldaten regieren könne. Er kenne die Eigenart des römischen Volkes nicht, und es sei gefährlich, wenn Mißverständnisse zwischen dem Feldherrn und seinen Leuten entstünden, schon seine Kleidung, der weiße Mantel, die wallende Straußenfeder am Hut wirke fremdartig, er gleiche einem Helden auf der Bühne, nicht einem Offizier von europäischer Kultur. Auch seine Persönlichkeit, hieß es, erwecke nicht das Vertrauen, das eine Regierung zu dem Manne haben müsse, dem sie ihre Macht in die Hand lege. Ob einer bürgen könne, daß er sie niemals gegen sie brauchen werde? Eine dunkle Kraft elementarischer Natur scheine in ihm verborgen zu sein, sie könne sich gegen diesen oder jenen entladen, er selbst wisse es vielleicht heute noch nicht, der zufällig zwischen seinem Wollen und seinem Ziele stehe.

Mazzini widersprach: Er kenne Garibaldi nicht näher, habe aber bei der ersten Begegnung einen bestimmten Eindruck von ihm empfangen, den er auch jetzt noch für richtig halte; danach sei er allerdings im einzelnen unberechenbar, er sei von einem undurchdringlichen Mantel unsichtbarer Kraft umgeben, so daß er gleichsam in seiner eignen Welt lebe und mit ihr in die Welt der andern eintrete, die ihm nie völlig nahekommen könnten. Aber obwohl auch er, Mazzini, ihm im Grunde fremd geblieben sei, so sei er doch dessen sicher, daß er Italien über alles liebe, unfähig sei zu lügen und zwischen zwei Handlungen immer die größere tun werde.

Die, welche ihm die größere sei, wandte Aurelius Saliceti ein, sei vielleicht die schlimmste und gefährlichste für die Republik.

In früheren Zeiten hätten sich die Republiken von solchen Männern die Länder erobern lassen und sie nachher ermordet, meinte Fürst Bonaparte behaglich. Danach sei die Zeit nicht mehr, auch würde es schade um Garibaldi sein. Was nun zu tun sei? Uebergehen könne man ihn nicht, ihn unter einen Höheren stellen? Wer solle der sein? Vielleicht könnte man ihm einen Wächter zur Seite stellen, einen Getreuen der Regierung, der sie warnen könnte, wenn es in dem großen Krater zu rumpeln beginne.

„Das ist die Politik der Schwächlinge," rief Sterbini herausfordernd, „und eines Mannes wie Garibaldi unwürdig. Er ist Republikaner und ehrlich, wie jeder von uns es zu sein glaubt. Daß er siegen kann, hat er bewiesen, und das wollen wir eben. Oder wollen wir etwas andres? Wollen wir eine Prüfung in der Kriegsschule bestehen? Wir können Garibaldi nicht zum General machen, er ist es. Die Geschichte wird über uns hohnlachen, wenn wir mit einem preisgekrönten Biedermanne untergehen, wo wir mit einem Garibaldi siegen konnten." Zambianchi, ein schlüpfriger Gesinnungsprahler, der niemandem geheuer war, und mit dem doch niemand anbinden wollte, sagte mit anzüglichem Grinsen: „Käme nur endlich eine entschlossene Hand, die den alten Unrat ausräumte! Wir haben den Namen einer Volksrepublik auf den alten Stall geschrieben. Da gehen die Wölfe aus und ein, wie früher, die Jesuiten und die Oesterreicher, die Spione, die den Mantel auf beiden Achseln tragen, die Diplomaten, die es mit keinem verderben wollen, und die guten Schäferhunde sind angekettet und werden zur Ruhe verwiesen, wenn sie knurren und die Zähne zeigen. Wenn die Verräter sich ins Fäustchen lachen und die Braven feiern müssen, haben wir noch Pfaffentum und Fremdherrschaft, wie wir uns auch mit unserm echten Gott und unserm freien Volke brüsten."

„Die Bonaparte haben gezeigt, wie es diejenigen machen, die den alten Wust auszukehren versprechen; sie fegen die Freiheit mit aus und setzen sich die blankgeputzte Krone auf," entgegnete Pisacane kühl.

Canino sagte, er glaube nicht, daß der brave Garibaldi Salböl für seinen eignen Kopf brauchen würde, eher sei zu fürchten, daß er sich in kindlicher Treue seines alten Landesherrn, des Savoyers, erinnere.

„Man begreift," fiel Zambianchi boshaft ein, „warum gerade der Fürst Bonaparte einen solchen Abfall fürchtet. Wir sind alt genug, uns der Zeit zu erinnern, wo er ebenso despotisch das Recht des Papstes verfocht wie heute das der Republik."

Mit diesen Worten war die Losung zu verletzenden Feindseligkeiten gegeben, mit denen mehr aus persönlichen Gründen als wegen abweichender Meinungen gegeneinander gestritten wurde, bis endlich, da der Präsident Galletti nicht vermochte, Ruhe herzustellen, Mazzini noch einmal das Wort nahm und die Aufgeregten daran mahnte, daß, wie sie sich auch zueinander verhalten möchten, die Liebe zu Italien sie doch vereinigte; daß sie einander Redlichkeit der Gesinnung zutrauen müßten, wenn anders sie erfolgreich zusammen arbeiten wollten, und daß sie schließlich, wenn kein andrer Grund verfinge, aus Not sich einig zeigen müßten, um dem sich ansammelnden Feind widerstehen zu können. „Wir streiten jetzt," sagte er, „wie Brüder eines Hauses, die im Uebermut einer glücklichen Gegenwart und in der Sicherheit der Liebe ihre Gegensätze schärfen und auf ihr Eigenwesen pochen, sich entzweien und mit Willen gegeneinander verblenden, die aber, wenn die Zeit sie zerstreute, diese Zwiste kindisch nennen und mit bitterer Sehnsucht des gemeinsamen Lebens im Vaterhause denken. Es könnte auch für uns ein Tag kommen, wo wir aus unserm Vaterhause auswandern müßten, und wo wir, ein jeder fern vom andern und fern vom Strahl unsrer schönen Sonne, wieder die ziellosen Wege der Verbannung gehen müßten, die wir kennen." Seine Stimme bebte kaum merklich; diejenigen, die lange Jahre in der Fremde zugebracht hatten, dachten schaudernd des erlebten Elends, die, welche zu jung waren, um schon für ihre Sache gelitten zu haben, überlief die Ahnung künftiger Schmerzen. Er wolle sie, fuhr er nach einer Pause fort, mit seinen Worten weder schrecken noch rühren, nur an den Ernst ihrer Lage erinnern. Er hoffe mit ganzer Seele darauf, daß sie sich, sei es durch Klugheit oder Gewalt, der vielfachen feindlichen Bedrängung entziehen könnten; nur möchten sie nicht, wie es allzu leicht in Italien geschehe, den Sieg aufs Spiel setzen, weil jeder dem andern die Früchte des Sieges mißgönnte. Dann kam er noch einmal auf Garibaldi und sagte, man solle ihn und sich selbst weder durch Mißtrauen noch durch Vergötterung entehren; er habe, nach seinem Urteil, Kraft, Willen und Glück, das müsse man nützen.

Auch Mazzini bestand indessen nicht darauf, die ganze römische Heeresmacht unter Garibaldi zu stellen, und so ging ein vermittelnder Vorschlag durch, nach welchem Garibaldi zwar General wurde, Roselli aber die Oberleitung des gesamten Heeres erhielt und also Garibaldi übergeordnet wurde. Diese Anordnung führte viele Unzuträglichkeiten herbei, da es infolge

der Teilung des Kommandos vorkam, daß Garibaldis
Offiziere widersprechende Befehle von beiden Seiten
empfingen, überhaupt aber, weil ein Widerspruch in
der Tatsache lag, daß Garibaldi dem Roselli unter=
geordnet sein sollte, einem makellosen, uneigennützigen,
das Beste wollenden Manne, dem er wie der Löwe
dem Hunde überlegen war.

❋

Für den Fall eines Straßenkampfes in der Stadt
bildete die Regierung eine Kommission für den Barri=
kadenbau, an deren Spitze drei junge Männer standen.
Enrico Cernuschi, ein Mailänder, Vincenzo Caldesi
aus Faënza und der Römer Cattabeni glichen einan=
der darin, daß sie gesund, kräftig und mutig waren,
den Genuß liebten und keine Gefahr fürchteten, viel=
mehr in ihr mehr noch als eine Würze, die Grund=
lage der Freude suchten. Cernuschi, war, etwa fünf=
undzwanzig Jahre alt, von allen der Jüngste, aus
dem Volke gebürtig, aber geschaffen, den feinen Herrn
zu spielen, witzig, munter und oberflächlich, schlank
und geschmeidig, im Gesicht hübsch wie ein Mädchen,
mit zierlichen Händen, die er sorgfältig pflegte; er
war stets nach der letzten Mode gekleidet, mit Be=
nutzung ihrer geheimsten und elegantesten Schnörkel.
Caldesi hingegen, der urwüchsiger und weniger be=
rechnend war, vernachlässigte seine äußere Erscheinung,
die trotzdem immer gefiel und die Phantasie anregte.
Er betete den Augenblick an, der ihm alles gewährte,
wie er in ihm aufging; ohne sich um die Gewogen=
heit der folgenden Stunde zu kümmern, schwelgte er
in der Gunst der gegenwärtigen, die ihn dankbar
zum Helden, Dichter oder Maler machte, wie die Ge=
legenheit es eben wollte. Cernuschi hatte sich während
der fünf großen Mailänder Tage einen Namen ge=
macht, wo er sauber und elegant unter Blut und
Rauch, mit spitzen Lackschuhen auf den Barrikaden

kämpfte; Calbesi war infolge der Amnestie Pius' IX. aus der Verbannung zurückgekehrt. Cattabeni machte, weil er ein gemäßigtes Temperament hatte, weniger von sich reden.

Die drei pflegten in einem kleinen Zimmer, das weit über die flachen Dächer der Stadt hinsah, die Mitteilungen und Aufrufe an das Volk zu verfassen, die sie an den Mauern anschlugen; denn es fiel ihnen auch zu, die zuversichtliche Gesinnung in Rom zu unterhalten, damit nicht die Opferfreudigkeit erlahme und Verzagen am guten Ausgange der Kriegsgefahr die Niederlage vorbereite. Cattabeni liebte, daß alle Dinge rasch und sachgemäß vorwärts gingen und verfaßte Schriftstücke, in denen das Notwendige mit den wenigsten, einfachsten und einbringlichsten Worten ohne Zutat gesagt wurde, weswegen seine Entwürfe von den beiden andern als zu simpel und geschmacklos, Wurst ohne Speck und Knoblauch, verworfen wurden. Wenn zum Beispiel der Papst ein neues Rundschreiben erlassen hatte, in welchem er die Republik und ihre Anhänger verfluchte, und es sich darum handelte, den Warnungen und Bedrohungen, die die Geistlichen wo sie konnten daran knüpften, entgegenzutreten, schrieb er etwa so: „Volk von Rom! Pius IX. hat abermals einen Fluch über die Republik und die Republikaner ausgesprochen. Die Republik, die sich keiner Schuld bewußt ist, nimmt keine Notiz davon und erwartet dasselbe von euch;" worüber Cernuschi und Calbesi nicht genug lachen konnten. Sie erfanden unter mutwilligen Späßen andre Machwerke, von denen das abgeschmackteste trotz der entrüsteten Proteste Cattabenis ausgewählt wurde; es war in folgendem Stile gehalten: „Die große Kreuzspinne von Gaëta" — das nämlich war der Aufenthaltsort des Papstes — „hat neuerdings alle Fliegen verflucht, die nicht in ihr Netz laufen wollen. Ihr Abtrünnigen, so geifert sie, ihr Vatermörder, ihr Gottesleugner, die ihr euch nicht von mir einfangen und anbeißen und aussaugen lassen wollt! Hiermit verbanne und verfluche ich euch und wünsche euch die Pest und den Tod und den Krebs und das Sterben und die Hölle an den Leib. Solltet ihr je wieder in mein Netz geraten, so werde ich euch mit meinen liebenden Armen väterlich umklammern und christlich erwürgen, wie das heilige Beispiel meiner Vorspinnen es mich lehrt! — Ich denke, wir werden uns hüten. Der Putztag ist vorbei, der Festtag ist da, sorgen wir nun, daß sich keine Spinngewebe wieder in den Ecken bilden."

In den letzten Tagen des April, als der französische Gesandte Leblanc die Mahnung der Triumvirn, Frankreich lade durch sein Vorgehen die Verantwortung eines Krieges zwischen zwei nahverwandten Nationen auf sich, mit der prahlerischen Herausforderung beantwortet hatte: „Die Italiener schlagen sich nicht!" kamen Cernuschi und Caldesi auf den Gedanken, die dadurch im Volk entstandene kriegerische Stimmung zu der Aufführung einer Barrikadenschlacht zu benutzen, was eine nicht überflüssige Uebung und zugleich eine Belustigung sein würde. Caldesi schlug vor, das Manöver dadurch kurzweiliger zu machen, daß man die Frauen, die, im Fall es Ernst würde, sich auch beteiligen würden, die Römer vorstellen und auf den Barrikaden kämpfen ließe, während die Männer den anrückenden Feind spielten, wovon Cattabeni, der überhaupt gegen ein solches Theaterspielen war, vollends nichts wissen wollte; er wurde aber wie gewöhnlich mit Scherz und Gelächter überstimmt und fügte sich grollend. Der Aufruf, durch welchen die Bevölkerung zur Teilnahme an dem Kampfspiel eingeladen wurde, lautete so: „Römer, euch, das wehrhafteste Volk der Erde, hat schnödes Pfaffentum verweichlicht. Schnell werdet ihr die angeborene Titanenkraft zurückgewinnen, wenn Rom eurer bedarf. Erproben wir es heute! Sehen wir, ob wir noch schlagen könnten, wenn ein Gegenstand da wäre, der es verdiente! Nicht nur zu Männern spreche ich, auch zu Frauen: sie, die uns Tapfere und Edle gebären, werden ihren Söhnen nicht nachstehen. Ich nenne Römerin nur eine solche, die ebensowohl ein Herz mit dem Schwerte zu durchbohren, wie mit den Augen zu entzünden weiß!"

Zum Schauplatz des Kampfes war eine in der Nähe der Porta del Popolo verlaufende Straße bestimmt, und der dort befindliche Neubau eines Klosters, der seit dem Beginne der Republik unterbrochen war, wo aber Gerüste und Verschläge noch standen, lieferte Holz und Bretter in verschiedener Größe für die Barrikaden. Die Errichtung derselben ging unter Anleitung der Kommission und mit Hilfe mehrerer, die schon Revolutionen in Paris mitgemacht hatten, flink wie die Vorbereitung zu einer Lustbarkeit voran. Während die Frauen sich hinter den beweglichen Mauern verschanzten, pflückten die Männer in einem nahen Garten Narzissen und Hyazinthen, um sich die Mützen und Jacken zu schmücken, worauf sie, den spöttisch entstellten Text der Marseillaise singend, vorrückten. Der Kampf, der sich nun entspann, bestand hauptsächlich darin, daß die Männer die Frauen von ihren gesicherten Plätzen zu vertreiben und gewissermaßen gefangen zu nehmen suchten; diese hatten harmlose Waffen, die sie zu ihrer Verteidigung benutzten, und im Schwung und Eifer des Kampfes kam es zu erheblichen Püffen und Schlägen, was den festlichen Lärm nicht wenig vermehrte.

Unter den Mädchen fiel eine durch die fröhliche Emsigkeit auf, womit sie schleppte und hantierte, obwohl sie durchaus nicht an schwere Arbeit gewöhnt zu sein schien; denn nach ihrer zweckmäßig einfachen und doch eleganten Kleidung und nicht zum mindesten nach der sicheren Grazie, mit der sie auf das tolle Spiel einging, gehörte sie den höheren Ständen an. Sie war von mittlerer Größe und strahlte in reinen starken Farben; das Gold der Haare, das Rot der Wangen, das weiße Glänzen der Zähne erweckten trotz des lieblichen Ernstes in ihrem regelmäßigen Gesicht den Eindruck lachender Heiterkeit. Kaum hatte Caldesi sie gesehen, als er Feuer fing, wodurch Cernuschi aufmerksam wurde und sie nun gleichfalls mit Feindseligkeiten bestürmte, unter denen die Huldigung des Liebhabers sich neckend verbarg. Sie entschlüpfte den beiden Gegnern mit so viel Anmut und Laune, daß sie nur immer heftiger entbrannten und schließlich die lästige Rolle abwarfen, um ihre Leidenschaft offen zu äußern, wobei sie sich gegenseitig zu übertrumpfen suchten. Das Mädchen suchte sie hinzuhalten, indem sie behauptete, nicht zum Schlusse darüber kommen zu können, welcher von beiden ihr besser gefalle, doch sagte das den Ungestümen nicht zu; sie fingen an, miteinander zu streiten, und waren im Begriff, auf der Stelle durch Zweikampf über den Besitz der Frau zu entscheiden, als diese plötzlich ausrief: „Glaubt ihr ernstlich, eine Römerin würde sich einem Vaterlandsfeinde ergeben?" und gleichzeitig einem eben herantretenden jungen Manne die Hand reichte, um von dem Bretterhaufen, auf dem sie stand, herunterzuspringen. Es zeigte sich, daß das vermeintliche Mädchen eine neuvermählte Frau war, Antonietta Colomba, die später an den Mauern Roms, neben ihrem Manne kämpfend, den Tod fand. Cernuschi und Caldesi fluchten, lachten, versöhnten sich untereinander und befreundeten sich mit den jungen Eheleuten.

Inzwischen hatte der Kampf aufgehört, allerwärts fanden sich Paare zusammen und bildeten Gruppen um Vorräte von Wein und Brot, die herbeigeschafft worden waren. Die Frauen, die sich sehr angestrengt hatten, waren erhitzt und schöner als sonst, in allen Augen war Begierde und Wonne, die zum Teil nicht unerheblichen Wunden wurden flüchtig verbunden oder nicht beachtet. Cernuschi und Caldesi, die um ihren Kampfpreis gekommen waren, gingen von einer Gruppe zur andern und neckten die Glücklicheren, wobei sie auf Cattabeni stießen, der gemächlich, als wäre er es nicht anders gewöhnt, zwischen zwei wunderschönen Frauen saß, einer dunkeln mit überschwenglichen Madonnenaugen, die mitten aus dem üppigsten Leben hervorglühten, und einer derben, deren unbedenklichen Blicken man ansah, daß sie ergriff und wegwarf, was ihr gefiel und verleidet war. Nachdem sie sich von ihrem Erstaunen über das entdeckte Nest gesammelt hatten, versuchten sie dem Freunde die Frauen abspenstig zu machen, mußten sich aber, obwohl Cattabent sie gleichmütig gewähren ließ, ohne Erfolg zurückziehen. Als nach Mitternacht der Tau fiel, leerten sich die Barrikaden, und das Lachen und Flüstern verstummte.

In der Frühe des folgenden Morgens meldete ein Maueranschlag den bevorstehenden Angriff der Franzosen. „Der Augenblick ist nahe," hieß es, „wo die Römer sich als Söhne des Kriegsgottes erweisen können. Leider ist es nicht Hannibal, der vor den Toren steht, sondern ein aufgeblasener Pfaffenknecht, General Oudinot, der sich mit Verrat in unser Land eingeschlichen hat, und den wir mit Mut und blanken Waffen daraus vertreiben werden."

⊕

Garibaldi war kaum in Rom angekommen, als er wieder zu Pferde stieg und, nur von dem Mohren begleitet, einen Rundgang um die Stadt machte, um sich von der Beschaffenheit des Bodens in Hinblick auf die Verteidigung zu überzeugen und zu sehen, was zur Befestigung geschehen wäre. Oberhalb der Engelsburg stieß er auf eine hölzerne Brücke, die, um dem Feinde nicht zum Uebergange zu dienen, abgerissen werden sollte, und an welcher auch schon gearbeitet war, doch waren mehrere der größten Pfeiler stehen geblieben, sei es, daß man für unnötig gehalten hatte, sie zu entfernen, oder daß die Arbeiter, der bringenden Umstände ungeachtet, um die Nachmittagsstunde schon Feierabend gemacht hatten. Garibaldi sah sich nach Leuten um, die zugreifen könnten; da aber niemand in der Nähe war, fragte er mit den Augen den Mohren, ob er allein damit fertig würde, worauf dieser das Gerüst, das noch stand, mit einem hochmütigen Blick maß, nickte und zugleich den schwarzen Umhang, den er trug, abnahm und auf die Erde warf. Garibaldi stieg in das seichte Wasser des Ufers, fing an, die Schrauben loszudrehen, die das Holzgefüge zusammenhielten, und rüttelte versuchsweise an einem großen Balken, der widerstand. Der Mohr lächelte, schlang beide Arme um das Holz und zog mit dem ganzen Gewicht seines riesenhaften Körpers, wobei er ein dumpfes, langsam anschwellendes und ausrollendes Brüllen ausstieß, bis der Balken ächzend nachgab. Dann reckte er sich, trocknete den Schweiß ab, der ihm vom Gesicht lief, und watete tiefer in den Fluß hinein, um weiterzuarbeiten; sein Oberkörper stieg wie ein nasser, schwarzer Felsen, an dem das Licht sich spiegelt, aus dem gelben Tiberwasser. Während sie noch an der Arbeit waren, kam der Leutnant Nino Bixio, der am selben Tage aus Genua zurückgekommen war und Garibaldi begrüßen wollte, und da er von weitem sah, bei welcher Beschäftigung der General und der Mohr waren, beschleunigte er den Schritt, zog im Laufen schon den Rock aus und sprang mit einem Satze in den Fluß, um sich zu beteiligen. Garibaldi lachte und lobte ihn wegen seines Talentes, zur rechten Zeit zu kommen; nicht so stark wie der Mohr, doch robust genug, hantierte er mit so viel Sachkenntnis und Geschick, daß bald alles weggerissen war, was noch zum Vorteil des Feindes hätte dienen können.

Während Garibaldi den Lauf des Tiber verfolgen wollte, beauftragte er Bixio, von ein paar Soldaten, welchen er zuerst begegnen würde, die Porta Fabbrica nächst der Peterskirche verbarrikabieren zu lassen, wenn es nicht schon geschehen wäre, und da die Stadt von Truppen voll war, stieß Bixio bald auf ein Häuflein Legionäre, die er nach dem bezeichneten Tore mitnahm. In der Nähe desselben kamen ihm drei junge Offiziere entgegen, die denselben Rang wie er hatten, und da er nicht wußte, wieviel und welcherlei Arbeit es geben würde, rief er ihnen zu, sie möchten sich anschließen. Einer von den dreien war ein Neapolitaner, dessen Vater ein hoher Offizier in der bourbonischen Armee war, und zu dem er in unversöhnlichen Gegensatz getreten war, als er sich in den Dienst der Republik Rom begab, wobei es unklar blieb, ob ein feindseliges Verhältnis zum Vater diesen Schritt veranlaßt hatte, oder ob die Entzweiung eine Folge der abweichenden politischen Richtung war. Er war mit dem Anspruch nach Rom gekommen, von den Freiheitsmännern mit besonderer Rücksicht oder gar Bewunderung behandelt zu werden, weil er mit Verzicht auf äußere Vorteile aller Art auf ihre Seite getreten wäre, hatte aber auch Anwandlungen, wo er überzeugt war, daß man ihn als verächtlichen Ueberläufer ansähe oder den Haß gegen seinen Vater auf ihn übertrüge, was ihm eine Unsicherheit gab, die er aus Eitelkeit hinter kleinlichen Anmaßungen versteckte. Seine ganze Person, Haar, Augen, Stimme und Wesen hatten einen öligen Glanz, seine Gesichtszüge waren fein, aber schwächlich in die Länge gezogen und drückten meistens Langeweile, zuweilen eine müde, zärtliche Grausamkeit aus. Er wirkte im allgemeinen leicht abstoßend, nur die bezaubernden Formen seiner Höflichkeit und eine unabänderliche Traurigkeit, die von einem guten Beobachter unschwer als Grund seines Wesens zu erkennen war, konnten mit ihm versöhnen.

Da er feinfühlig, ja überempfindlich war, hatte er bei dem ersten flüchtigen Bekanntwerden bemerkt, daß Bixio ihn nicht leiden mochte, und sagte jetzt, in der Absicht, ihn zu reizen, kaum die Augen aufschlagend, mit einem nachsichtigen Lächeln: „Ihr sprecht vielleicht im Auftrage des Generals?" um anzudeuten, daß Bixio sein Ansinnen nicht fein eingekleidet und daß er ihm nichts zu befehlen habe. Die Art, wie diese Bemerkung gemacht wurde, hätte Bixio in jedem Falle geärgert; da ihm aber der Neapolitaner ohnehin zuwider war, stieg der Zorn ihm jäh in den Kopf, und er entgegnete kurz und unhöflich, er hoffe, jener wolle nicht die Moden der bourbonischen Armee in Garibaldis Heer einführen, worauf dieser wiederum, in demselben Geiste vornehmen Mitleids wie vorher, mit einem Spott über die Ungeschliffenheit der genuesischen Seeleute antwortete. Nun war Bixio so weit, daß er nichts mehr als den eignen oder den Tod des Gegners vor den siedenden Augen sah, und er schleuderte ihm das Gehässigste, was ihm einfiel, ins Gesicht, damit es nur schnell zu Handgreiflichkeiten käme: In Neapel gäbe es nur Räuber, Henker oder Spione, infolgedessen könnten die Neapolitaner und die Bewohner andrer italienischer Provinzen nichts miteinander gemein haben. Der andre erbleichte und griff nach seinem Säbel, und es wäre trotz der Einmischung der beiden andern auf der Stelle zum Schlagen gekommen, wenn nicht in diesem Augenblick Garibaldi erschienen wäre, bei dessen Anblick die Streitenden auseinander wichen. „Was muß ich sehen!" rief er. „Zwei meiner Offiziere, die Italien gegen die Völker

Europas verteidigen sollten, ziehen am Vorabend der Schlacht den Säbel gegeneinander! Wenn ich das Vorgehen nicht bestrafe, geschieht es, weil ich hoffe, daß ihr morgen die Gelegenheit nutzt, es zu sühnen: Jetzt reiche der, der sich schuldig an diesem Auftritt fühlt, dem andern die Hand zur Versöhnung!" Er richtete bei diesen Worten die Macht seines Blickes auf Nino Bixio, der ihn trotzig eine Weile aushielt, ohne sich zu rühren; plötzlich aber nahm er sich zusammen, machte hastig einen Schritt auf den Neapolitaner zu und streckte ihm die Hand hin, die jener mit der seinen, einer länglichen, etwas behaarten Hand, vorsichtig wie etwas Unsauberes berührte. Garibaldi enthielt sich jeder weiteren Bemerkung, erteilte, als wäre nichts geschehen, den drei Offizieren in liebenswürdiger Weise einen Auftrag und wendete sich mit Bixio der Porta Fabbrica zu.

Unterwegs sagte er zu Bixio, der düster neben ihm herging: „Nino, Nino, dein Herz ist ein junger Bluthund, der an der Kette liegen muß; beeile dich, es abzurichten, damit ein edles Tier daraus wird, das frei ohne Maulkorb laufen darf, und vor dem nur die Schlechten zittern." Bixio antwortete bescheiden: „Ihr habt recht, mein General; aber mir wäre wohler, als mir jetzt ist, wenn ich dem Skorpionsgesicht einen Säbelhieb durch sein niederträchtiges Lächeln gezogen hätte." Garibaldi hielt sein Pferd an und rief entrüstet aus: „Ihr heillosen Zornteufel! Wenn man euch zusieht, muß man sich einen Narren schelten, daß man Blut und Schweiß vergießt, um einen gemeinsamen Stall für euch zu bauen. Er wird euch nur dazu gut sein, daß ihr um so besser miteinander raufen könnt." Bixio wurde durch diesen Vorwurf beschämt und sagte kleinlaut, aber doch mit einer Hartnäckigkeit: „Mein General, immerhin werdet Ihr mir zugeben, daß ich auch gegen die hitzig

werde, die von Rechts wegen meine Feinde sind."
Garibaldi erinnerte sich besänftigt daran, daß ihm berichtet worden war, Bixio sei vor einigen Tagen, als er, in Civitavecchia ankommend, dort die Franzosen gefunden hätte, aufgebracht über die Tücke, mit der sie sich eingeschlichen hätten, mitten in ihren Kriegsrat gestürmt, den sie gerade abhielten, und habe dem General Oudinot vor allen seinen Offizieren das unehrliche Verhalten vorgeworfen. Als Garibaldi ihn fragte, was daran wahr sei, bestätigte er es und sagte: „Oudinots Augen traten noch dümmer und größer hervor, während ich redete, und nachdem er sich lange genug besonnen hatte, nahm er meine Jugend zum Vorwand, um mir meine Keckheit zu verzeihen. Und verlegen fügte er hinzu: „Hätte ich meinem Zorn Zeit gelassen, sich zu legen, hätte ich es unterlassen; denn im Grunde war es nur das ohnmächtige Kläffen eines gereizten Hündchens;" worauf Garibaldi ihn tröstete, er werde bald Gelegenheit finden, den Franzosen zu zeigen, daß er auch beißen könne.

Bixios Jugendgeschichte war wild und trübe. Er war einem elternlosen Kinde zu vergleichen; denn sein Vater, ein schwer zugänglicher Mann, dessen Brust vielleicht sorgfältig versteckte Träume mit mühelosem Leben füllten, beachtete seine Familie wenig und brach nur dann und wann, wenn ihr Dasein mit seinen Bedürfnissen ihn störte, rücksichtslos hart aus seiner Verborgenheit hervor; seine Mutter, die ihn liebte, Colomba Caffarelli, die jüngere Freundin der Mutter Mazzinis, starb jung in seinen ersten Kinderjahren. Seine Geschwister, die ungeleitet ihre Wege gingen, bedienten sich des Jüngsten nach Gelegenheit als Knecht, Spielzeug und Zeitvertreib, wodurch er sich gewöhnte, stets auf der Hut und von vornherein widerspenstig zu sein. Weil seine Welt in Unordnung war, denn es fehlte nun bald an Geld im Haushalt, da niemand sorgte und sparte, weil in seiner Welt das Faustrecht herrschte, wo jeder tat, was er durchsetzen konnte, sammelte sich gegen die ganze Welt in seiner Brust Haß und Verachtung. Auch die Schule bot ihm kein Beispiel der Ordnung und Gerechtigkeit; denn dafür, daß er ohne seine Schuld die vorgeschriebenen Bücher nicht hatte, mußte er sich von den Lehrern bestrafen und von den Mitschülern verlachen lassen.

Als sein Vater sich die zweite Frau nahm, war Nino schon, ehe er sie gesehen hatte, entschlossen, sie zu lieben, so warm und zärtlich war sein Herz. Die junge Frau ergriff die schwere Aufgabe, ein Haus voll halb erwachsener, verwilderter Kinder zu regieren, vielleicht nicht mit genug Klugheit und Güte; Nino hatte sie nur um so lieber, weil sie die ungebärdige Bande oft mit hilflosen Augen ansah. Das gute Verhältnis des Jüngsten zu seiner Stiefmutter ärgerte die Geschwister, und sie neckten und reizten ihn damit, bis er zornig wurde. Er hatte nämlich die Eigenheit, daß er, im allgemeinen gutmütig, hilfsbereit und dabei anspruchslos, wenn er bis zu einem gewissen Grade gereizt wurde, in krampfartige Wut ausbrach, so daß er sich blindlings auf den Neckenden warf, ohne die Folgen seines Angriffs zu berechnen. In diesem Zustande, wo seine Kraft verdreifacht war, konnte er auch älteren und stärkeren gefährlich werden. Von dem Augenblick an, wo die Erregung anfing, nach außen überzulaufen, war jeder Versuch, ihn zurückzuhalten, nutzlos und diente nur dazu, die Anwandlung bösartiger zu machen; man mußte sie wie eine Naturerscheinung vorübergehen lassen. Ihren Grund hatte diese Reizbarkeit in einer inneren Zaghaftigkeit, die sich mit leidenschaftlichem Streben schlecht vertrug; da er sich selbst mißtraute, überspannte er leicht die Kräfte und verlor dadurch das Gleichgewicht. Solange er klein war, hatten sie es als ein komisches Schauspiel angesehen, wenn er knurrte und gegen sie sprang wie ein wütender Affe, allmählich aber fingen sie an, solche Ausbrüche zu fürchten, und verklagten ihn nun bei seinem Vater. Sie schämten sich nicht, seine Eifersucht auf den fünfzehnjährigen Jungen zu lenken, und der Umstand, daß die arme Frau, um niemand zu kränken, ihre Zuneigung zu ihm zu verbergen suchte, bestärkte den übelberatenen Mann in seiner törichten Leichtgläubigkeit. Es kam dazu, daß er sie und Nino bedrohte, und daß dieser im Jähzorn seinen Vater angriff und ihn umgebracht hätte, wenn die Mutter selbst sich nicht dazwischengeworfen hätte. Nach einem solchen Auftritt verstieß der Vater, anstatt sich auf sein eignes Unrecht zu besinnen, den Jungen, der nichts gelernt hatte, keine Einsicht hatte, ja, nichts glaubte und wollte. Der lebte nun das wilde Leben eines Vagabunden und verschlang das Essen, das seine Mutter ihm heimlich auf die Schwelle setzte, wie ein kranker Hund, den niemand bei sich leiden will. Er träumte Haß, Rache, Blut und Mord, dürstete nach großen, schrecklichen Verbrechen und hätte wohl welche begangen, wenn das Meer nicht gewesen wäre; kam er auf seinen scheuen Wegen dorthin, so hielt es ihn fest, er lag stundenlang lauschend, und sein Herz wurde dabei still und frei. Wie er viel in der Nähe des Hafens umherlungerte, wurde er Schiffsjunge, kam in fremde Länder und erlebte vielerlei Abenteuer mit Flucht, Todesgefahr, Rettung und abermaligem Entweichen; mehr als unter der rohen Strenge der Vorgesetzten litt er unter dem Spott der andern Schiffsjungen, die den Herrensohn in ihm witterten und ihn nicht als ihresgleichen wollten gelten lassen. Er hatte keine Erziehung genossen und nur als Kind, solange seine Mutter lebte, das Beispiel anmutiger Sitte vor Augen gehabt, daher war er in seinem Benehmen unausgeglichen und ohne die freie Gelassenheit der

Menschen, die sich zeitlebens in den durch gewisse äußere Formen ausgezeichneten Kreisen bewegt haben. Dennoch erkannte man an der eleganten Bildung seines Kopfes seinen Ursprung aus verfeinerten Schichten; alle Linien in seinem Gesicht waren bestimmt, bedeutungsvoll, kühn und zart zugleich, wie mit Silberstift von der Hand eines Künstlers gezogen, sie zeigten Verstand und Rücksichtslosigkeit ohne Roheit, ja sogar ohne robuste Veranlagung, vielmehr mit kindlicher Empfindung verbunden. Kaum war er heimgekehrt, als sein Vater, der ihn in die piemontesische Marine bringen wollte, die Polizei auf seine Spur brachte, und er versteckte sich eine Zeitlang, ließ sich dann von Gasse zu Gasse, von Winkel zu Winkel, von Dach zu Dach jagen, verhungert, knirschend, schäumend, um endlich doch dem verhaßten Geschick ausgeliefert zu werden, das ihm wohltat, indem es ihn zähmte und bildete. Zum ersten Male lernte er sich als Mensch mit Pflichten und Rechten fühlen, der vertrauen durfte, und dem andre vertrauten, für den es Aussichten und Hoffnungen gab; er ahnte hinter dem wüsten Durcheinander unruhig umgetriebener, qualvoll kämpfender Geschöpfe große, verzweigte Beziehungen, gewaltige Zwecke. Zeit, diese Fragen zu ergründen, hatte er nicht; aber das Bewußtsein schon, einem Volke anzugehören, das seine Dienste forderte, in einer Welt zu leben, die im Gesichtskreise großer Menschengeister schön und fehlerlos durchdacht erschien, hob und befestigte ihn. Gerade deswegen aber genügte ihm nach einigen Jahren das eintönige Dienen auf der sardischen Flotte nicht mehr; er lernte Mazzinis Schriften kennen, schwur auf seinen Namen und weihte sein Leben dem zu befreienden, eigentlich zu erschaffenden Italien. In Genua, wohin er ging, nachdem er die savoyische Uniform abgelegt und neuerdings allerlei abenteuerliche Meerfahrten bestanden hatte, waren seine Tage rebellischer Jubel, wahnsinniges Erkühnen um ein Nichts, um den Namen Pius IX. oder um ein verbotenes Lied, Triumphe vor der Schlacht. Er gewann in diesem Jahre einen Freund, Goffredo Mameli, der, ein Sohn des berühmten Admirals und der einer vornehmen Familie angehörigen Adele Zoagli, im Genuß heimischen Wohlstandes und heimischer Ehre aufgewachsen war und ebensoviel feine Sitte, harmonisches Wesen und Bildung besaß, wie Nino trotzig und ungleichmäßig war. Er war als kränkliches Kind von seiner Mutter in verzärtelnder Weise gepflegt worden, aber seine Phantasie zog ihn zum Kraftvollen und Heroischen. Seine dichterische Veranlagung schätzte er nicht hoch ein, und er war nicht stolz auf den Ruhm, den seine patriotischen Verse ihm eingetragen hatten; dies alles hätte er gern hingegeben, wenn er anstattdessen in einem Kriege oder sonst durch verwegene Taten zur Befreiung Italiens sich hätte auszeichnen können. Selbst seine Liebenswürdigkeit, das Weiche und Einschmeichelnde, was sowohl in seinen Zügen wie in seiner Weise sich zu geben lag und ihn beliebt machte, war ihm verdächtig als ein Zeichen von Schwäche, die ihn zu etwas Heldenhaftem untauglich mache. Mameli bewunderte an Bixio die Kraft, mit der er sich ohne Schutz und Hilfe aus Untiefen und Wüsten heraus zu den Höhen des Lebens kämpfte, seine kindliche Ahnungslosigkeit und Dreistigkeit vor den Gewundenheiten der Zivilisation, und schmiegte sich glücklich an die durch nichts zu erschütternde Felsenmasse seiner ungeteilten Liebe; Nino dagegen verehrte die reiche Kultur, die des jungen Patriziers Erbteil war, die Phantasie, die sein weiches Gesicht hundertfältig, immer anmutvoll bewegte, und das Vertrauen, das er in seine, Ninos, hohe Zukunft setzte. Da sie sich eins in ihren Hoffnungen und

Zielen fühlten, wirkte ihre Verschiedenheit wie ein Zauber, der sie mehr in der geheimnisvollen Zärtlichkeit Liebender als in der selbstbewußten Zuneigung von Freunden oder Brüdern verband.

Als Garibaldi, mit Bixio von der Porta Fabbrica zurückkehrend, auf den Petersplatz kam, traf er mehrere Offiziere von der Legion und Angelo Brunetti, die sich ihm anschlossen, um den Monte Mario zu besteigen und von dort aus die Stadt zu überblicken. Auf der halben Höhe, da wo die Straße sich um den Hügel biegt und der Blick, gleichmäßig angezogen, zwischen der festlich blühenden Anhöhe und dem unendlich ausgegossenen Leben brunten auf und ab schwankt, begegneten ihnen mehrere von oben kommende junge Männer, Mailänder Offiziere, die ebenfalls an diesem Tage in Rom angekommen waren und vom höchsten Gipfel der Umgebung aus sich eine Ansicht von der ihnen unbekannten Stadt hatten bilden wollen. Es waren Luciano Manara, derselbe, der während der fünf Tage von Mailand den entscheidenden Kampf an der Porta Tosa geleitet hatte, und seine Freunde, die Brüder Enrico und Emilio Dandolo, Emilio Morosini, Signoroni, Mancini und andre, die alle die Uniform des neugegründeten Regiments der lombardischen Bersaglieri trugen, nämlich dunkelgrünen Rock und ebensolche Hosen mit karminroten Kragen, Aufschlägen und Streifen, goldene Epauletten und einen schwarzen Filzhut, über dessen breite Krempe auf einer Seite lange grüne Federbüsche herunterhingen. Da Goffredo Mameli Manara kannte, ihn begrüßte und alle stehen blieben, sprang Garibaldi vom Pferde, denn jene waren zu Fuß, bot Manara die Hand und sagte zuvorkommend: „Es möge für Rom ein gutes Zeichen sein, daß Ihr, der so jung schon Heldenruhm errungen hat, kurz vor dem Kampf hier eintrefft." Manara grüßte höflich, aber seine blauen Augen blieben kalt und sein schmales, gebieterisches Gesicht schien Garibaldis gütige Worte gleichgültig zurückzuwerfen, indem er sagte: „Man kämpft leicht gut und glücklich für sein Vaterland; ich habe das meinige verloren." Was ihn denn nach Rom geführt habe, fragte Garibaldi ruhig. „Die Not," antwortete er hart; „Rückkehr nach Mailand gab es für uns nicht, auch in Piemont war unsers Bleibens nicht, hier finden unsre Soldaten Sold und Beschäftigung, und wo gekämpft wird, ist Leuten unsers Schicksals am wohlsten." Jetzt nahm Brunetti das Wort und sagte halblaut zu Daverio und Montalbi, doch deutlich genug, um von allen verstanden zu werden: „Sie werfen ihr Almosen beileibe nicht aus Mitleid oder Liebe, sondern weil es sie drückt und sie es sonst nicht loszuwerden wissen." Manara drehte sich rasch nach dem Sprecher um und sagte: „Wir brauchen hier wenigstens nicht bange zu sein, ob wir es loswerden, in einer Stadt, wo nur Bettler und Faulenzer einheimisch sind;" vielleicht ohne zu wissen, daß er mit einem Römer sprach, vielleicht gerade in der Absicht, ihn zu verletzen. Indes verzog Brunetti seine dicken Lippen zu einem belustigten Lächeln, warf sich in die Brust, um die natürliche Majestät seiner Haltung komisch zu übertreiben, und sagte, mit der Hand auf Manara weisend, zu den andern: „Wenn wir ein Geschichtsbuch zur Hand nehmen, können wir lesen, daß seine Väter erschrocken den Buckel krümmten, wenn die Väter der ärmsten Fischverkäufer in Trastevere niesten." Der Scherz und der Mann gefielen Manara, so daß er mit Mund- und Augenwinkeln zu lächeln anfing, während er ihn mit unverhohlenem Wohlgefallen betrachtete; allein es kamen ihm sogleich wieder trübe Vorstellungen, und er sagte bitter, wenn auch ohne Unfreundlichkeit: „Jetzt niest es im Norden statt im Süden, aber krümmen und bucken müssen wir uns wie damals."

Unterdessen hatte Garibaldi sein Pferd wieder bestiegen, grüßte die Mailänder Herren und sagte mit Bezug auf die ersten Worte, die gewechselt waren: „Ich bedaure für euch, daß es ist, wie ihr sagt; es muß etwas Trauriges sein, für eine gleichgültige Sache zu kämpfen;" worauf die beiden Gruppen sich trennten und Garibaldi mit den Seinigen weiter den Monte Mario hinaufritt. Es entspann sich sofort ein erregtes Gespräch über Manara, dessen Benehmen und Reden Daverio und Nino Bixio entrüstet hatten, während Mameli ihn zu verteidigen suchte, das aber Garibaldi mit den Worten abschnitt, Manara sähe aus wie ein Edelmann und wäre es sicherlich; das Unglück seines Vaterlandes und sein eignes hätten wohl sein Gemüt verdüstert, man solle mit Leidenden nicht rechten.

Auf der Höhe des Berges angekommen, betraten sie den Park, der seine Stirn wie eine schwarze Krone umschlingt, und gingen durch Alleen von Zypressen und Steineichen bis zu der Plattform, von welcher aus der Blick das Meer der Stadt in seinen Grenzen umfaßt. Garibaldi trieb sein Pferd bis zum Rande vor und weidete seine Augen an dem Bilde Roms, das, die letzte Glut der Sonne verschlingend, in Purpur starrte. „Wer dieses Gipfels Herr ist, dem gehört Rom," sagte er zu den übrigen, die, nachdem sie sich umgesehen hatten, sich einige Schritte zurückzogen, weil sie wußten, daß Garibaldi es liebte, wenn große Entscheidungen bevorstanden, allein sich die Gestaltung des voraussichtlichen Schlachtfeldes einzuprägen. Sie holten aus einem nahegelegenen kleinen Wirtshause Wein, Brot und Käse und fingen, auf einem freien Platz gelagert, zu essen an, währenddessen Montalbi erzählte, in Amerika sei der Glaube allgemein gewesen, daß in der Nacht, die einer Schlacht vorhergehe, ein Dämon Garibaldi auf das Schlachtfeld führe, ihn alle Bewegungen des Feindes sehen lasse und ihm zeige, wie er sich halten müsse, um zu siegen. Birio erzählte sein Erlebnis mit dem Neapolitaner und wie Garibaldi ihn zurechtgewiesen habe und sagte, er liebe Garibaldi am meisten, wenn er gegen ihn zürne, obwohl er sich gleichzeitig dadurch vernichtet fühle; es gehe ihm insofern mit Garibaldi wie mit dem Meere, das er immer schön finde, wenn es mit sich selbst spiele wie ein Kind, wenn es den schäumenden Mantel seiner Gottheit entrolle, aber am schönsten, wenn er vor seinen Stürmen zittre. „Seine Augen sind wie das Meer," sagte Mameli sinnend, „ich habe mich oft gewundert, wie sie, in ein so schmales Bett gedrängt, so unermeßlich wirken können. Sie haben keine und alle Farben, das Licht phantasiert darin, sie sind kalt, grausam, barmherzig, undurchdringlich, allmächtig; wenn man sie anschaut, ahnt man die letzten Dinge, die man sonst nicht nennen kann."

Es verging eine geraume Zeit, bis Garibaldi sich wieder zu den Offizieren gesellte, die inzwischen ihren Imbiß beendet hatten; er aß noch etwas, wobei er nicht viel Zeit zu verlieren pflegte, und dann traten sie den Rückweg an in der Weise, daß der General, der schweigsam geworden war, voranritt und die andern langsamer folgten. Auf dem steinernen Treppenvorsprung vor der hochgelegenen Kirche Maria del Rosario saßen zwei augenscheinlich zur Kirche gehörende Geistliche, Männer mit dunkeln, scharfgeprägten Gesichtern, die die angenehme Lauheit des späten Abends genießen mochten und beim Anblick der vorüberreitenden Offiziere mit der Hand grüßend riefen: „Es lebe die Republik! Es lebe die republikanische Armee!" und ihnen aufmerksam nachsahen. Die Luft war weich vom Geruch der Akazien, die weißlich aus den schwarzen Baumgruppen am Wege schimmerten, der wolkenlose Himmel schien einen schönen Tag zu versprechen. Da aus dem dunkelblauen Dunste ein großer Stern wie ein Geharnischter des himmlischen Heeres in glitzernder Rüstung hervortrat, sagte Mameli hinaufdeutend: „Der Stern Italiens!" worauf alle mit dem Gefühle einer glücklichen Vorbedeutung nach oben und dann auf den weißen Mantel Garibaldis blickten, den die vom Ritt erregte Luft gelinde hob und lautlos bewegte.

✣

Die Offiziere der mailändischen Bersaglieri waren meist untereinander befreundete vermögende junge Herren, die sich aller glücklichen Kräfte ihrer Jugend erst recht bewußt geworden waren, seit sie nach Manaras Beispiel die Anstrengungen und Gefahren des Kriegslebens unter unglücklichen Umständen auf sich genommen hatten; der Feldzug gegen Oesterreich im Jahre 1848 war schlecht geleitet, das Heer mit dem Notwendigsten nicht versorgt, die unerfahrenen Offiziere fast ganz auf ihre Talente und Eingebungen angewiesen, mit unverhältnismäßiger Verantwortung belastet. Wie nun aber die aus Mailand und Savoyen ausgestoßene Truppe sich über die Apenninen nach Rom durchschlug ohne Mittel und Unterstützung, das war eine Leistung, die zeigte, wie erfolgreich die jungen Anführer, namentlich der Hauptmann Manara, sich selbst erzogen und die Soldaten geschult hatten.

Dem Luciano Manara ordneten sich alle unter, obwohl er nicht der älteste war, nicht nur in militärischen Dingen, wo es seine Stellung mit sich brachte, sondern auch im bürgerlichen Leben. Das war nicht dem Umstande zuzuschreiben, daß er verheiratet war und Kinder hatte, während die andern fast alle Junggesellen waren, vielmehr einem seelischen Uebergewichte; in ihm war kindlich arglose Gemütsart mit einem energischen Pflichtbewußtsein verbunden, dem er sich unbedingt opferte, und zwar hielt er für seine Pflicht, was nach seiner Lage und den Zeitverhältnissen das Schwerste war. Ein Trieb, von dem ihm selbst nichts bewußt war, zog ihn vom behaglichen Genusse fort dahin, wo Kampf und Mühe um etwas Großes war; während aber andre zwar im Drange des Augenblicks Opfer auf sich nahmen, aber bald erlahmten und sich wieder zu entziehen suchten, ließ er nicht nach, sondern eben das Herzblut, das eine Sache ihn kostete, band ihn immer fester an sie. Doch war er, wie seine Freunde, keineswegs leicht zu begeistern, außer für das, was herkömmlicherweise in seinem Umkreise lag, nämlich die Unabhängigkeit Mailands und etwa noch ein in edeln Formen ausgeprägter Gottesglaube, welcher letztere freilich hinter den gegenwärtigen Bedürfnissen der ringenden Vaterstadt zurücktrat. Ohne im mindesten ehrgeizig zu sein, hatte er, was ihm irgend erreichbar war, getan, um seinen Geist auszubilden im Gefühl, daß seine Leistungen mit seinem Glückszustande im Gleichgewicht sein müßten. Als Offizier von fünfundzwanzig Jahren, denn er war erst so alt, als Mailand sich von Oesterreich losriß, traten oft Aufgaben an ihn heran, denen er bei seiner geringen Erfahrung nicht gewachsen war; in solchen Fällen scheute er sich nicht, begangene Fehler einzugestehen und wenn möglich wieder gutzumachen. Nach der stetigen Anspannung der Willenskraft war in den Stunden der Erholung seine Fröhlichkeit die eines Knaben, der die karg zugemessenen Ferien glücklich genießt, und sein Gesicht, das meist einen streng gefaßten, stolzen Ausdruck hatte, veränderte sich dann bis zur Unkenntlichkeit, harmlosen Uebermut ausstrahlend. Er verstand es, mit den Untergebenen lustig zu sein, ohne das Ansehen bei ihnen einzubüßen.

Die Brüder Dandolo waren zarte Söhne einer frühverstorbenen Mutter und eines gelehrten Vaters, die Klugheit, Geschmack und Empfindung, aber weniger Kraft und Geschlossenheit besaßen. In der Luft eines vornehmen Daseins aufgewachsen und zu hohen Zielen erzogen, dachten und strebten sie niemals unedel; aber wie die Schiffer, die ein gebrechliches Fahrzeug haben und keine kühnen Steuerer sind, sich stets dicht an der heimischen Küste halten, so schreckten sie mißtrauisch vor fremdem und stärkerem Leben zurück, weil sie fürchten mußten, bei der Berührung sich selbst zu verlieren oder unterzugehen. Enrico, der ältere, hatte die Schönheit eines reizenden Mädchens, die, obwohl nur sich selbst und nichts andres bedeutend, auf unerschöpfliche Schätze der Seele schließen läßt. Er war tapfer und pflichttreu ohne Begeisterung, nur so, als ob es zum Spiel gehöre, wie er überhaupt alles, was er tat, in einem gefälligen, zwecklosen Spiel, das ihm Vergnügen machte, zu tun schien. Gefühl verriet er selten, doch lag zuviel davon in seiner Erscheinung und seinem Wesen, als daß er kalt hätte wirken können. Auch sein Witz, in dem viel Spottlust war, konnte nicht kränken, weil er im Grunde nur um der Anmut seines flüchtigen Daseins willen gemacht zu werden schien. Mit seiner zierlichen Eigenart erschien er jünger als Emilio, der sich auch als der ältere fühlte und betrug; er war ernster und sehr erregbar und leicht zu verstimmen, wie seine Gesundheit schwächer und empfindlicher war. Er liebte Manaras wunderschöne Frau, die, wie er selbst, den Keim einer tödlichen Brustkrankheit in sich hatte, ohne auf Gegenliebe zu hoffen, und ohne das unglückliche Gefühl zu bekämpfen, das sie ahnte, und das Manara völlig durchschaute. Alle drei hüteten das glühende Geheimnis, das sie eher inniger verknüpfte als trennte, da jeder dem andern uneingeschränkt vertraute; es kam vor, daß Emilio sich gereizt und unwillkürlich ungebärdig gegen Manara zeigte, dessen schonende

Liebe dadurch nicht erschüttert wurde. Rosagutti, Signoroni, Mancini gehörten gleichfalls wohlhabenden Familien an, die seit dem ersten unglücklichen Versuch Mailands, sich unter dem Schutze Savoyens von Oesterreich loszureißen, eine große patriotische Verschwörung bildeten, deren Ziel zunächst war, eine Gelegenheit abzuwarten und inzwischen an Oesterreich vorbeizuleben. Der jüngste von allen war der achtzehnjährige Morosini; seine Seele schwebte noch in einer goldenen Kindheitssphäre, die die Freunde als etwas Heiliges hüteten, in der sie sich nur mehr von außen spiegeln konnten, deren ungetrübte Vollkommenheit sie aber mit den guten und glücklichen Mächten des Daseins zu verknüpfen schien.

Unzertrennlich zu ihnen gehörte Alessandro Mangiagalli, Manaras Kutscher, der den Feldzug als gemeiner Soldat begonnen und bald den Unteroffiziersgrad erreicht hatte, und von dem man bei seiner Umsicht, Pünktlichkeit und Tapferkeit glaubte, daß er eine noch steigende Laufbahn vor sich habe. Er hatte von jeher ein besonders vertrauliches Verhältnis zu Manara und seinen Freunden gehabt, was teils in dem Umstande lag, daß er einige Jahre älter als sie war, sodann in seinem Wesen; er war zu allem zu gebrauchen, wußte immer Rat und Hilfe und war nie übler Laune, so daß er den jungen Männern fast unentbehrlich geworden war. Bildung besaß er keine, aber sein gefälliges Temperament und seine mannhafte Erscheinung kamen bis zu einem hohen Grade dafür auf. Er liebte Manara mit unbedingter Treue, aber tyrannisch und eigensinnig, wogegen Manara sich durch scharfes Hervorkehren seiner Herrschaftsstellung nicht immer erfolgreich zu wehren suchte.

Nach der Begegnung mit Garibaldi aßen die Freunde im Gasthof „zum Pavian" zu Nacht und sprachen von ihm, den keiner von ihnen zuvor, außer im Bilde, etwa in den groben Holzschnitten revolutionärer Blätter, gesehen hatte. Mangiagalli, der die Herren beim Essen bediente, machte, während er Wein einschenkte, die Bemerkung, er hätte nicht geglaubt, daß Garibaldi so schön wäre; er wäre unter den Menschen, was der Löwe unter den Tieren, die die Nase in den Sand steckten, wenn sein Haupt wie die Sonne am Rande der Wüste aufginge. „Der Mann ist schön, aber sein Kleid ist mir zu bunt," sagte Manara kühl, und Enrico Dandolo fügte mit süßlächelnden Augen und sanfter Stimme hinzu: „Mir gefällt der Mohr am besten; er ist zweifelsohne aus Afrika oder Amerika, während Garibaldi nur aus Nizza ist, geht halbnackt und hat vielleicht schon Menschenfleisch gefressen. Wäre noch ein Affe und ein Papagei dabei, so würde ich an dem Aufzuge nichts vermissen; das können die roten Jacken des Generalstabes nicht ganz ersetzen." Während die andern lachten, fuhr Mangiagalli unbekümmert fort: „Vor ihm sind alle andern Knechte, denn was er zu ihnen sagt, ist immer Befehl, wenn er auch höflich bittet, und was man zu ihm sagt, klingt immer wie ‚zu bienen!', wenn einer auch ‚zum Teufel!' sagte." Manara wendete den Kopf nach ihm herum und sagte gereizt: „Du bist zum Bedienen da und nicht zum Reden;" indes Signoroni meinte gutmütig: „Laß ihn doch, er redet besser, als er bedient, und wenn er an einem verhaltenen Worte erstickte, so hättest du zwar nur einen störrischen Diener, aber das Vaterland hätte einen angehenden Helden verloren." — „Meinetwegen möchte er sprechen, so viel er kann," sagte Enrico Dandolo, „wenn er nur uns und keinen andern lobt." Auf diese Aufforderung fiel Mangiagalli sofort ein und sagte: „Ich müßte nicht ein Mensch, sondern ein Spiegel sein, wenn ich eure Vorzüge schildern wollte, ohne hinter der von der Natur erschaffenen Schönheit zurückzubleiben. Aber die Bemerkung kann ich nicht unterdrücken, daß ich an keiner Tafel einen Herrn und nicht einmal eine Dame gesehen habe, die einen Hühnerknochen mit so schmalen Fingern so edel gehalten und mit so glänzenden Zähnen so anständig benagt hätte." Es war bekannt, daß der junge Dandolo seine Schönheit wie ein liebes Wesen, das ihm anvertraut wäre, pflegte, sie auch ebenso gern rühmen hörte, und alle belachten den Scherz. Manara konnte, obwohl er auf die Heiterkeit der andern einzugehen versuchte, die Verstimmung, die ihn drückte, nicht verbergen. Es waren nämlich die Bersaglieri in Civitavecchia durch die Franzosen, die dort die Herrschaft an sich gerissen hatten, festgehalten und nur gegen das Versprechen freigelassen worden, vor dem 4. Mai in keinen Kampf gegen die Franzosen einzutreten, bis zu welchem Zeitpunkt Oudinot siegreich in Rom zu sein rechnete. Jetzt gestand Manara, daß er sich überlistet fühle: "Es hätte mich gelockt," sagte er, "neben diesem Garibaldi zu kämpfen, der allen Ruhm der Tapferkeit, der in Italien aufgeht, an sich zieht und mit einer Hoheit erscheint, als müsse es so sein, und ihm und allen zu zeigen, daß es bei uns auch Soldaten gibt, die Mut und Ehre haben. Vielleicht habe ich nichts andres gegen ihn, als daß ich ihn beneide, weil er das Recht hat, sich zu schlagen, und ich zusehen muß. Ein blinder Narr war ich, dem Franzosen mein Wort zu geben; er hätte uns doch müssen ziehen lassen! War es nicht klar, daß er am 4. Mai schon alle Arbeit getan glaubte?" — "Mir war es klar," brummte Mangiagalli, "und ich sagte es auch; aber weil ich schweigen muß, wurden meine Worte zwar gehört, aber doch auch wieder nicht gehört, nämlich nicht in Betracht gezogen." — "Schweig," rief Manara zornig, "du bist auf der Stelle entlassen!" worauf Mangiagalli sich schnell auf den Hacken herumdrehte und der Tür zueilte, indem er rief: „Hurra! Ich laufe zum Garibaldi und kämpfe morgen mit!", aber von den jungen Leuten unter Gelächter ergriffen und zurückgebracht wurde. „Wärest du auch aus meinem Dienst entlassen," erklärte Manara, „so wärest du es doch nicht aus meiner Truppe. Aber du magst in Gottes Namen noch einmal bei mir bleiben, wenn ich auch froh wäre, der Verantwortung für einen so unzähmbaren Menschen ledig zu sein." — „Ich fände auch wohl einen bequemeren Herrn," erwiderte Mangiagalli, „aber ich habe der gnädigen Frau bei meiner ewigen Seligkeit geschworen, für Euch zu sorgen und über Euch zu wachen; darum bleibe ich." Er konnte es nicht vertragen, wenn die häufigen Wortwechsel mit seinem Herrn abschlossen, ohne daß er als der letzte gesprochen hätte, und da Manara diese Eigenheit kannte und nicht dagegen aufkommen konnte, hatte er sich angewöhnt, den unausbleiblichen letzten Satz zu überhören.

Wie vor dem eilenden Schiff her sich Wellen ausbreiten, bebte die Luft vor der nahenden Sonne, als am 30. April des Jahres 1849 die Türen der Häuser sich öffneten, Männer und Knaben mit allerhand Waffen auf die Gasse heraustraten, nach den Fenstern zurückblickten, aus denen ihnen Gruß und Segen nachklang, und nach den Wällen liefen. Angelo Brunetti ging mit seinen beiden Söhnen, von denen auch Luigi, der jüngere, eine zierliche Flinte trug, damit er nicht wehrlos sei, und seiner Frau, die das jüngste Kind auf dem Arme trug und die kleine Maria an der Hand führte, den Korso hinunter. Auf der Piazza Venezia blieben sie stehen, um Abschied zu nehmen, denn es war ausgemacht, daß Lucrezia dort umkehren und die beiden kleinen Mädchen nach Hause zurückbringen sollte. Sie empfahl ihrem

Mann und ihren Söhnen, in der Peterskirche ein Gebet zu sprechen und noch vor dem Kampfe von Vater Ugo Bassi den Segen zu erbitten, und küßte sie dann nacheinander, indem sie sagte: „Ich weine nicht!" und sie fest aus ihren strahlenden Augen ansah, die dennoch feuchter und milder als sonst waren. Brunetti umarmte die Kleine, beugte sich über das schlafende Kind, dessen Kopf auf der Mutter Schulter lag, und küßte seine Hand, die wie ein winziger brauner Hügel aus allerlei buntem Zeug hervorguckte; dann gingen sie nach entgegengesetzter Richtung auseinander.

Nun stürmte die Sonne an den Hügeln hinauf in den Aether und entzündete das feurige Spiel des Lebens: Roms göttlicher Leib hob und wölbte sich in Licht und Schatten und übergoß sich mit dem Balsam seiner immergrünen Gärten. Dem Tore von San Pancrazio gerade gegenüber lag, höher als alle andern Häuser am Janiculus, Villa Corsini, die auch „das Haus der vier Winde" genannt wurde, und die, weil sie der wichtigste Punkt im Umkreise war und die weiteste Aussicht ermöglichte, Garibaldi zu seinem Standquartier gewählt hatte. Die leichte Pracht des reizenden Palastes sprach von dem Kunstsinn und der vornehmen Ueppigkeit seiner Erbauer; das Innere war mit Wandgemälden geschmückt, das Treppenhaus und die Gänge mit alten Bildwerken, die zum Teil in den Gärten des Hadrian waren ausgegraben worden. Wenn man über die breite Freitreppe in die Eingangshalle trat, fiel das Auge auf eine große Marmorgruppe, die nach der Meinung der meisten Kunstkenner Achilles darstellte, der den toten Patroklus beklagt; die Formen waren kaum noch kenntlich; aber der leidenschaftliche Gegensatz in der Bewegung des Lebens und des Todes, die der Geist eines unbekannten Künstlers vor Jahrhunderten wie einen Blitz in den Stein geschleudert hatte, war durch die Zertrümmerung erst befreit und völlig sichtbar geworden.

Von dem eleganten Turme der Villa sah Garibaldi die französische Armee über die Aurelianische Straße heranziehen und sich gegen den Vatikan und den Janiculus verteilen. Er dachte daran, daß das die Armee war, auf die noch ein Leuchten von dem untergegangenen Namen des großen Napoleon fiel, an die er nie anders als mit Bewunderung gedacht hatte, in deren Mitte zu kämpfen er früher stolz gewesen wäre. Er wußte und sah als geübter Feldherr, wie überlegen diese Truppen den seinigen waren, nicht nur durch die Zahl: sie waren erfahren, ausdauernd und tapfer nicht aus der Leidenschaft der Begeisterung oder des Hasses, sondern aus Gehorsam, Gewohnheit und Ehrliebe, Tugenden, auf die man sich verlassen konnte. Anstatt aber durch den Anblick einer solchen Kraft des Feindes erschreckt zu werden, fühlte er sein Bewußtsein gehoben; es hätte ihn nicht befriedigt, sich vor den Toren Roms mit einem geringen Gegner zu messen. Langsam ging er die Treppen hinunter, warf einen Blick auf die Gruppen der Marmorbilder und sprengte dann nach dem Tore von San Pancrazio zurück, wo sein Stab und seine Regimenter ihn erwarteten. Es waren ihm zu seiner Legion noch die Kohorte der Studenten unter dem unentwegten Zamboni, die Freiwilligen, welche noch mit dem Segen Pius' IX. ausgezogen waren und im Venezianischen gekämpft hatten, und schließlich die Abteilung der Finanzieri unter jenem Zambianchi zugeteilt, dem Gutes nachzusagen niemand wußte und Böses niemand wagte. Von den aus Venedig Heimgekehrten abgesehen, kannten diese Körper den Krieg noch nicht und kämpften heimlich gegen das Grauen der Schlacht, mit dem Unterschiede, daß die Finanzieri sich mehr vor der Gefahr, die Studenten mehr vor der Pflicht zu töten oder dann vor den Tücken ihrer unbefestigten Natur fürchteten. Aber wie Kinder, die allein im Dunkel verirrt sind und vor dem struppigen Haupt der alten Weide und vor dem Flüstern unsichtbarer Nachtgesichte zittern, aufatmen, wenn sie den Schritt des Vaters hören, der sie sucht, so verschwand die Beklemmung, als Garibaldi erschien und mit heller Stimme, aus der vor dem Beginn des Kampfes schon die Glorie des gewissen Tags strahlte, ihre jubelnde Begrüßung erwiderte. Seine Seele breitete sich gegenwärtig über dem ganzen Heere aus wie ein neues Element, in dem man siegt.

Der Verlauf des Tages war so: die Franzosen griffen zuerst den Vatikan an, wo sie von einem römischen Linienregiment unter General Galletti und den Kanonen des Ludovico Calandrelli empfangen und aufgehalten wurden; zugleich versuchten sie mit ihrem rechten Flügel die Villen im Parke Doria, der den Monte Verde krönt, zu nehmen, und es gelang ihnen, die Villa Valentini, nicht aber die Villa Corsini zu besetzen. Das Feuer der römischen Kanonen erwiderten sie durch Geschütze, die sie auf den Resten der Aurelianischen Wasserleitung aufstellten. Ihr Ziel, das sie kühn und hartnäckig verfolgten, war, von zwei verschiedenen Seiten, vom Vatikan und vom Janiculus aus, in Rom einzudringen und beide Flügel auf dem Petersplatz zu vereinigen. Erst am späten Nachmittage, als Garibaldi aus den Toren Pancrazio und Caballegieri zugleich ausfiel, den Angriff selbst leitend, mußten sie weichen, gaben alle ihre Stellungen auf und versuchten nicht mehr, den Kampf zu erneuern.

Etwa um die dritte Nachmittagsstunde kam Goffredo Mameli mit einer leichten Wunde zu dem Torgebäude von San Pancrazio, wo die abgelösten Truppen sich mit Wein und Brot erfrischen und wo auch kleinere

Verwundungen verbunden werden konnten; es hatte ihn ein Schuß, der sein Pferd tödlich getroffen hatte, am Fuße gestreift. Wenn auch bekümmert über den Verlust des Tieres, freute er sich doch der ersten Wunde, die ihm endlich das Gefühl gab, sich wie ein rechter Soldat geschlagen zu haben, denn bisher war ihm immer zumute, als spiele er nur, während die andern arbeiteten, ja, als erteile ihm Garibaldi absichtlich Aufträge, bei denen er keiner Gefahr ausgesetzt sei, weil er ihm wohl Begeisterung zutraue, aber nicht Geistesgegenwart und vernünftiges Tätigsein. Der alte Doktor Ripari, Garibaldis Leibarzt, ein Cremonese, kam bald hernach, untersuchte Mamelis Wunde und erzählte, während er sie verband, von einem jungen Genuesen, namens Ghiglione, der soeben in seinen Armen verschieden sei und ihm sein Pferd vermacht habe; es war ein Blesse, ein großes schwarzes Tier mit weißen Flecken an der Stirn und an einem Hinterfuße. Der junge Mann, sagte er, sei kurzsichtig, aber sehr verwegen gewesen, Garibaldi selbst habe ihn gewarnt, sich nicht zu weit vorzuwagen, worauf er lachend geantwortet habe, er müsse das seines kurzen Gesichts wegen tun, da er den Feind sonst nicht erkenne; da habe ihn denn bald darauf der Tod ereilt. „Ihr jungen Leute," sagte scheltend der Alte, der seinen Kummer über das Leiden und Sterben des tapferen jungen Blutes, das er mitansehen mußte, durch Brummen über die wirklichen oder vermeintlichen Ursachen desselben zu äußern pflegte, „führt den Krieg auf eine besondere und nicht die rechte Weise. Ihr meint, er wäre für euch da, damit ihr Wundertaten verrichtet und euch auszeichnet, und anstatt sie klug zu vermeiden, sucht ihr die Gefahr; die Wunden tun ja erst hernach weh. Wir brauchen keine Zweikämpfe, keine Keckheiten, die später der Daheimgebliebene kopfschüttelnd bewundern muß! Ordnung und Plan brauchen wir, gehorsame Soldaten, nicht waghalsige Heldenjünglinge, die sich gebärden, als ob der Krieg ein Theater wäre!" Mameli, der aufmerksam zugehört hatte, sagte nachdenklich: „Ihr habt gewiß recht. Wir bilden uns viel ein und schaden wohl mehr, als wir nutzen. Ich will nicht leugnen, daß ich mich seit meinen Knabenjahren danach sehnte, der Krieg gegen Italiens Feinde möchte losbrechen, und es möchte mir vergönnt sein, nach vollbrachten Heldentaten den Heldentod zu sterben, und über meinem Trachten nach außerordentlichen Leistungen habe ich vielleicht Naheliegendes unterlassen, das zweckmäßig gewesen wäre." — „Seht Ihr!" triumphierte Ripari. „Ich dachte mir's, daß Ihr auch einer von denen wäret! Seid Ihr nicht jener Dichter Mameli? Ihr hättet friedfertig und bescheidentlich zu Hause bleiben können, da die Phantasten ohnehin mit dem Schwerte nicht umzugehen wissen. Man sieht es Euch an, daß Ihr nicht viel aushalten könnt. Was für Arme, was für eine Brust! Da ist nichts Robustes, da sind keine Muskeln, das Ganze taugt nichts. Mein Rat ist, daß Ihr augenblicklich diese Jacke da auszieht, nach Hause geht und weiter dichtet, wozu Ihr Euch besser eignen mögt und was Euch nicht schaden wird." Mameli sagte demütig: „Ich hatte vielmehr gehofft, Ihr würdet mir das Pferd meines verstorbenen Landsmanns überlassen, das Euch augenblicklich nicht von Nutzen sein kann, mir aber aus der Not hülfe, da ich mit meinem Fuße unberitten nicht in den Kampf zurück kann." Ripari fuhr entrüstet auf und zankte, Mameli gehöre ins Bett, er würde nicht dulden, daß er heute noch ins Gefecht gehe, und ein andrer mischte sich ein, indem er ihn warnte, Blessen seien unglückbringende Pferde und trügen den Reiter ins Verderben; doch kam in diesem Augenblick eine Anzahl Soldaten, von Montaldi geführt, der dem Alten die Hand auf die Schulter legte und ihn erinnerte, daß er ihn vor einer halben Stunde gesehen habe, wie er den sterbenden Ghiglione gegen einen übermächtigen Feind verteidigt und sich damit auch ohne Zwang bringender Gefahr ausgesetzt habe. Sie wurden durch Ugo Bassi unterbrochen, der einen Schwerverwundeten vor sich auf dem Pferde trug; Ripari entschied, nachdem er einen Blick auf ihn geworfen hatte, daß er sofort nach der nahen Kirche San Pietro in Montorio getragen werden müsse, wo ein notdürftiges Lazarett eingerichtet war. Schon nach wenigen Minuten kam Bassi zurück, da der Mann unterwegs verschieden war; er sah traurig vor sich nieder. „Seid Ihr der Ugo Bassi, der den Krieg so predigte, daß die Blinden und Lahmen ein Messer ergriffen und ihm nachhinkten?" rief Montaldi ermunternd. „Ich würde es wieder tun," erwiderte der Priester, „wenn es sein müßte; aber ich sage doch: der Krieg ist Sünde, die Sünde austreibt." Montaldi füllte ein Glas mit Wein, trank ihm zu und reichte es ihm, indem er ausrief: „Es lebe der Krieg! Es lebe der Ruhm! Das Leben ist nur die Form aus Ton, die zerbrochen wird, der Ruhm das Erzbild, das glänzt und dauert!" — „Heide," sagte Ugo Bassi lächelnd und gab das Glas zurück, worauf er wieder dem Parke zuritt, wo gekämpft wurde.

Von den Bastionen her kam gleichzeitig Garibaldi und sagte zu Montaldi, der ihm entgegenritt: „Jetzt muß es entschieden werden. Du führst die besten Truppen, die kampffähig sind, gegen den rechten Flügel, Sacchi fällt aus Porta Cavallegieri aus, so fassen wir sie von beiden Seiten und müssen sie von ihrem Lager abschneiden können." Da sein Auge auf Mameli fiel, rief er ihm zu, er solle, verwundet, wie er sei, am Tore in seiner Nähe bleiben; der hatte aber die Gelegenheit benutzt, um sich an das

Pferd des Doktor Ripari heranzuschleichen, schwang sich eben auf und jagte davon, mit spitzbübischer Miene nach dem drohenden Alten zurückblickend. Montalbi sammelte in Eile die verfügbaren Truppen und sprengte den Soldaten voran gegen den Feind, der gerade eine frische Abteilung gegen Villa Corsini führte. Diese mußte sich, flüchtend vor dem Schwung des Angriffs, zurückziehen; allein zugleich mit seinem getroffenen Pferde stürzte Montalbi und war im Nu von den schnell zurückkehrenden Franzosen umringt. Er erwehrte sich ihrer eine Weile, auch als er nicht mehr aufrecht stehen konnte, auf den Knien den zerbrochenen Säbel schwingend; so fand ihn Ugo Bassi, der herbeieilte und sich neben ihm auf den Boden warf, um den mehr von der Todesohnmacht als vom Feinde Ueberwältigten aufzufangen. Montalbi erkannte den Priester, lächelte und wollte sprechen, aber sein Kopf fiel zurück, und der Körper wog mit lebloser Schwere auf Ugo Bassis Brust; die Franzosen wurden von Legionären beschäftigt, die zu spät ihren Anführer zu befreien herbeigekommen waren. Garibaldi befand sich auf der höchsten Stelle des Walles, von wo aus der Blick den Teil des Parkes übersieht, in dem die wichtigsten Stellungen der Schlacht waren; als er sah, daß Montalbi fiel, der Angriff dadurch abgeschwächt wurde und der Kampf stockte, gab er seinem Pferde die Sporen, stellte sich an die Spitze von etwa fünfzig Reitern, die außer Tätigkeit waren, sammelte die Zerstreuten und stürzte sich selbst in das Gefecht. Aus seinem Blick empfingen die Soldaten eine Schwungkraft, die sie wie unfehlbare Werkzeuge seines Willens gegen den Feind schnellte; er wankte, gab nach und, auf beiden Flügeln gleich bedrängt, mußte das ganze französische Heer unter fortwährenden Verlusten sich zurückziehen.

Nachdem Ugo Bassi den Leichnam Montalbis

einigen Soldaten übergeben hatte mit dem Auftrage, ihn aus dem Gewühl an einen geschützten Platz zu bringen, ließ er sein Pferd traben, wie es wollte, bis er plötzlich bemerkte, daß er allein jenseits der Linie des römischen Heeres zwischen Weinbergen war, die französischen Truppen als Schlupfwinkel dienten. Wie er das Pferd wendete, hörte er einen Schuß fallen, sah, daß sein Tier sich bäumte, und stürzte gleich darauf mit ihm zu Boden; er selbst war nicht verletzt, aber das Pferd töblich getroffen; es versuchte mit krampfigen Bewegungen sich aufzurichten, wobei es seinen Herrn inständig ansah, und starb. Ugo Bassi legte den Arm um den Hals des schönen Tieres und weinte. „Ach, verlasse mich doch nicht," klagte er, „mein Liebling, mein stummgeborener Bruder. Dein Blicken aus unergründlicher Seele war reicher als unsre Worte. Dein tanzender Schritt, das Beugen deines Schlangenhalses, das Schnauben deiner Nüstern sprach schöne und stolze Gedanken der Natur aus. Wie warest du zärtlich, aufmerksam und ungestüm, wie warst du mir vertraut! Wie die Welle das Schiff trägt, zu den Wolken hebt und wieder ins Meer reißt, so trugest du mich durch die Elemente, und wie im Rauschen der Welle witterte ich den Dunst des Weltgeists, wenn ich dein Wiehern hörte, oder wenn dein warmer Atem feucht um meine Wange blies."

Seiner Trauer hingegeben, hatte er nicht darauf geachtet, daß französische Soldaten sich ihm genähert hatten, die ihm nun zuriefen, er solle sich ergeben. Er nannte seinen Namen, zeigte das Kreuz, welches er am Halse trug, und daß er ohne Waffen war, und bat, sie möchten ihn sein friedliches Amt weiter verrichten lassen. Einer der Franzosen entgegnete mit Bezug darauf, daß er den Hals des toten Pferdes umschlungen gehalten hatte, ob er etwa dem Gaul die Sterbesakramente gereicht habe, und ein andrer sagte, es gehe sie nichts an, wer er sei, übrigens sei ein Priester im Lager Garibaldis schlimmer als der Teufel, er sei ihr Gefangener und müsse ihnen folgen. Da er einsah, daß jeder Widerstand und jedes Widerwort vergeblich sein würde, fügte er sich schweigend; er wurde von den Franzosen mit absichtlicher Roheit behandelt und wäre vielleicht erschossen worden, wie sie es später mit einem Geistlichen vor der Kirche Santa Maria del Rosario machten, der sich zur Republik hielt, wenn nicht eine beträchtliche Anzahl Franzosen in die römische Gefangenschaft geraten wären, die sie durch eine namhafte Persönlichkeit, wie Ugo Bassi war, auszulösen dachten.

Ein absonderlicher Fang war Nino Bixio geglückt; er war nämlich bei der Verfolgung der flüchtenden Franzosen auf eine abseits gelegene, von dem französischen Oberst Picard besetzte Meierei gestoßen, der nicht ahnte, daß die Hauptmasse seines Heeres bereits im Rückzuge begriffen war. Nino Bixio, der keinen Feind in fester Stellung mehr zu finden vermutet hatte und seinen Truppen um eine gute Strecke voraus, also ganz hilflos war, erschrak heftig, als er sich ohne Rettung der Uebermacht preisgegeben sah; aber der Schreck äußerte sich bei ihm als Wut, mit der er auf den französischen Oberst zusprang, ihn am Kragen faßte, tüchtig schüttelte und anschrie, er solle sich ergeben. Oberst Picard hatte das Aussehen eines Wüterichs, war aber ein unentschlossener, leicht zu erschütternder Mann, der sich seine Lage und das Benehmen des rasenden Italieners nicht zu erklären wußte und in der Verlegenheit seinen Soldaten gebot, die Waffen zu strecken. Dem Bixio brach der Angstschweiß aus, als er sich von fünfzig Gefangenen umringt sah; zu seinem Glück erschien aber jetzt eine Abteilung Soldaten, die ihm gefolgt waren, nahmen die Franzosen in ihre Mitte und führten sie in die Stadt.

Als Garibaldi von der Verfolgung des abziehenden Feindes zurückkam, war der Janiculus voll von Menschen, die das Gerücht des Sieges herbeigelockt hatte. Er machte sich Bahn durch das Gedränge, um von der Bastion aus, die den weitesten Blick ins Land gab, die Bewegungen des französischen Heeres zu beobachten, und das Volk, das ihn erkannte, wich ehrerbietig zurück; doch zuckte sein Name, von einem zum andern geworfen, durch die erregte Menge und schlug plötzlich aus der Glut unzähliger Herzen wie eine Flamme in die Luft. Da er dem freien Felde zugekehrt stand, wendete er sein Pferd, um die Begrüßung anzunehmen, worauf das Rufen: „Heil Garibaldi! Schwert Italiens! Stern Italiens!" sich erneuerte. Die hellen, stürmischen Glocken Roms fingen in diesem Augenblick zu läuten an, anschwellend wie eine Flut, die mit seinem triumphierenden Namen zum Himmel stieg. Auf den Mauern, auf den Geschützen, auf Dächern und Bäumen, überall waren Menschen. Garibaldi sah Soldaten seiner Regimenter, lombardische Bersaglieri, die nicht hatten mitkämpfen dürfen, Männer, Frauen und Kinder, die Hüte und Tücher schwenkten; auch die Gleichgültigen und die Vorsichtigen, die sich zurückgehalten hatten, weil sie einen guten Ausgang der Sache nicht für möglich hielten, kamen auf die Nachricht von der Flucht der Franzosen herbeigeeilt. Indem sie seinen Namen riefen, staunten sie auf den wundervollen Mann, aus dessen Händen sie das freie Vaterland empfangen sollten; er stand ehern gegen den feurighellen Abendhimmel, nur sein weißes Pferd bewegte den hohen Hals auf und nieder und schnaubte leise. Der Platz, auf dem er sich befand, war gegen die Stadt zu von Akazien umgeben, die blühten und deren süßer Geruch seine tiefste Seele erfüllte zugleich mit dem starken Bewußtsein, daß er Italien machen werde und daß das Volk um ihn her es wisse und auf ihn baue; ja, auf einmal schien es ihm, als sei er weit fort, einsam auf rollendem Meere, und als sei das übermenschliche Werk lange, lange schon vollendet, und er frei, ganz durchdrungen von dem schwebenden Geiste getaner Taten.

Als der Jubel der Menge nachließ, richtete er sich auf, blickte um sich und sagte: „Soldaten! Eure Tapferkeit hat den Sieg über die tüchtigste Armee Europas davongetragen: ich danke euch! Heute, Heer und Volk, habt ihr Rom mit Blut in Italiens Fleisch eingegossen. Wehe dem, der eins vom andern reißen wollte!" Dann, da er grüßte und mit einigen Offizieren dem Vatikan zu ritt, löste sich die zusammengedrängte Menge, und von der Anhöhe stürzte sich der Jubel des Sieges hinunter und überflutete Rom. Er wälzte sich durch die Gassen und über die Hügel wie ein Schwarm von Bacchanten, deren trunkener Schrei von den schwarzen Ruinen widerhallt und deren goldene Becken glühend wie Schwertergeklirr durch die laue Dämmerung dröhnen.

Luciano Manara, der von den Galerien der Peterskirche den Gang des Kampfes verfolgt hatte, suchte Garibaldi auf und fand ihn, auf der Lafette einer Kanone sitzend, im Gespräch mit dem Obersten der Artillerie, Ludovico Calandrelli; es war nämlich vorgekommen, daß den Feind verfolgende römische Soldaten von den Geschossen der eignen Geschütze getroffen worden waren, wie es sich zeigte, ohne Calandrellis Schuld infolge des zwiespältigen Oberbefehls, der einheitliches Handeln erschwerte. Manara näherte sich und sagte zu Garibaldi, er befürchte, seine Achtung durch sein Benehmen am vergangenen Tage eingebüßt zu haben; Garibaldi möge jene Begegnung vergessen; es sei sein Wunsch, daß es ihm trotz des heutigen Sieges noch vergönnt sein möge, mit seinen Truppen unter Garibaldi zu fechten, damit er sähe, daß, welches ihre Gesinnung auch sein möchte, sie tapfer zu kämpfen und zu sterben wüßten. Garibaldi reichte ihm die Hand mit dem Lächeln, das, ohne daß er es wußte, auch seine Gegner bestrickte, und sagte: „Das weiß ich und möchte das letztere nicht sehen müssen. Meine Achtung konntet Ihr, Hauptmann Manara, nicht verlieren: man soll die Menschen nicht nach ihren Worten, sondern nach ihren Taten beurteilen." Dann sprach er in froher Erregung von seiner Hoffnung, den Franzosen eine völlige Niederlage zu bereiten und das erprobte Heer gegen Italiens Erzfeind, Oesterreich, wenden zu können. Der Zwist mit Frankreich sei nur etwas Zufälliges und Vorübergehendes, das Werk einer ränkevollen Partei, die bald gestürzt werden würde. Das Notwendige sei, daß Mailand befreit und Oesterreich über die Alpen zurückgeworfen werde. „Das wäre möglich?" rief Manara aus, indem er Garibaldi ungläubig, fast erschrocken ansah. „Wie denn?" fragte dieser erstaunt. „Dachtet Ihr, Mailand sollte alleweit in dieser Knechtschaft bleiben?" — „Nein," antwortete Manara und lächelte traurig; „aber ich habe mich gewöhnt zu denken, daß ich den Tag der Befreiung nicht sehen werde." Garibaldi sprang ungeduldig auf, indem er ausrief: „Soll denn immer der größte Ruhm der besten Söhne Italiens ein tapferes Sterben sein? Leben und leben wollen müßt Ihr! In Euern Jahren glaubte ich mich noch unsterblich!" — „Ihr seid es vielleicht," lachte Manara und fuhr ernster fort: „Was mich entnervt hat, waren nicht die Entbehrungen und Leiden dieses Jahres, sondern die Einsicht in unsre Ohnmacht. Unsre Kette zerreißen wie ein wildes Tier, das haben wir können, nicht unsers Feindes Herr werden, weil wir es unser selbst nicht sind." Garibaldi schwieg und sann eine Weile, dann sagte er ruhig: „Wer unterliegt, scheint immer unrecht zu haben; mich soll das nicht irremachen. Wenn meine Mutter oder meine Brüder und Kinder im Elend sind, grüble ich nicht, ob sie es verschuldet haben, sondern versuche ihnen zu helfen und helfe ihnen hundertmal, wenn sie sich hundertmal wieder verderben, weil ich sie liebe." Nach einer Pause sagte Manara: „Ich möchte so fühlen und handeln können wie Ihr, und wenn ich Euch ansehe und mit Euch spreche, scheint mir fast, ich könnte es."

Garibaldi sah es als eine Gunst des Schicksals an, daß er an dem Tage, wo Montaldi gefallen war, zwei Männer fand, die diesem an militärischer Begabung und Hochherzigkeit gleichkamen, nämlich außer Manara den Reiterführer Angelo Masina aus Bologna, der sich bei dem letzten, den Ausschlag gebenden Angriff hervorgetan hatte. Er hatte sich in Bologna den Namen eines Patrioten, in Spanien Kriegsruhm erworben, war infolge der päpstlichen Amnestie in die Heimat zurückgekehrt und hatte, als äußere Feinde die Republik bedrohten, aus seinem eignen bedeutenden Vermögen fünfzig Reiter ausgestattet und nach Rom geführt. Er pflegte im Feuer der Schlacht so energisch zu leben, daß, wer ihn sah, meinte, Gefahr und Anstrengung seien das Element, in dem er sich heimisch fühle und sein ganzes Wesen könne spielen lassen, zwischen den Schlachten aber sich ganz der Muße des friedlichen Lebens hinzugeben, und glich dann einem weichlichen Schwelger, den weder Pflicht noch Ehre von seinem Lotterbett würde reißen können. Sowie er Garibaldi sah, entschied er sich für ihn und hing ihm an, wie wenn er durch Eidesfraft gebunden wäre; denn während er die Frauen ebenso schnell vergaß, wie er ihnen häufig und in ehrlicher Meinung ewige Liebe schwur, schloß er sich Männern selten, dann aber unverbrüchlich an und hatte wenige Ueberzeugungen, an denen er niemals irre wurde. Durch diesen Mann fühlte sich Garibaldi glücklich bereichert; es war ihm, als hätte er in ihm eine neue, vernichtende Waffe gefunden, mit der er gegen Oesterreich kämpfen könnte.

Beim Einbruch der Nacht waren die Höhen still und menschenleer geworden: die Soldaten füllten die Schenken der Stadt und erzählten, was sie getan und erlebt hatten. Garibaldi ging nach der Kirche San Pietro in Montorio, um den Leichnam Montalbis zu sehen, der dort lag. Der alte Ripari hatte ihn erwartet und zeigte ihm traurig und stolz die neunzehn Wunden, mit denen der Tapfere gefallen war; sein Gesicht war klar und unentstellt. Lange betrachtete Garibaldi den schönen schlanken, festen Körper, der das Siegel des Todes wie einen hohen Orden trug, in dessen Besitz er zum erstenmal die Augen schließen und in seiner eignen Seele ruhen möchte. Dann hieß er den Arzt heimgehen und setzte sich zu dem Mohren, der ihn auf der zur Kirche führenden Treppe erwartete, um mit ihm die Totenwache zu halten. Es wollte ihm nicht in den Sinn, daß er den Mann, der zwanzig Schritte von ihm lag, nicht wecken konnte, damit er ihm den Kummer verscheuche; denn er hatte ihn nie krank, nie müde, nie verzagt oder hilflos gesehen. Während die andern Licht, Kraft und Hoffnung aus ihm, Garibaldi, sogen, hatte Montalbi seiner nicht bedurft, außer daß er ihn liebte; er hatte bei keinem andern jemals Zuflucht gesucht, als bei sich selbst, auch bei Gott nicht. Keine Gefahr war ihm zu groß, keine Arbeit zu schlecht gewesen; er hatte die Seele des strömenden Wassers, das Mühlen und Schiffe und Fabriken treibt und mit Schaum und sprühenden Tropfen, den Ueberschuß seiner Kraft verspielend, über die Räder stürzt.

In den Häusern unten ging Licht an Licht auf, und die festliche Stadt flammte prahlerisch gegen die

Sterne. Garibaldi sah es ohne Bewußtsein: er dachte an die wilde Weite der Neuen Welt und den riesigen Wurf ihrer zügellosen Schöpfung, wo er und Montalbi sich in verwegener Jagd die Augenblicke des ungebändigten Lebens fangen mußten. Er dachte an silberne Nächte, wo sie ohne Weg, ohne Nahrung, allein mit den Gefahren der Wildnis, doch festen Herzens durch die Steppe geritten waren, zwei feurig lebendigen Welten gleich, die durch die Unendlichkeit schwärmen; an eine Fahrt, die sie mit meuternder Mannschaft über das Meer machten, als wären sie im Käfig mit Raubtieren, die gähnend den Schweif fegen, in Kreisen den Menschen umschleichen und sich auf ihn stürzen, sowie sein Blick, der sie bändigt, die Spannkraft verliert. Er hätte es auch ohne ihn bestanden, aber mit ihm wurde das Mißgeschick ein Abenteuer und selbst der Verlust ein Anlaß, sich auf eigne Schätze zu besinnen.

Mit Aghiar tauschte er Erinnerungen aus und hörte ihn die Taten und Eigenschaften des Toten loben: Er war wie ein Palmbaum mit glattem Stamme, der im Sturme sich singend biegt, aber die Blätter und Zweige festhält, und wenn der Sturm sich legt, dasteht wie zuvor, ohne einen Riß in der Rinde, als wäre der Himmel heiter gewesen. Sein Herz war kühl wie die Quelle des Gebirges, sein Haß und sein Schmerz waren stark und schnell, die Vergangenheit gärte nicht in seiner Brust. Er liebte nichts wie die Freiheit; der Tod hat ihn gefangen, aber er wird sich losreißen und auf glänzendem Schiff die weiten Meere jenseits des Himmels befahren.

Eine tiefe Traurigkeit kam über Garibaldi; es schien ihm, als könne er diesen Freund nicht verschmerzen, obwohl ihm noch viele andre blieben und obwohl er schon manchen Verlust verwunden hatte. Auch Gaëtano Sacchi hatte die kriegerischen Tage

Amerikas mit ihm geteilt, er war tapfer, treu und verschwiegen, ein eiserner Ritter für ihn und Italien; der junge Medici scheute keine Gefahr, auch er war edel geartet, unternehmend und willig, den Weg der Zukunft zu gehen; aber sie hätte er nicht vermißt wie Montaldi. Dieser nahm seine Jugend mit weg, die grenzenlose Zeit der Vorbereitung und Hoffnung. ‚Diese Nacht,' dachte er, ‚soll dir und unsrer Jugend gewidmet sein, dann gehe du und ringe mit den Geheimnissen des Todes, und ich will Schlachten des Lebens schlagen; wenn unsre Geister sich je begegnen, sollen sie sich ohne Wehmut grüßen.'

Er saß träumend an die dunkle Schulter des Mohren gelehnt, bis den Osten das Licht erregte, dann suchten beide einen kurzen Schlaf in dem kleinen Gasthof, den Garibaldi bewohnte.

⊕

Garibaldi hatte die flüchtenden Franzosen verfolgen und womöglich vom Meere abschneiden wollen, aber die Regierung, von der er abhing, billigte den Plan nicht und hintertrieb ihn. Mazzini äußerte sich den beiden andern Triumvirn gegenüber folgendermaßen: Garibaldi, dem vor allem der Erfolg des Tages zu danken sei, habe die erste Stimme in Angelegenheiten des Krieges; auch leuchte ihm selbst wohl ein, daß der Feind im Augenblick, wo er verwirrt und betäubt sei, einem vernichtenden Schlag nicht ausweichen könne, daß er aber, wenn man ihm Zeit lasse, sich sammeln und mit verdoppelter Streitkraft und Kampfesmut zurückkehren könne. Dennoch müsse er dies Bedenken äußern, ob mit einem solchen Schlage viel gewonnen sein würde? Ob Frankreich nicht ein neues, größeres Heer, als dieses sei, gegen Rom senden könne, wenn es wolle? Er glaube, Rom könne nur dann gerettet werden, wenn es gelinge, Frankreich sich aus einem Feinde zum Freunde zu machen. Ob das möglich sei, wisse er nicht, wolle man es aber versuchen, so könne man es nur, wenn man die Eitelkeit und Ehrliebe der Nation schone und sie nicht noch mehr demütige, um ihnen die Versöhnung nicht allzu schwer und Rache zur scheinbaren Pflicht zu machen. Armellini billigte lebhaft, was Mazzini gesagt hatte. Er zweifle nicht daran, sagte er, daß Garibaldi ein mutiger Anführer sei, und das Heer möge seinen Abgott haben; aber dem Soldaten eine Stimme in Staatsgeschäften einzuräumen, würde törichte Schwäche sein. Er hätte von jeher die Entzweiung mit Frankreich beklagt und freundliche Vereinbarung herbeiführen wollen; vielleicht wäre es gelungen, wenn man Vertrauen gezeigt und sich nicht durch die Bravaden eines unbedachten Schwätzers hätte beirren lassen. Dem römischen Stolze sei nun genug getan, jetzt gelte es sich weise zu mäßigen. Frankreich müsse in kurzem zu einer Politik der Unabhängigkeit und des Freisinns zurückkehren, ein störender Einfluß, der mit trüben Mitteln herrsche, müsse überwunden werden, die beiden lateinischen Republiken würden sich verbinden und der Welt das Licht der Kultur vorantragen.

Mazzini hörte unruhig und ungeduldig im Innern zu; er überschaute klar, was in Armellinis Geist an Begriffen und Wünschen, eine kleine, enge, geordnete Welt, beieinander war, es reichte nicht aus für die Zeit, die Lage und die Menschen, und es war ihm unlieb, seine Neigungen für sich zu nützen; dennoch widersprach er ihm nicht. Er glaubte weder an Frankreichs noch an einer andern Macht uneigennützige Freundschaft und Hilfe, aber er sah keinen Ausweg für Rom, als eine Verständigung mit dem zweideutigen Gegner. Es gab Männer im französischen Parlament, die unaufhörlich den pfäffischen Feldzug bekämpften; täglich konnten sie den Sieg davontragen, und bitter wäre es dann für Rom, den Frieden durch Siege verscherzt zu haben.

Zugleich indessen fühlte er alles, was seiner Einsicht Lebendiges widersprach: Es war ein großes Auferstehen in allen Herzen, das naturgewaltig vorwärts brängte, und er fühlte, wie den Soldaten die Hand auf der Waffe zucken und wie es den Mann, der sie beherrschte, dahin ziehen mußte, wo die unerbittliche Göttin winkte. Aber er glaubte diese persönlichen Gefühle nicht betonen zu dürfen, und so wurde nach seinem und Armellinis Vorschlage entschieden. Im Parlament war so wie so im allgemeinen der Grundsatz angenommen, daß Rom sich auf die Verteidigung beschränken solle, um immer im Rechte zu sein und die großen Mächte, deren Beifall retten und deren Ungunst vernichten könne, nicht zu reizen. Auch fiel in die Wagschale, daß der Ruhm Garibaldis die Republikaner ängstigte, die den Verdacht hatten, das niedere Volk würde im Grunde froh sein, wieder einen Herrn zu haben.

Indessen, daß Garibaldis Absichten in solcher Weise durchkreuzt wurden, verstärkte nur die Gefahr, die das Parlament fürchtete. Hauptmann Daverio, der als ein einfacher, der Verstellung unfähiger Mann ausgeforscht wurde, sprach es ohne Bedenken aus, daß fast alle Offiziere Garibaldis der Ansicht wären, Rom könne nur gerettet werden, wenn er die Diktatur erhielte. Es hätte sich am gestrigen Tage gezeigt, wie viel Unzuträglichkeit es hätte, daß das Kommando nicht in seiner Hand läge. Keiner außer Garibaldi hätte mit so knappen Mitteln den Sieg erringen können: sie würden ihm zugeteilt, als wolle er sie nicht zur Verteidigung der Republik, sondern gegen sie gebrauchen. Von ihm hänge aber die Dauer der Republik ab, darum dürfe er von niemandem abhängen.

Die Abgeordneten, die anwesend waren, fuhren auf. „Wenn das geschähe," rief Sterbini, „wenn Garibaldi Diktator würde, gäbe es keine Republik mehr, und es wäre nichts mehr zu verteidigen. Jedermann weiß, wie hoch ich Garibaldi schätze, aber ich täte es nicht mehr, wenn ich ihn für keinen guten Republikaner mehr halten könnte. Die Sachen liegen nicht immer zwischen Heer und Heer, sind nicht immer mit dem Säbel zu durchhauen. Im Heer soll er herrschen, er allein, das ist das Recht seiner Feldherrngröße und seiner Vaterlandsliebe; wenn er höher hinaus will, verscherzt er sein Ansehen, anstatt es zu vermehren." Das ängstliche Sichverwahren des Parlaments machte keinen Eindruck auf Daverio, um so mehr was Mazzini, den er verehrte, sagte. Zwar schien auch das ihm darauf hinauszulaufen, daß er Garibaldi nicht genügend kenne und verstehe, oder die Bedeutung der kriegerischen Dinge unterschätze; aber er war ein Mann, der das Gute und Große fühlte und hochhielt, ohne daran zu kritteln, und wagte deshalb seine Ansicht gegen Mazzini nicht gewaltsam durchzusetzen. Auch sah er ein, daß die Versammlung einer Diktatur Garibaldis niemals geneigt zu machen sein würde; befragt, wie er glaube, daß Garibaldi die Nichtbeachtung seiner Ansprüche aufnehmen werde, sagte er grollend, das wisse er nicht, es könne leicht sein, daß er ihnen sein Brevet vor die Füße würfe.

Inzwischen war Garibaldi einer Einladung des Angelo Brunetti gefolgt, dessen Frau sich die Ehre nicht nehmen lassen wollte, den Sieger zu bewirten; denn auch die Weiber und alle Leute, die sich unheimisch und gottverlassen in Rom gefühlt hatten ohne Papst, söhnten sich am 30. April mit der Republik aus, an deren Spitze sie nun Garibaldi als einen neuen Heiligen Vater sahen. Der gefeierte Gast plauderte galant mit der schönen Frau, aß und trank wenig und wendete sich bald ganz den Knaben zu, die sich Schritt für Schritt näher an ihn heranwagten. Lorenzo und Luigo erzählte er von Schiffbrüchen und Seeschlachten, der kleinen Maria, die noch nicht schreiben konnte, malte er Buchstaben vor, unermüdlich ihr planloses Kritzeln verbessernd und das runde Fäustchen mit dem Stift behutsam herauf und herunter führend. Bei dieser Beschäftigung trafen ihn einige ihm besonders ergebene Abgeordnete, die es über sich genommen hatten, dem Gefürchteten gelinde zu unterbreiten, daß er aus Gründen innerer Politik auf eine Vermehrung seiner Gewalt verzichten möge. Ohne sich stören zu lassen, ging er auf ein gemächliches Gespräch mit ihnen ein, als er aber merkte, daß sie zu ihrem Auftrage kommen wollten, unterbrach er sie etwas unwirsch, indem er sagte, sie möchten ihre Worte sparen, die Regierung habe eine andre Meinung als er, die Folge würde zeigen, wer recht gehabt habe; jetzt wolle er nichts mehr von der Sache hören.

Die Versammlung war zufrieden, daß es so abgelaufen war; doch glaubten die meisten, Garibaldi habe die Fassung, die er gezeigt habe, nur erheuchelt und warte auf eine Gelegenheit, wo er, vielleicht der Volksmasse noch sicherer als im Augenblick, die Ansprüche seiner Herrschsucht erneuern und durchsetzen könnte.

✤

An einem der ersten Maitage versammelte Garibaldi seine Truppen im Parke der Villa Borghese vor dem Tore del Popolo, um auf täuschenden Umwegen in den Süden zu gelangen und den König von Neapel, der mit seiner Armee die Grenze überschritten hatte, zurückzuwerfen.

Steh wieder auf, totes Heer, gleite noch einmal wie ein Echo stolzer Märsche über die veilchenblauen Hügel, die Zypressen und Rosengewinde schwärmerisch umkränzten! Steige aus deinen Gräbern, den versunkenen und vergessenen in der Heide, und tauche deine entseelten Hände in den Frühling, mit dem du siegtest und starbest!

Wie Trompetenstöße fährt Garibaldis Legion vorüber. Die schwarze Feder nickt auf das braune Gesicht, der Mantel weht, die Hand späht am Degen; es sind Verbannte und Fremdlinge und Abenteurer, welche die Heimat suchen. Sie sind schweigsam und haben wilde Träume und rasen vor Mut in glücklichen Schlachten; wie dunkle Wolken mit goldenen Rändern am Feuerhimmel jagen sie durch die gewitternde Zeit.

Die mit hellen Hörnern marschieren, sind die Versaglieri. Kühn und lustig und getreu klopfen ihre Herzen, flink und leicht fliegen ihre Füße. Wie sind sie voll Mutwillen und Leichtsinn und Jugendblut! Kein Geschick ficht sie an, ihr Lachen fliegt an heiteren und wilden Tagen und läßt sich nicht fangen, bis der beinerne Pfeil des dämonischen Schützen es trifft und welk in den Staub tritt.

Herrlich wie Wasserstürze aufrauschen, galoppieren die Reiter Masinas. Lange Mähnen wallen spiegelnd über den blanken Hals der Pferde. Die Söhne der fetten Bologna halten sich festlich; sie haben wuchtige Arme und ein starkes Herz und glauben nicht, daß ihre Sonnen untergehen. Die mit wehenden Locken um leuchtende Stirnen, welche die Brust mit der breitfarbigen Schärpe umwunden haben, sind die Studenten. Sie drängen sich glühend zum Opferaltar, wirbeln die Fackel ihres Lebens hoch in der Luft und werfen sie mit großem Schwunge nieder, die fallend erlöscht. Ein Haufen ungeselliger Fratzen streicht vorbei, mit Banditenhut und gezacktem Bart, das Messer im Gürtel. Sie haben Lust am Blut und keine Freude am Leben, wie wilde Tiere lauern sie dem Gegner auf und schleichen knirschend am Freunde vorüber. Aber dort, was für eine behende Schar sind jene, die den Säbel stolz und feierlich wie Knaben ein Spielzeug tragen? Kinder Italiens! Sie schlagen sich furchtlos wie

Helden und grimmig wie fauchende Katzen, und wenn die Schlacht aus ist, wetten sie in Spielen und lachen zu Schelmenstreichen; nachts träumen sie von der Schule und deuken heimlich an das Weinen einer armen Mutter.

O Heer des Frühlings! Er liebte dich, weil du mit ihm sterben solltest! Er kränzte deine Stirn mit Rosen und Lorbeer, die sich mit ihm neigen und in Feuer verzehren sollte. Er überschüttete die quellende Erde mit Narzissen und Lilien, die dich begraben sollte, und entblätterte Tag für Tag die Krone der Sonne, damit deine Wege von rotem Ruhme rauschten. Er sang in Pinienhainen Lieder der Liebe und Heldengesänge, damit du melodischen Schrittes mit ihm hinunterstiegest in die Nacht. O Heer des Frühlings, er berauschte dich mit Sieg und Freiheit, ehe er dein Herz zerriß, um mit dir zu verbluten!

✢

Im Stabe Garibaldis befand sich ein Schwabe, Gustav von Hoffstetter, der in seiner Heimat an der liberalen Revolution teilgenommen hatte und nach ihrem Niedergange erst in die Schweiz und dann nach Italien ausgewandert war, um unter der Fahne der Freiheit, wenn auch im Auslande, zu kämpfen. Er hatte ein nachdenkliches Gesicht und beobachtete die Welt mit Liebe aus ernsten Augen, die einem von schwarzen Tannenwäldern umgebenen tiefen Weiher glichen; man konnte sie für unveränderlich sanft und heiter halten, bis einer seine Empfindlichkeit reizte, dann wehrte er sich so bissig, daß man sich hütete, ihn wieder anzugreifen. An diesen wandte sich Masina, als die Truppen abzumarschieren begannen, mit den Worten: „Ihr seht wie ein verschwiegener und träumerischer Mann aus, mit dem sich ernstlich von Liebessachen reden läßt. Wollt Ihr der Not eines aus Liebesflammen wehklagenden Herzens beispringen?"

Der Deutsche antwortete gutmütig: „Warum nicht? Soll ich einen Guß kalten Tiberwassers darüber schütten?" worauf Masina, die Brauen hochziehend, erwiderte: „Das Mittelmeer würde kaum genügen!" und folgendes erzählte: Er war kurz nach seiner Ankunft in Rom eines Abends am Theater Metastasio vorbeigegangen, wo Gustavo Modena aufgetreten war. Ein Schwall von Menschen drängte den Ausgängen zu, wo die Wagen unter dem Geschrei der Kutscher vorfuhren; in diesem Wirrsal sah er eine Dame stehen, deren schwaches Rufen unbeachtet verhallte. Gerührt von ihrer Gestalt, die, schmal und sehr elegant, doch etwas hilflos Kindliches hatte, machte er sich Bahn zu ihr und führte ihr einen offenen Wagen zu, in den sie nach kurzem Zögern einstieg, obwohl, wie es schien, die eigne Karosse sie erwartete. Der eine Blick, den sie dabei wechselten, spann ein Band zwischen ihnen, das sie nicht sogleich zerreißen mochten, und sie verwehrte ihm nicht, neben ihr zu reiten. In der warmen Nacht, die sie umgab, schmolzen die Formen und Masken des gemeinen Lebens: sie fühlten sich allein miteinander auf einem Zauberfeste, wo Träume reifen und Sehnsucht Gesetz ist. Er fand den Mut, sie zu fragen, ob sie ihn lieben könne, sie fand keinen, nein zu sagen; seitdem trafen sie sich fast jede Nacht. Sie verschwieg ihm ihren Namen, ihren Stand, ihre Verwandtschaft und Lebensweise, um, wie sie sagte, ihm gegenüber eine nackte, heimatlose Seele zu sein, die demütig die ganze Aussteuer des Lebens von seiner Liebe empfange; deshalb nannte er sie Trovata, das Findelkind. Da er nicht wußte, wie sie hieß, noch wo sie wohnte, konnte er ihr keine Botschaft schicken, auch hatte sie ihm verboten, ihr mehr zu schreiben, als sich auf ein Blatt ritzen ließe; doch sehnte er sich, ihr ein Zeichen zu geben, und meinte, daß er sie in einer gewissen Kirche, wo sie jeden

Morgen die Messe hörte, und wo sie sich auch schon getroffen hatten, einen Brief könnte finden lassen, ohne daß es ihr gefährlich würde.

Da sie gerade an einer Gartenmauer entlang ritten, über die hinaus Aloe und die felsgrauen Blätter und Strünke der Agave starrten, deutete Hofstetter darauf hin und sagte, er möge ein solches als Brief benutzen, es hätte ein ganzes Sonett darauf Raum, und niemand würde es bemerken, nur ihr Auge würde vielleicht die Ahnungskraft der Liebe anziehen. „Ich hätte nicht geglaubt, daß ein Schwabe einen so glücklichen Einfall haben könnte!" rief Mastna froh verwundert, indem er mit dem Säbel ein fleischiges Aloeblatt herunterhieb; nun möge Hofstetter ihm auch raten, was er darauf schreiben solle, nicht viel, zwei oder drei Worte, gleichsam ein Blutstropfen aus seinem Körper auf das grüne Pergament gefallen. Der Deutsche besann sich eine Weile und schlug dann die Worte vor: „O, meine Gefundene, mögest du mir nie Verlorene heißen!", die Mastna, obwohl sie ihn zuerst befremdeten und ihm seiner Empfindung nicht zu entsprechen schienen, billigte. Er zog einen kleinen spitzen Dolch aus seinem Gürtel und ritzte den Satz, den Hofstetter ihm langsam vorsprach, mit ungefügen Lettern auf das Blatt, so daß sie es ganz ausfüllten.

Im freien Felde, wo sie sich jetzt befanden, trafen sie einen berittenen Hirten, der Mastna als Bote geeignet erschien: der Mann, der finster und blöde aussah, schüttelte den Kopf und sagte, er dürfe seine Herde nicht verlassen, doch hätte er einen Buben, mit dem sie reden könnten. Der Junge kam in scheuer Neugierde unter dem Strohzelt hervorgetreten und hörte aufmerksam an, was Mastna ihm einprägte. Ob das etwas Unheiliges sei? fragte er, ängstlich auf das Blatt deutend, während seine Augen mit funkelnder Habgier über ein Goldstück huschten, das Masina aus der Tasche gezogen hatte. Der zeigte sich entrüstet: ob er glaube, daß er ein Heide, ein Kirchenschänder, ein Republikaner sei? Es handle sich vielmehr um ein hochheiliges Gelübde, und der Junge werde für das Heil seiner eignen Seele arbeiten, wenn er bei der Ausführung desselben behilflich sei. Das schwarze Gaunergesicht glänzte auf, er versprach, den Auftrag pünktlich auszurichten, verbarg das Blatt ehrfürchtig in seiner Tasche, steckte das Goldstück nachlässig in eine andre und machte sich auf den Weg. Masina rief ihm noch einmal den Namen der Kirche und der Kapelle nach, wo er das Blatt niederlegen sollte, und eine Mahnung, das gegebene Versprechen zu halten. „Hier auf der Stelle soll mich der heilige Blitz des Himmels niederschlagen, wenn ich dich betrüge!" rief der Junge, winkte lächelnd mit der Hand und schlängelte sich behend durch das hohe Gras der Heide. Hofstetter meinte, dem Burschen nachblickend: „Wenn wir ihm aufgetragen hätten, Mazzini umzubringen, hätte er das auch, vielleicht um dasselbe Geld, besorgt." — „Möge er nur nicht zur Hölle fahren," rief Masina vergnügt, „bevor er das Blatt an seinen Ort besorgt hat."

Im Weiterreiten erkundigte sich Masina, was den Deutschen bewogen habe, die römischen Kämpfe, die ihn seiner Meinung nach nichts angingen, mitzumachen. Es sei das nicht anders, antwortete Hofstetter, als wenn ein Italiener in Venedig, Sizilien, Spanien oder Griechenland kämpfe, wie viele getan hätten. Auch habe jeder Deutsche außer der Heimat, die ihn geboren habe, eine zweite, Nährmutter seines Geistes, das Land der Griechen und Römer; wenn er zum erstenmal dorthin komme, glaube er wiederzukehren, wie in einen Kindergarten, aus dem er zu früh hinaus gemußt, um die Erinnerung daran im Bewußtsein zu tragen, die dennoch unverloren in ihm mitschwinge und dufte. Da er nun seiner natürlichen Heimat durch die Härte der Zeit entfremdet sei, habe er die zweite aufgesucht und werde nun wohl sein Leben lang ruhelos zwischen zwei gleich starken Polen schweben.

Masina blickte mit stolzen Augen um sich und sagte, sein Pferd zügelnd: „Hier ist der Ruhepunkt des Herzens! Hier liegt das Kind still zwischen Himmel und Erde eingebettet und staunt gesättigt in das schaffende Licht. Seht, wie die amethystene Kette der Berge leicht am gebogenen Himmelsrande fließt! Seht, wie die Reben sich von Baum zu Baum winden, wie hochgeschürzte Kleider tanzender Mädchen! Seht, wie der Silbermantel des alten Oelbaumhains königlich müde von jenes Abhangs Schulter herabwallt! Dies Land ist ein schöner Leib, den brünstige Götter mit Liebeszauberzierat behängten."

Sie hatten sich mittlerweile einer Gruppe von Reitern genähert, unter denen Garibaldi war, dessen Schönheit, wie er, ganz Nerv und Feuer, marmorn unabänderlich auf einem ausgreifenden Pferde ruhte, Masina so betroffen machte, daß er seine Betrachtungen unterbrach und ausrief: „Wer weiß, ob Italien nicht allen Schmuck von sich täte wie die Mutter der Gracchen, und sagte: ‚Es genügt mir, die Mutter Garibaldis zu sein!'" Damit spornten die beiden Nachzügler ihre Tiere, um sich mit den Kameraden zu vereinigen.

⊕

Um die Abendzeit lagerte das Heer auf einer Lichtung in den Albaner Bergen, wo zwischen vereinzelten Eichbäumen und brennenden Ginsterbüschen das edle Geschlecht der Asphodelen blühte. Einer der Herren hatte einen Hasen durch das Gras laufen sehen und schlug eine Jagd vor, an der sich Masina,

Manara, Hofstetter und viele andre Offiziere beteiligten; Garibaldi, obwohl ein ausgezeichneter Jäger, machte nicht mit, sei es, daß er ausruhen oder daß er etwas bedenken wollte. Als die Truppen wieder im Marsche waren, bemerkte er im niedrigen Buschwerk ein Häschen, das sich, hinkend, mühsam fortzubewegen suchte, fing es ein, und da er sah, daß es an einer Pfote verletzt war, nahm er es mit sich, damit es nicht den Jägern oder einem Raubvogel wehrlos zur Beute fiele. Nach einer Stunde zog sich der Weg in einen Laubwald, dessen breite Zweige luftige Wölbungen bildeten und aus dessen Blättern und Stämmen heilsam belebender Wohlgeruch strömte. Beim Aufgange des Mondes, der noch nicht voll war, erhob sich nach und nach das Flöten der Nachtigallen, und es schien, da ihrer viele waren, die man nicht sah, als finge die Luft, von magischem Licht getroffen, zu tönen an. Garibaldi ritt allein, da die meisten Offiziere seines Stabes noch beim Jagen waren; nur der Mohr, der sich immer in seiner Nähe aufzuhalten pflegte, folgte ihm. Er hatte anfänglich die Ereignisse des kommenden Tages im Sinn, an welchem er auf den Feind zu stoßen rechnete; allein das flaumige Fell des kleinen Hasen und das furchtsame Herz, das gegen seine Hand klopfte, erinnerten ihn wieder und wieder an etwas weit Entferntes, Liebliches und Trauriges, und es fiel ihm endlich ein, daß dies eine Nacht in Montevideo war, wo er mit seinem erkrankten kleinen Kinde durch waldige Gegend zu einem Arzte geritten war. Es war ein kleines vierjähriges Mädchen, das er über alles geliebt hatte und das bald nach jener Nacht gestorben war, während er vom Hause und der Familie entfernt im Felde lag. Wie damals fühlte er einen zarten, weichen Leib an seinem Arm und seiner Brust, in dem geheim und leise wundervolles Leben spielte. Er stellte sich das runde Gesicht vor mit den meerblauen Augen, die zuweilen, wenn sie ihn betrachteten, einen zärtlich listigen Ausdruck hatten, wie wenn sie über ihn lächelten, die Berührung des Mundes, der süß und kühl wie eine betaute Rose war, und das Trüppchen kurzweiliger Finger, mit denen sie schwatzte und allerhand träumerische kleine Aufführungen machte. Dann dachte er an das winzige Grab in der grenzenlosen Raumesferne, in das der Körper, den er so oft geherzt hatte, gelegt worden war, und eine bitterliche Traurigkeit, als wäre nichts mehr erstrebenswert, da er das Kind nicht wiederhaben könnte, legte sich drückend auf sein Herz. Aber er sagte sich, daß das geliebte Geschöpf, das Seele von seiner Seele war, nach den allweisen Gesetzen der gottvollen Natur nicht unerreichbar weit und nicht auf immer von ihm getrennt sein könne; vielmehr müsse das Verwandte beieinander sein, nicht so, daß kurzsichtige Sinne es erkennten, aber durch einen Zusammenhang gleichartiger Kräfte, deren Leben die Welt wäre. Es könne sein, dachte er, daß sie nah bei ihm wäre, und ein Anschmiegen ihres Wesens an ihn mache, daß er an sie denken müsse; sie wäre vielleicht eine flinke Eidechse, die lautlos durch das feuchte Kraut glitt, vielleicht eine von den Nachtigallen, die im Gebüsche schlügen, vielleicht auch das braune Häschen, das warm und jetzt ganz still in seinen Arm geduckt saß. Das Weh, das er gefühlt hatte, verging allmählich in diesen Vorstellungen, als ob das Kind in Wirklichkeit wieder bei ihm wäre; er atmete ruhig den Dunst der steigenden Säfte und des mächtigen Blühens der Mainacht ein.

Am folgenden Abend wurden auf einem unbebauten steinigen Acker unweit Palestrina die Hasen zugerichtet, wobei Mastina die Leitung übernahm, da er seine Kochkunst der Mangiagallis, die Manara anrühmte, überlegen hielt. Er schickte Soldaten nach

Zitronen, Salbei und andern Kräutern aus, um das Wildfleisch zu würzen, und half inzwischen die Spieße zuschneiden, an denen es sollte geröstet werden. Währenddessen tadelte er Manara und die Brüder Danbolo, daß sie von der Küche nichts verständen; denn ein Mann und vorzüglich ein Soldat dürfe nichts von einem Untergebenen besorgen lassen, das er nicht selbst besser machen könne. Er gehöre nicht zu denen, die vorlieb nähmen, sagte er, schlechte Küche sei barbarisch, auch wenn er in den Schluchten der Abruzzen oder in der Verlassenheit der Sümpfe sei und seine Mahlzeit mit der Degenspitze von der bloßen Erde essen müsse, sie müsse würdig sein, auf den Tisch des leckersten Pfaffen zu kommen. Freilich könne er alles selbst zubereiten, wie es sein müsse: er wisse die Reiskörner glatt, blank und durchsichtig zu machen und bis zu dem Grade anschwellen zu lassen, wo sie nicht hart und nicht weich wären; er könne den Spargeln das innerste Aroma aus den Fasern locken und den Geschmack des Wildes gleich entfernt von kälberner Nüchternheit und anrüchiger Fäulnis halten. Unterdessen waren die Hasen abgezogen, kleine Feuer angefacht und Stecken zur Aufnahme des Bratspießes darüber aufgerichtet. Masina ging vom einen zum andern und paßte auf, daß weder zu rasch noch zu langsam gedreht wurde, nicht ohne daß Mangiagalli hineinredete und widersprach, was zu lärmenden Auseinandersetzungen führte, bei denen Masina recht behielt und Mangiagalli sich an dem Triumph, das letzte Wort vor sich hin zu brummen, genügen ließ. Die Truppen brieten sich Schaffleisch; der Rauch kroch zwischen den Steinen hin wie heißer Atem aus glimmenden Drachenmäulern. Aus der nahen Stadt kam auf Wagen Brot und der Wein des Landes, mit Jubel von den Soldaten begrüßt.

Garibaldi hatte die Einladung der Offiziere an=

genommen, lehnte es aber ab, von den Hasen zu essen, und ließ sich anstatt dessen geröstetes Schafsleisch reichen, weil er die einfachere Kost vorziehe. Während sie aßen und plauderten, schob Garibaldi von Zeit zu Zeit Blätter, die er vorher gesucht hatte, unter seinen Mantel und erregte dadurch die Neugierde der Offiziere, bis sie das Häschen entdeckten, das geschäftig kaute und seine runden Augen erschrocken herumgehen ließ, als es plötzlich viele Blicke auf sich gerichtet sah. Garibaldi lächelte lustig und sagte: „Das Häschen habe ich euch gestern weggefangen und mir deshalb kein Recht auf den Braten zugemessen; da ihr nun doch alle satt werdet, getraue ich mich, es zu verraten." Sie wetteiferten, das kleine Waldwesen zu streicheln, und Masina sagte: „Bei Gott, wir sind ruchlose Störenfriede, daß wir so unschuldige Gesellen umbringen. Es ist gut, daß ich genug gegessen habe, für heute wäre mir der Leckerbissen verleidet." Garibaldi untersuchte die verwundete Pfote und fand sie genügend geheilt, um das Tier laufen zu lassen; er könne es nicht wohl, meinte er, mit in die Schlacht nehmen. Immerhin wollte er es nicht auf dem unfruchtbaren Acker, wo sie sich eben befanden, aussetzen, sondern trug es bis zu einem bewachsenen Saatfelde, das weiterhin an ein Gehölz grenzte; es spitzte die Ohren, schnupperte in der Luft und huschte mit langen Sprüngen in den Aehrenwald.

Am nächsten Tage fand das Gefecht bei Palestrina statt, in welchem Garibaldi die Neapolitaner besiegte und bei dem er zum ersten Male die treffliche Schulung, die elastische Beweglichkeit und das pünktliche Funktionieren der Bersaglieri Manaras kennen lernte.

✥

In die steile Stadt Velletri hatte sich der König von Neapel zurückgezogen, nachdem seine Truppen unter den Felsen von Palestrina von Garibaldi geschlagen worden waren, und beharrte laut darauf, dem Papst eine Straße nach Rom eröffnen zu wollen; allein im Grunde trachtete er danach, sich so eilig wie möglich diesem Feldzuge zu entziehen, weil er irgendein Unglück für seine Person befürchtete, insbesondere in die Gefangenschaft Garibaldis zu fallen. Als in der Frühe des 19. Mai die ersten römischen Truppen in der Ebene sichtbar wurden, gebot er dem General Lanza nachdrücklich, es solle unter allen Umständen zum Gefecht kommen und die aufrührerische Rotte vernichtet werden, worauf er sich mit seinem Gefolge in die Kirche der Maria am Kreuzweg begab, um zu einem wundertätigen Muttergottesbilde zu beten, welches, vom Schwerte durchbohrt, an gewissen kirchlichen Feiertagen aus der Wunde blutete. Es fand sich aber, daß das Bild, welches noch am Tage zuvor von mehreren Personen gesehen wurde, von seiner Stelle verschwunden und allem Anschein nach geraubt war. Die Aufregung, die deswegen in Velletri entstand, war nicht so groß wie der Schrecken des Königs, welcher das Verschwinden des Bildes an ebendiesem Tage auf sich und sein drohendes Unglück bezog und in seinen Beichtvater drang, ihm Kasteiungen und Pönitenzen aufzuerlegen, durch welche er das Geschick von sich abwenden könne. Nachdem ihm ein längeres Beten aufgetragen war, zog sich der König in ein hohes, mit rotem Damast bekleidetes Schlafzimmer zurück und kniete unter heftigen Beklemmungen auf dem Betpult nieder; doch schien ihm diese Buße nicht zu genügen, und er verlangte zu beichten, obwohl er dies erst vor einigen Tagen getan hatte. Er hatte kaum damit begonnen, als ihm von den ersten Bewegungen des Gefechtes Mitteilung gemacht wurde, was ihn bewog, die fruchtlose Stubenweisheit des Generals zu verwünschen, der stets ungünstige Stunden und verhängnisvolle Orte zum Kampfe wähle. In wachsender Unruhe eilte er durch die weiten Gemächer des Schlosses von einem zum andern Fenster, so daß einer seiner Adjutanten ihm den Rat unterbreitete, aufzubrechen und sich unvermerkt nach Neapel zurückzuziehen; hierüber indessen zeigte sich der König entrüstet und bedrohte den Ehrlosen mit zornigen Worten, der ihm eine so feige Handlung zuzumuten wage. Die ersten Nachrichten, die vom Kriegsschauplatze eintrafen, lauteten überaus günstig, indem es sich bemerkbar machte, daß Garibaldi, der die Vorhut führte, ohne Wissen des Obergenerals Roselli hatte angreifen müssen und nicht unterstützt wurde; um die glänzende Tafel, an der der König mit seiner Begleitung im hellen Säulensaale die Mittagsmahlzeit einnahm, verbreitete sich üppige Laune. Er speiste noch, als gemeldet wurde, daß einem Priester von der Marienkirche auf geheimem Wege ein Zettel überbracht worden sei, des Inhalts, der berühmte Räuber Venbetta habe das Muttergottesbild entwendet und werde es gegen eine gewisse Geldsumme zurückstellen; er bewahre das unvergleichliche Heiligtum mit schuldiger Ehrfurcht, so daß es in den Händen des Heiligen Vaters selbst nicht besser vor Unbill geschützt sein würde. Der Schreiber des Zettels machte den Vorschlag, daß das vereinbarte Geld auf dem Standorte des Bildes niedergelegt werden, die Kirche von Sonnenuntergang bis Sonnenaufgang unverschlossen und unbewacht bleiben sollte; verbürge sich der Geistliche schriftlich und eidlich dafür, daß den Räubern nicht aufgelauert würde, so würde in der Frühe des nächsten Morgens die Mutter Gottes wieder auf ihrem Platze stehen und weder Person noch Habe in Velletri angetastet werden.

Der König war über dies wunderbare Wiederauftauchen des Bildes hocherfreut und wies den Pfarrer an, sogleich auf alle Forderungen des Venbetta einzugehen, damit die Madonna so schnell wie möglich wieder an ihren Ort käme; bei sich aber war er der Meinung, daß der Pfarrer mit dem Räuber unter einer Decke spiele, und gab Befehl, eine Abteilung Soldaten solle sich in der Kirche verstecken, sich des Geldes bemächtigen, über die Räuber, wenn sie kämen, herfallen und ihnen das Bild entwenden, und zwar so, als ob sie es ohne Auftrag aus Habgier, auf eigne Faust täten. Am folgenden Tage sollte dann eine Feier in der Kirche stattfinden und womöglich das wunderbare Blut fließen, wozu bereits Vorbereitungen getroffen wurden; doch wurde dies alles durch die Wendung, welche das Gefecht nahm, unterbrochen, infolge welcher die Möglichkeit, von der republikanischen Armee eingeschlossen zu werden, in Betracht gezogen werden mußte. Der König wütete, er habe es vorhergesehen und vorhergesagt, er versuchte durch das Fernrohr den Gang der Schlacht zu verfolgen, vermochte sich aber nicht zu sammeln, und kam endlich auf den Einfall, als Mönch verkleidet, oder dann mit Hilfe der Räuber, die in der Nähe sein müßten, zu entfliehen. Die Botschaften vom Schlachtfelde klangen jedoch insofern beruhigend, als der General es für durchaus tunlich hielt, daß das gesamte Heer Velletri räume und sich zurückziehe, was auch bei hereinbrechender Abendstunde ins Werk gesetzt wurde. Besonders ermutigte den König die Nachricht, die von seiner Umgebung vielleicht absichtlich, um ihn zu trösten, verbreitet wurde, daß Garibaldi verwundet sei; denn diesen fürchtete er um so mehr, als er ihn für einen Söldner des Teufels und letzteren im Grunde für viel freigebiger und pfiffiger hielt als die Heiligen, von denen er selbst abhing.

✠

Der Obergeneral Roselli, welcher die Expedition gegen den König von Neapel leitete, hatte einen Feldzugsplan entworfen, in welchem ein Zusammenstoß mit dem Feinde bei Velletri nicht vorgesehen war; auch dachte Garibaldi nicht daran, zu schlagen, doch als er Bewegungen des feindlichen Heeres bemerkte, die einen Konflikt zu bezwecken schienen, und nachdem ein Umblick vom höchsten Punkt der Ebene aus ihn in dieser Ansicht bestärkt hatte, entschloß er sich zum Angriff, um nicht zurückweichen zu müssen. Dem Hauptmann David, einem Bergamasken, befahl er, eilends zurück zum Roselli zu eilen und ihm die Lage, in der er sich befinde, vorzustellen; er möge ihm zu Hilfe eilen, da es sonst leicht um den Erfolg des Tages und um seine Truppen geschehen sein könnte.

Hauptmann David galt als ein Mann von großem Mute und war es auch in der Schlacht, wo er sogar mit einer gewissen Wildheit auf den Feind ging; aber er pflegte weder vorher noch nachher mit Genugtuung davon zu erzählen, wie viele andre taten, sondern sprach von allem, was zum Kriege gehörte, als von einer fürchterlichen Notwendigkeit, unter der man zweifelsohne zugrunde gehen würde, die man aber nicht von sich abwälzen könne. Auch sah er, ein großer, aber schmal gebauter, mit den Schultern etwas nach vorn gebeugter Mann, immer so aus, als ob er gewöhnt wäre, übermäßige Lasten zu tragen. War ein Gefecht in Aussicht oder auch während desselben erging er sich gegen seine Kameraden in kummervollen Betrachtungen, nun gehe das Schießen und Stechen wieder los, wenn er nur viele Meilen weit entfernt wäre, er käme gewiß nicht lebendig davon, seinetwegen könne der Großmogul ganz Europa erobern, ihm solle es gleich sein, wenn er nur wieder Ruhe hätte. Er nahm Garibaldis Auftrag in dienstlicher Haltung entgegen, verabschiedete sich von den Umstehenden mit einem Blinzeln und Achselzucken, welches andeutete, daß er auf Erfolg weder im besonderen noch im allgemeinen rechne, und galoppierte dann blindlings davon.

Während Garibaldi noch Befehle ausgab, eröffnete Masina mit seinen Reitern die Schlacht, die aber, sei es daß sie selbst oder daß die Pferde den Krieg noch nicht genügend kannten, von einem plötzlichen Schreck ergriffen, flohen und ihren Anführer schutzlos vor den feindlichen Reihen ließen. Garibaldi, der es sah und sich ihrer Flucht entgegenwarf, wurde von ihrer Wucht zu Boden gerissen und hätte, unter seinem Pferde liegend, in die Gewalt des Feindes geraten können, wenn nicht das Knabenbataillon flink zur Stelle gewesen wäre, um den General zu decken, der sich selbst nicht schützen konnte. Obwohl Masina seine Reiter inzwischen wieder gesammelt und in das Gefecht zurückgeführt hatte, sah Garibaldi den Augenblick sich nähern, wo die erschöpfte Minderzahl die gewonnenen Stellungen würde wieder freigeben müssen; da ertönten die Signale der Bersaglieri, die das Getöse der beginnenden Schlacht hergezogen hatte. Zwar hatte Manara geschwankt, ob er ohne Weisung Rosellis und eigentlich dem von ihm empfangenen Befehle entgegen sein Regiment in den Kampf führen dürfe, und als Mangiagalli sich zur Stimme der ungeduldigen Soldaten machte und ungestüm den Wink zum Vormarsch von ihm erbat, glaubte er vollends das Gesetz vertreten zu müssen und gebot zu warten, indem er Mangiagalli seine unbotmäßige Keckheit verwies. Da er indessen selbst nichts anders wünschte und auch für richtig hielt, als Garibaldi zu Hilfe zu kommen, bereute er bald darauf, daß er seinen Stolz den Ausschlag hatte geben lassen und führte nun doch die dankbar jubelnden Soldaten auf den Kampfplatz. Ihm folgte bald darauf Ludovico Calandrelli, der nicht lange zögerte, als er bemerkte, daß für Rom und die Republik geschlagen wurde; dennoch zweifelte Garibaldi, ob ohne den Zuzug der

Hauptmasse des Heeres der Feind aus seiner vorteilhaften Stellung würde geworfen werden können. Hauptmann David kam mit der Meldung zurück, Roselli habe diese Antwort gegeben: Er habe keine Schlacht gewollt; warum Garibaldi seine Pläne durchkreuze? Jetzt wären seine Soldaten beim Speisen. Wenn das erledigt sei, würde er kommen. Garibaldi sagte nichts dagegen, hieß David für sein zitterndes Tier sorgen, winkte Ugo Bassi, der in der Nähe war, und bat ihn, Roselli zu größerer Eile anzutreiben. „Das Volk hält Euch für einen Engel," sagte er, „nützt also Eure Flügel und Eure Feuerzunge, das Glück des Tages steht auf dem Spiele."

Bassi traf das Heer mit den Vorbereitungen zum Abmarsch beschäftigt; doch hatte es den Anschein, als bemühe sich Roselli mehr, ihn zu hintertreiben als zu beschleunigen. Die erneute Botschaft Garibaldis verdroß ihn sichtlich, was Ugo Bassi nicht beachtete; vielmehr fing er an, den Verlauf des Kampfes zu schildern, ohne dazu ermutigt worden zu sein, mit lauter Stimme und so, daß es nicht nur der General und sein Stab, sondern auch die Soldaten hören mußten. Er sprach von Masina, wie er herrlich, als stürme ein Gott gegen zusammengerottete Titanen, allein dem frischen Angriff der geordneten Feinde entgegensprengte; von dem Sturze Garibaldis, wie es mit einem Male war, als lege sich eine zermalmende Wolke auf die mittelste Sonne, so daß nun alle Sonnen und alle Sterne, die sie hält, verwaisen: die Sterne schwanken wie bunte Lampen in Bäumen, die der Wind hin und her weht, viele erlöschen, in unermeßlichen Wellen zittert der Aether, durch den im nächsten Augenblick die entfesselte Welt stürzen soll, so stockte die Schlacht, als Garibaldis helles Haupt im Gewühl verschwand. Dann sprach er von den Knaben: eine Meute kleiner tapferer Hunde, die, mit den Zähnen in das Fleisch des Gegners geklammert, sich nicht abschütteln lassen, bis er nachgibt und flieht, drangen sie auf den übermütigen Feind ein und beschäftigten ihn mit ihrem hingebenden Ingrimm, bis Garibaldi wieder Herr seiner Kraft geworden war. „Dann," sagte er, „stand die Schlacht; ein einziger Mann mit Schwert und Fahne stand Garibaldis Legion vor den Mauern von Velletri, aus denen immer neue Scharen gegen sie fluteten. Kameraden, verlaßt ihr Garibaldi? Der rote Mittag siedet um sein kämpfendes Herz, zwischen heißen Steinen kauern Feigenbäume wie böse Tiere mit aufgesperrten Rachen, stürmende weiße Wolken über seinem Haupt erstarren in der feurigen Luft und bewegen sich nicht mehr. Kameraden, laßt ihr Garibaldi untergehen? Da klingen Schritte und klingen Hörner: so kommen die lombardischen Bersaglieri zur Schlacht!"

An dieser Stelle unterbrach Roselli den Barnabiten, indem er in gereiztem Tone sagte: „Sie hatten dazu keinen Befehl von mir!", worauf Ugo Bassi fortfuhr: „Das sagte Manara. Garibaldi antwortete: Gott schickt euch! Wie ein erlöschendes Feuer, das leise raschelnd am Boden kriecht, in großen Flammen aufschlägt, wenn es neues Holz ergreifen kann, belebt sich nun die Schlacht; der Feind weicht erschreckt, Italiens Schwert lacht über seiner Flucht. Aber unter Velletris Mauern empfängt er neue Kraft und kehrt verdoppelt zurück. Für Rom streiten Helden: einer hohen Welle gleich, die, hundertmal vom Felsen zurückgeworfen, hundertmal wieder heranrollt, mit hochgehobenem Haupte erneuert Masina unermüdlich den Angriff; ein Turm im Meere, der unbeweglich aus dem Schwall und Strudel der Wellen steigt, steht Manara aufrecht zwischen seinen geduckten Schützen. Aber die unbesiegbare Masse des bourbonischen Heeres überschüttet die Tapferen. Kameraden, laßt ihr Garibaldi untergehn? Da krachen Kanonen: so melden sich Calandrelli und seine Braven."

„Auch er hatte keinen Befehl von mir," sagte Roselli, die Stirne faltend. Ugo Bassi fuhr unbekümmert fort: „Er hörte die Schlacht rufen und gehorchte. Seine Kugeln pfeifen wie laute Grillen durch den singenden Mittag. Hoch flammt Italiens Fahne; über dem rauchenden Altar, wo die Opfer verenden, wallt sie leuchtend von goldenem Blut und flattert stürmisch unter dem eisernen Himmel. Garibaldi siegt! Kameraden, was tatet ihr, als Garibaldi siegte?"

Die Bataillone, die in wachsender Unruhe die Erzählung des Predigers angehört und von Augenblick zu Augenblick lebhaftere Zeichen von Kampflust gegeben hatten, setzten sich tumultuarisch in Bewegung und folgten unaufhaltsam dem Priester, der ihnen voran zum Schlachtfelde eilte. Als Roselli mit seinem Stabe in Velletri anlangte, war die Schlacht geschlagen, und die bourbonische Armee zog sich in die Stadt zurück. Garibaldi führte den Obergeneral auf eine Anhöhe, von der aus er die Schlacht geleitet hatte, erklärte ihm die Lage und seinen Plan, dem Feinde den Rückzug nach Neapel abzuschneiden, was er für leicht ausführbar hielt; allein Roselli, der die plötzlich veränderten Verhältnisse nicht so schnell übersehen konnte und außerdem wegen der Vereitelung seiner eignen Absichten grollte, behauptete, was Garibaldi für Flucht des Feindes hielte, wären nur Scheinbewegungen, um irrezuführen, und sprach sich drohend über die Ereignisse des Tages und die Meuterei der Truppen aus, die gegen seinen Willen sich in das Gefecht eingelassen hätten; er werde, sagte er, über das Vorgefallene nach Rom berichten. „Eine Schlacht ist vorgefallen und ein Sieg gewonnen," sagte Garibaldi trocken; Roselli antwortete nicht und entfernte sich, um gelegenes Nachtquartier für sich und seine Umgebung zu suchen.

✦

Die Sonne des heißen Tages ging in roten
Dämpfen unter, aus denen in Nähe und Ferne die
schroffen Zacken der Felsen und Burgen stiegen. Ein
Herr aus Velletri, Graf Ginetti, kam, von einigen
Dienern begleitet, die Körbe mit Obst, Wein und
allerlei Leckerbissen trugen, auf das Schlachtfeld, um
Garibaldi und seinen Offizieren eine Erfrischung anzubieten; Garibaldi nahm dankbar an, und man
lagerte sich auf der Stelle zu einer Mahlzeit. Nachdem der General, der auszukundschaften wünschte,
was der Feind vorhatte, fortgegangen war, blieb der
Graf mit Manara, den Brüdern Dandolo und Goffredo
Mameli allein, zu denen ihn sofort das vertrauliche
Gefühl gleicher Lebensformen und Lebensgewohnheiten
gezogen hatte. Er sagte in verbindlichen Worten, es
sei ihm eine Genugtuung, zu sehen, daß italienische
Tapfere nicht notwendig Vandalen sein müßten; sogar
Garibaldi, den er sich als einen derben Kriegshaupt-
mann vorgestellt habe, sei ihm durch seine edle Haltung
nicht nur heldenmäßig, sondern auch von schöner
Natur erschienen. Seine Art zu essen habe ihn zur
Bewunderung hingerissen; es habe sich darin weder
Verachtung der Speise noch Wollust und Behagen
ausgedrückt, anstatt dessen die Gleichgültigkeit gegen
das verhältnismäßig Untergeordnete, verbunden mit
einer liebevollen Verehrung für die wunderbaren Her-
vorbringungen der Erdmutter; dergleichen könne einer,
der von Kindesbeinen an sich in den Sälen der
aristokratischen Gesellschaft bewege, nicht lernen, wenn
es nicht in seiner Seele gelegen habe. Um so weniger,
sagte er, könne er begreifen, was solche Männer zu
so erschütternden Unternehmungen antreibe. Es ließe
sich etwa begreifen, daß die Lombarden die Oesterreicher verjagen möchten, obwohl sie das Geschäft des
Regierens mit Weisheit besorgt hätten und es un-
gewiß sei, ob die Eingeborenen es ihnen darin gleich-

tun könnten. Vollends die Päpste könnten sich rühmen, ein friedliches, die Kultur förderndes Regiment geführt zu haben. Es hätte kürzlich der Abgeordnete Sterbini eine Rede in Velletri gehalten, wie der Kirchenstaat einer verlorenen Insel im befahrenen Meere gleich sei, an deren Küste der Wellenschlag des Lebens nicht gelange. In allen andern Ländern habe der Mensch durch Luft und Erde zahllose Straßen geführt für das wirkende Licht, für den allbeweglichen Aether, für alle Elemente, die Kräfte und Sinne der Menschen unabsehbar steigerten, und verknüpfe so Länder und Erdteile und Völker. Auf den Flügeln gebändigter Naturgewalten dehne sich Leib und Seele der Menschen grenzenlos über die Welt aus. Ausgeschlossen aus diesem Netz tätiger Blitze sei Rom, das mit der Menschheit nur durch Gräberstraßen verbunden sei, auf denen Esel und Ochsen hölzerne Karren hin und her zögen. „Während das zappelnde Volk," sagte der Graf, „entrüstet nach dem neuen Leben verlangte, das ihm vorenthalten werde, betete ich bei mir zu den alten Göttern, daß sie unsre heilige Insel beschützen. Ist es nicht billig, daß unter vielen Rennbahnen und Märkten ein stiller dunkler Hain stehen bleibe, wo Andächtige vor goldenen Bildern knien und trunkenen Weissagungen lauschen können? Unsre Väter haben die Schönheit geschaffen, wir sind die Erben und Hüter; die frische Kraft der Barbaren machte sie von jeher zu Söldnern geeignet. Sollen wir zerstören, was unsre Ehre war? Die Völker lernen von uns, und wenn wir weniger Freiheiten haben als andre, so teilen wir das Gebundensein mit den mächtigsten Königen und mit Gott selbst, dessen Wesen Gesetz ist; nach Freiheit dürften die Kinder, die sich räkeln und austoben müssen; der gereifte Mensch bedarf ihrer nicht mehr."

Manara fragte, ob die Bettler und Krüppel vor

der Kirchentüre und die Räuber auch zu der Schönheit gehörten, die gehütet werden sollte; worauf der Graf erwiderte, sie zierten die Landschaft immerhin mehr als Arbeiter an Dampfkesseln und Maschinen und wären auch zufriedener mit ihrem Lose. „Gott und das Volk" hätte Mazzini auf seine Fahne geschrieben. Ja, er hätte ebensogut sagen können, Gott und das Tier; hätten doch die weisen Aegypter und Inder Gott in den Tieren gewittert. Was aber daraus werden sollte, wenn Ochsen und Schweine sich nicht mehr wollten schlachten lassen? Ihm scheine, entgegnete Manara, in Mazzini etwas Erhabenes zu sein, und er überlasse ihm die Lösung solcher Fragen, von denen er selbst wenig verstehe; und Mameli, der seinen berühmten Landsmann aus vertrautem Umgang kannte, rühmte lebhaft, daß in seinem Geiste die Unerbittlichkeit des Rechtes und Zweckes und der Ueberfluß der Schönheit vereinigt wären und er sich somit als Vorbild der Lebensordnung setzen dürfe.

Jetzt kam Doktor Ripari, um Mameli auszuschelten, weil er während der Schlacht seine Blesse geritten hatte, dasselbe Pferd, das ihm von jenem sterbenden Genuesen am 30. April vermacht worden war, und das er selbst in den letzten Tagen, weil es krank war, nicht gebraucht hatte. Mameli entschuldigte sich damit, daß sein eignes Tier störrisch geworden sei und er sich der Blesse schon sicher gefühlt habe. „Warum ruft Ihr nicht Euern Pegasus," sagte Ripari grollend, „anstatt Euers Nächsten Vieh zu entwenden? Ich kann mir freilich denken, daß ihr jungen Dichter euer Reitpferd mit Zuckerwerk und Schmeichelworten anlocken müßt, und daß es auch dann nur kommt, wenn es bei Laune ist." Er schloß damit, daß er das umstrittene Pferd dem Gescholtenen schenkte, damit er nicht zur Schande des Vaterlandes aus einem Sänger zum Schelmen würde, worauf der Graf, der mit Vergnügen zugehört hatte, sich beeilte, dem Leibarzt Garibaldis ein Tier aus seinen Ställen anzubieten.

Unterdessen stand Garibaldi auf einer Anhöhe und blickte über die verblassenden Hügel weg, zwischen denen Feuer glommen und dunkle Gestalten behutsam die Verwundeten und Toten trugen. Er dachte daran, daß die, über deren vergossenes Blut er heute triumphierte, Nahverwandte waren, die seine Sprache redeten, die zu befreien er aus der Ferne hergekommen war; das hohe Gefühl des Sieges schwand ihm darüber; er versank in tiefe Traurigkeit. Es schien ihm, als habe ihn das Schicksal, seit er wieder nach Italien zurückgekehrt sei, mit vorgespiegelten Feinden geäfft, an denen er sich heiß und müde kämpfe, um am Ende zu sehen, daß, was er getroffen habe, leere Schatten oder denn ungehaßte Brüder wären. So dürfe es nicht ferner gehen, sagte er zu sich, dieser Tag müsse ihm freie Bahn gemacht haben gegen den wirklichen Feind, den einzig innigst verabscheuten, Oesterreich; so dürfe er sich seiner doch freuen. Er überdachte den Gang der Schlacht, das Verhalten der Offiziere und Soldaten und berechnete mit Genugtuung das Maß von Talent und Tapferkeit, über das er verfügte, wobei Manara und Masina im Vordergrunde standen. Mit diesen meinte er die Mittel des Sieges in der Hand zu haben; zuvor gelte es nur, den Bourbonen auf eine Zeitlang unschädlich zu machen, und er verwünschte die Umstände, die ihn verhinderten, die Gelegenheit dieses Tages gründlich auszunutzen. Die ausgesandten Patrouillen brachten das Gerücht zurück, der König von Neapel sei im vollen Abzuge aus Velletri begriffen, und da bereits abgespeist war, strömten Schwärme von Soldaten ausgelassenen Mutes in die dunkle Stadt, wo sie die Nachricht bestätigt fanden und die Bevölkerung halb scheu, halb neugierig die berüchtigten Garibaldiner die oben Gassen hinaufsteigen sah.

⊕

Unter den Mauern eines weißen Palastes auf der Höhe von Velletri war ein alter Garten, den seit lange niemand mehr pflegte, so daß der ungehemmte Wuchs verwildernder Bäume dunkel über die einsamen Wege schwoll: dort wartete der Tod. Er kam mit der Nacht, zog, wie ein Raubvogel suchend, große Kreise über dem Garten und senkte sich langsam auf einen Orangenbaum, der neben vielen andern, die blühten, oberhalb einer breiten steinernen Treppe stand. Zwischen den Zweigen sitzend, warf er ein mondfarbiges Netz aus, das sich wie Spinngewebe über die Stufen der Treppe, eine flache, steinerne Bank, die, vom Fuße derselben nach beiden Seiten ausgehend, einen runden Platz umgab, und über einen Brunnen in der Mitte des Platzes legte. In dem Brunnen stand totes, grünes Wasser, und aus dem Gefüge seiner Steine krochen langsame Käfer und schleimiges Moos; der flachgewölbte Raub sah aus wie eine Schlange, die auf der runden Brunnenmauer läge. Der Tod hatte über eine Stunde gewartet, als aus den Straßen der unteren Stadt Lärm herauftönte; bald darauf erschien Masina über der Treppe des verlassenen Parkes und rief, zurückgewendet, andern, die hinter ihm waren, zu, sie möchten ihm folgen, er hätte einen geeigneten Platz gefunden. Angelo Brunetti, der ihm nachkam, wandte ein, die Orangen dufteten zu stark, allein da Masina sagte, das gefalle ihm eben, desto schneller würden sie berauscht werden, gaben sich alle zufrieden und lagerten sich auf den Treppenstufen und auf der Bank: es waren Ugo Bassi, Manara, die Brüder Dandolo, Morosini, Goffredo Mameli und viele andre. Zunächst wurden einige unter der Führung Brunettis abgeschickt, um Wein herbeizuschaffen; sie trafen den Mohren, wie er gerade ein Faß in den Schloßhof rollte, und beredeten ihn, damit in den Park zu kommen, wohin sie auch den General einladen würden. Garibaldi war im Begriff, mit Nino Bixio den Tagesbericht zu verfassen, versprach aber, der Einladung zu folgen, wenn das Geschäft beendigt wäre und er sich hätte verbinden lassen; denn er war bei seinem Sturz an mehreren Stellen gequetscht worden Niemand hatte vorher bemerkt, daß Garibaldi verwundet war. „Er ist in Wirklichkeit unverwundbar," sagte Mameli bewundernd, „da er die Wirkung der Wunden aufheben kann, bis es ihm Zeit scheint." — „Und nicht nur," fügte Leutnant Bonnet von Ravenna bei, „daß er selbst einen stärkeren Geist des Lebens besitzt, er teilt auch denen davon mit, die um ihn sind, wie Erde und Meer eine elementare Kraft ausdünsten, die unsre Seele ermutigt." Inzwischen hatte Brunetti das Faß geöffnet, und die mitgebrachten Gläser füllten sich mit dem schwarzen Saft von Velletris kahlen Hängen. „Der ist auf kochender Erde gewachsen; man könnte eine Liebesbrunst in den Steinen damit entzünden," sagte Masina, indem er spielend die letzten Tropfen aus seinem Glase über die Treppe fließen ließ, auf der er lag. Hauptmann Lavtron, ein Belgier, erzählte, was er von der Schönheit der Frauen von Velletri und der feurigen Natur ihrer Gefühle gehört habe, die sie nicht nur in der Liebe, sondern auch in unerbittlich schneller Rache zeigten, worauf Rozzat ein Abenteuer schilderte, das er eben, durch die steilen Gassen stürmend, erlebt habe, von einem aufklingenden Fenster, einem trotzigen Mädchenkopf und flüchtig gewechselten bedeutungsvollen Worten. Man lachte und neckte ihn; denn seine Freunde wußten, daß er, an die bürgerliche und kirchliche Strenge seiner Vaterstadt Genf gewöhnt, einen gewissen Hang nach Ueppigkeit und Ueberfluß, ja Liederlichkeit hatte, obwohl er, auch mit ernstlichem Willen, den Ernst und die Reinheit, die in seinem Blute waren, nicht hätte von sich tun können. Er sehnte sich nach Liebe und verlor sein Herz leicht an reizende Mädchen, die, so teuer ihnen seine uneigennützige Sinnesart sein mochte, ihm niemals Gegenliebe schenkten; ob nun seinem Wesen die tierische Inbrunst fehlte, die bezaubert und beherrscht, oder ob sein Schicksal es aus irgendeinem allgemeinen Grunde so forderte. Er pflegte über dies Ungemach gegen vertrautere Freunde zu scherzen, so daß auch sie sich erlaubten, einen Gegenstand ihrer Späße daraus zu machen.

Brunetti erzählte, daß viele von den Männern in Velletri, besonders aber die Frauen, es mit den Räubern hielten, und wußte eine seltsame Geschichte von der Gattin eines päpstlichen Beamten; diese, Melabura mit Namen, sei die Geliebte des großen Räubers Straziante gewesen, was niemand bekannt gewesen sei, nur ihre Untreue habe man vermutet und hauptsächlich daraus geschlossen, daß sie in gewissen Nächten nicht nach Hause gekommen sei; denn ihrer Behauptung, ein heiliges Gelübde halte sie fern, habe niemand Glauben geschenkt. Seit der Zeit, wo sie sich verdächtigt fühlte, habe sie immer einen Dolch im Gürtel getragen, und niemand habe sich getraut, ihr ins Gesicht zu lachen oder zu spotten, selbst ihr Gatte sei ihr vorsichtig ausgewichen, anstatt sie auszufragen oder ihr zu drohen; sie sei auch über alle Maßen schön gewesen. Doch habe der Mann sich hinter den Priester gesteckt und diesen gebeten, das Geheimnis der Frau herauszubringen, für welchen Fall er, so sei behauptet worden, ihm freie Hand gelassen und in die Rechte des unbekannten Nebenbuhlers einzutreten gestattet habe. Dieser Geistliche habe dann angefangen, bei der Beichte die Frau auf alle Art zu bedrängen und ihr, da sie seinen Listen unzugänglich geblieben sei, die Absolution verweigert und schließlich die Kirchentüre vor ihr geschlossen, worauf sie nachgegeben und den Namen des Straziante genannt habe. Darauf sei der Pfarrer heftig erschrocken, habe ihr mit beiden Händen Absolution für alles Vergangene und alles Zukünftige erteilt und dem Gatten empfohlen, er solle aufhören, die Frau zu belästigen, bis zum Heile seiner Seele mühevolle Wallfahrten und andre heilige Uebungen anstelle und unter dem Schutze des Allerhöchsten stehe, seit welcher Zeit Melabura mit kaltem Lächeln und hohem Haupte unangefochten ihrer Wege gegangen sei.

Während die Römer lachten, ohne durch das Bild der stolzen Frau gerührt zu werden, bestürmten Laviron und Rozzat den Erzähler mit Fragen, wie lange die Geschichte her sei und ob die Wunderschöne noch lebe. Die Mailänder baten Goffredo Mameli, das Siegeslied vom 30. April vorzutragen, das er zum Gedächtnis hatte dichten wollen; aber er sagte, er habe es noch nicht machen können, weil, solange der Geruch von Blut und Frühling noch so stark um ihn lebendig sei, ihm nur Worte einfielen, die sich wie Taumel oder Wahnsinn läsen, wenn er sie niedergeschrieben hätte. Anstatt seiner sprach Ugo Bassi Verse aus einem Heldengedicht vom Siege des Kreuzes, das er als Jüngling gemacht hatte; denn er hatte Dichtungen und auch Musikstücke verfaßt, die er selbst auf der Geige mit unfehlbarer Wirkung, wie berichtet wurde, spielen konnte, hatte aber diese Künste, in denen er niemals Meister gewesen war, seit Jahren ganz vernachlässigt. Die Strophen, die er vortrug, enthielten einen Gesang zum Tode verurteilter Christen, die in ihrer letzten Marter eine Vision dem Schmerz entreißt: ihr von der Liebe durchzucktes Blut wird ein

Meer, das rächend die heidnische Welt verschlingt, und aus dessen befruchtetem Abgrund ein neues Rom wächst, ein ambrosischer Tempel, der alle Völker sammelt und unverrückbar wie die Sonne im Mittelpunkte der Menschheit steht.

Der kleine Luigi war während des Vortrages, an der Seite seines Vaters sitzend, eingeschlafen, der ihn nun mit Lorenzos Hilfe bequem auf die Steinbank legte, so daß sein Kopf auf Brunettis Schoße ruhte. Manara betrachtete den blonden Jungen und glaubte in seinem schlafenden Gesichte Aehnlichkeit mit einem seiner eignen Söhne zu finden, die freilich noch um vieles jünger waren. Lorenzo und andre von den Jüngsten gingen umher und füllten die Gläser; triefend von der Blume des Weines schwankte die Luft um die verschlungenen Baumkronen, die weich und dunkel wie Wolken über dem Garten hingen. Als Masina nach Musik verlangte, sang der Mohr ein Lied aus seiner Heimat von der Sonne, dem grausamen Löwen des Himmels, vor dem sich Menschen und Tiere zitternd verbergen, von seinem Kampf mit dem Meere, das ihn endlich verschlingt, und vom Tanz der weißen Rehe, der Sterne, über seinem unermeßlichen Grabe. Die Weise war eintönig und grell und erinnerte an das Gedröhn entfernter Trommeln. Im Anschluß daran fing er an zu tanzen mit wunderlich übertriebenen Gebärden, und Rozzat, der sich in allen körperlichen Uebungen hervortat, gesellte sich zu ihm und versuchte, seine Sprünge und Bewegungen nachzuahmen und zu steigern. Dem Wilden gefiel der kecke Partner, der, klein und zierlich, mit der Behendigkeit einer Wasserwelle um die felsige Masse seines unerschütterlichen Körpers herumschlüpfte. Aus dem Tanz wurde ein Zweikampf, bei dem die Gewandtheit des Genfers nicht übel gegen die Wucht des Schwarzen bestand; dieser machte sich das Vergnügen, zuweilen den ernstlich Ergrimmten zu spielen und mit Zähnefletschen und brüllenden Lauten auf den Gegner loszugehen, dessen unwillkürliches Erschrecken ihn jedesmal zu Ausbrüchen riesenmäßiger Lustigkeit veranlaßte. Im zunehmenden Uebermut sprang Rozzat auf den hohen und schlüpfrigen Rand des Brunnens und lief geschwind und geschwinder im Kreise darauf herum, verfolgt von dem Mohren, im unsicheren Gleichgewicht über der modernden Tiefe schwebend, bis Manara, der ihn liebhatte und seinen Hang, in gefährlichen Kunststücken zu glänzen, mißbilligte, mit Gewalt herunterzog.

Dann mußte Manara singen; er stand im Rufe, eine schöne Stimme und meisterhafte Kunst des Vortrags zu besitzen, und man wußte, daß er die erlesensten Gesellschaften Mailands durch seine Musik verherrlicht hatte. Er sprang die Stufen der Treppe hinauf und sang, oben stehend, ein kurzes Lied von starkem tragischen Zauber, dasselbe, das er, wie man in Mailand wissen wollte, unter dem Fenster seiner Geliebten gesungen, wodurch er sie bewogen hatte, ihm trotz des Verbotes ihrer Eltern anzugehören, und das aus diesem Grunde das Lied von Carmelita Fò genannt wurde. Er hatte es seit den großen Tagen von Mailand nicht mehr gesungen, vermutlich, weil er sich durch solche Erinnerung an die zu Hause zurückgebliebenen Seinen zu erweichen fürchtete, und die Brüder Dandolo und Morosini blickten überrascht zu ihm hinauf. Es folgte dem Liede ein so gewaltsamer Beifall, daß er es wiederholen mußte; er sang es noch vollendeter als vorher, und es klang wie eine unentrinnbare Verführung, die Mond und Sterne vom Himmel herunter in den Schoß der Erde ziehen müßte. Man hatte den Eindruck, daß auf diese melodische Beschwörung etwas Wunderbares sich begeben müsse, und was nun geschah, erschien als ihre natürliche Folge: es trat nämlich auf den schmalen Balkon vor einem Fenster des Palastes, dessen Rückseite an den verwilderten Garten stieß, eine Dame im weißen Gewande, von der nichts zu erkennen war als die schmachtenden Bewegungen ihres hohen Körpers. Einer flüsterte Manara zu, das sei der Preis seines Gesanges, er solle gehen und ihn in Empfang nehmen, andre dagegen baten ihn, weiterzusingen, was er, ohne sich sonderlich um die Dame zu kümmern, tat. Dagegen bemerkte Masina gegen den Hauptmann Laviron, der ihm zunächst saß, er habe noch niemals eine so schöne Frau gesehen, ihre Erscheinung habe sein Herz blitzartig entzündet, er müsse sie kennen lernen, stand auch wirklich auf und sah sich nach einem Wege um, auf welchem er zu dem Palast gelangen könnte. Die es sahen, lachten, auch Manara unterbrach sein Singen; Laviron, den das Feuer Masinas begeisterte, füllte sein Glas, rief laut: „Es lebe die Schönheit!" trank es leer und warf es gegen den Rand des Brunnens, an dem es zersprang. Es schien, als ob die Dame den Ruf, und daß er ihr galt, verstanden habe, denn sie hob einen Arm wie zum Gruß und neigte sich ein wenig über die Brüstung des Balkons herab.

In diesem Augenblick klang durch die laubüberwölbten Wege des Gartens die Stimme Garibaldis, und alle horchten auf; auch der Tod rührte sich, so daß aus den Zweigen, zwischen denen er saß, vergilbte Blüten stürzten, und schwand ungesehen wie ein dunkler Rauch, der sich auflöst, über den Garten weg. Die Offiziere begrüßten den General, luden ihn zum Sitzen ein und boten ihm Wein an, doch lehnte er alles ab, da es zu spät geworden sei. Er sprach mit Manara über einige Beförderungen und Auszeichnungen bei den Bersaglieri, die er für tunlich hielt; vor allen Dingen aber wollte er Masina zureden, seine Reiter mit der italienischen Legion zu vereinigen und ihre Führung zu übernehmen, wovon er sich, nachdem er die schwungvolle Unerschrockenheit und Sicherheit des üppigen Mannes an diesem Tage wiederum kennen gelernt hatte, außerordentliche Erfolge versprach. Allein es zeigte sich, als man Masina suchte, daß er nicht mehr da war, und auch der Balkon, wohin sich unwillkürlich alle Blicke richteten, war leer; das konnte freilich ein Zufall sein, wurde aber natürlicherweise mit Masinas Verschwinden in Zusammenhang gebracht. „Das ist ein Mann!" sagte Garibaldi zufrieden, als er hörte, um was es sich handelte, „nachdem er den Tag über sich geschlagen hat wie ein rasender Hirsch, geht er nach Mitternacht noch auf Raub aus." Bald darauf verließen alle den Platz, und das raunende Atmen der Erde unter den brütenden Bäumen wurde wieder hörbar.

⊕

Während Garibaldi den König von Neapel über die südliche Grenze zurückwarf, kämpfte Mazzini auf diplomatischem Wege um das Dasein der Republik, indem er den französischen Gesandten, dem aufgetragen war, die Römer hinzuhalten, bis General Oudinot die erlittenen Verluste ergänzt hätte, zum Abschluß einer friedlichen Vereinbarung zu bringen suchte. Der Gesandte war ein Mann von Bildung und ungewöhnlicher Intelligenz, dazu besonders im menschlichen Verkehr von kindlich vornehmer Sinnesart, die nur gerade und ungerade Wege kennt, und für welche die letzteren nicht einmal in Betracht kommen. Während der ersten Tage hatte er sich dem Zauber einer edeln Leidenschaft, die von Mazzini ausging, sorglos hingegeben; denn scheinbar auf seine Ideen einzugehen, gehörte zu seiner Aufgabe, und er konnte demnach seine Freude an außerordentlichen menschlichen Existenzen mit dem, was seine Pflicht war, vereinigen. Dabei jedoch wurde sein Gefühl für den großen Genuesen unvermerkt wärmer, und was noch schlimmer war, überzeugte sich seine Einsicht täglich mehr, daß alle Gründe, die seine Regierung vorbrachte, um ein bewaffnetes Einschreiten für den Papst zu rechtfertigen, hinfällig waren, und ein solches nur als Gewalttat und Rechtsbruch in heuchlerischer Einkleidung durchgeführt werden konnte. Mazzini hatte ihn aufgefordert, sich nach Gefallen selbst in Rom umzusehen, ob die Republik eine wenigen von vielen aufgedrungene Gewaltherrschaft sei, ob Unordnungen und Unzuträglichkeiten herrschten, die das Eingreifen fremder Mächte für irgend jemand wünschbar machten, und der Gesandte mußte sich überzeugen, daß die Stadt gesunder Ruhe genoß, die nicht häufiger als in andern großen Städten gestört wurde, ja daß im ganzen die Bevölkerung durch ein starkes, einmütiges Wollen beseelt und erhoben schien, wie das in früherer Zeit in Rom nicht beobachtet worden war. Fand er sich Mazzinis Augen gegenüber, so kam es ihm selbstverständlich vor, auszusprechen, was er dachte, das Wahre wahr und das Schlechte schlecht zu nennen, und machte alle die Zugeständnisse, die jener haben wollte; war er dann wieder allein, so wurde ihm unbehaglich zumute, und er fragte sich, was daraus werden würde, wenn er den ihm von seiner Regierung angewiesenen Standpunkt so weit verließe. Schließlich aber blieben derartige Bedenken aus; er fühlte sich nun in Rom heimisch und empfand es als etwas Unerhörtes und Frevelhaftes, dies auf opferfreudigen Aufschwung und umfassende Gedanken begründete Gemeinwesen dem Pontifex und seinem rachsüchtigen Anhang auszuliefern. Zwar hielt er es nicht für wahrscheinlich, daß es dauern würde, doch erschreckte ihn der Gedanke, es könne sein Vaterland sein, das sich dazu hergäbe, und durch seine Vermittlung Henker der schutzlosen römischen

Freiheit zu sein. Auch sagte er sich, daß in Frankreich eine verkehrte Ansicht von dem Charakter der römischen Republik wirklich bestehe und Voraussetzung bei allen Handlungen gewesen sei, und tat sich sogar etwas darauf zugute, das Urteil berichtigen zu können und die Regierung vor schamloser Ungerechtigkeit zu bewahren. So setzte er denn mit Mazzini als Ergebnis langen Beredens und Abwägens einen Vertrag auf, nach welchem Frankreich auf eine bewaffnete Vermittlung zugunsten der Rechte des Papstes endgültig verzichtete.

Am Abend dieses Tages besuchte Mazzini die Fürstin Cristina Tribulzio, die nach dem Sturze Mailands Italien in Rom zu suchen gekommen war und den Mann, der in ihrer Jugend ihr Freund, Lehrer und Gefährte der Verbannung gewesen war, wiederzusehen wünschte. Aus sehr altem und ruhmvollem Mailänder Geschlechte stammend, fühlte sie gegen Oesterreich wie Macht gegen Macht, zum Hasse des herrschenden Fremdlings verpflichtet, und wie sie durch ihre Natur gezwungen war, alles, auch ehrlich Gefühltes, laut und weithin bemerkbar zu äußern, hatte sie infolge ihrer patriotischen Gesinnung mit ihrem Gemahl, der ebenso dachte, in die Verbannung ziehen müssen. Zwischen diesem und ihr hatte niemals ein inniges Verhältnis bestanden, vielleicht weil es beiden darauf ankam, von andern geliebt und bewundert zu werden. Sie besonders hatte die Sehnsucht, die eigne Kälte durch von außen dargebrachte Huldigung zu überwinden, und mußte, da dies unmöglich war, stets unbefriedigt bleiben. Konnte sie sich bei großen Aktionen zu großen Zwecken beteiligen, wo heroische Haltung und Gebärde angebracht war, fühlte sie die größte Genugtuung, deren sie fähig war, und schon das hätte sie in das Lager der Revolution getrieben, dem sie aber auch aus angeborener Gesinnung gehörte. So kraftlos ihre Beziehungen zu einzelnen ihr gleichstehenden oder überlegenen Menschen waren, ebenso aufrichtig war ihre Liebe zur Menschheit, zu großen leidenden Massen und zu einzelnen Unterdrückten, wenn sie Gelegenheit hatte, sich hilfreich zu ihnen herabzulassen; in solchen Fällen war ihr uneigennützige Großmut natürlich. Diese Hilfsbereitschaft für die Notleidenden verband sie mit Mazzini, dessen Geist und Charakter sie außerdem als außerordentlich anerkannte. Auf der Terrasse des Palastes, den sie bewohnte, erzählte er von dem Erfolge seiner diplomatischen Verhandlungen und gab sich ausgelassen seiner Freude hin, während die Fürstin ihm gegenüber einsilbiger und starrer wurde; denn sie litt darunter, wenn jemand seine Stimmung aus einer andern Quelle als aus ihr schöpfte, und vor allem die Heiterkeit eines im Gleichgewichte schwebenden Gemütes verletzte sie unerträglich. Mazzini erriet, was in ihr vorging, und gab dem Gespräch eine Wendung nach der gemeinsam durchlebten Vergangenheit; er erinnerte sie an einen schweizerischen Beamten, mit dem sie wegen der beständigen Schwierigkeiten, die die österreichische Regierung ihr im Auslande bereitete, viel zu verkehren hatte, und der stets die Augen niederschlug, wenn er mit ihr sprach, und sorgfältig vermied, sie auch nur mit den Fingerspitzen zu berühren, weswegen ihre Freunde sagten, daß er sie für eine Teufelin halte, die ihn behexen könne; an einen Jüngling aus Mantua, der sie anbetete, und dem sie klagte, daß sie ihn nicht lieben könne, weil sein Geist dem ihren nicht gewachsen sei, was er ihr auszureden suchte, und an die Abende, wo sie zur Mandoline sangen und nach dem Gebirge blickten, das wie ein silberner Vorhang die schöne Bühne verhängnisvoller Leidenschaften, an der ihr Heimweh hing, verhüllte. „Erinnern Sie sich noch," fragte Cristina Trivulzio, „an ein Mädchen, das Sie den ‚Gast aus dem Paradiese' nannten, die nichts von unsern aufgeregten Kämpfen und Hoffnungen wußte noch wissen wollte und glücklich war, wenn Vögel, Hunde, Katzen und Kinder sich um sie drängten und das Futter aus ihrer Hand nahmen? Und an ein Gedicht, das Sie damals machten, in dem Sie sich einem vergleichen, der an geöffneter Pforte steht, aus der ein Weg an silberblauen Kornfeldern und Rebengärten voll schwerer Trauben vorüberzieht und in einem kühlen Haine schwindet, wo die Geheimnisse der alten Götter sind, der dorthin möchte und zitternd seinen Genius fragte, ob er nicht dürfe?" Mazzini entgegnete mit erzwungenem Gleichmut: „Seither habe ich nie mehr ein Gedicht gemacht; aber wenn der Tag kommt, an dem Italien sein wird, will ich mich glücklich preisen, daß ich alle meine Kraft einem Werke gewidmet habe, an dem mein Volk mit mir schafft, wenn es sich auch von unserm Fleisch und Blut nährt und wächst und leuchtet." Er bemühte sich, den Schatten zu verscheuchen, den die Erinnerung auf seine Seele geworfen hatte, aber es wollte ihm nicht gelingen. „Was kann es Ihnen ausmachen, Fürstin," fragte er wehmütig, „daß Sie den Schmelz von den Flügeln meiner Freude greifen?" Seine Klage riß sie sofort zum feurigsten Mitleid hin, so daß sie die Mandoline wegwarf, auf der sie die Lieder aus der Zeit der Verbannung hatte zusammenbringen wollen, ihm beide Hände hinstreckte und mit mütterlichem Blick seine feine Gestalt umfaßte. „Wenn ich es wüßte!" sagte sie. „Vielleicht wollte ich Sie traurig sehen, weil Sie so am schönsten sind und ich das Schöne liebe. Ich darf es sagen, weil ich nicht zu jenen vielen Frauen gehöre, die sich in verliebter Andacht vor Ihrer unerschütterlichen Herrlichkeit winden; Sie werden es der Unglücklichen glauben, die verflucht ist, nicht lieben zu können, weil ihr um ein brennendes Herz eine kalte Schlange geschnürt ist." — „Sie haben doch ein Kind," sagte Mazzini. Sie machte eine müde Handbewegung und sah ihn mit einem Blick voll schneidender Traurigkeit an, indem sie sagte: „Ich habe geküßt und mich küssen lassen, ich habe das Rasen der Leidenschaft nachgemacht, wie ich es von andern gesehen habe; aber meine Seele stand dabei und gähnte vor Langeweile. Am wenigsten empfand ich den Hohn und die Leere des Lebens, wenn ich Bücher schrieb, Dürftigen half, Kranke pflegte, die Wohlfahrt des Volkes und des Vaterlandes beförderte; doch habe ich Tage, wo ich mir mit meiner Beflissenheit vorkomme, als führte ich dem Teufel Seelen zu in der Hoffnung, selber von ihm frei zu werden." Sie erzählte von ihrem Gatten, dem Fürsten Belgioioso, der die Frau eines andern aus Paris entführt und auf ein altes Schloß am See gebracht habe, wo er allein mit ihr und einem zuverlässigen Diener seit über einem Jahre sich aufhalte. Da lebten sie einer im andern, seine schöne Stimme, die die große Welt Europas bewundert hätte, sänge Liebeslieder, die nur sie hörte, die nur ihr gehörten; wie zwei Schwäne, die langsam mit steilem Halse über ein blaues Wasser rudern, glitten ihre Seelen wunschlos über den glatten Spiegel der gefangenen Zeit. Das Vaterland habe sich zum großen Kampf erhoben; aber vergebens hätten die Freunde an seiner Tür gerüttelt, seinen Namen gerufen, ihn an die Schwüre und die großmütigen Begeisterungen seiner Jugend gemahnt; er hätte das Blut seiner Gefährten jenseits der Mauern des immergrünen Gartens fließen lassen und, das Haupt in ihrem Schoße, zu ihr emporgelächelt und zu dem stillen Glanze der Gestirne, die sich wie Spiegelbilder ihres Glückes im ewigen Aether unveränderlich über ihnen drehten.

Die Fürstin sprach ohne Eifersucht und mit Verachtung des Mannes, der sich während der Heldentage seines Vaterlandes in einer Schäferei verborgen hatte; dennoch malte sich in ihren großen Augen etwas wie Neid oder Sehnsucht, die ihre strengen und scharf gewordenen Züge weicher machte und ihr einen Schein der allzu heißen Schönheit ihrer Jugend wiedergab. Es hatten sich inzwischen mehrere Patrioten eingefunden, die zum Teil den Fürsten Belgioioso in vergangenen Jahren gekannt hatten oder doch von seinem wunderlichen Lebenslauf Bescheid wußten. „Wer seine Kraft in der Liebe verliert und Taten versäumt, um unter dem Monde zu schwärmen," sagte Graf Campanello, „den soll man liegen und faulen lassen und nicht mehr von ihm reden. Im Leben ist jeder Soldat, und wer die Waffen wegwirft, des Todes würdig!" Mazzini sagte, es habe ihm in den letzten Jahren zu denken gegeben, daß von den Jünglingen, die sich vor fünfzehn Jahren mit überschwenglicher Hingebung um ihn geschart hätten, so viele abgefallen wären, einige, um dem eiust verfluchten Gegner zu dienen, die meisten, weil sie den Glauben an sich selbst oder an ihre Ideale verloren hätten oder im Sumpfe des täglichen Lebens oder Wohllebens stecken geblieben wären. Dies sei eine natürliche Erscheinung, da dem leichten Aufschwung des drängenden Jugendhaftes eine dauernde Erhebung nicht notwendig folge; doch habe es den Anschein, als zeige sie sich bei den Italienern, die Gott mit eignen Fingern geformt, denen er aber seinen Hauch einzublasen vergessen habe, häufiger als bei andern Völkern. Die Fürstin entgegnete: „Einem andern ließe ich diese Worte nicht hingehen, aber da wir unter uns sind, will ich zugeben, daß ich schon ähnliches gedacht und erfahren habe. Wir sind wie die Schauspieler, die große Geschichten tragieren mit Dolch und Schminke und Tränen und, wenn sie sich genug erhitzt haben, die Perücke abwerfen, sich mit ihresgleichen an die volle Tafel setzen und schmausen und über die großartigen Redensarten, die sie vorher gemacht haben,

Witze reißen." Es wurde davon gesprochen, wie die Eigenart der Italiener mit der Natur ihres Landes und ihrer Geschichte zusammenhänge, daß sie sich sowohl zu elendester Nichtigkeit und Schlechtigkeit wie zu höchster Tugend und Fülle entwickeln ließen, und daß auf die die Kraft erstickende Verweichlichung der Sklaverei die Wiedergeburt im Feuerbade der Freiheit folgen werde.

Mazzini vergaß, indem er den Freunden die Wege seiner Hoffnungen bezeichnete, den quälenden Eindruck, den er vorher empfangen hatte. Wenn er gesellig unter guten Bekannten war, kam gern seine spielende Jugend hervor, die in der eisernen Zeit des Kampfes und der Arbeit hatte abseits stehen müssen, und scherzte mutwillig ohne Anlaß mit sich selbst, auf dunkelm Grunde leuchtend. Als er nach Mitternacht heimging, floß durch die Gassen Roms, versteinerte Adern des uralten Herrscherhauptes, Mondschein wie unversiegbares Götterblut; es war ihm eine schauerliche Wollust, in der träumerisch spülenden Lebensumflut mitzuströmen.

Langsam fühlend, streiften seine Hände die Mauern und tauchten zärtlich in das kühle Wasser der Brunnen, an denen er vorbeikam. Er fühlte sich nicht mehr als Fremdling, sondern als Kind des Hauses, das mit geschlossenen Augen seiner Wege sicher ist.

⊕

Als der französische Gesandte mit dem Vertrage, der der römischen Republik Frankreichs Schutz in Aussicht stellte, im Lager Oudinots erschien, weigerte sich der General, denselben durch seine Unterschrift zu bestätigen, und gab ein höfliches Erstaunen zu erkennen, daß jener ernstlich auf eine Verwirklichung desselben gerechnet habe. Der Gesandte, welcher glaubte, daß Oudinot nur aus Eitelkeit den Kampf zu erneuern und bis zum Aeußersten zu treiben gedenke, damit seine Niederlage über einem großen Siege vergessen werde, versuchte ihm zuzureden, indem er ihm ausmalte, wie schmachvoll es für Frankreich sei, sich mit salbungsvollen Heuchelworten zum Schergen päpstlicher Habgier zu machen; allein Oudinot schnitt seine Rede kurz ab und berief sich auf den Befehl der Regierung, die Republik auf alle Fälle, mit List oder Gewalt, umzustürzen und dem rechtmäßigen Herrscher, welcher der Papst sei, die Bahn zur Hauptstadt freizumachen. Das sei nicht möglich, rief der Gesandte wieder und wieder, da es dem Auftrage, den er empfangen habe, sich mit Rom unter gewissen Bedingungen freundschaftlich zu vereinbaren, widerspreche; mußte sich aber doch endlich vom Augenschein überzeugen lassen. Der unglückliche Mann fing an zu begreifen, daß er die Rolle eines geschickten Betrügers gespielt hatte und von denen, die er hatte ehren und lieben müssen, künftig als einer angesehen werden könne, der mit tückischem Schwatzen ein gefürchtetes Opfer beredet, sich selbst auszuliefern. Infolge seiner Behauptungen und Versprechungen hatte Mazzini es geschehen lassen, daß die Franzosen den Monte Mario nahe am Gebiet der Stadt besetzten, um nicht den Friedensschluß, der vorbereitet wurde, durch kriegerische Sprache zu hintertreiben, und somit, wie nun die Dinge lagen, Rom, das sich ihm anvertraut hatte, dem Feinde preisgegeben. In erster verzweifelter Ratlosigkeit fing er an zu bitten, wie er nie zuvor einen Mann gebeten hatte, daß Oudinot seine Ehre schonen und nicht angreifen, wenigstens warten möge, bis er selbst in Paris die römischen Verhältnisse geschildert habe; aber der General bat ihn ungerührt, nicht umsonst so viele Worte zu verschwenden. Außer sich, rief der Gesandte: „Wenn Ihr jetzt angreift, entgegen dem, was ich versprochen habe, bin ich entehrt und kann nicht länger leben;" worauf Oudinot geringschätzig antwortete:

„Das ist Eure Sache, meine ist es, Rom um jeden Preis zu unterwerfen. Ihr habt mir gut in die Hände gearbeitet, und die Regierung ist Euch zu Danke verpflichtet, auch wenn Ihr es ohne Absicht getan hättet."

Oudinot war ein Mann von regelmäßigen, groben Gesichtszügen, in denen sich eine gewisse Tüchtigkeit, Hochmut und gänzlicher Mangel an höherer Vernunft aussprach; er trug den Kopf so, daß sein Hals stets in einem kleinen runden Wulst über den steifen Kragen hervorquoll. Der Gesandte begriff, daß nichts ihn würde bewegen können, von einer Unternehmung abzustehen, die ihm Lohn und Mehrung seiner Ehren versprach. Ganz still verließ er die Villa, die der General bewohnte, und begab sich nach Civitavecchia; nachdem er dort eine Weile durch die kleinen Straßen des Ortes auf und ab gegangen war, trat er, um dem Anblick seiner Landsleute zu entfliehen, die sich fast allein draußen zeigten, in ein Kaffeehaus, wo kein Verkehr zu sein schien. Es war ein großer hoher Saal mit Wänden, in die fleckige Spiegel eingelassen waren, und an denen sich Sofasitze, mit schäbig gewordenem roten Samt gepolstert, hinzogen; die Decke war mit Göttergeschichten bemalt. Er setzte sich in eine Ecke und ließ Kaffee und Wasser vor sich hinstellen; dann bemerkte er, daß in einer Ecke ein einzelner Mann saß, der eilig und aufmerksam Karten spielte und dabei zuweilen leise vor sich hin murmelte.

Diesen beobachtete er eine Weile; dann ließ er den Kopf in die Hände sinken und weinte. Er stellte sich Mazzini vor, wie er Oudinots Botschaft vom Wiederbeginne des Krieges erhielt und, an ihn denkend, ausrief: „Ein Spion! ein Betrüger!" Dann dachte er an seine Frau, seine Kinder, an Paris, an viele wichtige und gleichgültige Menschen und Dinge, wie ein Uebermüder vor dem Schlafengehen noch in allen Zimmern etwas rückt und richtet ohne Ursache und Nutzen. Während er so saß, trat ein ihm bekannter Offizier ein, der ihn erkannte, aber erschrocken zweifelte, ob er einen Mann, der augenscheinlich mit verzweifelten Gedanken allein sein wollte, grüßen dürfe; doch hatten sie bereits einen Blick gewechselt, und der Gesandte stand unwillkürlich auf, jener setzte sich zu ihm, so daß es zu einem Aussprechen über die letzten politischen Ereignisse kam. Das Gespräch beschwichtigte den Aufgeregten, und er beschloß, sofort nach Paris zu reisen und der Regierung die Gründe zu erklären, warum sie von einem Angriff auf die römische Republik absehen müsse, was er auch tat, ohne die Entwicklung der Angelegenheit im mindesten dadurch zu beeinflussen.

⊕

An dem Platz, wo die altberühmte Kirche Maria in Trastevere mit goldenem Stirnschmuck erglänzt, stößt das Kloster zum heiligen Calixtus, das von der Republik aufgehoben und den Soldaten zur Kaserne eingeräumt wurde, und von diesem aus verbreitete sich das Gerücht heimlicher Greuel und Blutgeruch. Es war dort nämlich eine Truppenabteilung einquartiert, deren Anführer Zambianchi war, ein eitler Mann, der von Kindesbeinen an nach Ansehen unter den Menschen trachtete, aber unscheinbar blieb, ja zuweilen verlacht wurde. In den letzten Kriegszeiten indessen hatte er sich hervorgetan, nicht so sehr durch schlichte Soldatentüchtigkeit, wie indem er Priester oder Bauern und Hirten aufjagte, ängstigte und quälte und auch wohl tötete unter dem Vorwande, daß sie Feinde der Republik wären, wobei er sich bald hochtrabender, bald gemeiner, mit grausamen Witzen gewürzter Reden bediente, die viele rohe und schwache Seelen vor Begeisterung und Mordlust taumeln machten. Er hatte auch Verbindungen mit den Republikanern in der Stadt, die der Ansicht waren, es müsse gründlich aufgeräumt werden, und diese pflegten ihm alle anzuzeigen, die sie für verdächtig hielten, nämlich solche, die das von der Republik geprägte Geld nicht annehmen wollten, oder solche, die sich abfällig über das neue Wesen geäußert hatten, namentlich aber die Priester, und diese ohne Unterschied, wenn sie nicht beweisen konnten, daß sie das Papsttum verabscheuten und der Republik ergeben waren. Die Schuldigen, deren man sich bemächtigen konnte, was nicht leicht war, da es in großer Heimlichkeit vor der Regierung geschehen mußte, wurden in eine unterirdische Kirche gebracht, die unter dem Kloster war, in welcher die ersten Christen Gottesdienst gehalten und ihre Toten begraben hatten, dort bei Nacht von Zambianchi und einem kleinen Gerichtshof, den er aus seinen Anhängern bildete, verhört und im Falle sie zum Tode verurteilt wurden, sogleich gerichtet. Es befand sich unter der unterirdischen Kirche noch ein Raum, der der Ueberlieferung nach einem heidnischen Bacchustempel angehört haben sollte, und zu dem aus der Krypta eine Treppe hinunterführte; ehemals, wollte man wissen, wäre derselbe mit herrlichen Wandbildern von Göttern, Mänaden und Panthern geschmückt gewesen, und es lebten noch Menschen, die einen rätselhaften unvergeßlichen Kopf dort gesehen hatten, aber seit Jahrzehnten war Grundwasser hineingestiegen, so daß die versunkene Schönheit erloschen sein mußte, und ließ nur noch zwei Stufen von der Treppe sehen, auf der einst die Fremden mit Fackeln hinuntergeführt worden waren, um die Merkwürdigkeit zu sehen. Der Zugang zu der Treppe war durch eine schwere Falltüre verdeckt, und durch diese Oeffnung wurden die Verurteilten in das pechschwarze Wasser gestoßen, worauf die Türe wieder geschlossen wurde. In der ersten Nacht, nachdem Zambianchi wieder in der Stadt war, brachte jener Kutscher aus dem „Vereine der Söhne der Wölfin", der sich Mucius Scävola nannte, einen gefangenen Priester, nämlich Don Silvio, den Kanonikus von der Peterskirche, der sich vor Jahresfrist einmal durch einen Witz aus drohender Todesgefahr gerettet hatte und seither eher verwegener in seinen Ausfällen gegen die Republik als vorsichtiger geworden war. Als Don Silvio, der in den Katakomben, wohin man ihn sofort versteckt hatte, die Angst des Sterbens schon hundertfach erlitten hatte, sich dem Zambianchi gegenüber sah, schöpfte er neue Hoffnung, denn dieser sah freundlich und sanftmütig aus, ein kleines spitziges Bärtchen am Kinn kleidete ihn drollig, und er lächelte häufig, während er die Augen unsicher umhergehen ließ oder niederschlug. Er setzte sich hinter einen alten steinernen Altar, wie wenn es ein Tribunal wäre, und begründete zuerst, warum er sich die Gerechtigkeit angemaßt hätte, nämlich weil Mazzini zwar ein gutes, ehrliches Männchen sei, aber zu viel auf die Diplomatie halte, zu viel Rücksicht auf diesen und jenen nähme, vor allen Dingen aber zu abergläubisch sei, um der guten Sache zum Siege zu verhelfen. Also müsse das Volk selbst, das niemand fürchte, nichts wolle als die Republik und nichts anbete als die Freiheit, selbst über seine Angelegenheiten wachen, und im Namen des Volkes handle er. Darauf fing er an, Don Silvio zu verhören, wobei er im Flüsterton sprach und die Worte betrübt in die Länge zog, was in dem dunkeln und kalten Gewölbe einen schauerlichen Eindruck machte. Da er überführt war, bunte Bildchen an Frauen und Kinder verteilt zu haben, auf welchen der Papst hübsch und rosig, aber weinend in großer Bedrängnis dargestellt war, und welche die Umschrift trugen: „Betet für euern armen Vater in der Verbannung," leugnete er dies nicht, sondern sagte, indem er seinen schlauen Aeuglein den Ausdruck kläglicher Dummheit zu geben suchte, er habe im guten Glauben gestanden, daß der Papst wirklich ein armer, hilfloser Mann sei, weil man ihn so gelehrt habe, wolle sich aber gern eines bessern belehren lassen, wenn es sich anders verhalte. Man habe ihn wohl auch gelehrt, die Republikaner seien Teufel und Teufelssöhne und Höllenbraten, und wer einen umbringe, erwerbe sich einen Platz im Himmel, fragte Zambianchi lächelnd und bot dem Priester eine große Schnupftabaksdose an. Dieser bediente sich mit eifriger Höflichkeit und sagte, es sei wahr, gesagt habe man ihm das, er wisse aber nicht, was daran sei; wenn er, Zambianchi, ihm sagte, der Papst sei ein Teufelssohn und Höllenbraten und die Republikaner Christen oder Engel oder Türken oder Heiden, so wolle er alles miteinander glauben und weiter verbreiten, denn er scheine recht zu haben; wobei ihm die angeborene Pfiffigkeit und Schelmerei wider Willen aus dem zitternden Gesicht herausblitzte. Zambianchi wiegte den Kopf und sagte, es tue ihm leid, er hätte sich das Gesetz gemacht, Dummheit und Schwachsinn ebenso zu bestrafen wie das Verbrechen, denn mit dem dummen Bürger sei der Staat am meisten geplagt, er hindere den Fortschritt und beflecke die Kultur. Doch wolle er aus besonderer Mildtätigkeit den Versuch machen, ihn durch ein kaltes Bad zu kurieren, wenn die übrigen Richter damit einverstanden wären, worauf diese unter Kichern und wilden Spätzen ihre Zustimmung erteilten.

Plötzlich veränderte Zambianchi seine Miene, die nun Schadenfreude und Wut ausdrückte, und rief mit erhobener Stimme: „Ersäuft die feige, lügnerische Pfaffenseele!" Im selben Augenblick packte Mucius Scävola, der Kutscher, der während der ganzen Zeit auf dem Sprunge gestanden hatte, damit ihm kein andrer zuvorkäme, den zeternden und zappelnden Don Silvio um den Leib und warf ihn mit gewaltigem Schwunge in das schwarze, hochaufspritzende Wasser, über dem zwei andre Männer die Falltür, die sie inzwischen offen gehalten hatten, wieder schlossen. Nachdem dies geschehen war, lagerten sich alle um ein Faß Wein, das in einer Grabeshöhlung verborgen gehalten wurde, tranken und ergingen sich in ausgelassenen Gesprächen, deren Gegenstand hauptsächlich die Frösche waren, wie sie die im unterirdischen Wasser Ertränkten nannten: diejenigen, die noch gebunden in einer Ecke der Krypta des Gerichtes harrten, hießen Maulwürfe.

Zuweilen fiel es Zambianchi ein, den großen und gerechten Mann spielen zu wollen, und er ließ dann irgendeinen Gefangenen laufen, der einen Schwur tun mußte, nichts von dem, was er erlebt hatte, zu verraten; trotzdem drang manches von dem Treiben des Mörders in die Außenwelt, auch dadurch, daß manche von den Beteiligten, die ihre Scheußlichkeit für etwas Rühmliches hielten, sich prahlerischer Andeutungen andern gegenüber nicht enthalten konnten.

☉

Aus dem Süden in die Stadt zurückgerufen, weil man des Angriffs der Franzosen gewärtig sein mußte, ritt Garibaldi allein, ungeduldig seinen Begleitern voraus, die Neue Appische Straße herauf gegen Rom. Der Tag war trübe und farblos, Himmel, Wolken, Erde und Steine schienen in unendlicher Müdigkeit erloschen; wie Kinder, die schlafen möchten und ihr Bett nicht finden und weinen, wankte die Luft über den steilen Grabtürmen und den langsam rückenden Schafherden. Da, wo, von drei Pinien umgeben, ein Brunnen stand und von der alten Straße her die Zinnen des Denkmals der Cäcilia Metella über die flachen Hügel starrten, ließ Garibaldi sein Pferd trinken und betrachtete unterdessen durch seinen Feldstecher die graue Stadt. Auf dem Monte Mario, wo die Franzosen sich festgesetzt hatten, sah er etwas, was vorher nicht dort gewesen war, nämlich die französische Flagge, die sie aufgehißt hatten, und obwohl er wegen der trüben Luft nicht erkennen konnte, was es war, fiel ihm eine beunruhigende Ahnung aufs Herz, und er ritt schnell auf einen bewaffneten Posten zu, der nicht weit entfernt bei einem kleinen Wirtshause seinen Standort hatte. Von den Soldaten erfuhr er, daß während der Verhandlungen, die Mazzini mit dem französischen Gesandten führte, Oudinot den Monte Mario gerade oberhalb der Stadt besetzt habe, ohne daran verhindert zu sein, grüßte und ritt rasch weiter. Als er sich jedoch eine kleine Strecke entfernt hatte, hielt er sein Pferd an und blieb still mit dem Begriff des unvermeidlichen Schicksals, das ihm und Rom bereitet war, stehen. Da die Höhe, die die Stadt beherrschte, in der Hand des Feindes war, wußte er, daß nichts sie retten könne, und es war ihm zumute, als stände er nicht vor den Mauern der Republik, um sie zu verteidigen, sondern vor dem Grabe Roms und nähme für immer Abschied. Was nun kommen mußte, sah er klar, als wäre es schon geschehen: Kampf und Blutvergießen und Sterben der tapfersten Männer, Wehklage des Volkes, endlich das Unterliegen und die Rache des Siegers. Bisher hatte er nie anders gerechnet, als daß er, wie oft auch aufgehalten, sein Heer, das sich zu siegen gewöhnt hätte, gegen Oesterreich führen, Bologna und Mailand befreien würde; nun wußte er auf einmal, daß er wieder würde fliehen müssen, ein Heimatloser, mit Weib und Kind ein Bettler auf dem Meere.

Noch niemals war es ihm bange gewesen vor irgendeiner Aufgabe, vielmehr je schwieriger und aussichtsloser die Lage war, desto entschlossener hatte er seine Kräfte zusammengefaßt, um die äußersten Möglichkeiten der Rettung zu erkämpfen; aber den großen Untergang der Hoffnung seines Volkes aufzuführen, fühlte er kein Herz in sich. Das liebste wäre ihm gewesen, mit seinem Pferd in eine der leeren Grabhöhlen unter der Erde hinunterzusteigen, die hier und dort zu seinen Füßen das Gras überwuchs, und dort zu schlafen, bis es wieder Tag über Rom würde. Vor ihm war die Lateranskirche mit den Steinfiguren der Märtyrer, deren titanische Leidenschaft in den aufgelösten Himmel starrte wie die großartige Gebärde überflüssiger Helden, die niemand braucht und niemand beachtet; er blickte daran vorüber auf die schwer im Feuchten schwimmende Stadt, die man ihm entreißen wollte. Er hätte sie gegen Frankreich und Oesterreich und Europa verteidigt und nichts gefürchtet; die Schwäche und Torheit derer, die seine Freunde sein sollten, überwand ihn. Bitterster Unwille zog seine Stirn zusammen; er hätte Mazzini die furchtbare Anklage ins Antlitz schreien mögen, daß er, der sich als Italiens liebendster Sohn, ja im Grunde als Italiens Schöpfer gebärde, Rom dem Feind in die Hände gespielt habe durch seinen hochmütigen und kindischen Wahn, einen kriegführenden Gegner durch hochherziges Vertrauen entwaffnen zu können. Das Herz schwoll ihm, er fühlte ein Brausen in allen Adern und wurde sich bewußt, daß er noch nicht alle seine Kräfte ausgeschöpft habe; das Gefühl war in ihm, daß, wenn er Roms Herr sein wollte, er es war und so, Roms Herr, es zu halten wissen würde. Da er das Traben von Pferden hinter sich hörte, drehte er sich um und erkannte mehrere seiner Offiziere, darunter Manara, Hoffstetter, Nino Birio und Mameli. Er teilte ihnen mit, was er soeben über das doppelzüngige Verfahren der Franzosen erfahren hatte, ohne sie aber merken zu lassen, für wie verhängnisvoll er es hielt, daß sie sich vor den Toren Roms eingenistet hatten; denn er wollte nicht, daß diese Jünglinge ohne Hoffnung in den bevorstehenden Kampf gingen. Selbst Manara, den die Mitteilung erschreckte, beruhigte sich wieder, als er in Garibaldis Gesicht sah; es blitzte von der

Kraft seines verdichteten Willens. Schwer sei es, sagte er, eine Stadt zu halten, auf die der Feind gleichsam schon die Hand gelegt habe; aber es zieme sich nicht, an einem Siege zu zweifeln, der notwendig sei. Sie müßten Rom befreien oder mit Italien untergehen, leben oder sterben; in solcher Lage dürfe man nicht fragen, was möglich sei, nur den eignen Untergang für unmöglich halten.

Sie hatten sich inzwischen dem Tore von San Giovanni genähert, an dem eine Menge Volk zusammengeströmt war, um den Sieger von Velletri zu empfangen; sowie sein Atlasschimmel sichtbar wurde, strömten sie ihm jubelnd entgegen. Daß seine Miene ernst und gebietend war, vermehrte die Begeisterung; sie hätten sich unter die Hufe seines Pferdes geworfen, um mit einem Male alles hinzugeben, was er verlangen könnte, wenn seine strenge und geheimnisvolle Hoheit sie nicht gebändigt hätte. Der Nebel verzog sich jetzt, und es fing an zu regnen; es schien, als stürzten sich die Wolken auf ihn herunter, um dem Herrn der Elemente gewärtig zu sein, dessen Gang Erde und Himmel erschütterte. Anstatt durch das Wetter verscheucht zu werden, sammelten sich mehr und mehr Menschen; sie wogten noch lange durch die rauschenden Straßen, nachdem der General schon in dem kleinen Gasthof, den er bewohnte, verschwunden war.

✣

Angelo Masina hatte nach dem Wunsche Garibaldis den Befehl der italienischen Legion übernommen und wollte sich vom Petersplatze, wo er das Regiment hatte aufziehen lassen, zum General begeben, um ihm Bericht zu erstatten, als ihm ein geschlossener Wagen begegnete, aus dem ihm die Hand jener Dame, die er „Trovata" nannte, winkte, worauf er ohne Besinnen zu ihr einstieg und mit ihr weiterfuhr. Sie fuhren nach einem am Abhange des Aventin gelegenen Pa=

laste, der seit Jahrhunderten im Besitze der Könige von Neapel war, von diesen aber weder bewohnt noch verwaltet wurde, und zu dem sie, er wußte nicht auf welchem Wege, Zutritt hatte. Sie gingen die letzte Strecke zu Fuß, und sie öffnete selbst das Gartentor mit einem Schlüssel, den sie in der Tasche getragen hatte. Als sie die breite Treppe hinaufgestiegen und in einen weiten Saal gelangt waren, in dem nur ein großer Tisch aus Porphyr in der Mitte stand, warf sich Masina der Geliebten zu Füßen, zog sie an sich und bedeckte ihren Leib, der zitterte, mit Küssen. Dann führte sie ihn in ein andres Gemach, das kleiner und mit dunkelm Damast verhängt war, und in welchem Wein, Brot, Fleisch und Früchte durcheinander auf einen Tisch gehäuft waren; denn sie habe sich gedacht, sagte sie, daß er nach den Uebungen an dem heißen Tage müde und hungrig sein werde. Sie setzten sich an den Tisch und aßen und tranken, dazwischen leise flüsternd, bis es dunkel geworden war, und gingen dann in den Park, der die Glut des untergegangenen Tages in schweren Gerüchen auszuhauchen begann. Sie wanderten langsam die schmalen Wege, wo sie kaum nebeneinander gehen konnten, auf und nieder, er bestreute ihr braunes Haar mit Orangenblüten und sog den Duft der Blumen von ihrem Haupte, sie pflückten reife Früchte und ließen sie spielend vor sich her rollen. Plötzlich blieb sie stehen und fragte, ob er ihr treu gewesen sei; er schwieg betroffen und sagte dann mit zaghaftem Lächeln wie ein Kind, das unsicher ist, ob es mit einem Scherz der Strafe entrinnen wird: „Einmal hat es mir geträumt, daß ich eine andre liebte." Sie sah ihn sinnend an, indem sie die Hände auf seine Schultern legte, preßte sich gewaltsam an seine Brust und küßte ihn unersättlich. Lange blieben sie still, als wenn sie zwischen den erhabenen Bäumen auch zwei wurzelnde Stämme wären, in denen das goldengrüne Blut der Erde, von Lebenskeimkraft überströmend, mit unmeßbarem Umschwung kreise. Mond und Sterne waren inzwischen aufgegangen und standen über einem kleinen viereckigen Teich, den trümmerhafte Marmorfiguren umstanden. Das laue Wasser lockte sie, die Kleider abzuwerfen und zu baden; sie tauchten unter, ließen die Tropfen von Armen und Händen rinnen und verglichen ihre leuchtenden Glieder mit dem kühlen Blinken der schönen Steine. Nach Mitternacht trennte sich Masina von seiner Geliebten und eilte in den Gasthof, wo Garibaldi wohnte, um ihn trotz der späten Stunde noch zu sprechen.

Die Ordonnanz wollte ihn nicht vorlassen, da der General schlafe; allein Garibaldi war aufgewacht, erkannte Masinas Stimme und rief ihn an sein Bett. Bis vor kurzem, sagte er, sei Angelo Brunetti bei ihm gewesen und habe vieles und Wichtiges mit ihm beredet; es seien ungenügende Vorkehrungen getroffen, die Regierung verließe sich immer noch auf die Franzosen; er wollte mehr sagen, hielt aber ein, weil es ihm schien, daß Masina nur zerstreut zuhöre. Der gab es zu. „Wißt, General," sagte er, „ich habe diese Nacht entdeckt, daß alles außer der Liebe Traum und Täuschung ist. Solange wir lieben, leben wir in Fleisch und Blut; was wir sonst tun, ist graues Schattenspiel, das in hastiger Verzerrung über kahle Wände zuckt. Ich begreife nicht, warum Manara, der eine wunderschöne Frau hat, wie man sagt, und jünger ist als ich, sie verläßt, um Kriegsabenteuer aufzusuchen, die ihm das Leben kosten können." Garibaldi faßte ihn fest am Arme und sagte lachend: „Habt Ihr vergessen, daß Ihr jahrelang in Spanien waret und die Kämpfe eines fremden Volkes kämpftet? Und es ist acht Tage her, daß ich Euch mitten durch feindliche Kugeln reiten sah, als ob es Konfekt wäre, das schöne Frauen im Karneval Euch zuwürfen." — „Damals schien der Krieg mir herrlich, es ist wahr," sagte Masina gedankenvoll. „Weiß Gott, was für ein Sturm einen treibt. Aber glaubt es mir, Garibaldi, ich wünsche mit aller Kraft meiner Brust, daß Oudinot seinen neuen Besuch noch eine Weile hinausschiebt, damit ich diesen vollen Becher, den ich angesetzt habe, nicht von den Lippen reißen muß." Nachdem er den General noch um einige, die Legion betreffende Dienstsachen gefragt hatte, sagte er, er wolle nun schlafen gehen, es sei die zweite Nacht, daß er kein Bett sähe, und morgen früh um neun Uhr erwarte ihn die Geliebte in einer entlegenen Kirche zu flüchtigem Gruße. Er halte dafür, es sei besser, wenn auch der Waffenstillstand erst am folgenden Tage ablaufe, in dieser Zeit nicht zu fest und nicht zu lange zu schlafen, meinte Garibaldi, indem sie sich trennten.

Um diese Stunde besetzte das verräterische Heer der Franzosen den Garten Doria vor dem Tore von San Pancrazio, um die ahnungslose Besatzung der Villen zu überfallen, von denen nur wenige entkamen und ihr Entsetzen in die schlafende Stadt trugen.

✱

Garibaldi hatte Pietro Ripari geweckt, damit er ihm die Wunden von der Schlacht bei Velletri verbände, was er seitdem jeden Morgen und jeden Abend tat, und dieser kramte zwischen seinem Werkzeug, ein wenig brummend, daß der General sich nicht ruhig halte und dadurch das Heilen der Wunde verzögere, als ein fernes Rollen im Westen der Stadt, wo der Kampf schon begonnen hatte, Garibaldi auffahren machte. In diesem Augenblicke stürzte Hauptmann Daverio zur Tür herein, das gute Gesicht in Flammen, und rief: „Die Fahne! Wo ist die Fahne?" Und Garibaldi, schon in den Kleidern, entgegnete: „Eile du zu Sacchi und Manara!", wendete sich dann zu Ripari, der erschrocken und böse sein Verbandzeug zusammenpackte, mit dem Auftrage: „Bringe die Fahne dem Mastna, er führt heute die Legion an!" und sprang die Treppe hinunter und aufs Pferd. Der wilde Takt des sprengenden Tieres, dessen Hufschlag auf die Steine laut durch die Enge der Straßen hallte, schreckte die Schläfer aus den Betten; viele öffneten hastig das Fenster und blickten schaudernd dem unheilvollen Reiter nach.

Die jungen Offiziere von der Legion belustigten sich in der Kirche des Klosters, wo sie im Quartier lagen. Einer von ihnen hatte sich eine priesterliche Stola umgehängt, sich an den Altar gestellt und gebärdete sich, als ob er das Abendmahl austeilte; es war ein junger Mann von etwa achtundzwanzig Jahren, der Guido Bidomi hieß, aber mehr unter dem Namen „der Herzog von Aquileja" bekannt war, weil er, nach einer in seiner Familie bewahrten Ueberlieferung, in gerader Linie von den Fürsten abstammen sollte, die in den ersten christlichen Jahrhunderten dort herrschten. Sein Vater besaß ein kleines Bauerngut im Friaul und hatte seinen Sohn zu den landwirtschaftlichen Geschäften erziehen wollen; aber dieser hatte ein unruhiges Temperament und fand keinen Gefallen an der schweigsam dumpfen Tätigkeit, um so weniger, als sein Vater sie ihm mit kurzsichtiger Härte aufzwingen wollte. Guido konnte es ebensowenig unterlassen, zu widersprechen, wie sein Vater Widerspruch vertragen konnte, überhaupt hatten beide eine eigentümlich reizbare Veranlagung, infolge welcher sie, obwohl sie einander leidenschaftlich liebten, nicht miteinander leben konnten und der Junge schließlich, kaum zwölfjährig, fortlief, um sein Glück in der Welt zu suchen. Die Sehnsucht nach der großen Stadt führte ihn nach Mailand, wo er Hunger, Not und Einsamkeit litt, nach verschiedenen verfehlten Versuchen Barbier wurde und als solcher seinen leiblichen

Unterhalt fand. Um die politische Bewegung bekümmerte er sich nicht sonderlich, kämpfte aber doch während der fünf großen Tage auf den Barrikaden mit, wie er behauptete aus keinem andern Grunde, als weil er sich gern schlüge und sonst keine Gelegenheit, wenigstens keine Erlaubnis dazu hätte. Als er einmal Garibaldi gesehen hatte, ließ er sich sofort für die Legion anwerben und gab seinen Bekannten als Grund an, da er seine Gefühle nicht gerne merken ließ, daß sein Geschäft nichts mehr eintrüge, seit die Revolution gesiegt habe und jeder sich den Bart wachsen lasse; es bezeichnete nämlich damals das glattrasierte Kinn den Anhänger des Alten, der Vollbart den Patrioten, so daß ein solcher oft genügte, einen Mann den Regierungen verdächtig zu machen. Im Dienste tat Bidomi seine Pflicht und zeigte sich in der Schlacht oft tollkühn; aber er war unberechenbar und vereinigte maßlosen Ehrgeiz mit spöttischer Gleichgültigkeit, so daß seine Vorgesetzten, obwohl sie ihm besonders wohlwollten, ihn nur bis zum Korporal hatten bringen können. Er war bei allen beliebt, so wunderlich er war; zunächst zog sein gefälliges Aeußere an: der feine Schnitt des Gesichtes, der Mund, der ebensosehr kindlichen Liebreiz wie harmlose Schelmerei ausdrückte und ein unschuldiges Herz verriet, das er meistens hinter kecken Reden zu verbergen suchte. Durch sein Talent, mit Holzpuppen komische Aufführungen zu veranstalten, verkürzte er den Kameraden oft die Zeit, überhaupt war er in Gesellschaft immer unterhaltend und unerschöpflich an überraschenden Einfällen, nur allein war er melancholisch; freilich wollte niemand daran glauben, auch nicht daran, daß er jung sterben werde, wie er zuweilen sagte. Er habe keinen andern Grund, davon überzeugt zu sein, sagte er, als daß Gott, wenn er erst einmal aufmerksam auf ihn geworden wäre, ihn zu sich kommen lassen würde, um sich vom Herzog von Aquileja die Haare besorgen zu lassen. „Das wird endlich eine Stellung sein," sagte er, „die meiner Art und Herkunft würdig ist. Wenn ich eure Köpfe bearbeite, ist es im Grunde ebenso, als ob ich Rüben robete, wenn ihr auch die Herablassung nicht empfindet, die darin liegt, daß ich euch frisiere; aber auch Herkules diente und wurde dabei immer größer, bis er als Halbgott in den Olymp ragte."

Nun spielte er die mäßige Salbung eines gewiegten Pfaffen mit so viel Witz, daß eine ganze Schar sich um den Altar gesammelt hatte, die lachend zuhörte und Beifall klatschte. Mameli, den sein gelocktes blondes Haar und die empfindungsvolle Beweglichkeit der Züge dazu geeignet machten, kniete als Nonne vermummt in einem Beichtstuhl, aus dem Nino Bixio, der den Beichtvater vorstellte, allerlei Unfug hervorpredigte. In dies Getöse donnerte die Orgel, die Gaetano Bonnet aus Ravenna gewaltig spielte, eigentlich aus Uebermut, um die Tollheit zu steigern, aber immer wieder von der Pracht des Instruments so hingerissen, daß er aus chaotischem Brausen reine Fugen oder Choräle hervorgehen ließ.

Wie die Trompete des Meergotts, der dem Getümmel unbändiger Wellen Ruhe gebietet, durchdrang Garibaldis Stimme das Lärmen: „Nach St. Peter. Der Feind ist vor Rom!" Im Nu flogen die Umhänge und Kapuzen von den flinken Jünglingsgestalten, und die Kirche blieb leer und still, nur daß etwa noch ein Knistern durch den Brokat der Priestergewänder lief, die, achtlos weggeworfen, auf dem Boden rutschten.

Garibaldi ritt weiter, allen voran, dem Peterplatze zu; aber unterwegs fing er an zu zweifeln, ob ein Ueberfall in die Flanke des Feindes noch Erfolg haben könne, und kaum dort angekommen, kehrte er wieder um und riß die Legion, der er begegnete, mit nach dem Tore San Pancrazio, um den verzweifelten Sturm in die Stirne des Siegers zu wagen. Auf der Höhe des Janiculus sah er, daß das Schlimmste, was er gefürchtet hatte, geschehen war: das „Haus der vier Winde", das den Park beherrschte, und alle andern Villen vor dem Tore bis auf das Vascello waren vom Feinde besetzt; es galt also zugleich, dieses zu halten und jene zurückzuerobern; und beides auszuführen, hätte es einer weit größeren Truppenzahl bedurft, als ihm zu Gebote stand. Masina, der fast gleichzeitig mit Garibaldi zur Stelle war, strahlte vor Zuversicht wie ein Gott aus den Wolken, der die Schlachten der Menschen mit seinem Wink entscheidet; indessen als er sich fragend gegen den General, der eben die Befehle ausgab, wendete, stutzte er über den strengen Ausdruck in dessen Gesichte. „Wir müssen die Corsini zurückerobern und das Vascello halten, sonst ist Rom verloren," sagte er ruhig und betraute Sacchi mit der Verteidigung, Masina mit dem ersten Angriff. Dieser versuchte mit ein paar scharfen Blicken sich die Lage klarzumachen, dann sammelte er seine Reiter und einen Teil der Legion, stellte sich an ihre Spitze und ritt galoppierend den etwas ansteigenden Weg zum Palaste hinan. Hinter den Büschen und Bäumen hervor, die den Weg bekränzten, pfiffen Kugeln, das Haus selbst schien in einen nach allen Seiten feuerspeienden vulkanischen Berg verwandelt zu sein: an den Fenstern und auf den Terrassen standen Soldaten, die fast ungestört zielten und schossen. Draußen diente eine steinerne Balustrade, die sich zu beiden Seiten der Villa hinzog, und auf welcher in Töpfen Zierpflanzen standen, Palmen, Hortensien und Tuberosen, vielen Schützen zu bequemem Versteck. Je näher die Angreifenden kamen, desto dichter sausten die Kugeln um sie; in die Tür des Hauses einzutreten, war nicht anders, als wollte man in die Mündung einer geladenen Kanone hineingehen. Vor der breiten Freitreppe angekommen, drehte Masina sich um, rief mit lauter Stimme: „Mir nach!" und gab seinem Pferde die Sporen, worauf es stolz und prächtig wie ein Pfau die flachen Stufen hinaufstieg. Gegen die Jäger, die aus ihrem Versteck hervorkamen und sich ihm entgegenwarfen, verteidigte er sich eine Weile mit dem Säbel; aber währenddessen trafen ihn mehrere Kugeln so, daß er, augenblicklich tot, auf der Schwelle des Palastes vom Pferde stürzte. Die Legion drang in das Haus und brachte mit der Heftigkeit ihres Angriffs die Besatzung ins Wanken, doch da ihre Zahl gering war und Zuzug nicht kam, mußten sie sich wieder zurückziehen, um nicht aus Siegern zu Gefangenen zu werden; nicht einmal der Leichnam Masinas wurde dem Feinde entrissen.

Nachdem der Angriff zurückgeworfen war, ließ Garibaldi ihn durch die Bersaglieri erneuern, die eben anrückten, verspätet, weil ein Befehl Rosellis ihnen erst einen andern Platz angewiesen hatte; er verlief wie der erste. Auf das wiederholte Nachsuchen Garibaldis um mehr Truppen antwortete der Obergeneral, daß er keine entbehren könne, weil auch an der Milvischen Brücke gekämpft werde; so mußte Garibaldi sein Heer opfern. Er hielt am Tore und entsandte die Scharen, die verfügbar waren, gegen die uneinnehmbare Festung; keiner zögerte, keinem graute, sie waren nichts als die Atemzüge der mächtigen Seele, die mit dem verhängten Schicksal rang. Um Mittag schlug eine Flamme aus der Villa Valentini, die auch in den Händen der Franzosen war, wahrscheinlich durch kühne List der Römer entzündet, und Garibaldi wollte die Verwirrung, die infolgedessen unter dem Feinde entstand, zu einem noch=

maligen Sturm gegen die Corsini benutzen. Da es sich zeigte, daß die Mehrzahl der Offiziere kampfunfähig waren, Daverio tot, Gaetano Bonnet, Danbolo tot, Marochetti, Mameli und Nino Bixio, Rozzat und viele andre verwundet, stellte Garibaldi selbst sich an die Spitze des Haufens; sie warfen sich über die gefürchtete Straße mitten in das Haus des Todes, das der entsetzte Feind preisgab, und noch einmal wehte Italiens Fahne vom Turme der Vier Winde, aber sie waren zu wenige, um das erstrittene Gebäude verteidigen zu können, und verließen es, bevor die Uebermacht des Gegners sie ganz vernichtet hätte.

In vielen Kirchen lag das Volk auf den Knien und betete.

Der Mai ist aus, die Sonne tritt auf das Schlachtfeld, um das Heer des Frühlings zu töten. Mit kupfernen Sohlen zertritt sie die Anemonen, die Narzissen und Lilien auf den Wiesen, mit rotdampfendem Atem haucht sie den Flor der Akazie und die Blume der Orange von den Zweigen. Sie saugt mit metallenen Lippen den Saft aus den Adern der Erde, das Gras auf den Hügeln, über die sie schreitet, verdorrt, das Gelock der Bäume ergraut. Die Löwin reckt sich zur Jagd, sie schlägt die Zähne in die Brust der Männer, Wunden springen auf mit roten Kelchen, aus denen schwarzer Nektar fließt. Da entbrennt sie vom Blute des Frühlings und der Freiheit, es trieft aus ihrem donnernden Rachen, von ihrer lobernden Klaue, sie bürstet. Wer gebietet dem rasenden Sterne Halt?

Dein Herz, Garibaldi, ist fest und groß und warm wie die Sonne, du hast das Meer und den Sturm nicht gefürchtet, du streitest um Italien gegen den Himmel. Die Luft dröhnt vom Zorne der ringenden Löwin, die ihre Beute nicht lassen will; satt und müde neigt sich die Unbesiegbare in die Tiefe der

Wüste, langsam verbleicht der gelbe Schein ihrer Mähne am Horizonte.

Am Tore Roms steht Garibaldi und wacht. Wenn der Tau der Nacht versiegt ist, wird sie wieder heranschleichen, die Raublüsterne, Tag für Tag, und ihre Feuerzähne in die Brust der Tapferen schlagen, bis das Heer des Frühlings zerrissen ist.

Unsre Sonne warest du, Garibaldi, gegen die Sonne: du stehst fest, während die Sterne rings um dich auf- und untergehen. Du gehst nicht unter, du gehst nicht unter, wir nur versinken; wenn wir uns wieder erheben, werden wir dein Herz von Roms Hügeln strahlen sehen: es liegt wie ein Löwe über dem Grabe Italiens und hält Wache.

✣

Am Nachmittage setzte das Kämpfen aus, weil die Franzosen es aufgaben, das Vascello zu erobern, und Garibaldi keine Mannschaft mehr hatte, um die Corsini anzugreifen. In dem schmalen Schatten der Mauer des Vascello stand mit mehreren Freunden Emilio Dandolo, der noch nicht wußte, daß sein Bruder Enrico gefallen war; beim ersten Angriff verwundet, war er längere Zeit vom Kampfplatz fern gewesen, hatte, zurückgekehrt, ihn gesucht, nach ihm gefragt, ohne Antwort zu erhalten, und versuchte dann sich damit zu beschwichtigen, daß er vielleicht in Gefangenschaft geraten sei. Da nun die Waffenruhe benutzt wurde, Verwundete und Tote in die nächsten Spitäler zu schaffen, und der Leichnam des Enrico jeden Augenblick konnte vorübergetragen werden, gaben sich Manara, Hoffstetter und Ugo Bassi Zeichen, daß man den noch Hoffenden auf das gewisse Schicksal vorbereiten müsse, doch zögerte jeder noch, das Wort auszusprechen. An Hauptmann David, der gerade zu ihnen trat, richtete Emilio wie an alle, die er antraf, die Frage, ob er Enrico nicht gesehen habe, worauf David, der Bescheid wußte, erst einen unbehaglichen Blick auf die andern warf und dann verneinend den Kopf schüttelte. Er bemerkte, daß Emilio verwundet war, und riet ihm, in die Stadt hinunterzugehen und sich zu Bette zu legen. „Ich versichere Euch," sagte er, „daß ich es täte, wenn ich nur die geringste Wunde hätte. Heute kommt keiner davon, am wenigsten einer, der durch Blutverlust entkräftet ist. Ich wundere mich, wenn ich einem von uns begegne, und wenn ich mich selbst antaste und mich noch sinnlich anwesend fühle. ‚Armer Tropf,' sage ich zu mir, ‚was suchst du hier? Warum stecktest du deine fürwitzige Nase in so gefährliche Konflikte? Du hast lange Beine, aber die Kugeln haben Flügel und dazu den Teufel im Leibe, sie holen dich ein.'" Er sprach mit hohler Stimme und tiefstes Mißtrauen ausdrückendem Mienenspiel.

Emilio entgegnete schnell und aufgeregt, dies allgemeine Sterben sei so wenig notwendig, wie es nutzlos sei. Sie würden wie Glas gegen einen Felsen geworfen, an dem sie zerschmettern müßten; ob das Kriegskunst wäre? Nicht einmal Wilde würden in dieser Weise, ohne Plan und Berechnung, die nächste beste Mannschaft zusammenraffen und einem übermächtigen Feinde mitten ins Feuer jagen. An der unüberlegten, ehrgeizigen Tollkühnheit eines Mannes gingen sie alle zugrunde. Hoffstetter gab sich Mühe, zu beweisen, daß Garibaldi durch die Umstände zu einem solchen, allerdings verhängnisvollen Verfahren gezwungen gewesen sei, doch Emilio unterbrach ihn ungeduldig und gereizt: er wisse wohl, daß sie ihren Götzen in allem verteidigten und es als eine Annehmlichkeit erachteten, sich für ihn abschlachten zu lassen. Ihm graue vor Garibaldi, er erscheine ihm heute wie jener Feldherr der Vorzeit, den seine Soldaten tot aufs Pferd gebunden hätten, damit die entseelte Hülle noch den Feind besiege; so führe er, ohne Empfindung, durch nichts zu rühren oder abzuschrecken, die warme Jugend in den Tod, der ihm selbst nichts autun könne. „Er weiß, daß wir den Tod weniger fürchten als Sklaverei und Schande," sagte Manara ernst und würde mehr hinzugefügt haben, wenn ihn nicht die nahe Enthüllung des großen persönlichen Schmerzes beschäftigt hätte. Eben jetzt sah Hofstetter, daß eine Bahre näherkam, neben welcher der junge Morosini herging, woraus er schloß, der darauf läge, müsse Enrico Dandolo sein, drehte sich kurz um und entfernte sich, so schnell er konnte; denn er fürchtete sich vor ergreifenden Auftritten. Emilio sah ihm erschrocken nach, weil er glaubte, er hätte ihn durch seine Reden gekränkt, und zugleich bemächtigte sich seiner schon die Ahnung des Unglücks; er sah die Träger, die einen mit dem dunkelgrünen Mantel der Bersaglieri bedeckten Toten trugen, und Manara, der ihm unter Tränen die beiden Hände entgegenstreckte. Morosini, der neben der Bahre ging und die herabhängende Hand des Toten hielt, schluchzte laut und leidenschaftlich und sah niemand, Emilio ging ihm nach, von Manara und Ugo Bassi begleitet. „Ihr solltet Euch nicht so viel daraus machen," sagte Hauptmann David düster zu Dandolo, „da wir alle des Todes sind. Einer geht voran, die andern kommen nach, das ist der ganze Unterschied. Wir speisen am andern Ufer zu Nacht, und jene bestellen einstweilen den Schlaftrunk." Indem er mehrmals die Achseln zuckte und mit einer nachsichtigen Handbewegung das Leben in den Wind zu schlagen schien, trennte er sich von den Leidtragenden.

Nach einer Stunde kam Emilio Dandolo nach San Pancrazio zurück, wo ihm mehrere junge Mailänder, Signoroni, Mancini und Rosagutti, entgegenkamen und ihm teilnehmend die Hand drückten. Die

Sonne stand jetzt dicht über dem Janiculus, und die Hitze fing an, nachzulassen; aber den aufs äußerste ermatteten Soldaten kam sie unerträglicher vor als am Tage. Die Offiziere wollten ihre Kameraden aufsuchen, als sie Garibaldi auf sich zukommen sahen, aufrecht im Sattel, das Gesicht grau wie Eisen, der, wie er sie erkannte, rief: „Habt ihr noch ein paar tapfere Leute, mit denen ihr einen Streich wagen könnt? Wir müssen die Corsini wiederhaben!" Die Freunde starrten den unbegreiflichen Mann an, für den der Tag endlos und das menschliche Vermögen unerschöpflich zu sein schien, und schwiegen betreten, da sie sich nicht zu sagen trauten, daß sie die Hoffnung für unsinnig hielten, wenige Entkräftete könnten jetzt erreichen, was den frischen Truppen am Morgen nicht gelungen war; auch war ihnen seine Ruhe unheimlich, wie wenn Raserei darin läge. Emilio Dandolo indessen, der stark fieberte, fühlte seiner Stimmung genuggetan und rief übermäßig laut und betont: „Mein General, ich räche meinen Bruder! Folge mir, wer noch Blut zu vergießen hat!" Es fanden sich außer den Offizieren etwa zwanzig Mann, die noch einmal versuchten, durch jähen Anprall den wohlbefestigten Feind zu erschüttern, und von denen weniger als die Hälfte zurückkam; die Offiziere waren sämtlich verwundet, Dandolo hatte infolge des zweiten, nicht unerheblichen Blutverlustes und der vorangegangenen Erregung das Bewußtsein verloren.

Die Sonne war untergegangen, der Himmel brannte noch hinter dem Parke, es sah aus, als hingen karminrote Blutstropfen an den Zweigen der schwarzen Eichen. Die Soldaten waren auf ihren Posten und in ihren Quartieren, nur Garibaldi ritt noch hin und wider und starrte starr nach dem weißen Hause; er schien zu überlegen, ob er nun allein den letzten Sturm versuchen solle. Als endlich Sacchi sich ihm näherte und ihn bat, sich Ruhe zu gönnen, sah er ihn an, wie wenn er aus Träumen zu sich käme, und wollte sprechen; statt dessen drang ein brüllender Laut heiser aus seiner Kehle. Sacchi wendete sich ab, weil ihm der Anblick der ohnmächtigen Klage in Garibaldis unzugänglichen Gebieteraugen das Herz zusammenschnürte, und murmelte etwas derart, das Menschenmögliche sei getan, niemand könne Rom wider Roms Willen retten. „Sie haben mich um den Sieg gebracht!" sagte Garibaldi; es klang nicht wie von menschlicher Stimme gesprochen, sondern wie entferntes Rollen einer Sturmflut, die kommen und das Ufer mit allem Leben darauf verschlingen wird. Dann verstummte er und folgte Sacchi in das Vascello, wo er von Manara und Medici ehrerbietig empfangen wurde. Während er etwas Wein und Brot zu sich nahm, das man vor ihn hinstellte, unterhielten sich die Offiziere über den Verlauf des Tages und die erlittenen Verluste, nur Masinas Namen erwähnten sie nicht, da sie wußten, wie teuer er dem General gewesen war. Allmählich besann sich Garibaldi auf seine Umgebung; er warf wieder und wieder zufriedene Blicke auf Sacchi, Manara und Medici, indem er sich überzeugte, daß sie heil und frisch waren. Es sei die Ehre des Tages, sagte er plötzlich mit fester Stimme, daß das Vascello gehalten sei, er danke den Offizieren und Truppen, die es mit unvergleichlicher Ausdauer verteidigt hätten. Als es Nacht wurde, begaben sich Manara und Medici in die Stadt, um ihre verwundeten Freunde aufzusuchen, Sacchi blieb im Vascello, Garibaldi ging wieder ins Freie, um sich über das Vorhaben des Feindes Sicherheit zu verschaffen.

✢

Die Sommernacht überströmte Rom und sog sich wie Balsam in die verbrannte Erde. Die Wege, wo die Schlacht gewütet hatte, glichen einem offenen Grabe; denn viele Verwundete und Tote waren von ihren Verwandten und Freunden fortgetragen worden, um andre hatte sich niemand bekümmert oder dicht unter den Kugeln des Feindes sie nicht holen können. Die innerhalb der Corsini gefallen waren, wurden ohne Zeichen vom Feinde begraben. Jetzt ging Ugo Bassi allein über das Schlachtfeld, und wo er einen toten Mann liegen sah, kniete er neben ihm nieder, schloß ihm die Augen, legte ihn gerade hin und betete bei ihm. Es war so hell, daß er eines jeden Züge deutlich unterscheiden konnte: einer hatte dichte schwarze Brauen, die wie in äußerster Anstrengung zusammengezogen waren, seine Hand griff noch, er schien auf ein Zeichen zu warten, um aufzuspringen und weiterzukämpfen; ein andrer, fast noch ein Knabe, lag in einem Beete, auf dem rote Pelargonien blühten, und hatte das Gesicht in die lockere Erde gedrückt wie Kinder, die mit ihrem Kissen im Arme einschlafen; ein andrer hatte geballte Fäuste und starrte gräßlich gegen den schimmernden Himmel. Einer schien sehr alt zu sein, hatte ein Gesicht voll Runzeln und Falten, die immer erneuter Kummer langer Jahre eingegraben haben mochte, und so welke Hände, daß man nicht begriff, wie sie noch eine Waffe hatten regieren können; doch mußte er wild gekämpft haben, denn er hatte viele frische Wunden, und neben ihm lag ein junger Franzose, den er sterbend getötet zu haben schien. Mitten auf einer Wiese stand ein uralter marmorner Altar, auf dessen Wänden kleine rundgliederige Kinder dargestellt waren, die Traubengewinde trugen, zwischen denen tragische Masken standen; dort lagen drei Tote, die sich wohl hinter dem ungenügenden Schutze bis zum äußersten gegen eine Uebermacht verteidigt hatten. Einem von diesen hatte eine Kugel die obere Hälfte des Gesichtes so zerrissen, daß an Stelle der Augen nur eine schwarze, starrende Wunde zu sehen war; offenbar hatte er einen zweiten tödlichen Schuß in die Brust empfangen, als er mit der Hand nach den Augen gefahren war. Der Mund dieses Mannes, den kein Bart verdeckte, war voll und herrlich geschwungen, doch ein wenig wie zum Weinen verzogen, und die ebenmäßigen Zähne waren krampfhaft aufeinander gepreßt; auch seine Beine waren vor Schmerz gekrümmt.

Viele lagen mit nach vorn ausgestreckten Armen auf dem Gesicht, als wären sie im eiligen Laufe gestrauchelt und gestürzt, und Ugo Bassi zitterte, indem er sie umwendete, in der Hoffnung, sie möchten leben; aber diese, Bersaglieri, die beim Rückzuge nach dem zweiten Sturme auf die Corsini am frühen Morgen gefallen waren, waren schon lange kalt. Der Priester glättete ihnen gelinde die Haare, die oft mit Blut verklebt waren, und zuweilen richtete er sie auf, wenn er sie zurechtlegte, und hielt sie an seine Brust gelehnt, als ob sie wieder anfangen könnten zu atmen, oder damit sie noch einen Augenblick an einem liebevollen Herzen gelegen hätten.

Garibaldi, der von der höchsten Bastion aus nach den Gärten hinüberblickte, erkannte die jünglingshafte Gestalt Ugo Bassis und folgte ihm mit den Augen; er sah, wie er sich niederbeugte, sich wieder aufrichtete, lange stillstand und den Kopf in die Hände zu bücken schien, und diese lautlos zwischen den stillen Baumstämmen gleitende Bewegung machte ihm den Eindruck rinnender Tränen. Er dachte nicht daran aufzustehen, ein Lager aufzusuchen und zu schlafen; er schien im Anblick des Hauses, das seinem Willen geisterhafte Unantastbarkeit entgegensetzte, zu versteinern. Er dachte an die Eingangshalle, an die Figur des Achilles, der den toten Patroklos beklagt, und an ein Bruchstück, das sich seinem Gedächtnis zufällig eingeprägt hatte, einen schönen großen zermalmenden Fuß in Sandalen, über den der Saum eines faltigen Frauengewandes fiel; er stand jetzt vielleicht in einer Lache Blut. Unter diesen feiernden Gestalten dachte er sich Masina liegen, mit gebrochenen Augen in den Hohn der Sieger starrend.

Garibaldi versuchte sich vorzustellen, daß dieser einzige Tag nicht gewesen und noch gestern wäre, ein mächtiger Herzschlag und ein starker Strom Blut noch im Schwunge der Erde mitklopfte, der jetzt fehlte; da war er so reich gewesen, wie er jetzt arm war. Er saß auf den Mauern Roms einsam wie auf einer wilden Klippe im Raum ohne Anfang und Ende, er konnte sich nicht vorstellen, daß er je wieder ein Pferd besteigen, je wieder eine Schlacht kommandieren würde. Es hätte anders werden können, wenn er die aufgeblähte Tugend der Republik vom Throne gestoßen und gesagt hätte: „Rom ist mein, bis es frei ist." Warum er es nicht getan hatte, wußte er nicht, denn die Ueberlegung, daß er damit sich einzelnen als Italien gegen ganz Italien gestellt hätte, war nicht gewesen, was ihn wirklich hinderte, sondern die fehlende Notwendigkeit in seiner Seele; deshalb zürnte er nicht sich, sondern denen, die seine Macht gebunden hatten. Sie hatten ihn einsam und arm gemacht, indem sie ihn zwangen, sein Heer aufzuopfern; es war von ihm weggeströmt wie das Blut von seinem Herzen. Lange saß er still und ließ die Toten einen nach dem andern vorüberreiten und sich in die mitternächtige Heide verlieren, die Italien in Völkerschlachten hätten befreien sollen; er starrte den Schatten seiner Traurigkeit mit kalten Augen nach.

Wie er an Masina dachte, kam ihm Lust zu weinen; aber den Groll vergaß er allmählich darüber. Weit hinten am Saume der Ebene stand eine Reihe von Pinien, deren regelmäßiges durchsichtiges Geäst so zueinander stand, daß es sich in gleichen Bogen zu berühren schien und man die stillen Bäume für die Trümmer einer alten Wasserleitung hätte halten können. Sein Blick blieb auf dieser schönen Linie am Horizonte ruhen, die ihm wie ein sympathischer Ton zu seinen Gedanken stimmte und ihm wohltat. Ein süßes Bewußtsein durchdrang ihn, als ob er denen, die vor Jahren, und denen, die vor Stunden gestorben wären, an Leben und Tod ganz gleich wäre, und als wäre es ein kindisches Mißverstehen gewesen, daß er um sie trauerte. Die Müdigkeit, die in ihm war, ging langsam in Schlaf über, doch fühlte er noch das leise Strömen der Bäume, die Luft und das Mondlicht liebkosend in seinem Körper; als seine Gedanken schon Träume wurden, fiel ihm ein, daß zwischen ihm und den Sternen Weltraum wäre, der nach Tausenden und Millionen gemessen würde, und viele von ihnen vielleicht in dem Augenblick schon erloschen wären, wo sie zu ihm hin wirkten wie gegenwärtiges Leben, und daß für Blicke von entfernteren Systemen, die unsern Sinnen unzugänglich wären, seine Sterne sich mit ihren Strahlen zu berühren scheinen könnten, wie für seine Augen die Zweige der Pinien die Zweige ihrer Nachbarn in leichten Bogen zu berühren schienen. Dies verstand er als das Bild einer alles ausgleichenden Wirklichkeit. Er fühlte sich in den Mantel der Gottheit, dessen tiefste Schluchten leuchteten, mit allem Verlorenen und allen Erfüllungen aufgenommen.

Nach einem kurzen tiefen Schlaf erwachend, sah er den Mohren Aghiar neben ihm an die Mauer gelehnt, der ihn bewachte. Sie suchten zusammen das Strohlager auf, das jener ihm in einem kleinen Hause dem Vascello gegenüber bereitet hatte, wo er noch einige Stunden, bis der Himmel hell wurde, schlief.

Bald nach Sonnenaufgang ließ Garibaldi den Oberst Manara zu sich auf den Turm der Villa Savorelli rufen, die er zum Hauptquartier bestimmt hatte, weil sie bem Tore am nächsten lag, und wies ihm die Stellungen des Feindes, indem er sagte: „Ich glaubte, sie würden Rom heute erstürmen, indessen arbeiten sie an den Werken zu einer Belagerung." Manara sah durch den Feldstecher, den der General ihm reichte, und rief erstaunt: „Bei Gott, sie gebärden sich, als ob sie vor Tyrus lägen, da wir doch kaum mehr als die Mauer haben, über die Remus, seinem Bruder zum Hohne, hinübersprang." — „So huldigt Frankreich dem neuen Italien," sagte Garibaldi, fügte aber hinzu, daß man die Ordnung, Zucht und Tüchtigkeit der Franzosen bewundern müsse, ohne sie leider nachahmen zu können. „An Seiltänzern und Akrobaten leiden wir keinen Mangel, aber stehen und gehen können wenige."

Um die neunte Morgenstunde war die Hitze schon drückend; das Licht lief dick wie Honig über die Mauern der Häuser und Gärten. Von Trastevere her kamen Volkshaufen den Janiculus herauf, die Garibaldi ihres Anhangs versichern wollten, wenn er die Diktatur ergriffe; denn es hatte sich verbreitet, daß die Regierung ihm aus Mißtrauen wegen seiner allzu volksgünstigen Gesinnung die Mittel zu siegen versagt habe, und daß er die Sache Roms nur mit Glück führen könnte, wenn er uneingeschränkt waltete. Garibaldi hatte die Leute kommen sehen, setzte sich aber, als ginge es ihn nichts an, an einen Tisch und fing an zu schreiben und hob den Kopf fast geärgert, als Angelo Brunetti, der die Bewegung leitete, zu ihm eintrat. Auf der braunen Stirn und dem bloßen Halse des Römers standen Schweißtropfen, er sah aus, als ob er stundenlang in der Sonne Holz gehackt oder Korn gemäht hätte, doch frisch und unternehmend.

Die Stimmung, sagte er, wäre so gut wie wünschbar, was zur Regierung hielte, wäre unschlüssig und bedenklich, man erwarte nur seine Befehle. Garibaldi zog unmutig die Brauen zusammen: „Es ist zu spät," sagte er, „beruhigt die Leute und macht sie auseinander gehen." Brunetti stand betroffen und wußte nicht, wie er die Worte des Generals deuten sollte; wenn das Volk jetzt zurückgewiesen und enttäuscht würde, meinte er, könnte er es so leicht nicht wieder zur Aktion bringen. „Es ist für heute und immer zu spät," sagte Garibaldi; „ich hätte es getan, um zu siegen, nicht um des Titels und der Macht willen. Rom braucht keinen Diktator, um sich ein Weilchen belagern und endlich erstürmen zu lassen." Da er den Eindruck sah, den seine Worte auf Brunetti machten, stand er auf, legte ihm liebevoll die Hand auf die Schulter und sagte: „Verschweige, was ich dir gesagt habe, Brunetti, und vergiß es; die Hoffnung standhafter Herzen ist das Blut, das Italiens Leben fristet." — „Wir werden hoffen," sagte Brunetti nach einer Pause mit fester Stimme, doch Tränen im Auge. Nachdem er sich vollends gefaßt hatte, fügte er hinzu, da es nun so sei, freue er sich, daß es nicht zum Zwist oder Bruch mit der Regierung gekommen sei; das Volk zu beruhigen vermöge er aber nicht allein, sie wären nun einmal auf etwas Gewaltsames vorbereitet und würden sich nicht hineinfinden, ohne Sang und Klang wieder an ihr alltägliches Geschäft zu gehen. Garibaldi trat an das Fenster, musterte die Menge, die ihn lärmend begrüßte, und sprach in kurzen Worten ein Lob der Republik und der Einigkeit aus, dann dankte er den Leuten, daß sie gekommen wären, um ihm ihre Kraft zur Verfügung zu stellen, er bedürfe ihrer in der Tat, seine ohnehin überanstrengten Soldaten genügten nicht, um brauchbare Verteidigungswerke herzustellen. Solche mühselige und gefährliche Arbeit erfordere ebensoviel Mut, wie in eine Schlacht zu gehen; sie hätten sich heute um das Vaterland verdient gemacht.

Anstatt des üblichen Beifalls folgte dieser Rede längeres Schweigen; plötzlich sagte einer mit hörbarem Seufzer: „Da haben wir die Diktatur!", worauf ein Gelächter entstand und die meisten sich gutwillig eine Arbeit bei den Verschanzungen anweisen ließen.

Nachdem auf diese Weise die Bewegung unschädlich abgelenkt war, traf ein Brief Mazzinis ein, der Garibaldi ermahnte, den Aufruhr, von dem Gerüchte auf das Kapitol gedrungen waren, nicht zu ermutigen. Garibaldi betrachtete die zierlich unbeugsamen Buchstaben des Genuesen ingrimmig, ballte das Blatt in seiner Hand zusammen und sagte zu Manara, mit dem er allein war: „Er schreibt, ich dürfe ein trübes Gesindel, das jeder Regierung, die Ordnung und Gerechtigkeit handhabe, aufsässig sei und jedem diene, der es von der Last täglicher Pflicht erlöse, nicht würdigen, sich Verteidiger und Retter des Vaterlandes zu nennen. — Ich bin kein Schulmeister, der fragt: bist du ehrlich? bist du aufmerksam? bist du fleißig? ich frage: habt ihr Mut und Waffen? und würde Rom mit Hunden verteidigen, wenn sich Menschen nicht fänden." Manara sagte ernsthaft: „Gestattet, mein General, daß wir und kein andrer diese Hunde seien."

Garibaldi lachte nicht, sondern sah Manara scharf aus zusammengekniffenen Augen an: „Ihr denkt auch wie Mazzini," sagte er forschend, „und doch müßt Ihr gesehen haben, wie Unverstand und Engherzigkeit jener Weisen uns um den Sieg brachten. Unser Traum und Ziel, das Herz unsers Lebens war ein freies Vaterland; nun fürchten sie mehr, Mazzini zu widersprechen, als Rom und Italien zu verlieren." Manara sagte: „Da Ihr mich fragt, mein General, gestehe ich, daß ich furchtsam bin, seit ich Mailand, das wir durch einmütiges Opfer erobert hatten, durch unsre Zwietracht verloren gehen sah." Er schwieg bescheiden, und Garibaldi dankte ihm zwar für seine freimütige Erklärung, forderte ihn aber nicht auf, sich weiter auszulassen. Er stieg wieder auf seinen Turm, lehnte sich an die Balustrade und blickte hinübergebeugt in das dicke Blättergrün, aus dem die weißen Mauern der Villa auftauchten; er fühlte sich aller Menschen müde und überdrüssig. Er konnte nicht verstehen, daß dieselben, die durch Jahre unter Gefahr ihres Lebens nach Italien getrachtet hatten, ihn, der es machen konnte und wollte, nicht ließen, und zum ersten Male drückte ihn seine Arbeit, die den Preis nicht erreichen würde.

Am heißen Himmel standen dicke weiße Wolken wie geballter Staub um goldene Wagen, in denen vergötterte Helden, der rühmlichen Hantierung froh, sich mit strahlenden Waffen bekämpften. Garibaldi schloß die Augen, von der Mittagssonne umbunstet, und stellte sich vor, daß der Turm der Villa, auf der er stand, ein Felsen im Meere wäre, den das selige Element von den Menschen und ihren Angelegenheiten trennte. Da würde er mit tiefer Lust die Sterne erscheinen und die Einöde des kalten Raumes leuchtend umzirken sehen, wie ein Triumphbogen würde der einsame Heldenlauf und Untergang der Sonne über seinen Tagen stehen. Die wilden Ziegen würden das Gras aus seiner Hand nehmen, die nistenden Meervögel würden sich an seinen Schritt gewöhnen, seine Frau und seine Kinder würden auf den blanken Steinen liegen und die Wellen wie junge Hunde und Hasen über sich wegspringen lassen. Er glaubte die warme Stimme der lieben Frau und das unbändige Aufjauchzen der Kleinen zu hören; ein inniges Wohlbehagen erfüllte ihn ganz. So stand er lange ohne einen Gedanken an die Wirklichkeit, bis die Besatzungen der Valentini und Corsini das Feuer begannen und das schnelle Krachen der Schüsse ihn zurückrief.

Nach dem Essen, das Garibaldi im Lager nahm, während viele Offiziere in die Stadt gingen, kam Mazzini und wurde vom General in einem Zimmer empfangen, wo dieser im Begriff war, dem Sekretär Fumagalli einen Plan zur Verteidigung des Vascello zu diktieren. Gleichzeitig trat ein zigeunerhaft gekleidetes hübsches Mädchen ein, die Kaffee brachte, schwärmende Blicke auf Garibaldi warf und sich nur zögernd entfernte. Die Herren waren noch beim Kaffeetrinken, als Hauptmann David sich melden ließ mit einem Rapport des Obersten Sacchi, der noch das Vascello kommandierte, ein Anfall der Franzosen sei glücklich abgeschlagen mit geringem Verlust der Seinigen; als sehr lästig mache sich bemerkbar, daß der Weg zwischen dem Vascello und dem Tore, der stark von den feindlichen Kugeln bestrichen werde, keine Deckung habe. Dafür wäre bereits gesorgt, sagte Garibaldi, ein Ingenieur wäre beauftragt, zum Schutze des Verkehrs einen bedeckten Weg herzustellen; übrigens äußerte er seine Zufriedenheit und fügte hinzu: „Ich erwartete etwas Schlimmes, als ich Euch sah, Hauptmann, denn Ihr macht ein Gesicht, als überbrächtet Ihr eine Unglücksnachricht." — „Es ist noch das von gestern," antwortete David erklärend und verzog es langsam und sorgfältig, bis er einen Ausdruck wehmütiger Heiterkeit hervorgebracht hatte. Garibaldi und Mazzini lachten, der letztere herzlich bis zu Tränen. „Es ist wundervoll, inne zu werden," sagte er, „als er sich wieder gesammelt hatte, „daß das Irdische, auch die ernsteste Trübsal, die wie schwere Berge vor uns liegt, ein Stoff ist, den die Strahlen des menschlichen Geistes vollkommen durchdringen können, so daß sie plötzlich verschwindet und die Aussicht in das Freie wieder da ist." Dann ersuchte Garibaldi den Hauptmann, Sacchi mitzuteilen, daß er in der Frühe des folgenden Tages durch Medici würde abgelöst werden, um selbst den Befehl der Legion und der Studenten, welche den rechten Flügel ausmachten, zu übernehmen, ferner sich über den Zustand einer Wasserleitung zu erkundigen und ihm zu berichten, welche unterhalb des Vascello führen und wennmöglich als Mine benutzt werden sollte, womit sich David entfernte.

Auf Mazzinis Wunsch führte Garibaldi ihn auf den Turm, um ihm einen Ueberblick über den Schauplatz der Kämpfe zu geben; sie sahen zu Füßen die Rosenpracht des Gartens Savorelli, die wie Wein in einer allzu vollen Schale über die Mauern schwankte, weiterhin die Burg Vascello, gegenüber den Marmorschimmer der Corsini und dahinter die bunteln Kronen edler Bäume. Eine Schar von Soldaten war in emsiger und augenscheinlich sorgloser Tätigkeit am Bau einiger Barrikaden zwischen dem Vascello und ein paar kleiner, noch von den Römern besetzter Nebengebäude, obwohl sie den Kugeln, die fortwährend flogen, ausgesetzt war. Die Nähe des feindlichen Heeres, die er nun mit Augen sah, erschreckte Mazzini: „Ist keine Hoffnung?" fragte er flehend. — „Hoffnung muß sein," erwiderte Garibaldi, „mehr ist nicht zu sagen." Sie sahen wieder schweigend hinunter, wo eilige Bewegung war: Soldaten trugen Körbe mit Schießvorräten in die Häuser, und von Lastwagen, die am Tore hielten, wurden Fässer mit Wasser abgeladen und hierhin und dorthin geschafft. Plötzlich richtete sich Mazzini gerade auf und sagte mit vollem Blick auf Garibaldi: „Du weißt, weshalb ich gekommen bin. Ich bitte dich, verzichte auf eine Macht, die du erzwingen müßtest. Daß du es könntest, daran zweifle ich nicht, aber glaube mir, es würde das Ende der Republik und der Freiheit sein. Rom würde sich selbst zerfleischen, und die Feinde könnten unter Hohn die Selbstmörderin begraben; das würde dein Werk sein." Garibaldi entgegnete: „Oder das deine, da du mir vorenthältst, was ich brauche, um zu siegen. Denkt ihr, ich sei ein Bonaparte? Was fürchtet ihr von mir? Will ich Herrschaft, um die Republik zu zerstören? Ich will sie schützen!" — „Das meinst du," rief Mazzini, indem er die Augen mit flammender Beschwörung auf Garibaldi richtete; „die Soldaten, die dich kennen, beten dich an, aber die vielen, die du nicht kennst, mißtrauen dir. Und die dich lieben, wie ich, wissen, daß du wie ein Sturm bist, der hoch dahinbläst, den Menschen unerreichbar und unzugänglich, ein Element, das mit übermenschlicher Arbeit dient, um sich auf einmal zu entfesseln und zu zerstören, was es bauen half. Ja, so bist du, und glaubtest du es selbst nicht, und glaubte es keiner." Ferner, sagte er, Garibaldi werde kaum wissen, was für Leute seine Diktatur forderten oder begünstigten: aufgeregte Schreier, romantische Bummler und Komödianten, denen das neue Regiment zu methodisch wäre, vor allem Sklaven, die es wieder nach der Peitsche gelüste; er sprach ihm von Zambianchi, von dessen verbrecherischen Taten er, Garibaldi, gewiß nichts ahne, der sich aber mit seinem Namen decke, um sich hundertfach verdienter Strafe zu entziehen. Er sprach leise, aber leidenschaftlich, während Garibaldi unerschüttert blieb. „Das Kind zerreißt den Leib seiner Mutter, wenn es ans Licht kommt," sagte er abweisend. „Wir sind nicht wie Gott, daß wir Italien machen könnten, indem wir sagen: es werde Licht. Uns kostet es Blut, edles und unedles." Dem entgegnete Mazzini mit Hoheit: „Wir haben auf unsre Fahne geschrieben ‚Gott und das Volk', und Gott ist Geist, nicht Fleisch und Blut. Woher schöpfen wir das Recht, Tausende zu opfern, alten Besitz und Anspruch zu stürzen und, wenn wir nicht besser sind, als unsre Gegner waren, gerechtere und glücklichere Reiche gründen?" Ueber Garibaldis schönes Gesicht flog buntles Feuer: „Zu meinem Hasse brauch' ich kein Recht," rief er zornig. „Erwürgen möcht' ich alle mit meinen Händen, die unser Land verachtet und erniedrigt haben, wer mir dazu nützt, ist mir gut, wer mich daran hindert, ist mir schlecht." Hernach setzte er gelassener hinzu: „Wenn der Dorn aus dem Fleisch ist, wird der Körper von selbst gesund und schön werden." In diesem Augenblick entstand auf dem freien Platze vor dem Tore lebhaftes Zusammenlaufen, das augenscheinlich einem Unglücksfalle galt, und es zeigte sich, daß Hauptmann David, als er vom Vascello zum Hauptquartier zurückkehren wollte, von einer Kugel in den Unterleib getroffen und sterbend zusammengebrochen war. Garibaldi ließ den Feldstecher, durch den er hintergesehen hatte, mit einer unwilligen Bewegung sinken und sagte: „Der Gang hätte fast fertig sein können, und noch ist nicht damit angefangen. Dem armen David kommt es nicht mehr zugute." Er eilte hinunter an das Tor, um Anordnungen zu treffen, und Mazzini ging ihm nach in den Garten, wo er ihn auf einer halbrunden, von Lorbeergebüsch umrahmten Steinbank erwartete. Als er zurück war, sagte Mazzini: „Wir können uns nicht ganz verstehen, das weiß ich wohl. Laß mich dich dies einzige Mal daran erinnern, was ich dir war, als ich dir zuerst, in Marseille war es, von Italien und unsern großen Schicksalsplänen sprach. Damals nahmest du Rat und Weisungen von mir an. Jetzt bist du ein Mann und ein Held geworden, dennoch folge mir heute noch einmal, um jenes Andenken zu ehren, wenn du es nicht aus Ueberzeugung tun kannst." — „Italien liebe ich doch mehr als dich," sagte Garibaldi mit grollender Stimme. Sie saßen sich schweigend gegenüber, während der Wind, der sich in kleinen Stößen regte, die harten Lorbeerblätter rascheln machte. Der Himmel war über und über grau geworden, die Sonne verschwunden, und in Augenblicken, wo die Luft stillstand, schien es, als ob das einförmige Gewölbe sich langsam tiefer herabsenkte.

Mazzini bedeckte die Augen mit der Hand und sagte schmerzlich: „Sollen wir, von denen Italien Hilfe erwartet, die unsre Feinde schadenfroh belauern, Gegner werden und uns bekämpfen?" Indessen sah Garibaldi mit mächtigem Blick geradeaus und mochte die Klage überhört haben, denn er gab keine Antwort. Nach einer Weile wendete er sich Mazzini zu und sagte ruhig: „Die Bewegung dieses Morgens ist schon beigelegt und wird sich, soviel an mir liegt, nicht erneuern. Ich will Rom nicht gegen Roms Willen erretten. Die Republik hat nichts von mir zu fürchten, und wir brauchen keine Worte mehr über diese Sache zu wechseln." Mazzini reichte ihm in großer Bewegung die Hand, in die Garibaldi kalt und ohne Druck die seine legte; damit trennten sie sich.

Garibaldi ließ Manara rufen und sagte zu ihm: „Wir müssen uns auf eine lange Belagerung einrichten. An Euch habe ich die Bitte, daß Ihr als Haupt meines Stabes, der durch die Verluste des gestrigen Tages aufgelöst ist, in meiner Nähe bleibt. Euer Regiment ist durch Euch mit so gutem Geiste erfüllt, daß auch ein andrer und geringerer, als Ihr seid, es führen kann." Manara errötete heftig, erschrocken über die Aussicht, als junger Mann älteren Offizieren im Stabe vorangestellt zu werden, und unfähig, sich in eine Trennung von seinem Regiment hineinzudenken. „Ihr bringt mir ein Opfer, Manara," fuhr Garibaldi fort, „aber ich hätte es nicht gefordert, wenn ich nicht glaubte, daß es der Sache, der wir dienen, zugute käme. Wenn Selbstsucht dabei ist,

kommt sie aus dem Herzen, und mit dem Herzen
müßt Ihr sie entschuldigen. Wollt Ihr jedoch nicht,
soll alles bleiben, wie es ist, und dies Gespräch vergessen sein." Manara war ergriffen: „Ich will nichts,
als mich der Ehre würdig machen, die Ihr mir an-
tut," sagte er. Jetzt fiel der erste Blitz in einem
langen, zackigen Sprunge, und ein schwerer Donner
folgte, aber es regnete nicht. Garibaldi stieg zu
Pferde, um Vorkehrungsmaßregeln zu treffen und die
Soldaten zur Aufmerksamkeit zu ermuntern, denn er
hielt für möglich, daß die Franzosen doch die ein-
brechende Dunkelheit und das Unwetter zu einem Sturm
auf die Stadt benutzen würden.

✠

Nino Bixio und Goffredo Mameli waren so schwer
verwundet, daß sie nicht wieder in das Heer eintreten
konnten, der Genfer Rozzat dagegen erschien schon
nach einigen Tagen, wenn auch nicht ganz geheilt,
wieder im Lager. Er sei, sagte er, unglücklicherweise
in ein Klosterspital geraten, wo die Pflege in den
Händen von Mönchen liege, und da er auf Befragen
gesagt habe, daß er Protestant sei, hätten sie beschlossen, ihn zu bekehren, was er sich anfangs wohl
hätte gefallen lassen in der Meinung, es komme auf
ein ehrliches Disputieren über Glaubenssätze an, worin
er leiblich beschlagen sei und sich den Gegnern standzuhalten getraut hätte. Indes hätten es die Mönche
nicht so gemeint, sondern hielten alles für ausgemacht
und jeden für störrisch, der es nicht glauben wollte,
weswegen sie ihm denn unter dem Vorwande, daß er
doch sterben müsse und sie nur noch schnell vor dem
Ende seine Seele in Sicherheit bringen wollten, Pflege
und Speise mehr und mehr entzogen hätten. Bei
dieser Behandlung hätte er durch Durst und Wund-
fieber außerordentlich gelitten und schließlich eine Gelegenheit benutzt, um zu entwischen, und er bedauerte

nur, die Genugtuung der Mönche nicht mit ansehen zu können, die ohne Zweifel glaubten, der Teufel sei mit ihm zur Hölle gefahren.

Manara freute sich zwar, den Freund wiederzusehen, riet ihm aber doch, in einem andern Spitale zu bleiben, bis die Wunde völlig geheilt sei, aber Rozzat weigerte sich durchaus und erklärte mit verlegenem Lachen, er sei verliebt, und nächst dem, daß er wünschte, bei jedem Kampfe mit dabei zu sein, hielte ihn die Liebe unter den Mauern fest. Die er liebte, war Antonietta Colomba, die mit ihrem Manne in Garibaldis Legion eingetreten war und den Feldzug gegen Neapel mitgemacht hatte. Er hätte nicht geglaubt, sagte Manara, daß der treue Schweizer sich als ein frecher Weltmensch enthüllen könnte, der den Kameraden die Frau abspenstig macht. Rozzat erwiderte niedergeschlagen, es habe keine Gefahr, er werde so wenig bei dieser Glück haben wie bei andern. Wahrscheinlich sei er ihr gleichgültig, aber ob es Zufall oder Berechnung oder unbefangene Güte sei, was sich so lieblich offenbare, es falle aus ihren Augen ein warmer Schein auf ihn, in dem er sich sonnen wolle und müsse. Uebrigens fiele es auch andern auf, daß die schöne junge Frau zwar meist in der Nähe ihres Mannes gesehen würde, aber wenig mit ihm rede, keinen Blick mit ihm wechsle, noch sonst je eine Zärtlichkeit austausche, so daß es den Anschein habe, als sei er ihr gleichgültig. Ob sie einen andern liebe? Ob sie überhaupt nicht lieben könne?

Da die Colomba unter denen war, die freiwillig an der Verstärkung der Schanzen arbeiteten, veranlaßte er Manara, ihn dorthin (es war nach dem Aventin zu) zu begleiten. Eben war eine Kanone gerichtet worden, die das feindliche Feuer beantworten und die Belagerungsarbeiten stören sollte, und Manara, den die Soldaten lebhaft begrüßten, sprang vom Pferde und hat die Artilleristen um die Erlaubnis, den ersten Schuß tun zu dürfen. Er hatte edelgeformte, sehr gepflegte, ein wenig fleischige Hände; die Umstehenden sahen sie mit Bewunderung und Vergnügen in eleganter Bewegung an dem Geschütz hantieren. Lauter Beifall begleitete das Losgehen des Schusses, und alles blickte gespannt nach der gegnerischen Seite, wo Staub aufflog und eine gewisse Unruhe entstanden zu sein schien. Manara erkundigte sich nach diesem und jenem und ritt weiter, allein Rozzat blieb zurück, weil er, um nur einmal wieder die Flinte zu gebrauchen, wie er sagte, den Feind mit ein paar guten Schüssen necken wollte; es waren nämlich die Stellungen einander so nahe, daß man diejenigen, die sich an ungedeckten Plätzen zeigten, erkennen und auf sie zielen konnte. Zunächst indessen begrüßte er die Colomba und weidete seine Augen an ihrer kräftig bewegten Schönheit. Sie nickte ihm treuherzig zu, erkundigte sich nach dem Zustand seiner Wunde und ließ sich gern hilfreiche Hand von ihm bei der Arbeit leisten, ohne daß die Liebe, die wie eine Flamme aus seinem Herzen schlug, sie erhitzte; sie spielte munter und kühl wie ein Salamander in der Glut, mit der er sie umgab, obwohl auf ihren Wangen der Widerschein eines Feuers zu liegen schien.

Es diente außer der Colomba noch eine Frau in der Legion, Costanza Mencaro, ein Mädchen von siebzehn Jahren, bekannter unter dem Namen Spronella, auf deutsch Rittersporn, den sie trug, weil sie eine trotzige Art und etwas Unnahbares hatte und deswegen schon als Kind mit der gerüsteten Blume verglichen worden war. Sie hatte bräunliche Hautfarbe und schwarzbraunes Haar, das bis an ihre Knie reichte, wenn sie es hängen ließ; sie trug es aber an den Schläfen heruntergekämmt und auf dem Scheitel zu einem breiten Flechtennest übereinander gekrönt.

Ferner hatte sie feine schwarze Brauen über schmalen langbewimperten Augen, eine feine schlanke Nase und einen sehr roten Mund, der nicht leicht lächelte und sehr wenig sprach; ihre Gestalt war mittelgroß und hatte noch die Magerkeit der Jugend, während die Colomba hochgewachsen und dabei von vollendeter, ebenmäßiger Schönheit in allen Gliedern war. Beide trugen scharlachrote Jacken, und Spronella ein ebensolches Barett auf dem Kopfe. Die Kameraden waren anfangs verliebt in sie, da sie aber keinem die geringste Annäherung noch irgend Scherz mit ihr zu treiben gestattete, sagten sie sich, sie sei noch ein Kind, und ließen sie wohlwollend in Ruhe. Nur Lorenzo Brunetti, der zum erstenmal liebte, konnte sie nicht vergessen; aber da er sofort bemerkte, daß seine Leidenschaft sie erschreckte, und es ihm, abgesehen davon, auch unziemlich erschien, einem eigennützigen Verlangen nachzugeben, solange um Italiens Tod oder Leben gestritten wurde, mied er gewaltsam ihre Nähe und folgte ihr nur von ferne mit anbetenden Augen.

Das aufgeputzte Mädchen, das die Marketenderin spielte und die bunte Lina genannt wurde, brachte Wein zur Erfrischung, wobei Blicke und Flüsterworte getauscht wurden. Trotz der Hitze, der harten Arbeit und der gefährlichen Lage herrschte fröhliche Stimmung. Es gab mehrere Spaßmacher, um die herum immer Gelächter war: der Herzog von Aquileja und ein Gastwirtssohn aus Padova, mit Namen Marguttí, ein junger Mann mit melancholischen Augen und aufgeworfener Nase, den seine schwerfälligen Bewegungen und sein bequemes Wesen um vieles älter erscheinen ließen, als er war. Er konnte stundenlang schweigen und dann wieder ohne Ende schwatzen, wenn er einmal angefangen hatte. Es machte ihm Vergnügen, zu sagen, daß die Oesterreicher durchaus nicht so schlimm seien, wie man das Volk glauben machen wolle, daß sie im Gegenteil die Italiener an Freigebigkeit, Bildung und allgemeiner Lebenskunst weit überträfen. Besonders lobte er die österreichische Küche und erklärte aus ihr die Oberherrschaft dieser Nation über Italien als unausbleiblich und im göttlichen Erziehungsplane liegend, da die Italiener nicht eher aus Schmarotzern und Spitzbuben zu Menschen werden würden, bis Polenta, Knoblauch und Salami der schmackhaften und gesitteten Mehlspeise gewichen seien. Der entrüstete Widerspruch, den er stets erregte, pflegte seine Einfälle zu steigern und im Flusse zu halten.

Ein ebenso beliebter Gesellschafter war ferner Spavone, ein Tunichtgut, der nicht aus Begeisterung für die Freiheit Italiens, sondern um drohender Gefängnisstrafe und zürnenden Eltern zu entgehen, Sold von Garibaldi genommen hatte. Er war immer reichlich mit Leckerbissen versehen, die ihm, wie er verbreitete, von verliebten Frauen zugesteckt würden und von denen er seinen Kameraden großmütig mitteilte; dazu war er ein Witzbold und Erzähler drolliger Geschichten, aber sein hauptsächlichstes Talent war, Leichenreden zu halten, und er widmete eine solche zu ausnehmender Belustigung der Zuhörer jedem irgendwie namhaften oder bekannten Gefallenen.

Auch Rozzat war guter Dinge, obwohl ihm seine Wunde nicht geringe Schmerzen verursachte, machte der Colomba in übertriebener Weise den Hof und lachte unmäßig, wenn ihr Mann, um gesellig auf den Scherz einzugehen, den Eifersüchtigen spielte. Als eine französische Bombe in die aufgeworfenen Erdschanzen schlug, so daß Staub und Steine aufflogen, aber kein Schaden angerichtet wurde, sprang plötzlich Rozzat mit einem starken Anlauf von einer Erhöhung aus auf die Mauer und schwenkte lachend den Hut, um den Feind zu verhöhnen. Die meisten klatschten zu dem kühnen Sprunge Beifall, Colomba warnte

ihn, sich der Gefahr auszusetzen, und Antonietta selbst
bat ihn, so waghalsige Stücke, die peinlich anzusehen
wären, zu unterlassen. Trotzdem wiederholte er das
Kunststück, durch Lob und Warnung mehr gereizt als
zurückgehalten, wurde aber sogleich von ein paar
Schüssen begrüßt, da seine Herausforderung drüben
bemerkt worden war. Nun sprang er von der Mauer
hinunter, nahm einem neben ihm stehenden Soldaten
die geladene Flinte fort und trat an eine Lücke in
der Mauer, um den Nachbarn ihre Unhöflichkeit wiederzugeben. Von denen, die ihn von der gefährdeten
Stelle wegzerren wollten, machte er sich ungeduldig
los, pflanzte sich breit in den Zwischenraum und war
im Begriff loszudrücken, als er, von einer feindlichen
Kugel ins Auge getroffen, lautlos zu Boden stürzte.
Er war ohne Bewußtsein, und es schien fast wünschens-
wert, daß er nicht wieder zu sich käme; diejenigen,
die den traurigen Fall mit angesehen hatten, standen
erschrocken und starrten dem guten Kameraden nach,
der wie ein Toter davongetragen wurde.

Die Träger mit der schnell zusammengerichteten
Bahre waren noch in Sicht, als Spavone hervortrat und sagte, seiner Meinung nach werde Leutnant
Rozzat nicht wieder aufkommen, er wolle ihm jetzt
gleich eine Leichenrede halten, demnächst würden wieder andre fallen, und sie hätten vielleicht keine Zeit,
nochmals auf ihn zurückzukommen. „So bist du denn,
Bartolommeo Rozzat," begann er, „hinübergeturnt
vom Schwungbrett des Todes in das berühmte Jenseits. Deine Tugenden, ehrlicher Schweizer, haben
dich dem Himmel empfohlen, eine Stelle als Haus-
knecht wird dein Streben belohnen. Du warest bescheiden, keusch, flink, anspruchslos, fleißig, redlich und
gehorsam, fröne nun unter den Engeln unbeschränkt
diesen Trieben. ‚Bartolommeo,‘ wird es heißen, ‚putze
mir die golbenen Sohlen; Bartolommeo, stäube mir

die Flügel aus; Bartolommeo, es pochen ein paar an die Pforte, wirf sie hinaus oder laß sie herein; Bartolommeo, trage der heiligen Katharina das Lämpchen voran, sie will ihren Seelenbräutigam, den heiligen Franziskus, besuchen; Bartolommeo, rüste dem König Salomo das Bad und stimme seine Harfe, er will vor Sulamith singen; da kannst du dich nach Herzenslust tummeln.'" Es bildete sich eine Zuhörerschaft um den Redner, die jede Anspielung und jede Frechheit mit Gelächter begrüßte und unermüdlich Fortsetzung des Unsinns verlangte.

Das Feuer war jetzt auf beiden Seiten eingestellt, es wurde gekocht und gegessen, und die Lust nahm zu. Einer hatte eine Mandoline und spielte bekannte Lieder, die andre im Chore dazu sangen. Die bunte Lina, die anfangs langsam und zimperlich, bald aber ohne Maß von dem Weine trank, den sie kredenzte, schmiegte sich in gefühlvollem Rausch an die Männer, die nicht ohne Spott auf ihr schmachtendes Wesen eingingen. Spronella und Morosini, die gerade nebeneinander standen, sahen sich entrüstet und erschrocken an, wendeten den Ausgelassenen den Rücken und zogen sich in die Vorhalle einer kleinen alten Kirche zurück, wo ein altrömischer Sarkophag stand, auf den sie sich setzten. An der Wand lehnte ein ungeheures marmornes Männerhaupt, so zertrümmert, daß man nur die starren Augen und die herrische Nase erkennen konnte, während der Mund wie durch einen Steinwurf auseinander gerissen war, daneben lag unter Rümpfen und Gliedmaßen verschiedener Bildwerke ein runder Kinderarm mit einem schattigen Grübchen im Ellbogen. Das Mädchen und der Jüngling verzehrten ihr Brot, und zwischendurch erzählte sie ihm, daß ihre Eltern eine Bude am Petersplatze hätten, wo sie Rosenkränze, Heiligenbilder und kirchliches Gerät verkauften, daß sie fast nichts gelernt hätte als beten, daß sie mehrere Male im Tage zur Kirche hätte gehen müssen, daß sie lange die schwarze Figur des Petrus für den lieben Gott gehalten hätte und daß sie gewohnt gewesen wäre, jeden Mann im Priesterkleide als einen Heiligen anzusehen. Ferner, daß ihre Eltern sie angewiesen hätten, die Republikaner zu hassen, und allabendlich mit ihr zu Gott gefleht hätten, er möge die Stadt vor Garibaldi schützen und diesem womöglich das Ende eines tollen Hundes oder eines Ketzers bereiten. Als dann Garibaldi nach Rom gekommen wäre und seine Truppen auf dem Petersplatze hätte paradieren lassen, hätten ihre Eltern den Kramladen geschlossen und die Fenster vermacht; aber sie hätte aus Neugierde, um den Antichrist zu sehen, durch eine Ritze gelugt. Vom ersten Augenblick an, wo sie seiner ansichtig geworden sei, wäre das frühere Leben von ihr abgefallen; verzaubert hätte sie gestanden und geschaut, bis der Platz leer gewesen und die Sonne untergegangen sei. Seit dem Tage hätte sie mit ihren Eltern nicht mehr reden und die alte Weise nicht mehr finden können, und als der große Krieg begonnen hätte, sei sie von zu Hause fortgelaufen zu den Mauern und habe gebeten, mitkämpfen oder irgendwie helfen zu dürfen; Garibaldi, vor den sie geführt worden sei, habe entschieden, sie scheine ein tapferes Mädchen zu sein, man solle sie gewähren lassen. Sie fragte Morosini, ob es große Sünde sei, seine Eltern zu verlassen und so gegen ihren Willen zu leben, wie sie es täte, und er antwortete, nachdem er eine Weile nachgedacht hatte, er glaube allerdings, es sei Sünde, aber er begriffe, daß sie so gehandelt hätte. Dann erzählte er, auch er habe einen Freund, der es ihm verarge, daß er sich ganz Garibaldi gelobt habe, und vielleicht würde seine Mutter traurig sein, wenn sie wüßte, daß Garibaldis Namen ihm heilig geworden sei wie früher der Gottes; er könne aber nicht anders und sei entschlossen, bei Garibaldi zu bleiben, möge es enden wie es wolle. Sie beratschlagten miteinander, welches der Ausgang des Krieges sein könnte und wohin sie ziehen würden, wenn die Franzosen besiegt wären, und sie hörte staunend zu, als er ihr von Mailand und Venedig und dem einen großen Italien erzählte, das zu machen viele edle Männer ihr Blut vergossen hätten. Ihnen gegenüber, auf grünlichgrauem Grunde, schwebte als ein zartes Bildchen die Kuppel Sankt Peters, unter deren Macht Spronellas Kinderseele traumlos tief geschlafen hatte, und hoch darüber stand im Bogen rotes Gewölk wie eine leichte Rosengirlande aus überirdischen Rosen; die beiden Kinder überlief ein Schauer, wie die geheimnisvolle Erscheinung an ihnen vorüberging.

Ungesehen von beiden lag Lorenzo Brunetti im hohen Grase, die Hände geballt und Gras und Erde zwischen den Zähnen zermalmend, als müsse er eine hungrige Bestie, die in ihm sei, mit vorgespiegeltem Futter hinhalten; er war nicht eifersüchtig, da er die arglose Reinheit der Freundschaft von Morosini und Spronella wohl erkannte, vielmehr schämte er sich seiner wilden Sinne und rang mit ihnen, bis er sich wenigstens äußerliche Ruhe erkämpft hatte.

Bei den Schanzen tauchte jetzt der braune Leib des Mohren Aghiar auf, und die Zechenden, die ihn kommen sahen, tranken ihm zu, winkten ihm und boten ihm Wein an. Er leerte ein Glas, lächelte stolz über die Scherzreden, die man ihm machte, ging mit langen Schritten auf die bunte Lina zu, die vor Angst und Lust zitterte, packte sie um den Leib, lud sie auf seine Schulter und ging, ohne sich um ihr Geschrei und das Toben und Lachen der Soldaten zu kümmern, gemessenen Ganges mit ihr davon gegen den Tiber hinunter.

Rozzat war in das Spital jenseits des Tiber ge≈
bracht worden, wo Manara ihn am folgenden Tage
aufsuchte; die Fürstin Trivulzio empfing ihn und sagte
ihm, daß der Verwundete ihn nicht erkennen würde,
daß man stündlich seinen Tod erwarte, ja um seinet≈
willen erhoffe, da er unmenschlich leide, daß sie aber
trotzdem bereit sei, Manara zu ihm zu führen, damit
er sähe, daß, was möglich sei, für ihn getan werde.
Der Unglückliche lag halb aufrecht an die Schulter
und Brust eines jungen Fräuleins angelehnt, die sich
bemühte, ihn zu halten und zu beschwichtigen; in
ihren kindlichen Zügen war die Willensanspannung
ausgedrückt, die sie aufwenden mußte, um das Ueber≈
maß des Mitleids und des Grauens zu ertragen.
Stirn und Augen waren ihm verbunden, aber im
Rasen von Schmerz und Fieber hatte er versucht, die
Tücher abzureißen, so daß die schreckliche Wunde zum
Teil sichtbar war. Er klammerte sich laut stöhnend
an das Mädchen, schien sich aber auf Augenblicke
seiner Umgebung bewußt zu werden und suchte sich
zu beherrschen, bis die verstörte Natur seine Kraft
wieder überwand. Manara stand eine Weile vor dem
jammervollen Schauspiel und ließ sich dann von der
Fürstin in ihr kleines Sprechzimmer führen, wo sie
ihm Wein vorsetzte und ihn einlud, sich von dem
traurigen Eindruck zu erholen; sie fühle mit ihm,
sagte sie, wie es niederdrücken müsse, einen Freund,
einen Mann voll Mut und Heiterkeit, so wiederzu≈
sehen als eine Masse bäumender Nerven in zerrissenem
Fleische. Sie erzählte ihm, daß das Fräulein, das
Rozzat pflegte, Tochter einer vornehmen römischen
Familie sei, ein verwöhntes Kind, und nun schon
zwanzig Stunden lang fast ununterbrochen den fremden
Mann in ihren Armen halte, den sie nur als einen
in Todeskrämpfen zuckenden, kaum noch Menschen≈
antlitz tragenden Körper kennen gelernt habe. Die

mütterlich-liebevolle Art, in der die Fürstin von dem Mädchen sprach, gefiel Manara; überhaupt fand er ihre Erscheinung und ihr Wesen würdig, während er sie nach den Gerüchten, die über die vielberedete Frau umgingen, sich allzu theatralisch auffallend vorgestellt hatte. In der Unordnung und dem Elend des Krankenhauses hatte ihre hohe, in ein schwarzes, antikisch fließendes Gewand gehüllte Gestalt etwas Edles und Heroisches, das ihm Bewunderung abnötigte. Sie waren bald in einem lebhaften Gespräch über Mailänder Zeiten und Persönlichkeiten, wobei sich ihr Witz und ihr überlegenes Urteil zeigte. Da sie nach seiner Mutter und seiner Frau fragte, fing er an, vertraulich von seinen häuslichen Angelegenheiten zu erzählen, obwohl er im allgemeinen so zurückhaltend war, daß er selbst zu Freunden nur selten von Dingen und Zuständen sprach, die seine Gefühle angingen.

Es gab kaum jemand in der Mailänder Gesellschaft, der nicht wußte, daß Manara, eben zwanzigjährig, die junge, durch ihre Schönheit bekannte Carmelita Fò entführt und dadurch die Einwilligung ihrer Eltern zur Heirat erzwungen hatte. Die Fürstin Trivulzio, die das Regelwidrige liebte, wurde davon angezogen, wogegen sie freilich das Ergebnis des Abenteuers, die Eheschließung, als etwas bürgerlich Gemeines gleichgültig ließ.

Manara sprach davon, wie er im Glücke selbst, das der Besitz der Geliebten ihm verschafft hätte, sich vom Glücke fortgesehnt hätte, wie eine unerklärliche Schwermut ihn vom Quell des Lebens, dem er so nah gewesen wäre, weggedrängt hätte, bis er sich denn entschlossen hätte, ohne Rücksicht auf die Einsprache seines Herzens ganz dem Vaterlande zu leben. Damals, sagte er, habe er nicht geahnt, daß die Ereignisse ihn so weit, so gänzlich von den Seinigen fortreißen würden. Seine Frau habe sich nicht an ihn gehängt, um ihn zurückzuhalten, er wisse, daß sie ihr schönes Gesicht den Kindern freundlich zeigen werde, was auch geschehen möge. Er handle wie der Augenblick gebiete; zuweilen, wenn die Erinnerung in ihm aufklinge, das Gefühl des früheren Lebens, wie ein süßer Ton, so sei ihm zumute, als habe er ein andres Herz in der Brust als einst. Er habe sich vorgesetzt, nicht seitwärts und rückwärts, nur vorwärts zu blicken; das Schicksal könne seinen Weg so wenden, daß einmal, nachdem er lange genug gewandert sei, die Heimat, die jetzt hinter ihm liege, wieder vor ihm erscheine.

Die Trivulzio sagte, er habe wohlgetan, Mailand zu verlassen, das sich in beschränktem Dünkel für den Kern und Stern Italiens oder auch Europas halte; die Familie sei der bequeme Käfig, in dem der göttliche Menschengeist flügellahm und leibeigen werde, ihn habe der Genius der Freiheit gelockt, damit er unter dem Himmel sich dehnen und ein Held werden könne. Manara antwortete ablehnend, sie möge für sich und andre recht haben, er sei wohl zu unbedeutend, als daß ihre Worte sich auf ihn anwenden ließen. Er fühle als Mailänder, und wenn er auch jetzt für Rom und Italien kämpfe, weil die Folgen seines Tuns ihn hierhergeführt hätten, so werde es doch immer sein Ziel bleiben, nach Mailand zurückzukehren und seine Kräfte Mailand zu widmen. Es sei anders, als er selbst wisse, entgegnete die Fürstin lächelnd, er sei stolz und halte sein Herz geheim; aber wie der Künstler ein Bildwerk mit Tüchern verhänge, bis es vollendet sei, so werde auch der Tag kommen, wo er den Schleier abtun und das Antlitz eines freien Mannes allen Augen enthüllen werde. Während sie so sprach, fühlte er den gewaltsamen Blick ihrer schwarzen Augen brennend auf sich ruhen, und auf einmal hatte er das Gefühl, als säße er einer Sirene gegenüber, die ihn mit dem Gesang ihrer Worte einschläferte, um ihn einzufangen und auszusaugen. Er sprang auf und verabschiedete sich ohne Uebergang, so durchaus unleiblich war ihm ihre Nähe geworden, und er bereute, ihr so viel von seinem innersten Leben, was er selbst Freunden verschwiegen hatte, mitgeteilt zu haben. Doch löste sich diese fast Abscheu zu nennende Empfindung bald auf, als er auf der Straße war, und er konnte wieder mit Anteil an sie denken; immerhin freute er sich des Gedankens, heil und gesund zu sein und ihrer Pflege nicht zu bedürfen.

⊕

Es war die Ansicht der Regierung, Garibaldi müsse einen Ausfall gegen die Franzosen unternehmen, und der Kriegsminister Avezzana besuchte ihn in der Villa Savorelli, um ihn dazu zu bereden. Er sagte: „Ich glaube an Euch, Garibaldi. Ich bin ein nüchterner Mann und habe schon als Knabe Gott verloren, weil ich ihn nicht mit den Sinnen und dem Verstande erfassen konnte; aber mit Euch geht es mir so, daß ich Wunder von Euch erwarte, und obwohl ich sehe, daß wir nicht siegen können, gebe ich doch die Hoffnung nicht auf, solange Ihr da seid." Garibaldi antwortete, retten könne Rom nur ein Umschwung in Paris, wo die Partei der Demokraten immer noch für ihre eigne Ehre und das Dasein der Republik kämpfe; er könne nichts tun, als die Belagerung hinziehen, damit Rom noch frei sei, wenn jener Umschwung etwa eintrete. Eben dazu, meinte Avezzana, wäre ein Ausfall gut, jedenfalls würden die schnell fortschreitenden Arbeiten des Feindes dadurch unterbrochen, wenn es nicht gelingen sollte, ihn zurückzudrängen oder ihm große Verluste beizubringen. Garibaldi sagte: „Man vergesse nicht, wie sehr die französische Armee der unsrigen überlegen ist nicht nur an Zahl, sondern auch an Schulung und Bewaffnung." Hierdurch schien der andre unangenehm berührt, er wollte Einwände machen und Fragen stellen, aber Garibaldi blieb erst eine Weile still, ohne darauf einzugehen, und berief dann die Offiziere seines Stabes, von denen die meisten für einen Ausfall stimmten, worauf in diesem Sinne beschlossen wurde.

Am Abend des 9. Juni versammelten sich die italienische Legion, die Fremdenlegion der Polen und eine Abteilung der Bersaglieri auf dem Petersplatze, der von Pechkränzen flackernd beleuchtet war. Sie standen zwischen den Brunnen und zu ihren beiden Seiten bis an die Säulenreihen den Platz anfüllend, und Garibaldi, Manara, Hofstetter und einige andre Offiziere gingen die Reihen entlang und teilten halblaut die Befehle aus. Garibaldi wartete mit dem Aufbruch bis zum Aufgange des Mondes; denn er wollte lieber, daß der Zug von feindlichen Schildwachen früher gesehen würde, als daß die Schauer des nächtlichen Dunkels auf seine Truppen wirkten. Durch das Tor Cavallegeri, das sich langsam lautlos öffnete, zogen die Kolonnen aus der Stadt, den weißen Mantel des Generals, der voranritt, im Auge. Sein Plan war, den Franzosen in die linke Flanke zu fallen, zu welchem Zweck zuerst die lange und schmale, zwischen ummauerten Weinbergen hinunterführende Straße Gelsomino durchschritten werden mußte, bis man in eine offene sumpfige Ebene gelangte, aus der sich, auf Hügeln gebaut, ein Kloster und weiterhin ein altes, seit langem unbewohntes und verfallenes Schloß erhoben. Dieses war der feindlichen Linie nahe, und es war mit der Möglichkeit zu rechnen, daß es dem Gegner als Vorposten diente; freilich hatten Bauern auf Befragen ausgesagt, daß dort kein Mensch wäre, aber auf diese konnte man sich nicht verlassen, da sie meistens durch Priester beeinflußt oder denn durch die Franzosen eingeschüchtert waren. Beim Eingang ins Freie hielt Garibaldi an und ließ die italienische Legion an sich vorüberziehen, an deren Spitze Oberst Bueno ritt, ein Amerikaner, in dem sich das Blut eingewanderter Spanier und einheimischer Wilder seit Generationen gemischt hatte. Er hatte gelbbraune Haut und scheue, gierige Augen wie die eines Wolfes, und obwohl er nicht ohne Grazie war, wenn ihm an Erfolgen gelegen war, sprach sich doch die schamlose Roheit seines Gemütes in seiner Erscheinung und seinem Wesen aus. An Garibaldi band ihn ein Gefühl tierischer Unterwürfigkeit so sehr, daß er ihm nach Italien gefolgt war, einem fremden Lande, dessen Name ihm kaum, dessen Geschichte und Bedeutung gar nicht bekannt war; da er aber bald Heimweh bekam, große Waffenerfolge nicht errungen wurden und um den General sich mehr und mehr Landsleute scharten, die ihn nicht verstanden und mit denen er sich nicht vertrug, wurde er mißmutig und reizbar, und sogar Garibaldi erschien ihm nun manchmal als einer, der ihn verräterisch aus der Heimat ins Elend gelockt habe. Im Kriege hatte er den grausamen Mut eines Raubtiers, überhaupt scheute er keine Gefahr oder Anstrengung, da er gesund und kräftig war; aber außer der Schlacht war er zu nichts zu gebrauchen und entzog sich mit eigensinnigem Hochmut jedem Auftrage.

Um das Kloster herum, das in seinem steilen Mantel von Mauern einer Burg glich, wuchs hohes Schilf, dessen helles Rauschen, als die Soldaten anfingen hindurchzugehen, in der Stille der Nacht, und da jedes Geräusch nach Möglichkeit sollte vermieden werden, Schrecken erregte; doch blieb nichts andres übrig, als dem Führer, der Weg und Steg dieser Gegend kannte, zu folgen. Das Schilf war so hoch gewachsen, daß es über die Köpfe der Männer hinausging und sie wenig voneinander und sonst überhaupt nichts sehen konnten, wohl aber immerwährend das beängstigende Rascheln vernahmen. Dies konnte ebensowohl wie von ihnen selbst vom Feinde verursacht sein, der durch Spione von dem Ausfall unterrichtet sein konnte und vielleicht schon im nächsten Augenblick die Verwirrten überfiel, die nicht wußten, wohin sie sich wenden sollten. Nachdem sie eine Viertelstunde oder länger in dieser Weise gegangen waren, verließen die ersten das Schilf und sahen im Mondschein das steile Kloster mit dem Glockenturm und die lange Mauer, die den Felsenhügel umgürtete, ebenso über sich wie vorher, woraus offenbar wurde, daß sie im Kreise gegangen und zum Ausgangspunkte zurückgekehrt waren. Der Führer gestand, daß er die Richtung verloren habe; Bueno stieß einen Fluch aus und hätte dem Manne etwas angetan, wenn er sich nicht hilflos in der fremden Gegend gefühlt hätte; es mußte nun der Marsch neu angetreten werden, ohne daß die, welche hinten waren, den Zusammenhang begriffen hätten. Bueno kam der Gedanke, daß der Führer ein Verräter und im Einverständnis mit dem Feinde sein könnte, und daß sie alle vielleicht dem Tode oder der Gefangenschaft entgegengeführt würden; von einem unheimlichen Gefühl beschlichen, hielt er sich dicht neben dem Manne, der bis jetzt ein Stück vorangeritten war, um ihn nicht aus den Augen zu verlieren. Als sie um ein Gebüsch von mäßiger Ausdehnung gebogen waren, sahen die vordersten das Schloß vor sich liegen, zu dem sie, dem Plane gemäß, gelangen sollten; es lag frei im blauen Mondschein da, ein zackiges Gemäuer aus alter Zeit, und hatte in seiner Regungslosigkeit ein starkes verhaltenes Leben. Alle wußten, daß diese Mauern vielleicht vom Feinde besetzt waren, und empfanden bei ihrem

Anblick etwas wie Neugier und Unruhe. Plötzlich sahen die, welche Bueno zunächst waren, daß sein Pferd sich aufrichtete, schnob und schauderte, daß er selbst mit einem Ausdruck des Entsetzens in den Mienen nach dem verfallenen Schlosse starrte, dann jäh sein Tier herumriß, und ließen sich, durch ein so unerklärliches Verhalten mit Grauen erfüllt, in die tolle Flucht mitziehen. Die rückwärts Stehenden und zum Teil noch im Marsch Begriffenen konnten nichts andres glauben, als daß die vorderen vom Feinde überfallen wären, und stürzten sich gewaltsam auf ihre Hintermänner, wodurch die Flucht vollends sinnlos und unaufhaltsam wurde. Als Garibaldi die Masse sich rückwärts ihm entgegenwälzen sah, ohne daß irgendwo eine Spur des Feindes sich zeigte, und urteilen mußte, daß blinder Schrecken, wie er nachts sich wohl verbreitet, die Leute ins Weichen gebracht habe, versuchte er die Flucht aufzuhalten, worin ihn die Offiziere, die zugegen waren, unterstützten; Manara wurde vom ersten Anprall der Besinnungslosen umgerissen und hatte Mühe, sich wieder vom Boden zu erheben. Garibaldi, dessen Gesicht vor Entrüstung flammte, zog die Peitsche, die er im Gürtel zu tragen pflegte, und schwang sie über den Köpfen der Fliehenden, sie mit schrecklichen Worten beschimpfend; auch gelang es ihm und den Anstrengungen der andern Offiziere, allmählich die Flucht zum Stehen zu bringen. Manara dachte, nachdem die Ordnung wiederhergestellt und Ruhe eingetreten war, den Marsch fortzusetzen, allein Garibaldi sagte hart: „Mit Feiglingen, wie diese sind, kämpfe ich nicht." Auch mußte er annehmen, daß der Lärm, den die Flucht und ihre Folgen verursacht hatten, bis zu französischen Vorposten gedrungen war, und konnte demnach nicht mehr darauf rechnen, sie zu überraschen. So schnell und leise wie möglich bewegte sich der trübe Zug in die

Stadt zurück; als sie wieder auf dem Petersplatze anlangten, war der Mond untergegangen, er stand kalt in der grauen Morgennähe. Garibaldi zog die Mütze tiefer ins Gesicht, band sein Pferd an eine Säule, zog seine Jacke aus, um sie als Unterlage für den Kopf zu benutzen, und legte sich auf die Steine; Manara folgte seinem Beispiel, Hofstetter, der auf dem harten Pflaster nicht liegen zu können glaubte, blieb, an sein Pferd gelehnt, stehen und überblickte betrübt den ungeheuern Platz, der Mittelpunkt der Welt genannt zu werden verdiente, bis er in einen unerquickenden Halbschlummer verfiel. Viele Soldaten schliefen nicht vor Kummer, den Zorn ihres Generals auf sich gezogen zu haben, und sannen dem ihnen selbst unerklärlichen Ereignis nach; Bueno weinte ungesehen Tränen der Wut.

Der General erfuhr nicht, daß der Amerikaner die Flucht veranlaßt hatte, überhaupt fand, was darüber geredet wurde, bei den Offizieren nicht viel Glauben. Bueno selbst ließ sich nur dunkel darüber aus, was ihn so erschreckt habe; zu einigen sagte er, Garibaldi selbst habe vor dem Schlosse gestanden, riesengroß, den Arm mit einer seltsamen, nie an ihm gesehenen Gebärde warnend erhoben, die Innenfläche der Hand nach außen gekehrt; andern hingegen, es habe ihn an dieser Stelle ein plötzlicher Schauer befallen, dem er hätte nachgeben müssen, und er halte es für ein Glück, daß das geschehen sei, da, wenn sie vorangegangen wären, schwerlich einer vom ganzen Heere lebend nach Rom zurückgekehrt wäre.

✱

In der Frühe des 13. Juni ließ ein französischer Parlamentär sich auf das Kapitol führen, um die Regierung zur Uebergabe Roms aufzufordern, widrigenfalls nunmehr das Bombardement der Stadt beginnen würde. Die Versammlung beschloß einstimmig ferneren

Widerstand, was vom Volke, als das Vorgefallene zur öffentlichen Kunde gelangt war, mit Jubel aufgenommen wurde. Geläut aller Glocken trug es bis unter die Mauern, daß in Rom eine hohe Feier begangen würde, und als die Ursache bekannt geworden war, verbreitete sich auch unter den Soldaten gehobene Freudigkeit. Kurze Zeit nach Mittag demaskierten die Franzosen ihre Batterien, und die ersten Bomben flogen hinüber, wobei sich sofort zeigte, daß die Geschütze hauptsächlich auf die Savorelli, als das Hauptquartier Garibaldis, gerichtet waren.

Manara hatte Garibaldi gebeten, einem Marionettenspiele beizuwohnen, das einer seiner Bekannten, nämlich jener Guido Bidomi, der der Herzog von Aquileja genannt wurde, um den Tag festlich zu begehen, veranstalten wollte. Das Puppentheater war die beliebteste Unterhaltung der Soldaten, die Manara jeder andern vorzog, besonders wenn der Unternehmer volkstümlichen Witz besaß und sich auf den altherkömmlichen burlesken Ton dieser Komödie verstand. Da sämtliche Offiziere, die zu der betreffenden Stunde dienstfrei waren, geladen werden sollten, und auch Besucher aus der Stadt gegen Abend in das Lager zu kommen pflegten, wurde der große Speisesaal der Villa Savorelli zum Ort der Aufführung bestimmt, dessen Wände in der oberen Hälfte mit Fresken des Salvator Rosa bemalt waren. Es waren abenteuerliche Szenen im kalabrischen Gebirge darauf dargestellt: zwei Männer mit spitzem Hut und kurzem, flatterndem Mantel in wütendem Zweikampf, auf dessen Ausgang eine geputzte Frau mit zerraustem Haar und Angstgebärde zu warten scheint; ein Einsiedler, der auf einem ausgebreiteten scharlachroten Mantel kniet und dessen wildzerfurchte Gesichtszüge von Freveln, die er einst begangen haben mag, erzählen; Gaukler, die an einer aus einem Felsen bringenden

Quelle raften, von denen einige beschäftigt sind, über einem Feuerchen einen Igel zu braten, andre sich mit fratzenhaften Kunststücken die Zeit vertreiben, noch andre mit kreischendem Munde und übertriebenen Bewegungen sich zanken; Räuber, die Frauen entführen und unter sich lachen, während jene in Verzweiflung schreiend die Arme ausstrecken; alle diese aufgeregten Gestalten eingebettet in eine undurchdringliche Wildnis wundervoller, schöngewölbter Bäume, die mit mehr bräunlichen als grünen Tönen gemalt waren. Die dunkle Farbe des Hintergrundes stimmte den Saal im ganzen ernst, aber die feurigen Flecke der Mäntel und Kleider lachten phantastisch daraus hervor.

Mit Hilfe einiger Kameraden richtete der Herzog von Aquileja aus Brettern und Vorhängen, wie sie in der Villa zu finden waren, einen Theaterkasten auf; die Puppen hatte er zum Teil selbst aus Holz geschnitzt, teils fertig gekauft und durch Bemalung oder mit dem Messer verändert, wie sie für seinen Zwecken dienten. Bevor das Spiel begann, betrachtete Manara die Figuren, ungeduldig und schon im voraus entzückt, und lockte durch sein helles Gelächter auch andre herbei, die Puppen in Augenschein zu nehmen. Man erkannte sofort den Papst, den König von Neapel, zu dem, da es in den Witzblättern üblich war, ihn als Hanswurst darzustellen, ein vorhandener Bajazzo hatte benutzt werden können, und den Kardinal Antonelli, der zum Kardinalsmantel den Hut und die Flinte des neapolitanischen Räubers trug; sehr bewundert wurde auch der General Oudinot, der, wie er zum Schimpf Kardinal genannt wurde, mit der Kardinalsmütze versehen und außerdem an den rund vorstehenden Augen und der grellroten Gesichtsfarbe kenntlich war.

Das Spiel begann mit einem Selbstgespräch des Papstes, das folgendermaßen begann:

„O fade Einerleiheit täglicher Makkaroni
Mit Käse, die der Bourbone unermüdlich verschlingt und verdaut auch;
Mir macht es übel.
Säß' ich in Rom vor einem Teller gedünsteter Trüffeln,
Die mir, so fürcht' ich, nun die Republikaner fressen,
Die Hundesöhne, die Schweinepriester, die Galgenfrüchte;
Daß in der Gurgel sie ihnen schwöllen und sie erstickten!"

Es erschienen hierauf nacheinander Spanien, als magerer Ritter Don Quichotte dargestellt, der König von Neapel und Ludwig Bonaparte mit Schnauz- und Spitzbart und untergeschlagenen Armen nach dem Muster des ersten Napoleon. Spanien sagte:

„Heiliger Vater, eine unbesiegbare Heerschar
Von vierzig Mann schon führ' ich zu Schiff
Mit Unterjochung des Meeres an das Gestade,
Die heidnische Brut deiner Feinde in Stücke zu metzeln.
Seit dreißig Tagen schon knirschen die adligen Helden
Mit ihren Zähnen vor ungeduldiger Kampflust,
Aber sie finden, so eifrig sie suchen, den Feind nicht.
Steht Rede, wo verkriecht ihr euch, Bande von Feiglingen?"

Dann sprach Bonaparte:

„Mir kleinem Neffen des großen Oheims gewähre
Die Ehre, heiliger Vater, die römische Wölfin abzustechen.
Gewährst du es aber nicht, so tu' ich es dennoch.
Denn ich, vom Blute des Cäsar, will mich auch cäsarisch aufspielen
Und in Frankreich und Italien die Republiken abschaffen,
Vielleicht zum Weltreich dann meinen Thron erweitern.
Dich, Haupt der Christen, setz' ich heil auf deinen römischen Stuhl wieder,
Damit du mich dankbar salbst mit Oel, echtem, altranzigem,
Aus deinen bewährten Fabriken."

Darauf der König von Neapel, heulend:

„Erlaube, Väterchen, daß ich mich vor dir auf dem Bauche wälze,
Denn nicht sitzen kann ich, wie man gemeinhin pflegt zu sitzen,
Allzu kräftig zerbleut von Garibaldi.
Auch du, Väterchen, wiewohl heilig, könntest nimmermehr,
So zerwalkt, auf dem Sammet deines Stuhles sitzen.

Meines eigenen Landes Rebellen hänge, kartätsche, füsilier'
  ich,
Wie dir bekannt ist, spielend, so wie man Kegel wirft mit
  Kugeln.
Garibaldi, den Teufel, kann nur der Teufel holen.
Holt er ihn nicht, so gehe du, Väterchen, gefälligst
Etwas zur See und tummle dich dort, hierzulande
Schütz' ich dich länger nicht, allzuviel Schmerz schon leidend
  durch Prügel."

Aufs höchste geängstigt, rief der Papst nun Antonelli, machte ihm Vorwürfe, daß er sich seiner Sache nicht genügend annehme, klagte ihm, daß er den Teufel benötige, um Garibaldi loszuwerden, sich aber nicht traue, ihn zu rufen und ihm den Auftrag dazu zu geben. Antonelli entgegnete:
"Rede nicht wie die Weiber, Mastai, die mich in solcher
  Weise verfolgen,
Immer mehr Dienstleistung verlangend, wiewohl ich mich
  redlich bemühe.
Was den Teufel betrifft, so lächern mich deine Bedenken!
Seine Exzellenz hatte von jeher zu meiner Familie leb=
  hafte Beziehungen
Und holte erst kürzlich meinen Oheim, den Räuberhaupt=
  mann, frisch vom Galgen.
Hört er mich rufen, wird er, wie ein Geier, der Aas riecht,
  sofort erscheinen
Und Garibaldi den Hals umdrehen gegen ein mäßiges Hand=
  geld."

Auf einige Beschwörungen, wie sie in den Texten der Hanswurstkomödien seit alters üblich waren, machte der Teufel fauchend und prustend seine Er=scheinung, weigerte sich aber, Garibaldi zu holen, wenn der Papst ihm nicht dafür seine Seele verschriebe, was dieser aus Furcht vor dem Höllenfeuer durchaus nicht wollte. Sein ängstliches Winseln unterbrechend bot Antonelli mit scheinbar großartigem Opfermut seine eigne Seele an, der aber ließ sich nicht hinters Licht führen, sondern erklärte, an einem gewissen brenzligen Geruch zu spüren, daß sie ihm bereits ge=höre. In der Verlegenheit bot ihm der Papst nach=

einander die Seelen sämtlicher Kardinäle an, da aber der Teufel auf seiner Forderung beharrte, flüsterte Antonelli ihm zu, er verbürge sich dafür, daß die Seele Pius' IX. ihm nicht entgehen solle, und suchte laut seine Empfindlichkeit zu reizen, indem er die Vermutung äußerte, er fürchte sich vor Garibaldi. Während die übrigen Personen in reinem Italienisch sich gewählt, ja bombastisch ausdrückten, ließ der Herzog den Teufel im Mailänder Dialekt mit reichlicher Anwendung volksmäßig derber Redensarten sprechen, worüber Manara so herzlich lachte, daß die fröhliche Aufmerksamkeit der Zuhörer zeitweise von den Marionetten auf ihn abgelenkt wurde. Es wurde nun angenommen, daß der Teufel nach Rom komme, sich vor Garibaldis Quartier stelle und ihn herausrufe, worauf, nachdem er lange geschimpft und gehöhnt hatte, Garibaldi selbst auftrat, eine roh und eilig gemachte, doch völlig charakteristische Figur mit gewaltig ausgebreiteter gelber Mähne und schwarzem Federhut. Beim Anblick dieser Puppe brachen die Anwesenden in jubelndes Lachen aus, riefen Evviva und klatschten Beifall, als ob es Garibaldi selbst wäre, der seinerseits sichtlich belustigt war und sich freute. Den Abschluß des Stückes bildete, daß Garibaldi den Ruhestörer hart anließ, dann, als er den Teufel erkannte, ihm kurzweg den Rücken drehte und sagte, die kleineren Gegner pflege er seinem Sklaven zu überlassen. Gleich darauf kam der Mohr Aghlar, dessen Erscheinung den Teufel in höchsten Schrecken setzte, da er, mit Anspielung darauf, daß die Neapolitaner in der Schlacht bei Belletri, als sie den Mohren sahen, schrien, es sei der Teufel, und davonliefen, sich doppelt zu sehen glaubte. Der Mohr schlug ihn mit einer Keule tüchtig auf Kopf und Rücken, wie es im Kasperltheater der Brauch ist, bis er unter Geheul in die Hölle fuhr.

Im Verlaufe der Aufführung waren Mazzini, Pisacane, Gustavo Modena und auch Damen aus der Stadt gekommen und sahen in guter Laune zu. Manara ruhte nicht, bis einzelne Szenen, die ihm besonders gefallen hatten, wiederholt wurden. Dann folgte, auf allgemeines Bitten, ein andres Stück, die bramatische Geschichte eines Patrioten aus Ravenna, der vor einer Reihe von Jahren dem brohenden Tode baburch entronnen war, daß er sich irrsinnig stellte. Das Komische lag darin, daß ihm die Art der Befreiung zugleich eine Genugtuung verschaffte; er fing nämlich während des Verhörs an, seinem Inquisitor, einem berüchtigten Kardinal, ins Gesicht zu sagen, was man, und besonders, was er über ihn bachte, geriet barüber, während er anfangs nur gespielt hatte, mehr und mehr in Feuer und schrie seinen Haß und seinen Glauben unaufhaltsam heraus, was nun wirklich als lichter Wahnsinn ausgelegt wurde, allerdings auch auf das Gutachten eines wohlmeinenden Arztes hin. Während aber, in der Vorstellung, der Angeklagte ben Kardinal mit einigen auserlesenen Injurien überraschte, schlug eine Bombe in den Flügel der Villa, wo der Saal lag, ohne einen beträchtlichen Schaden zu verursachen außer bem Schrecken der Erschütterung. Der Herzog von Aquileja hielt den wankenden Puppenkasten fest und fuhr in seinen Deklamationen fort, ohne sich um ben Lärm und die Unruhe, bie in seinem Publikum entstand, zu bekümmern, wegen welcher Kaltblütigkeit ihn Garibalbi nach dem Schlusse der Aufführung belobte. Er lächelte mit dem Schelmenmunde, der wie ein Gautler beständig in geschmeibiger Bewegung war, und sagte: „Ich habe das Krachen für den Donner des Beifalls gehalten." Auf Garibalbis Frage, ob er ihm das Vergnügen, das er soeben genossen habe, nicht in irgenbeiner Weise erwidern könne, sagte er, er sei Barbier und habe den großen Wunsch, daß, wenn der General sich einmal wieder wollte die Haare schneiden lassen, er sich dazu seiner Hände bedienen wollte. Nun drängten sich die Damen um ihn, die dem Gespräche zugehört hatten, um Locken von Garibaldis Haupte zu bestellen, und ließen sich daneben nicht ungern von der Anmut seines Witzes bezaubern.

Als an einem der folgenden Morgen der Herzog von Aquileja um die Zeit des Sonnenaufgangs der getroffenen Verabredung gemäß sich anschickte, Garibaldi die Haare zu schneiden, und eben, bevor er angefangen hatte, die weiche goldbraune Masse in der Hand wog, wurde er von einem einschlagenden Geschoß so unglücklich getroffen, daß er noch im Laufe des Tages nach standhaft ertragenen Schmerzen starb. Er blieb andauernd bei vollem Bewußtsein und heiter. „Gott will sich seinen langen Bart abnehmen lassen, darum hat er mich gerufen," sagte er zu den Kameraden, die bei ihm waren. „Es tut mir leid für euch, denn es ist ein schlechtes Zeichen, und ihr müßt euch auf böse Zeiten gefaßt machen. Mit der Revolution und der Freiheit in Italien ist es aus, das glatte Kinn wird wieder Mode werden, wenn der Herr selbst das Beispiel gibt." Und zum Doktor Ripari, der ihn behandelte, sagte er mit einer nachlässigen Handbewegung, die ihm eigen war: „Laß sein, ich kann den Alten oben nicht warten lassen. Die Pünktlichkeit ist die Höflichkeit der Könige, und ich bin es meinem Namen schuldig, auf die Minute zu kommen, wenn ich bestellt bin!" Der Tod dieses Kameraden erregte große Betrübnis bei allen Regimentern.

*

Lucrezia Brunetti hatte einen Traum: sie stand auf der Zinne ihres Hauses vor der Porta del Popolo und überblickte von dort aus ganz Rom, wie wenn sie sich auf dem höchsten Hügel befände. Es war dunkel, und sie glaubte, es wäre Nacht, da sah sie auf einmal, daß die Dunkelheit von einer schwarzen Fahne herrührte, die vom Turme des Kapitols herabhing; sie breitete sich wie ein niedriger schwarzer Himmel über Rom aus. Dieser Anblick erfüllte sie mit Angst, und sie spähte umher nach Menschen, die ihr sagen könnten, was geschehen sei und was die Fahne zu bedeuten habe; aber weit und breit waren Häuser und Gassen leer, und nun wußte sie es auch wieder wie etwas, das man bei Nacht im Schlafe vergessen hat, daß alle tot waren und Rom ein Grab. Plötzlich hörte sie das dumpfe Traben eines Pferdes und erblickte weit hinten in Trastevere — denn so weit konnte sie im Traume sehen — einen Reiter, der den Janiculus hinaufritt: es war Garibaldi. Die Mütze tief in die Stirn gezogen, ritt er langsam an der Kirche San Pietro in Montorio vorbei aus dem Tore von San Pancrazio in die Campagna hinaus, allein.

Angelo Brunetti, dem seine Frau ihren Traum erzählte, pflegte sie auszulachen, wenn sie ihren Träumen Beachtung schenkte, aber im Herzen glaubte er, daß etwas daran sei, und wurde durch sie heiter oder trübe gestimmt. Es litt ihn an keinem Orte und bei keiner Arbeit; am Nachmittag entschloß er sich, nach Garibaldis Hauptquartier zu gehen und seinen Sohn Luigi zu besuchen, den er auf Bitten Manaras, weil er einem seiner Söhne gliche, dort gelassen hatte, wo er allerlei kleine Dienstleistungen verrichtete. Nachdem er eine Weile mit dem Jungen geplaudert hatte, begab er sich zu Garibaldi, der auf dem Turme seiner Villa war; eine Wand desselben war fast ganz eingeschossen, doch erklärte der General den Schaden für nicht so erheblich, daß er deswegen auf seinen Lieblingsplatz verzichten sollte. Garibaldi war in heiterer Laune und empfing Brunetti mit der Mitteilung, er habe einen Brief von seiner Frau, der Brasilianerin Anita, erhalten, wonach er sie in den nächsten Tagen in Rom erwarten könne. Er habe ihr geraten, in Nizza bei seiner Mutter und den Kindern zu bleiben, da sie aber aus den Zeitungen erfahren habe, wie gefährlich seine Lage sei, wolle sie sich nicht mehr zurückhalten lassen. Er sprach zärtlich von seinen beiden kleinen Söhnen und wie er sich darauf freue, seine Frau von ihnen erzählen zu hören. Unten in Nizza würde sie doch sicherer sein, meinte Brunetti; doch Garibaldi entgegnete, er schlage seine Frau nicht niedriger als sich selbst an, indem er sie zur Sicherheit verdamme, wo er für sich die Gefahr wähle. Stören würde sie nicht im Lager, denn sie sei tapfer und umsichtig wie irgendein Mann, dränge sich nie vor, greife aber zu, wo es gelegen sei. Uebrigens, sagte er, denke er noch nicht daran, an Italiens Geschicken zu verzweifeln.

Brunettis Gesicht heiterte sich auf, und er faßte sich ein Herz, den Traum seiner Frau zu erzählen; wie wenn er es selbst geträumt hätte, schilderte er das ausgestorbene Rom und den einsamen Reiter, der die Totenstadt verließ. Garibaldi hörte aufmerksam zu und sagte am Schlusse fröhlich: „Eure Lucrezia hat jenes wundervolle Ahnungsvermögen, das nach den Aussagen der Alten im Herzen mancher Frauen leben soll, und Ihr müßt ihr in meinem Namen danken. Vielleicht werden wir wirklich bald ausziehen und Rom als ein leeres Grab zurücklassen, das Hyänen und Räuber vergeblich durchwühlen werden; daß sie mich allein sah, ist, weil Träume in Bildern reden: ich war ein Bild für mein Heer oder für die Republik, oder laß mich sagen, für alle, die Italien mehr als sich selbst lieben."

Brunetti sah den General erstaunt an ohne zu verstehen. „Heute melden die Zeitungen aus Frankreich," erklärte dieser halblaut, „die Niederlage der republikanischen Partei, und daß der Präsident den Vertrag der römischen Republik mit Lesseps für ungültig erklärte, dagegen alle Handlungen des Oudinot bestätigt hat; nun kann von außen keine Wendung zu unsern Gunsten mehr kommen. Ich habe lange gesonnen und eins gefunden, das uns retten kann: ehe die französischen Kanonen unsre Tapferen alle zusammengeschossen haben, müssen wir ihre Reihen durchbrechen und die Versammlung und Roms Heiligtümer in das freie Gebirge tragen. Dort können wir den großen Kampf wieder aufnehmen, und die Pfaffen mögen Roms leere Hülle in Ketten legen!" Sie besprachen die Möglichkeit der Ausführung eines solchen Unternehmens. Brunetti beteuerte, daß er alle Wege und Pfade um Rom wie die Gänge seines Hauses kenne und sich getraue, das Heer glücklich bis ins Gebirge zu führen. „Also, das wäre der Sinn des Traumes!" rief er mehrmals aus, nun völlig erheitert. „Wenn nur," meinte er, „die Triumvirn es nicht anständiger finden, den Eroberer auf ihren Sesseln auf dem Kapitole sitzend zu erwarten."

Unten im gemeinsamen Wohnraume fand Garibaldi Manara im lebhaften Gespräch mit einem schlanken Manne von gebieterischer Schönheit: es war Agostino Bertani, der Mailänder Arzt, von welchem man wußte, daß die Oesterreicher selbst das Krankenhaus, das er inmitten der Kriegswirren geschaffen und geleitet hatte, wegen der Ordnung und Zweckmäßigkeit, die dort herrschten, bewundert und alles Erdenkliche versucht hatten, um ihn in ehrenvoller Stellung festzuhalten. Garibaldi betrachtete ihn mit Beifall und begrüßte ihn herzlich; wenn er sein Talent und seine Tatkraft Rom widmen wolle, sagte er, werde er viel zu tun, viel zu nutzen und zu bessern finden. Gegen den pfäffischen Schlendrian in den Spitälern könne Geschick und Liebe guter Frauen allein nicht aufkommen. Der Zustand sei allerdings schlimmer, als er erwartet habe, antwortete Bertaut. Die Verwundeten stürben mehr an Vernachlässigung oder unverständiger Behandlung als an der Natur ihrer Wunden; er brenne darauf einzugreifen, doch habe Mazzini ihn ermahnt, vorsichtig schonend mit den ehemals päpstlichen Angestellten, insbesondere den Aerzten umzugehen, auf welche Weise es denn schwer sein werde, etwas auszurichten. Garibaldi zuckte unmutig die Schultern und sagte: „Ja, so ist es: erst meine Gerechtigkeit, mag Italien zugrunde gehen!" — „In diesem Falle glaube ich, daß er recht hat," sagte Bertani, „und ich werde versuchen, soviel wie möglich Gutes mit der kleinsten persönlichen Unbill und mit Bitten statt mit Befehlen zu tun." Bertani galt als stolz und befehlshaberisch und wurde wohl von seinen Kranken und Freunden geliebt, im allgemeinen aber gemieden; sein schweigsames und strenges Wesen stach von der Umgänglichkeit besonders der südlichen Italiener ab und wirkte auf viele seiner Landsleute abstoßend. Er fühlte leicht Geringschätzung gegen Eitelkeit, Geschwätzigkeit und große Gebärden, denen keine Tat entspricht, und war in seinem Innern nicht stark und reich genug, um nachsichtig zu sein. Eine zarte Gesundheit, die er, an sich selbst die höchsten Ansprüche stellend, so wenig wie möglich berücksichtigte, beeinträchtigte sein Leben und beschattete oft seinen Geist; überhaupt litt er zuweilen an tiefer Schwermut, die zum Teil darauf beruhte, daß ein Antrieb zu herrschen in seiner Natur lag und er sich selbst als dazu unzulänglich verurteilte. Einzig in seiner Stellung als Arzt trat er rücksichtslos gebietend und Unterwerfung verlangend auf, in allen andern Verhältnissen bemühte er sich, die Gleichberechtigung der andern anzuerkennen und zurückzutreten. Er war unverheiratet, da die Frau, die er über alles liebte, die Seine nicht werden konnte.

Bertani war erst am Abend vorher, von Florenz kommend, in Rom eingetroffen. Er erzählte von seinen Erlebnissen: von dem Auszuge der Mailänder, die vor den zurückkehrenden Oesterreichern flohen, weil sie ihre Rache fürchten mußten oder ihren Triumph nicht mit erleben wollten. Wie Kinder, die nicht zusehen können, wie der Henker die Mutter erwürgt, sie doch nicht lassen können und so, abgewendet und zurückblickend, sich selbst zerreißen, wären diese Unglücklichen aus der geliebten Stadt gezogen. In Toskana dann hätte er Schwäche, Lüge und hohle Ruhmredigkeit miteinander ringen sehen, gesehen, wie betrunkene Bauern die Freiheits= bäume niederrissen, auf die Fahne mit den drei Farben spuckten und mit Kreide auf alte Mauern, Zeugen vergangener Größe, schrieben: „Nieder mit Italien!" Da hätte er daran gedacht, auszuwandern und in der Fremde Italien als tot zu beweinen, lieber, als es mit eignen Augen verwesen zu sehen; fast wider seinen Willen und zufällig hätten ihn Gerüchte von den Taten um Rom dorthin gezogen. „Als ich nun gestern um die Zeit des Sonnenuntergangs ankam," erzählte er, „und die Götterstadt im himmlischen Feuer liegen sah, gegen die erprobte Kriegsmacht Frankreichs durch nichts als alte bröckelnde Mauern, besser durch die bloße Brust einer Schar von Römern, Lombarden und Sizilianern geschützt, da regte sich zum ersten Male wieder ein guter Geist des Glaubens in mir. Hier ist Italien, dachte ich, und wenn alle diese gefallen sind, wird es aus ihren Gräbern wachsen."

Garibaldi drückte ihm die Hand. „Es fallen ihrer täglich sechzig bis siebzig," sagte er, „wir haben ge= nug geopfert." Einem Gang durch die Verteidigungs= linie, zu dem der General ihn einlud, schloß er sich gern an. Als sie eben aus der Villa in den Garten traten, schlug eine Bombe in den schon stark beschädigten Aussichtsturm, und große Mauerstücke stürzten krachend herunter. „Noch trägt er mich," sagte Garibaldi, indem er prüfend hinaufblickte; allein Manara meinte bedenklich, sie würden sich bald nach einem andern Quartier umsehen müssen. Der Nachmittag brannte, dicke weiße Wolken standen wie erstarrte Lawinen über den Hügeln. Wenn man aus den Häusern ins Freie trat, war es, als stürze einem Blei auf den Kopf, und vielen brach sofort Schweiß aus. Der kleine Luigi kam mit einer erstickten Bombe gelaufen, wofür ihm Garibaldi oder Manara jedesmal einen Skudo zu zahlen pflegten; er hatte sich eine außerordentliche Fertigkeit erworben, in den paar Sekunden, die vom Einfall der Bombe bis zur Explosion verstreichen, die Brandröhre abzubrechen oder herauszureißen, und war durch keine Warnung von dem waghalsigen Experiment abzuhalten, da er, wie er vertraulich verriet, zu großen kaufmännischen Unternehmungen ein Kapital sammeln wollte. Garibaldi faßte ihn bei der Hand und nahm ihn mit, um ihn auf diese Weise an weiteren Wagestücken zu verhindern. Von der ersten Bastion aus zeigte der General dem Gaste die beiderseitigen Stellungen, erklärte ihm die bisher vorgefallenen Kämpfe, besonders den verhängnisvollen Ueberfall des 3. Juni, und wies ihm die Stelle, wo Angelo Masina gefallen war. Bertani folgte aufmerksam mit leuchtenden Augen. „Ja, hier," rief er, „wo der Tod herrscht, ist Italiens Leben. In jedem Augenblick verbrennt es hier in Feuer und aufersteht wie der unsterbliche Phönix."

Auf der nächsten Bastion umstand eine Gruppe von Soldaten in munterer Bewegung einen Feigenbaum, der geschützt unterhalb der Mauer wuchs und in dessen Zweigen ein Papagei mit einem Kettlein am Fuße heftig hin und her lief. Dieser Papagei, der den Namen Beppo hatte, war der verzogene Liebling des Heeres; sein hauptsächlicher Vorzug war es, daß er die Worte: „Maledetto Pio Nono!" auf deutsch: „Verdammt sei Pius IX." deutlich und klangvoll sagen konnte, dazu belustigte er noch durch verschiedene andre Redensarten, die ihm beigebracht worden waren, und durch sein griesgrämiges, leicht zum Zorne geneigtes Wesen. Es hieß, er habe dem Doktor Ripari gehört, und dieser habe ihn den Fluch auf den Papst gelehrt und der Legion zum Geschenke gemacht, und obwohl dieser nichts davon wissen wollte, wurde behauptet, sie sähen sich sogar ähnlich; der Papagei war grau mit kleinen weißen Federn um die Augen herum und einigen schön grünen und karminroten Federn im Schwanze. In diesem Augenblicke waren infolge einer feindlichen Granate Staub und kleine Steine über den Feigenbaum geworfen, worüber der Papagei in leidenschaftliches Schimpfen ausgebrochen war, und zwar hatte er die beliebtesten Kraftwörter, die ihm von allen Seiten gelehrt waren, bunt aneinander gereiht, eine Auslese aus allen Gauen Italiens, wie sie in der Legion vertreten waren; dies war die Ursache des Gelächters. Garibaldi kraute dem Tiere das gesträubte Köpfchen, sprach ein paar Worte auf brasilianisch zu ihm und erkundigte sich, ob es auch gut gepflegt werde; worauf ein Kanonier erwiderte, dem Papagei werde Futter wie einem Moloch zugetragen, denn er gelte als ein glückbringendes Heiligtum im Heere, und wer irgend Zeit habe, gebe sich mit ihm ab und bringe ihm Leckerbissen. Sie standen noch im Gespräche, als eine Bombe zwischen ihnen in den Boden schlug: blitzschnell warfen sich die Soldaten zur Erde, während Manara Bertani hinter einen Vorsprung der Mauer zog, Garibaldi blieb ruhig stehen. Die Bombe krepierte, ohne, mit Ausnahme einer geringfügigen Verwundung, Schaden anzurichten; die aufspringenden Soldaten sahen, wie der General den Staub abschüttelte, mit dem er bedeckt worden war, und riefen, augenscheinlich erschüttert: „Evviva! Evviva Garibaldi!" Dieser sagte lächelnd gegen Bertani und Manara: „Ihr müßt nicht glauben, daß ich mich brüsten will; aber ich habe erfahren, daß es Liegende wie Stehende trifft, und bleibe darum, wie ich bin."

Am Tore, durch das Bertani wieder in die Stadt hinunter wollte, trafen sie auf eine Abteilung Soldaten, die kommandiert war, einen Spion zu erschießen, der dabei ertappt war, wie er über die Mauer Briefe ins feindliche Lager hinuntergelassen hatte. Der Mensch gehörte der sogenannten päpstlichen Familie an und befehdete die Republik auf seine Weise, weil er fürchtete, durch sie sein kleines Amt zu verlieren; von Politik verstand er nicht viel. Er war ein launiger Mann und auch in den letzten Augenblicken gut aufgelegt; eifrig gestikulierend ging er zwischen den Soldaten und erklärte ihnen, er habe etwas Löbliches getan, indem er versucht habe, seinen Kindern das Brot zu sichern, anstatt dafür belohnt zu werden, schieße man ihn tot, so sei die Welt, er fürchte, im Himmel werde er auch Enttäuschungen erleben, und dergleichen Geschwätz mehr. Garibaldis Stirne bewölkte sich, er blieb vor dem Tore stehen, betrachtete die Zerstörungen, die dem Gebäude durch die Beschießung bereits zugefügt waren, lobte seine guten Verhältnisse und die etwas steife, aber nicht überladene Pracht seiner Verzierung und erkundigte sich nach der Stilart, worüber Manara einige Aufklärungen zu geben wußte. „Was für ein Unsegen ist der Krieg," sagte er, „der in Stunden vernichtet, was Jahre und Jahrhunderte mit Sinn und Lust geschaffen haben. Fluch denen, deren Habgier ihn über unser Land entfesselt hat!" Nachdem er dann angeordnet hatte, wie der Bogen durch Matratzen einigermaßen vor weiterem Schaden geschützt werden solle, trennte er sich von Bertani und Manara, der seinen Landsmann in die Stadt begleitete.

Garibaldi ging dem Vascello zu, schickte aber vorher den kleinen Luigi, der noch an seiner Hand ging, mit einem Auftrage in die Savorelli, um ihn keiner Gefahr auszusetzen. Bevor er ging, faßte sich der Kleine ein Herz zu einer geheimnisvollen Frage: ob es wahr sei, was die Leute sagten, daß er, Garibaldi, unverwundbar sei und deshalb den Geschossen nie ausweiche, als ob es Hagelkörner wären. „Glaube das nicht," sagte Garibaldi flüsternd, indem er sich zu dem Knaben niederbeugte, „dir will ich sagen, wie es ist: die Kugeln tun mir nichts, weil meine Mutter für mich betet." Luigi nickte wichtig verständnisvoll und sprang davon. Es war Abend geworden, ein leichter Wind zerteilte die Gewitterwolken, die sich jeden Nachmittag ansammelten, und verging dann wieder; die Wege schienen wie weißes Gestein durch die dunkeln Büsche. Dicht unter den Schanzen, die ausgebessert wurden, stand Spavone und hielt eine Leichenrede auf den Spion, der eben erschossen wurde; als Garibaldi näher kam, dämpfte er seine Stimme, gestand aber doch auf Befragen dem General die Wahrheit. Der stand einen Augenblick überrascht, dann sagte er: „Du hast recht, er war unser verirrter Bruder und ist unsrer Teilnahme wert," und steckte ihm ein Geldstück zu, das der Spitzbube, mit stummem Dank die Augen verdrehend, in die Tasche schob.

⊛

Die Hitze begann täglich mit dem Aufgang der Sonne und milderte sich nur wenig nach ihrem Untergange, wodurch die Erschlaffung, die infolge der langen Belagerung um sich zu greifen begann, vermehrt wurde; diejenigen, welche ihre freien Stunden nicht in der Stadt zubrachten, suchten den Schatten einer Kanone oder eines Baumes und blieben dort liegen. Noch kamen täglich Flüchtlinge aus verschiedenen Provinzen Italiens, denn Rom und Venedig ragten wie zwei hohe Klippen aus wachsender Sintflut aus dem wiederum unterjochten Lande und lockten die Trotzigen und Verzweifelten, die irgendwo unter einer aufrechten Fahne Italiens weiterkämpfen wollten. Freudig begrüßt wurde der Oberst Ghilardi, der die Stadt Livorno tapfer gegen Oesterreich verteidigt hatte, bis er der Uebermacht hatte weichen müssen. Er bewarb sich, ungeduldig, den Kampf wieder aufzunehmen, um einen Platz unter Garibaldi und erhielt ihn; denn dem Ueberfluß an Offizieren war seit dem 3. Juni Mangel gefolgt. Seine Ankunft beglückte vor allen den Hauptmann Laviron, einen Belgier aus französischem Blute, der mit ihm befreundet war und in Paris mit ihm auf den Barrikaden gefochten hatte. Laviron, von Natur leichtlebig, ein wenig eitel und ruhmredig, gutherzig und gefällig, war in Rom kleinlaut und oft niedergeschlagen, weil das Vorgehen seiner Landsleute gegen das freisinnige Italien sein Gewissen bedrückte. An allem Leiden und Sterben, das er sehen mußte, fühlte er sich mitschuldig, das freundschaftliche Vertrauen, das seine Kameraden ihm entgegenbrachten, wagte er kaum anzunehmen und büßte jeden Anfall seines angeborenen Uebermutes mit grundlosen Selbstvorwürfen. In dieser Stimmung, die an ihm doppelt trübe schien, weil sie seinem Temperamente fernlag, schloß er sich eng an Ugo Bassi, der es an sich hatte, daß man sich vor ihm keiner Empfindung und keiner Klage schämte.

An einem der ersten Tage, nachdem Ghilardi angekommen war, wurde er dazu bestimmt, eine Note der Vertreter der fremden Mächte in das feindliche Lager zu tragen, die darüber Klage führten, daß die Kunstdenkmäler des aller Welt heiligen Rom durch französische Bomben beschädigt würden, und Laviron und Ugo Bassi, der ein geheimes Geschäft in der Stadt hatte, begleiteten ihn hinunter, da er sich auf dem Kapitol seine Instruktion holen mußte. Ugo Bassi wollte in der Kirche der Bologneser beten, Gott möge sein Leben für Garibaldis annehmen; nicht daß er den Tod hätte suchen wollen, denn das hätte er für Sünde gehalten, aber wenn er unverhofft käme, wollte er ihn als ein Zeichen begrüßen, daß Garibaldi erhalten bleiben sollte.

Nachdem die Freunde zusammen nach Trastevere geritten waren und Ugo Bassi nach der Kirche Sauti Giovanni e Petronio abgebogen war, glaubte Laviron zu bemerken, daß sie viel weniger vom Volke begrüßt wurden als vorher, und schob es darauf, daß Bassi mit seiner roten Bluse fehle, die ihn als Garibaldiner bekannt machte. Zum Erstaunen der Kameraden kam er in roter Bluse statt in Uniform in das Lager zurück; Ghilardi verriet den Grund und erzählte, scherzhaft übertreibend, wie sein Freund in der neuen Tracht sich kaum Bahn durch das zujubelnde Volk habe machen können. Lavirons treuherzig prahlerisches Gesicht strahlte von Genugtuung, er trug den Kopf hoch und ging mit schwungvollen Schritten, ohne sich durch die Neckereien der andern stören zu lassen. Wo er sich zeigte, wurde er mit Händeklatschen und Evvivarufen empfangen, und obwohl er wußte, daß es Scherz war, ging er hierhin und dorthin, um den Beifall immer von neuem hervorzurufen.

Ghilardi begab sich von der ersten Bastion in das französische Lager und hatte sich kaum hundert Schritte entfernt, als ein paar feindliche Kugeln, die augenscheinlich auf ihn abgefeuert waren, an ihm vorbeiflogen; man mußte drüben den Parlamentär nicht in ihm erkannt haben. Die Kameraden, die sich eben von ihm verabschiedet hatten, erschraken, Laviron stellte sich an einen ungedeckten Platz, um ihm besser nachsehen zu können. Man rief ihm zu, er solle von dort weggehen, seine rote Bluse biete den französischen Schützen ein Ziel, und Ugo Bassi war im Begriff, ihn, da er nicht folgte, mit Gewalt fortzuziehen; da stürzte er schon, getroffen, zusammen. Er stammelte einige Worte und versuchte Ugo Bassi, der bei ihm niedergekniet war und ihn umarmte, zu küssen, dabei lief ein krampfhafter Schauder über seinen Körper, und er starb. Ugo Bassi behielt ihn in den Armen und betete über ihm, obwohl die Kugeln fortwährend die Stelle, wo er war, bestrichen; schließlich mußte er den dringenden Mahnungen nachgeben und den gefährlichen Platz verlassen.

Am Abend spielte die Regimentsmusik im Garten der Villa Spada, die der Savorelli gegenüber, aber etwas tiefer als diese lag. Die Töne waren weithin hörbar, in der Savorelli und auch im Vascello öffnete die Besatzung die Fenster, die nach jener Richtung lagen, um zuzuhören. Die Soldaten, die keinen Dienst hatten, tanzten nach der Musik oder sangen mit, wenn bekannte Melodien gespielt wurden. Unter einem breit auseinander gewachsenen, eine flache Laube bildenden Eichbaum saßen Morosini und Mangiagalli, der in einem kleinen Buche eifrig nachschrieb, was jener ihm vortrug. Mangiagalli, der seit dem 3. Juni Leutnant war, hatte sich das Ziel gesetzt, die geistige Ausbildung seiner nunmehrigen Standesgenossen zu erwerben, und seinen Wunsch dem jungen Morosini anvertraut, der sich freundlich bereit erklärte, dem Lernbegierigen sein eignes Wissen nach Möglichkeit mitzuteilen. Demzufolge erzählte Morosini in jeder freien Stunde die Geschichten der Griechen und Römer, erklärte das Götterwesen und beschrieb die Denkmäler des Altertums, trug Oden des Horaz und Stücke aus Dantes Göttlicher Komödie vor, und Mangiagalli hörte und notierte beharrlich, leidenschaftlich und unerschrocken, ohne ein Wort zu verlieren und ohne je zu ermüden. Meistens gesellte sich auch Spronella zu den beiden und lauschte glückselig dem, was für sie ungeahnte Wunder waren; an diesem Abend indessen sah sie dem Maler Girolamo Induno aus Mailand zu, der, auf einem freien Platze sitzend, die Villa Savorelli mit dem Turme zeichnete, von dem Garibaldi herunterblickte. Das Haus hatte fast das Ansehen einer Ruine, besonders der Turm war von drei Seiten zerschossen, so daß er einem hohlen Backenzahne glich; die jungen Leute, die um Induno herum saßen, sprachen davon, daß der nächste Kartätschenschuß ihn stürzen müßte. Nahe bei diesen, doch verdeckt durch eine Kanone, saß der Mohr Aghiar, eine zierliche Dame mit dicken Haaren von auffallend rötlicher Farbe auf den Knien haltend, die ihm mit koketter Gebärde Süßigkeiten zwischen die glänzenden Zähne steckte; er war so gesucht von den Frauen, Römerinnen und Fremden, daß er kaum für eine jede Zeit zu einem Stelldichein fand, und seine Handgelenke, sein Hals und seine Ohren waren mit Schmuck behängt, den er geschenkt bekam. In der letzten Zeit hatte es den Anschein, als ob die Rothaarige alle andern aus seinem Herzen verdrängte, trotzdem überwog, als er den Maler an der Arbeit sah, die Neugierde seine Zärtlichkeit, und er ließ die Dame bei der Kanone sitzen, um das Bild entstehen zu sehen. Auch Mangiagalli und Morosini standen auf und kamen näher: der Gegenstand der Zeichnung fesselte alle. Die Sonne war eben untergegangen, und da nun die starke Blendung fehlte, traten die Figuren dunkelgolden aus dem hellen, ruhigen, vollkommenen Lichte, wie schöne Bilder außer Zeit und Schicksal. Indes seine Blicke zwischen der Savorelli und dem Blatt, auf dem er zeichnete, hin und her flogen, sagte Induno: "Wenn ich ihn gebeten hätte, mir zu einem Bilde zu sitzen, könnte es nicht besser sein als jetzt. Könnte ich ihn malen, so wie er dasteht, versunken in die Stille eines großen Gedankens, unendlich fern von der Schönheit und Vernichtung, die ihn dicht umgeben!" — „Was mag er denken?" fragte Spronella leise. „Was es auch sei," sagte Carlo Gorini aus Mailand, „es ist wie das Himmelsgewölbe, grenzenlos in Tiefe und Weite wogend, aber scheinbar bestimmt und einfach." — „Vielleicht denkt er an die Zukunft Italiens," meinte ein andrer. Der Mohr, der das Gespräch aufmerksam verfolgt hatte, schüttelte den Kopf, zeigte in einem überlegenen Lächeln seine blanken Zähne und sagte: „Er denkt nicht, er hört das Meer rauschen." Alle blickten erstaunt auf den Schwarzen, und obwohl sie lächeln mußten, kam es ihnen so vor, als habe er ein besonderes Wissen von dem rätselhaften Manne droben, so daß niemand etwas entgegnete.

In diesem Augenblicke bewegte sich Garibaldi, beugte sich über die zertrümmerte Brüstung des Turmes und verschwand dann nach innen, vermutlich durch eine Unruhe bewogen, die dadurch entstanden war, daß von den Soldaten, die auf der breiten Freitreppe lagerten, einer durch eine explodierende Bombe zu Tode getroffen war. Die übrigen blieben liegen, weil es ihnen dort bequem und kühl war, und widersetzten sich einem anwesenden Offizier, der sie mit Hinweis auf die Gefährlichkeit des Platzes entfernen wollte.

Um zehn Uhr verstummte die Musik und auch das Rollen der Geschütze. Alles schlief bis auf die Wachen, die gespannt in die Stille horchten; denn in der letzten Zeit hatten die Franzosen fast in jeder Nacht hier oder dort einen Ueberfall versucht.

☉

In der Nacht vom 21. auf den 22. Juni erstürmten die Franzosen die Villa Barberini und die erste und zweite Bastion neben dem Tore von San Pancrazio, worauf die erste Verteidigungslinie verlassen werden mußte.

Am Abend des 21. fiel zum ersten Male Regen; es entlud sich kein großes Gewitter, wie sich nach so lang andauernder Hitze hätte erwarten lassen, sondern es regnete sacht aus feuchtschwarzem Himmel, hörte wieder auf und begann wieder, ohne daß es stärker oder schwächer wurde. Die Dunkelheit war so groß, daß man ohne Licht keinen Weg sehen konnte, durch den dünnen Regen hörte man überall kleine Geräusche, als liefe oder bucke sich etwas, flüstre oder atme irgendwas. Um die Zeit der letzten Runde schickte Garibaldi Manara und Hoffstetter nach den beiden Bastionen, welche ihrer Lage nach die wichtigsten und die waren, um welche die Entscheidung gekämpft werden mußte, damit sie der Besatzung äußerste Aufmerksamkeit einschärften. Sie fanden die Soldaten in guter Stimmung; die erste Abteilung des Regimentes, die zunächst hinter der Bastion lag, erklärte sich freiwillig bereit, wach und kampfbereit zu bleiben, so daß dieser Teil der Linie hinreichend gedeckt zu sein schien. Manara und Hoffstetter kehrten müde und schweigsam in den Palazzo Corsini zurück, wohin Garibaldi eben an diesem Tage, da die Savorelli unbewohnbar geworden war, sein Quartier verlegt hatte. Sie hatten nur einige Stunden geschlafen, als ein Adjutant die Unglücksnachricht von der Erstürmung der Bastionen brachte: plötzlich, ohne vernehmbare Annäherung, sei der Feind auf der Bresche erschienen, habe die vordersten Posten, die ahnungslos ihr „Wer da?" gerufen, gefangen genommen und die Besatzung durch den bloßen Schrecken ihrer geisterartigen, unerklärlichen Anwesenheit verjagt. Die Besonnenheit einzelner habe gegen die Panik, die unter den Soldaten entstanden sei, nicht aufkommen können, unaufhaltsam wären sie die Anhöhe hinunter nach Trastevere bis zum Kloster Cosimato und Callifte geeilt, das für den Fall eines notwendigen Rückzuges zum Sammelpunkt bestimmt worden war. Man meinte, die Franzosen seien durch eine Mine auf die Bastion geführt worden und beschuldigte einen Ausländer, der im Heere gedient habe und, wie es hieß, plötzlich verschwunden sei, dieses Verrates; aber es konnte niemals nachgewiesen werden.

Garibaldi schickte sofort den Oberst Sacchi mit einem Teil der italienischen Legion nach den verlorenen Bastionen, damit er die Lage untersuche; dann ließ er alle Regimenter kampfbereit machen, besetzte die zweite Linie, an der schon seit mehreren Tagen gearbeitet worden war, und beschleunigte ihre noch nicht vollendete Befestigung. Sein Quartier verlegte er aus dem Palazzo Corsini, der ihm zu weit von der Mauer entfernt war, in die Villa Spada, von wo aus er einen besseren Ueberblick über die ganze Linie hatte. Als die Mannschaft fertig war, drängte Manara zum Versuche, mit gesamter Macht die Bastionen zurückzuerobern; allein Garibaldi erklärte mit solcher Bestimmtheit, er wolle jetzt nicht angreifen, daß er seine Ungeduld unterdrückte und sich beschied. Die Sonne war noch nicht aufgegangen; Garibaldi saß auf einer Bank in dem Rondell, wo an schönen Abenden die Musik zu spielen pflegte, aus halb aufgelösten grauen Nebelwolken und von den Rosen, die an langen Zweigen aus den Bäumen herabhingen, tropfte der warme Regen auf ihn herunter. Er bedachte die sinnlose Flucht der Soldaten, wo so viel auf dem Spiel gestanden hatte, derselben, die tollkühn dem sichtbaren Tod entgegenstürzten, wenn er oder sonst ein Anführer, der Schwung und Kraft hatte, an ihrer Spitze stand, und sagte sich, daß sie nichts als unlebendiger Stoff wären, der von Augenblick zu Augenblick durch einen üppigen Willen beseelt werden müsse. Zorn und

Trauer und Verachtung füllten sein Herz; er hatte gesehen, wie emsig die Franzosen schon auf den neu eroberten Plätzen arbeiteten, immer erschienen sie rege, tätig, gefaßt, obschon sie um eine gleichgültige, manchem vielleicht widerwärtige Sache ihr Leben wagen mußten. Doch versuchte er die Seinigen damit zu entschuldigen, daß sie sich in der übeln Lage des Verteidigers befanden, der immer munter, ohne zu handeln, sein sollte; während dieser langen Tage, wo jedermann fortwährend und überall wehrlos heimtückisch überfallendem Tode ausgesetzt war, wo man mit allen Sinnen auf heranschleichende Gefahr paßte, waren ihre reizbaren Nerven erschlafft; auch waren es nur die Uebriggebliebenen nach einem furchtbaren Kampfe, Ersatz war wenig gekommen. Immerhin glaubte er noch mit diesem Reste, wenn sie sich draußen in herzhaften Unternehmungen stählten, etwas ausrichten zu können, aber bald, bald müßten sie aus dem Ring heraus, der sich immer enger um sie zusammenzog, bevor alle erdrückt wären.

Es war noch nicht Tag, als die Nachricht vom Verlust der Bastionen sich in der Stadt verbreitete und die Glocke vom Kapitol das Sturmgeläute begann. Die Deputierten versammelten sich, Cernuschi und Caldesi eilten durch die Straßen, riefen das Volk auf die Barrikaden und verkündeten, daß im Palazzo Farnese Waffen an alle ausgeteilt würden, die Rom in seiner höchsten Not beispringen wollten; denn man hielt es für selbstverständlich, daß ein Ausfall zur Zurückgewinnung der entrissenen Linie ohne Verzug gemacht werden würde. Eine Schar von Männern und Frauen, Knaben und Mädchen zogen nach den Mauern, einige mit Waffen, andre nur mit irgendeinem Werkzeug in der Hand, das sie hastig ergriffen hatten, und erfüllten die engen Gassen am Janiculus in aufgeregter Erwartung, was sich zeigen würde. Garibaldi, dem die Ankunft des Volkes gemeldet wurde, stand auf, um sie anzureden und nach Hause zu schicken, als sich der Garten mit Menschen füllte: Avezzana, Mazzini, Pisacane und verschiedene Offiziere seines Stabes kamen auf ihn zu, Brunetti blieb zu Pferde im Hintergrunde. Garibaldi runzelte die Stirn beim Anblick der Ungeduldigen, deren Ansinnen er vorauswußte; er grüßte kurz mit abweisender Miene. „Was bedeutet es, General," rief Avezzana, „daß Ihr nicht angreift? Das Volk ist bewaffnet, Roselli stellt Euch zur Verfügung, was er von seinen Regimentern entbehren kann, worauf wartet Ihr? Jede Minute, die verstreicht, ist Gewinn des Feindes." Garibaldi antwortete: „Ich habe mich entschlossen, nicht anzugreifen. Sacchi, der gleich nach dem Verluste einen Versuch machte, wurde zurückgeworfen, inzwischen haben sie die Krönung der Bresche vollendet und sie befestigt. Würden wir uns aus solcher Stellung vertreiben lassen? Ich habe die Hälfte meiner guten Leute verloren, als ich am 3. Juni das Haus Doria wiedererobern wollte; die andre Hälfte will ich mir retten." — „Ist es denn eine Frage, ob es gelingt, den Feind von den Mauern zu jagen?" rief Mazzini. „Es muß gelingen! Wir müssen obsiegen, so gut wie wir atmen müssen; denn atmen wir nicht, so leben wir nicht mehr!" Garibaldis Blick ruhte inzwischen auf der Menge, die außerhalb des Gartens wogte, zitternd und murmelnd, ein Wald vor dem Sturme, Männer in der Bluse oder im Hemde, mit bloßem Halse, Frauen mit fanatischen Augen in mageren, von Hunger und Ueberanstrengung entstellten Gesichtern, Mädchen, fast noch Kinder, deren kleine Hände ein Messer umklammerten und krampfhaft an die zarte Brust drückten; endlich wendete er sich wieder zu den Herren und sagte fest in Blick und Stimme: „Ich habe es erwogen und mich entschlossen, nicht anzugreifen. Seit zwanzig

Tagen halten wir eine unbefestigte Stadt mit unausgebildeten Soldaten gegen das beste Heer Europas, dem das Meer unaufhörlich Hilfe bringt an Menschen, Waffen, Pulver und Nahrung: es ist genug für die Ehre. Jetzt wollen wir daran denken, uns für Italien zu erhalten."

Während die andern schweigend über diese Worte nachdachten, rief Mazzini, außer sich: „Gott, welche Rechnung mit Blut und Vaterland und Ehre! Würdest du auch, wenn einer das Schwert gegen deine Mutter zöge, erwägen, ob es sich lohne, das Leben an die Alte zu wagen, deren Tage doch gezählt sind? Steh nicht da wie ein Heidengott aus Stein! Es ist Rom, das fällt! Siehst du das Volk nicht, das willens ist und das Recht hat, für seine Heiligtümer zu kämpfen und zu sterben!"

Garibaldi warf einen Blick auf die Menge und sagte: „Ich sollte die Lämmer da draußen zur Schlachtbank führen!?" Auf diese Worte hin wendete Angelo Brunetti sein Pferd und begab sich auf die Straße, um den Leuten zu erklären, daß es zu keinem Kampfe käme, und sie zur Rückkehr nach Hause zu bewegen. Mazzini, der es sah, trat Garibaldi näher und rief: „Verflucht das Volk, das nicht für sein Vaterland sterben kann! Wer von uns mag Rom überleben!" Tränen stürzten aus seinen Augen, er rang die Hände. Dicht vor Garibaldi stehend, sagte er mit gedämpfter Stimme beschwörend: „Wäre es möglich, daß du Rache an mir nehmen wolltest? Ich habe, bei Gott, der uns sieht, nie für mich und meinen Namen, nur für Italien gekämpft; tue du es auch!" — „Ich tue es," sagte Garibaldi und blickte dem ganz Erschütterten ohne Mitleid in die nassen Augen.

Avezzana und Pisacane verrieten ihre Entrüstung in Ausrufen und Mienen, verschiedene von des Generals eignen Offizieren blickten traurig und nicht ohne Vorwurf auf ihn. Die Freunde Mazzinis suchten ihn, der verzweifelt nicht von der Stelle wollte, zum Weggehen zu bewegen; ob er nicht wisse, sagte Pisacane bitter, daß Garibaldi nicht umzustimmen sei, wenn er etwas wolle oder nicht wolle? Die Priester pflegten in der Kirche zu beten, daß es regne, wenn Dürre sei, oder daß der Blitz nicht einschlage, wenn ein Wetter sei, und Blitz und Regen führen hoch oben ihren Weg: so sei Garibaldi vernünftiger Berechnung oder Beeinflussung nicht zugänglich; sie zogen ihn endlich mit sich fort.

Während der Platz und die Straße sich leerte, behielt Garibaldi Manara zurück und sprach mit ihm, als sie miteinander allein waren, von seiner Absicht, den Krieg von Rom weg in die Berge zu tragen. „Warten wir," sagte er, „bis die Franzosen die Stadt erstürmen, so ist nicht nur das Ende der Republik da, sondern der Revolution, wenn auch ein rühmliches. Sind wir hiehergekommen, um eine Theatertragödie aufzuführen? Wir wollen Italien machen. Kommt Ihr mit mir, Manara, mit den Eurigen, so getraue ich mir, auf andern Hügeln ein neues Rom zu gründen." Es war das erstemal, daß Garibaldi seinen geheimen Gedanken gegen Manara äußerte, der, so scharf und dringend wie die Anforderungen eines jeden Tages waren, noch nie darüber nachgedacht hatte, was jenseits des Falles von Rom kommen sollte. Was Garibaldi plante, erschien ihm ungeheuer: wenn es gelänge, aus der Stadt auszufallen und durch den Feind hindurch sich ins Gebirge zu schlagen, sah er nichts andres mehr als eine Horde ohne Titel, abgelöst von Recht und rechtlichen Gemeinschaften, eine Rebellion Todgeweihter um einen rasenden Helden geschart. Es war ihm, als sähe er die traurigen Augen seiner Frau und seiner Kinder und ihre ausgestreckten Arme wie etwas Ertrinkendes, das noch einmal auftaucht, tiefer und tiefer hinabsinkt, untergeht und auf immer verschwindet; er erblaßte und fand keine Antwort. Garibaldi sah ihn bekümmert an, und die Lust wandelte ihn an, ihn nach Hause zu schicken, so wie er Goffredo Mameli manchmal in der Schlacht zu schützen versucht hatte; aber er gab dem Gefühl nicht nach, sondern sagte: „Manara, Ihr habt keinen Glauben an den guten Ausgang der Sache, weil Ihr keinen Glauben an Italien habt. Von Euch kann ich am wenigsten erwarten, daß Ihr zu mir haltet, doch brauche ich Euch. Wißt Ihr aber etwas, das Ihr lieber und mit leichterem Gewinn tätet, so sagt es mir." Manara, der sich inzwischen gesammelt hatte, schüttelte den Kopf und sagte: „Ich glaube an Euch, das ist genug. Solange Ihr das Schwert führt, stecke ich meines nicht in die Scheide. Versuchen wir Mazzini und die Versammlung zu überreden, meiner seid Ihr gewiß."

Die Sonne war allmählich durch die Wolken gedrungen, es war schwüler als zuvor. In der Nacht machte die Besatzung der verlorenen Villa Barberini, welche größtenteils aus Lombarden bestand, einen Versuch, dieselbe zurückzuerobern, doch mißlang er trotz hartnäckiger Tapferkeit. Die meisten der jungen Offiziere wurden schwer verletzt in die Spitäler getragen, unter ihnen der Maler Induno mit siebenundzwanzig Wunden.

Giacomo Medici gab ein Fest im Vascello, um Agostino Bertani zu begrüßen, zu dem nur Oberitaliener, hauptsächlich Lombarden, geladen werden sollten. Medici, der ein Regiment Freiwilliger nach Rom geführt und in den Dienst Garibaldis gestellt hatte, war schon in Amerika Waffengefährte des Generals gewesen. Er hatte früh schon Mazzinis Lehren in sich aufgenommen, dafür gearbeitet und deshalb Italien meiden müssen. Was ihn zum Republikaner

gemacht hatte, waren weniger in der Einsicht begründete
Ueberzeugungen als Ehrgeiz und Empfindlichkeit, die
ihm eine untergeordnete Stellung unleidlich machten,
wozu er doch bei der Lage seiner Familie unter gewöhnlichen Verhältnissen bestimmt schien. Wer ihn
als Offizier unter den Soldaten hatte kennen lernen,
erstaunte über sein gutmütiges, gefälliges, leicht un-
entschiedenes Wesen im bürgerlichen Leben. Er schloß
sich gern an Männer von festgegründetem Ansehen,
nicht aus Eitelkeit oder um befördert zu werden,
sondern um der öffentlichen Meinung gegenüber sich
gedeckt zu fühlen. Während er im Felde schneller
und kühner Entschlüsse fähig war und sich ohne Besinnen aussetzte, wenn es nötig schien, tastete er im
Leben unsicher und fühlte sich durch das Urteil andrer
behindert, wie einer, dem das Gehen schwerfällt,
wenn er weiß, daß sein Näherkommen beobachtet wird.
Seine äußere Erscheinung war mehr derb als elegant;
seine Freunde hatten ihn gern wegen seiner Dienst-
fertigkeit, mit der er im täglichen Leben kein Opfer
scheute, um ihnen gefällig zu sein. Garibaldi schätzte
ihn als einen seiner selbständigsten Offiziere. Er hatte
eine natürliche militärische Begabung, und die von
ihm befehligten Regimenter zeichneten sich stets durch
pünktliche Zucht und gute Verwendbarkeit aus. Seine
Behauptung des Vascello, des ausgesetztesten Punktes
der Verteidigungslinie, daß der Feind wie das Posta-
ment unter einer Statue zusammenschoß, ohne ihn
zu erschüttern, hatte seinen Namen in Rom rühmlich bekannt gemacht. Es stand nur noch das Erd-
geschoß des massiven Palastes, und in diesem war
ein großer Saal fast unbeschädigt, wo die Gäste
sich aufhalten konnten. In den Ecken des Raumes
standen auf schlanken Säulen schöngeschwungene Ge-
fäße aus Alabaster, die die Soldaten mit Lilien und
Rosen angefüllt hatten, von denen der Garten voll

war; auf den Tischen waren Pflaumen, Pfirsiche und Feigen aufgeschüttet. Bertani ließ sich von Medici durch das zerstörte Gebäude führen, soweit es möglich war; von den oberen Stockwerken stand noch Gemäuer als eine beständige Gefahr für die Besatzung, von der schon mehrere Leute durch zusammenstürzendes Mauerwerk getötet worden waren. Trotzdem waren die Soldaten guten Mutes und benutzten das letzte Tageslicht, um nach der Corsini hinüberzuschießen; an einem der geschützten Fenster saß einer und spielte auf der Mandoline, andre betrachteten das Abendbrot. Ueber den Trümmern der Corsini und ihren schwarzen Eichen stand rosenfarbig ein stilles, welches Feuer, dessen Widerschein auf langsam wandernden Wolken über den hohen Himmel zog; wie Gesang aus der Ferne erst laut, dann leiser und leiser tönt und verhallt, erbleichte die wehende Glut allmählich und erlosch endlich ohne Spur unter der einsamen Wölbung. Im Saale beschäftigten sich Manara, Morosini und Mangiagalli damit, Weinflaschen zu entkorken und die Gläser, die noch heil waren, vom Staube zu reinigen, wobei Manara Mangiagalli tadelte, daß er zu behende sei und sich den ehemaligen Diener anmerken lasse, Mangiagalli hingegen brummte, er könne dies ohnehin nicht vergessen, wenn Manara ihn beständig auszanke. Da Garibaldi hatte bitten lassen, man möge mit dem Essen nicht auf ihn warten, wurde begonnen, als alle übrigen versammelt waren; Soldaten trugen auf Mailänder Art zubereitete Gerichte auf, die mit begeistertem Zuruf empfangen wurden. Es wurde von Garibaldis Absicht gesprochen, den Krieg im Süden fortzusetzen, der sich Mazzini und die Versammlung widersetzte, und erwogen, ob es dazu kommen und welches der Erfolg sein könnte. Manara war schweigsam, weil er vorher mit Emilio Dandolo eine Auseinandersetzung gehabt hatte; dieser nämlich mißbilligte den Plan als tollköpfig und revolutionär, eines Abenteurers, nicht eines Generals würdig, und beschwor Manara, die Bersaglieri nicht hineinzuverwickeln, weil sie auf diese Weise jeden Zusammenhang mit Mailand und Piemont verlieren, vaterland- und rechtlose Vagabunden werden würden. Manara hatte entgegnet, er würde niemand zwingen, aber auch niemand zurückhalten, der ihm würde folgen wollen, er selbst würde, welches auch das Ende sein möchte, mit Garibaldi gehen; die Vorstellungen Dandolos hatten seinen Vorsatz nicht erschüttert; aber das Herz war ihm schwer darüber geworden. Dandolo vermied ihn anzusehen, auch mit den andern zu sprechen und betrachtete scheinbar aufmerksam den Marmorfries an den Wänden des Saales; er stellte den Tod des Adonis dar, um den Frauen klagen, eine Prozession gleichgekleideter, gleichgroßer, gleichschöner Gestalten, von denen die ersten die Arme gerade in die Höhe reckten und das verzweifelte Haupt mit gelösten Haaren so zurückwarfen, daß der runde Hals mit der starken Kehle einem im Sturm gebogenen jungen Weidenstamme glich; diesen folgten viele andre mit sanftem Gange und gesenktem Haupte, die Flöte blasend, und zogen sich so um den ganzen Saal hin, wodurch der Eindruck unersättlicher Trauer hervorgebracht wurde.

Medici sagte, er bezweifle, ob ein Wagnis, wie Garibaldi es im Sinne habe, glücken könne, allein er habe sich zur Regel gemacht, seiner Fahne zu folgen, selbst wenn er im Urteil abweiche, und werde davon ohne zwingende Gründe nicht abgehen. Dies sei nach einem gewissen Ereignis geschehen, das er folgendermaßen erzählte: „Als auf die Nachricht von der Amnestie des Papstes Garibaldi die Heimkehr beschlossen hatte und wir auf dem Meere durch begegnende Schiffe von dem wunderbaren Aufschwung Italiens unterrichtet waren, entwarf er einen Plan, wie wir uns nach der Ankunft verhalten sollten, wonach mir die Aufgabe zufiel, zuerst nach England zu reisen und mich mit Mazzini ins Benehmen zu setzen, dann nach Toskana zu eilen, wo Garibaldi lauden und mich erwarten würde. Ich führte alles Punkt für Punkt aus und war zur festgesetzten Zeit an dem bestimmten Orte, wo ich aber weder Garibaldi noch eine Nachricht von ihm fand. Erst durch Zeitungen erfuhr ich, daß er in Nizza gelandet war und daran dachte, sich mit dem König von Sardinien zu verbinden, als ob nie eine andersgeartete Verabredung bestanden hätte. Unfähig, etwas auszurichten, und sehr aufgebracht gegen Garibaldi kam ich nach Genua, wo ich sogleich Anzani aufsuchte, einen teuern Freund, der während der Ueberfahrt erkrankt war und dessen Auflösung erwartet wurde. Anzani war ein Mann, wie ich wenige gefunden habe, gut, sicher und bescheiden. Er war ein Sterbender, als ich ihn wiedersah, doch nahm er alle seine Kräfte zusammen, um mir zu erklären, warum Garibaldi willens sei, in Karl Alberts Dienste zu treten, dessen Gegner er bisher gewesen war. Da ich mit meiner Entrüstung nicht zurückhielt, vielmehr geradezu aussprach, ich würde mir die nichtachtende Behandlung, die er mir zugefügt, nicht gefallen lassen, sondern mich von ihm trennen, faßte er mich mit beiden Armen, zog mich zu sich hernieder und flüsterte, denn er konnte nicht mehr sprechen: ‚Mir weissagte das Herz, er sei der Retter, den wir suchten, darum bin ich in guten und bösen Tagen nicht von ihm gewichen. Trage ihm nichts nach: er hat ein Gesetz in sich, das wie ein Sturm ist, in dem unsre Lichter erlöschen. Versprich mir, ihm allewege zu folgen, wer mit ihm geht, wird Italien finden.' — Ich schwor ihm das, was er wollte, und verließ ihn auf der Stelle, ohne zu warten, bis er verschieden sei, um zu Garibaldi zu gehen und mich ihm zur Verfügung zu stellen."

Medici hatte seine Erzählung eben beendet, als man die Soldaten draußen Evviva rufen hörte und Garibaldi eintrat. Er hätte, sagte er nach kurzem, heiterem Gruße, die Fahne auf dem Vascello nicht mehr gesehen, sie wäre wohl infolge eines Schusses, der die Mauer gelockert hätte, umgesunken, wer Lust hätte, sie mit ihm wieder aufzurichten. Man konnte auf Leitern zu der höchsten Mauerzacke gelangen, die noch stand und an welcher die Fahne befestigt war, die sich jetzt gesenkt hatte. Drüben wurde sofort bemerkt, daß an der Stelle gearbeitet wurde, und ein paar Schüsse strichen an Mangiagalli und Medici vorüber, in deren Händen die Fahne schwankte. Nach einer atemlosen Minute stand der dunkle Stamm siegreich auf der Mauer, die Offiziere riefen: „Es lebe Italien!" und die Soldaten, die sich unten aus den Fenstern bogen, um hinaufzusehen, wiederholten es. Auf einem marmornen Stück Fußboden des oberen Stockwerks, das jetzt einer freien Terrasse glich, blieben die Männer stehen, um in den verwüsteten Park, der den Palast umgab, hinunterzusehen. Zwischen Beeten und Gebüschen, die verkohlt und zertreten waren, schimmerten Hortensien und Verbenen und ragte edles Grün in biegsamen Säulen und Bogen; aus dem Schutt einer Mauer, die, herabstürzend, ein Rosendickicht zerdrückt hatte, quoll ungestüm die leuchtende Blütenmasse hervor. Sommerblumengerüche wehten süß und mächtig über dem Dunst der blutbetauten Erde. „Wie bald," sagte Medici, „werden auch diese Mauern gestürzt sein, und wenn einmal der Schutt weggeräumt ist, wird niemand wissen, wo sie gestanden haben." Garibaldi legte ihm die Hand auf die Schulter und entgegnete: „Dahin soll es nicht kommen, Giacomo. Die Trümmer sollen stehen bleiben als ein Denkmal der Toten, die hier gefallen sind, und deines Ruhmes."

Unten saß Gustavo Modena behaglich kauend an der Tafel und sagte zu den wieder eintretenden Freunden: „Gut, daß ihr so lange brauchtet, um die Fahne wieder aufzurichten, inzwischen habe ich mich satt essen können." Sie lachten und fluchten über die leeren Schüsseln, begnügten sich aber schließlich mit Brot und Käse, wovon Vorräte in den Kellergewölben des Hauses waren. Gustavo Modena wurde nun gesprächig: er machte Cristina Trivulzio nach, wie sie, bleich und hager, ein schöner Vampyr, an den Betten der verwundeten Jünglinge sitze und ihnen das wenige Blut, das die Schlacht ihnen gelassen, aussauge, dann seine Frau, die ihre Kranken mit Lieblingsspeisen füttere und ärger als Papst und Franzosen gegen die Eingeweide der Unglücklichen wüte, ferner wie die beiden sich zankten, indem Giulia Modena, die gute, mütterliche, es für Sünde hielt, Wunde und Sterbende durch Kokettieren und ähnliche Wirtschaft zu erhitzen, wohingegen die Trivulzio ihr vorwarf, sie als Schweizerin verstehe die Glutseele der Italiener nicht, vernachlässige die ideale Seite der Pflege und verwechsle außerdem die heilige Flamme des Patriotismus mit gemeinen Trieben. Er wußte das Mienenspiel und die Sprechweise der beiden Damen so wiederzugeben, daß seine Zuhörer nicht aus dem Lachen kamen und in ihrer Ausgelassenheit den Eintritt der Anita überhörten, die eben angekommen war und, da sie ihren Mann in der Villa Spada nicht gefunden hatte, sich sogleich in das Vascello hatte führen lassen. Noch keiner von den anwesenden Freunden Garibaldis außer Medici, der aufsprang und ihr entgegeneilte, um sie zu begrüßen, hatte sie gesehen, und sie betrachteten sie, so gut es anging, mit verstohlener Neugierde. Sie trug den schwarzen Filzhut mit der schwarzen Straußenfeder der italienischen Legion, einen weißen Mantel, wie

Garibaldi, über ihrem Reitkleide, ihre Gestalt war eher klein als groß, in dem braunen Gesicht fielen die dunkeln fragenden Augen und der leidenschaftliche Mund auf. Infolge ihrer Schwangerschaft erschien sie weniger zierlich und geschmeidig als sonst, aber sie bewegte sich mit der sinnlichen Anmut und dem unbewußten Stolze ihres Volkes. Sie erwiderte Medicis Gruß würdig und wendete sich dann wieder zu Garibaldi, der sie umarmte und in einen bequemen Sessel mehr trug als führte. Von allem, was man ihr anbot, denn sie gab zu, den Tag über fast nichts zu sich genommen zu haben, nahm sie nur einen Schluck Wein und ein Stück Brot und fing an zu essen. Währenddessen wanderte ihr Blick langsam über die Herren, die ihr vorgestellt wurden, über die erhabenen Bilder an den Wänden, die breiten Fenster, die Vasen voll Blumen, bis ihr die Augen zufielen und sie plötzlich, das angebissene Stück Brot in der Hand, einschlief; Garibaldi rückte seinen Stuhl dicht an ihren und setzte sich so hin, daß sein Arm ihren Kopf stützte.

Orrigoni, ein zuverlässiger Legionär, der Anita von Genua bis Rom geleitet hatte, sprach von den Strapazen der Reise, die durch ihre Ungeduld und Sorge noch vermehrt worden wären und ihre vollständige Erschöpfung erklärten. Da die Herren verstummt waren, sagte Garibaldi, sie möchten sich im Gespräch nicht stören lassen, seine Frau sei gewohnt, mitten im Kriegslärm zu schlafen und werde nicht aufwachen, doch meinte Medici, sie würden ohnehin gut tun, leise zu sprechen, denn jetzt, bei völliger Dunkelheit, müßten die Wachen auf das leiseste Geräusch horchen; allerdings sei erst gestern ein Ueberfall abgeschlagen, es würde kaum in dieser Nacht schon ein andrer erfolgen, trotzdem sei größte Wachsamkeit geboten. Die Mandoline draußen tönte schon seit geraumer Zeit nicht mehr. Einmal, erzählte Garibaldi, hätte seine Frau eine Schlacht verschlafen. Sie befanden sich damals in Feindesland und ritten, er und eine Schar Getreuer, seit mehreren Tagen durch brasilianischen Urwald, Anita, den ein paar Wochen alten Menotti im Arme, Dolch und Revolver im Gürtel, denn bei den fortwährenden Neckereien und Ueberfällen der Eingeborenen durfte sie nicht allein auf den Schutz andrer angewiesen sein. Sie näherten sich gerade einer Lichtung, wo eine größere Ansiedlung war, als der Kleine vor Hunger so jämmerlich zu schreien anfing, daß sie ihn trinken lassen wollte, wozu Garibaldi ihr auch deshalb riet, weil man von den Bewohnern der Ansiedlung eines unfreundlichen Empfanges gewärtig sein mußte und sich darum vielleicht zunächst keine günstige Gelegenheit bot. Sie stieg vom Pferde und setzte sich in eine Moosgrube unter dicken Bäumen; er selbst bemerkte gleich darauf eine auffallende Bewegung in der Vorhut, ritt hin und erfuhr von den zurückgekehrten Kundschaftern, daß die Ansiedlung von zahlreichen Bewaffneten besetzt sei, die die herankommende Truppe einzuschließen hofften. Die Lage war so, daß einzig ein schneller Angriff retten konnte, wozu sich auch Garibaldi entschloß, und ein heftiges, sehr blutiges Gefecht fand statt, das glücklich mit vollständiger Flucht der Eingeborenen endete. Während ein Teil seiner Schar den Feind, mehr zum Schein, als weil es notwendig gewesen wäre, verfolgte, eilte Garibaldi, zu sehen, was aus seiner Frau geworden wäre, und fand sie an derselben Stelle, wo er sie verlassen hatte, im tiefen Schlafe, das Kind an ihre Brust geklammert, von Sattheit schnaufend und schläfrig blinzelnd, dann und wann noch im Nachgenusse saugend und schluckend, dicht neben beiden das Pferd, das mit gespitzten Ohren dahin schnupperte, wo es den Kampf roch.

Die Offiziere ließen, während Garibaldi erzählte, verwunderte Blicke über die Frau gleiten, die sie sich groß, mit starken Knochen, als unnahbare Amazone vorgestellt hatten und die ihnen so, wie sie bewußtlos an ihres Mannes Arm gesunken dasaß, einen kindlich hilfebedürftigen Eindruck machte. Sie war gekommen wie eine Wallfahrerin, die sich auf Steinen zum Heiligtume schleppte und, da sie es erreicht hat, vor dem Bilde der Anbetung selig zusammenbricht. Bertani erhob sein Glas und schlug vor, auf das Wohl der Schlafenden zu trinken; das folgende, meinte Medici, indem er die Gläser wieder füllte, sollte jeder seiner Geliebtesten widmen. Aus den Augen des jungen Morosini strahlte ein so inbrünstiges Gefühl, während er trank und das geleerte Glas hinstellte, daß Garibaldi, an dessen Seite er saß, sich nicht enthalten konnte, über sein braunes Haar zu streicheln und zu fragen: „Ich möchte wissen, wem du zugetrunken hast?" Morosini antwortete, glücklich lächelnd: „Meiner Mutter!" und es verriet sich in der schlichten Art, mit der er es sagte, daß es ihm nicht in den Sinn gekommen war, jemand könnte einen andern Namen erwartet haben. Da nun Garibaldi herzlich sagte: „Sie wird noch jung und eine schöne Frau sein," wollte er etwas erwidern, aber unversehens fingen seine Lippen und sein Kinn zu zittern an, und er wendete beschämt sein Gesicht ab, um die Tränen zu verbergen. Für eine Weile sprach niemand mehr; endlich unterbrach Bertani das Schweigen und sagte: „Ich bin, soviel ich weiß, der einzige von euch, der keine Mutter mehr hat, darum kann ich ruhig von ihr sprechen," und erzählte, wie er, achtjährig, in eine Erziehungsanstalt geschickt worden sei, wie die Trennung von seiner Mutter sein unerfahrenes Herz zerrissen habe, wie sie, nachdem der Abschied schon genommen gewesen sei, ihm noch einmal nachgelaufen sei, um ihm, da ein scharfer Frühlingswind geblasen hätte, ein seidenes Tüchlein, das sie selbst an sich getragen hätte, um den Hals zu binden, und wie er sich nicht hätte bewegen lassen, es abzulegen, bis er das erstemal in den Ferien heimgekommen sei. Seine Mutter hätte dies von den Lehrern der Anstalt erfahren, das Tüchlein aufbewahrt und es ihm später einmal gegeben, als er die kleine Begebenheit schon vergessen gehabt hätte; seit ihrem Tode, der bald darauf erfolgt sei, trage er es immer bei sich. Er zog ein kleines Tuch aus weicher, feuerroter Seide, mit grünen Streifen umrändert, aus der Tasche und zeigte es; während alle es ernsthaft betrachteten, glaubte Medici eine Bewegung unter den Soldaten im Nebenraume zu hören, sprang auf und eilte hinaus, kam aber bald lachend mit der Erklärung zurück, sie hätten ein Geräusch im Garten vernommen, das sie stutzig gemacht hätte, es sei wohl aber nur ein jagender Igel durch die Büsche gekrochen, denn rings sei nichts mehr zu hören und zu sehen. Unterdessen waren die andern mit Ausnahme von Garibaldi, der sitzen blieb, um den Schlaf seiner Frau nicht zu stören, aufgestanden und an die Fenster getreten; die Nacht war still und sehr dunkel, ab und zu blitzten in weiten Bogen die Geschosse von einem Lager ins andre. Plötzlich machte eine einschlagende Bombe das Gebäude so heftig erzittern, daß die Herren erschreckt vom Fenster in den Saal zurücksprangen, infolge der Erschütterung war eine von den Säulen mit der alabasternen Schale umgefallen, die Schale zerbrochen und die Fülle der Blumen über den spiegelnden Boden verbreitet. Das Krachen weckte Anita, sie besann sich, und als sie Garibaldi neben sich sah, legte sie in unbefangener Freude, die ihr bräunliches Gesicht ganz mit Rosenrot überhauchte, beide Arme um seinen Hals und sagte: „Gelobt sei Gott, ich habe dich wieder." Dann wurde aufgebrochen, und Orrigoni, der Anitas Begleiter von Genua her gewesen war, führte sie in das Gasthaus, das Garibaldi bewohnte, wenn er in der Stadt war.

✠

Am 26. Juni kämpfte die Versammlung bis zum Abend um Garibaldis Willen, Rom zu verlassen und der Republik ein Asyl im Gebirge zu schaffen; aber die Mehrzahl war dem Vorschlage abgeneigt. Einige sagten, sie würden mit den Räubern verwechselt werden, die in den Schluchten des Gebirges hausten, andre betonten die Schwierigkeit der Verpflegung einer größeren Menschenmenge in der Wildnis, noch andre wiesen auf die Brüder Bandiera hin, die auch auf den Zulauf der Unzufriedenen im Königreich Neapel gerechnet und jammervoll geendet hätten; man solle lieber darauf denken, beizeiten eine vorteilhafte Kapitulation mit dem Feinde abzuschließen, durch welche Leben und Besitz des Volkes, für welches sie verantwortlich seien, geschützt würde. Mazzini verwarf diese Begründungen: die römische Republik, sagte er, stände auf einem andern Rechtsboden und hätte andre Mittel als die Brüder Bandiera; aber wenn es auch so wäre, die Aussicht des Untergangs dürfe sie nicht abhalten, zu tun, was des Vaterlandes Not erfordere. Ob es nicht tausendmal leichter wäre, zu sterben, als den Feind in Rom einziehen zu sehen? Er erkennte es als die Pflicht der Triumvirn und der Versammlung, bis zum letzten Augenblick, nämlich bis die Franzosen das Kapitol besetzten und sie mit Waffen vertrieben, auf dem Posten zu bleiben. Pietro Sterbini hingegen unterstützte Garibaldis Vorschlag und sprach sogar aus, daß er für die Diktatur des Generals eintreten würde, da sich die Versammlung der Zeit nicht gewachsen zeige. Die Abgeordneten erinnerten ihn daran, daß gerade er, als Garibaldi nach dem 30. April sich zum Diktator habe machen wollen, sich ganz dagegen gesetzt habe, und er erwiderte, jetzt sei das Dasein des Staates in Gefahr, das Schwert möge herrschen, wenn das bürgerliche Regiment wanke, auch habe er damals die Regierung anders, höher eingeschätzt; er war redegewandt und hitzig und hielt den Anklagen und Vorwürfen der zahlreichen Gegner nicht übel stand.

Beim Einbruch der Dunkelheit kamen Cernuschi und Caldesi von einem Gange durch die Stadt zurück und meldeten, sie wären des Volkes sicher, es würde ihnen sowohl auf die Barrikaden wie zur Stadt hinaus folgen, es bedürfte nur eines beherzten Entschlusses, die Masse würde sich mitreißen lassen. Cernuschi, der immer rosig und nett aussah und mit Witz die Ueberlegenheit merken ließ, die er über jedermann zu haben glaubte, hatte viele Gegner in der Versammlung, die blindlings seinen Ansichten widersprachen; der Streit flammte noch einmal mit Erbitterung auf. Mazzini beteiligte sich nicht, sondern stand auf und stellte sich in einem Seitengemach an das Fenster, das auf den Platz ging. Er empfand, daß die Abgeordneten nicht eben aus Heldenmut bis zuletzt in Rom ausharren wollten, sondern aus Erschöpfung, um nicht noch einmal Taten zu tun und Verantwortungen auf sich zu nehmen; sie waren wie todmüde Wanderer, die lieber im Schnee erfrieren als weitergehen wollen. Er mußte sich eines Gefühls der Erbitterung und Verachtung gegen allesamt erwehren. Ihnen gegenüber erschien ihm Garibaldi im Rechte, dessen erfinderische Unbesiegbarkeit er überhaupt bewunderte; aber er hatte es sich anders gedacht. Wenn die Republik, welche die Erscheinung seines Gedankens gewesen war, untergehen mußte, so sollte sie auf dieser heiligen Erde untergehen, als eine Vision, die nie aus dem Gedenken der Menschen verschwinden würde. Zu der Stätte ihres Daseins und Untergangs sollte ihr Geist in den Mitternächten der Geschichte zurückkehren, bis Mutige und Glückliche kämen und ihn erlösten. Verließen sie Rom, so trennten sie sich, schien es ihm, von diesem weltbeherrschenden Namen; wenn sie nicht siegten — und wie konnte man auf Sieg rechnen? —, würden sie sich vielleicht zerstreuen und entkommen, vielleicht gefangen werden, vielleicht in verzweifelten Gefechten das Leben enden. Das wäre nicht das große Scheiterhaufenfeuer, das in Rom die geopferte Republik vernichtete und ihren Sturz in eine Glorie verwandelte. Das, was Garibaldi wollte, bot freilich noch Möglichkeiten; er hatte das Ende gewählt aller Hoffnungen.

Sein Herz war unruhig und gepreßt, es war ihm, als müsse er heute schon Abschied nehmen, einen allerletzten Abschied, ohne Wiedersehen, in unendliche Nacht hinein. Draußen war es dunkel; er sah ungewisse Gestalten über den Platz und die breite Treppe hinauf und hinunter eilen, wie wenn es die Augenblicke wären, die kämen und gingen, auftauchten und verschwänden und rastlos etwas Gefürchtetes, Unnennbares näher brächten. Von weit her hörte man den kurzen Galopp eines Reitpferdes auf dem holprigen Pflaster, der immer lauter wurde: es war Fürst Canino, der im Lager gewesen war und mit Garibaldi und Manara gesprochen hatte. Die Batterien des Feindes hätten heute geschwiegen, Garibaldi sei der Ansicht, er bereite sich zum großen Kampfe vor, bald würde es zu spät zu einem allgemeinen Auszuge sein. Manara stimme für diesen, vorausgesetzt, daß er im Namen und mit der Versammlung geschähe, Garibaldi sei ihm düster und drohend erschienen wie eine schwarze Wetterwolke mit glühendem Schoße, er denke wohl daran, daß Volk und Soldaten ihm auf ein

Zeichen die Diktatur verschaffen und daß er dann seinen Willen gebieten könnte. Canino ließ durchblicken, daß er für die beste Lösung hielte, wenn die Franzosen bald zum Sturme schritten und das unvermeidliche Ende beschleunigten. Bis Mitternacht blieb die Versammlung auf dem Kapitol und bestärkte sich in dem Beschluß, sich das Steuer nicht aus der Hand reißen zu lassen.

⊕

Mit der beginnenden Helle des Morgens gaben sämtliche Geschütze der Franzosen Feuer, nämlich die Batterien auf den Mauern der Corsini und eine Anzahl von Mörsern und Haubitzen, welche dahinter standen; auf römischer Seite die Batterie auf dem Pinohügel oberhalb der Kirche San Pietro in Montorio und einige Kanonen vor der verlassenen Savorelli. Vor dieser furchtbaren Kanonade stürzten die Schutzbauten der zweiten Linie zusammen, das Tor von San Pancrazio, das bisher die Bomben nicht ganz hatten zerstören können, barst, vom Dache der Kirche San Pietro, die Ferdinand der Katholische im fünfzehnten Jahrhundert hatte errichten lassen, wurde Stück um Stück abgerissen. Garibaldi, der den Angriff vorhergesehen hatte, verteilte die italienische Legion und die Bersaglieri so auf der Linie, daß hinter denen, die feuerten, Reserve war, für den Fall, daß die Franzosen zum Sturm übergingen. Der Verlust unter den vorderen war so groß, daß fast ununterbrochen neue Truppen nachrücken mußten, und die, welche verwundet aus dem Kampfe getragen wurden, und die, welche hineinstürzten, begegneten einander mit stolzem Zuruf. Wie mit der Sichel geschnittene Halme fielen die Kanoniere bei den Geschützen; die Uebrigbleibenden ließen sich nicht Zeit, einen Blick auf die Sinkenden zu werfen, sondern feuerten weiter, bis es sie selbst traf. Wie unerträglich der Lärm auch schien, nahm er doch immer zu: der Donner mehrerer Gewitter, die, zwischen himmelhohe Felsen gepreßt, sich auf einmal entlüden, hätte nicht lauter rasen können; aber plötzlich stürzte der Turm von San Pietro durch das durchlöcherte Dach in das Innere der Kirche, und das Geprassel der brechenden Mauern übertönte eine Minute lang das Brüllen der Kanonenschlacht.

An den alten Mauern, wo sie mit andern beschäftigt war, die Löcher zu stopfen, welche die Kugeln rissen, fiel Colomba Antonietti. Als sie der tödlichen Natur ihrer Wunde bewußt wurde, rief sie ihren Mann, der, außer sich, neben ihr niederkniete, umschlang ihn mit beiden Armen und wiederholte, dicht an seinen Leib und Mund gepreßt, ein leidenschaftliches, unersättliches Lebewohl; ihre Stimme durchbrang das Krachen der Geschütze wie eine schwingende Saite, die mit der magischen Gewalt des musikalischen Tones das Gehör beherrscht, dann plötzlich schluchzend zerreißt. Die Kameraden, die vom frühen Morgen an bei der gefahrvollen Arbeit waren, unterbrachen sich und starrten bestürzt auf die vielgeliebte Tote; einige trugen sie bis an den Fuß der Kirche San Pietro, wo Frauen von Trastevere sie in Empfang nahmen.

Etwa um zehn Uhr schien es Garibaldi, als ob die Geschütze der Batterie am Pino nicht mehr spielten, und er schickte Hoffstetter ab, der in seiner Nähe war, damit er untersuche, was die Ursache davon wäre. Er kam mit der Meldung zurück, daß die Traverse, welche die Batterie deckte, so zerschossen sei, daß die Kanonen bloßlägen und die wenigen Kanoniere, die noch nicht verwundet wären, sich hätten zurückziehen müssen. Die Traverse müsse unverzüglich hergestellt werden, sagte Garibaldi, Hoffstetter möge dafür besorgt sein und die ersten Soldaten, die er antreffe, dazu verwenden. Es war dies eine Abteilung Bersaglieri, die von einem Bataillon, das in der vorderen Linie gekämpft hatte, übriggeblieben war; Hofstetter unterrichtete sie von dem, was der General verlangte, und führte sie zu der Batterie, wo Garibaldi sie schon erwartete. Das Loch, welches die Traverse unbrauchbar machte, war sehr breit, und während die Soldaten es mit Erdsäcken auszufüllen versuchten, pfiffen die Kugeln und Kartätschen hindurch, wodurch die Arbeit überaus gefährlich gemacht war; allein sie griffen unter Hofstetters Leitung, der ihnen vorarbeitete, keck und richtig zu, während Garibaldi, auf der Lafette einer Kanone sitzend, dem schnell wachsenden Werke zusah. Noch war die Traverse nicht schußfest, als eine Bombe in eine Ecke schlug, wo etwa zwölf Mann zusammenstanden, die sich flink wie vom Blitze getroffen zur Erde warfen oder hinter Kanonen zu decken suchten. Als die Explosion vorüber war, ergab es sich, daß kaum die Hälfte der Leute wieder aufstand: sieben blieben liegen. Die Geretteten blickten entsetzt auf die Toten und zauderten; da füllte sich Garibaldi seinen Becher mit dem Wein, den er hatte herbeischaffen lassen, damit die Soldaten an dem heißen Tage und bei der gefahrvollen Arbeit Erquickung hätten, rief: „Es lebe Italien!", trank, und von der Macht seines Blickes berührt, faßten sie sich sogleich, antworteten: „Es lebe Garibaldi!" und fuhren fort zu arbeiten, als ob sie noch vollzählig wären. Als die Lücke einigermaßen geschlossen war, holte Hofstetter die Kanoniere, es waren römische und schweizerische, von denen die Schweizer sich weigerten, weil sie mit schwerem Batteriegeschütz nicht umzugehen verständen; da er ihnen aber die Heldentugend ihrer Ahnen vorrückte, kamen sie mit, und nach wenigen Minuten feuerten die Kanonen wieder so schnell und sicher, daß Garibaldis Augen glänzten und die Bersaglieri mit lautem Beifall ihre Bewunderung anzeigten. Nach einer Stunde waren von den schweizerischen Kanonieren nur noch zwei unverwundet, worauf sie um die Erlaubnis baten, sich zurückzuziehen, und sie erhielten.

Als Garibaldi sich davon überzeugt hatte, daß die Franzosen am heutigen Tage nur beschießen, nicht stürmen wollten, obwohl sie sich der zweiten Linie nunmehr hätten bemächtigen können, überraschte er die Herren seines Stabes durch die Mitteilung, die italienische Legion sei schon am vergangenen Tage übermäßig angestrengt worden und bedürfe einer Nachtruhe im Quartier, er wolle sie selbst hinführen, es sollten alle Abteilungen, die noch irgendwo beschäftigt würden, so bald wie möglich entlassen werden. Der größere Teil der Legion hielt bereits bei Villa Spada; als sie ganz versammelt war, stellte sich Garibaldi an ihre Spitze und verließ mit ihr die Mauern.

⊕

Die Straßen, durch die Garibaldi ritt, widerhallten von jubelnder Begrüßung; unaufhaltsam strömte das Volk der magnetischen Erscheinung nach und erfüllte wimmelnd die Treppe und den Platz vor dem Kapitol, wohin er sich begab. In der Versammlung empfing ihn nachdrücklicher Beifall einiger, die andern spannten sich auf Kampf und Widerstand. Er bat sofort um das Wort und sprach von der Lage des Krieges, schilderte den Kampf, der noch wütete und dessen donnernden Unglücksgang Rom zitternd belauschte. Noch wäre es Zeit zum Auszuge, bald nicht mehr. Alle Offiziere wären bereit und bürgten für ihre Soldaten. Er wage nicht mehr, als er vermöge: die bourbonische Armee und die Söldner des Papstes zähle er nicht, seit er sie bei Palestrina und Velletri habe fliehen sehen; die Franzosen würden zunächst Rom besetzen und halten, Oesterreich stehe noch im Toskanischen, also wäre die Straße nach Neapel frei.

Die klare Sicherheit seines Redens bannte den Widerspruch, nur die Zustimmung machte sich geltend.

Die gedrückten Seelen spürten einen Geruch von Hoffnung und Willen und beugten sich unwillkürlich dem zu, von dem er ausging. „Ich hätte Rom vielleicht retten können," fuhr Garibaldi fort, „wenn ihr zur rechten Zeit mir gehorcht hättet. Jetzt ist die Stadt verloren, ich kann nur einen Funken vom Herde entführen und ein neues Feuer damit anzünden. Im Süden muß die Tat entspringen, da müssen wir die Freiheit taufen, wo das heißeste Blut unsers Volkes fließt. Pflanzen wir unsre Fahne auf den höchsten Bergen auf, damit sich die Kinder Italiens darunter versammeln! Wohin der Schatten unsrer Fahne fällt, da ist Italien. Ihr wolltet keinen andern befehlen lassen, so habt den Mut, es selbst zu tun: ruft das Volk unter Waffen, vertraut euch mir an, ich führe euch, dies ist der letzte Augenblick." Einer entgegnete, den Auszug nach dem Süden könnten sie auch noch beschließen, wenn Rom gefallen sei. Garibaldi warf einen kalten Blick auf den Sprecher und sagte: „Wir hatten von heute morgen bis heute mittag dreihundert Tote und Blessierte. Noch drei Tage wie dieser, und uns bleiben nicht Soldaten genug, um eure Flucht zu decken." Die Deputierten befiel ein schauderndes Schweigen. Mazzini hatte während der ganzen Zeit bleich, mit abgespannten Zügen vor sich nieder gesehen; er hatte sich vorgenommen, keinen Druck durch nochmaliges Betonen seiner Ansicht auf die Versammlung auszuüben, denn er wußte, daß man ihm vorwarf, er zwinge der Republik seinen Willen auf.

Nach einer längeren Stille erhob sich Aurelio Saffi und stellte die Gründe zusammen, welche die Mehrzahl der Abgeordneten bestimmten, das Ende der Republik in Rom zu erwarten, wobei er nur den einen verschwieg, daß sie befürchteten, draußen ohne weiteres unter die Militärgewalt zu geraten; auch verteidigte er die Versammlung gegen Garibaldis Vorwurf, daß sie ihm nicht gehorcht hätten, indem er von den republikanischen Idealen sprach, die die Deputierten zu wahren verpflichtet wären. Saliceti, dem Saffi zu behutsam redete, rief grob dazwischen: „Wenn wir Euch nicht zum Diktator gemacht haben, so haben wir Euch doch Gefängnis und Tod erspart, wozu ein Kriegsgericht Euch wohl verurteilt hätte, nachdem Euer Ungestüm bei Belletri den Feldzug gegen Neapel zerstörte!" Diese Beschimpfung rief Schrecken nnd Unruhe unter den Abgeordneten hervor, auf der Galerie, wo zahlreiche Anhänger Garibaldis waren, lautes Lärmen, so daß der Präsident keine Ruhe zu schaffen vermochte, doch Garibaldis Stimme bewirkte augenblickliches Schweigen. Er sagte ruhig: „Ich habe geschworen, für Rom und Italien zu kämpfen, und habe es getan und tue es. Stellt einen andern an meinen Platz, und dann verklage mich wer will, ich bin bereit, der Republik Rechenschaft abzulegen." Mazzini war schon von seinem Sitze aufgesprungen: „Was tut ihr, meine Freunde!" rief er, „verwirrt das Unglück eure Sinne? Der Mann, der unser Schwert und Schild ist, sollte in unsrer Mitte wie ein Heiligtum im Tempel sicher sein. Ach, wie sollen wir wagen, gegen Feinde und Barbaren zu streiten, wenn wir uns untereinander beschimpfen und zerreißen!" Er bat, wie er schon oft getan hatte, an nichts zu denken als an Italien und den verhängnisvollen Augenblick; zu Garibaldi gewendet, beschwor er ihn, die unüberlegte Kränkung nicht Rom entgelten zu lassen. Von seinen Worten ergriffen, mäßigten sich die Erregten, und als der Präsident Galletti den General des unbeschränkten Vertrauens der Versammlung versicherte und ihn bat, die Mauern nicht zu verlassen, schloß sich nur Beifall an seine Rede. Garibaldi schwieg. Er war im Begriff, den Saal zu verlassen, als Caldesi eintrat und die Nachricht von Unruhen in der Stadt wegen der Diktatur

Garibaldis brachte; als er des Generals ansichtig wurde, dessen Anwesenheit er nicht vermutet hatte, stutzte er, doch Galletti winkte ihm mit seiner Gelassenheit, fortzufahren.

Auf der Piazza Navona, meldete er nun, sei ein Auflauf gewesen, ein Mann habe die Regierung als feige und unehrlich gebrandmarkt, sie sei für die wohlhabenden Bürger da, das Volk gebrauche sie nur als einen Fraß den verfolgenden Wölfen vorzuwerfen, nämlich der Rache des Papstes, bis jene sich in Sicherheit gebracht hätten. Was denn anders und besser in Rom geworden wäre? Die Priester trieben ihr Handwerk weiter in der Kirche mit Götzenbildern und Zaubersprüchen für das Volk, während die Herren allein sich der Wahrheit erfreuten. Da wäre Garibaldi ein andrer Mann, der bezahlte für jeden toten Priester, den man ihm brächte, so viel wie für einen toten Maulwurf, er würde ihnen längst das Fett vom Wanst abgelassen und den Armen in ihre Pfanne getan haben. Dagegen sei ein andrer aufgetreten und habe jenen einen Verräter gescholten, der vom Feinde besoldet sei, Unfrieden zu stiften, und auch dieser habe seinen Anhang, aber geringeren, und sei im Begriff, ihn gegen jenen zu führen. Es werde nichts andres übrigbleiben, als die Bürgerwehr einschreiten zu lassen. Garibaldis Antlitz flammte: „Laßt die Bürgerwehr!" rief er, „ich werde Ruhe schaffen!" und hatte den Saal verlassen, ehe noch jemand ihm hatte erwidern können. Zweifel oder Unwillen malte sich auf allen Gesichtern, verschiedene sprangen auf in der Meinung, man müsse ihm folgen und ihn beobachten; denn es schien nicht unmöglich, daß, selbst wenn er jetzt die Absicht hätte, den Aufruhr zu bändigen, wenn nun der ergebene Wille des Volkes sich ihm aufbrängte, sein tyrannischer Dämon ihn hinrisse und er als Herr von Rom die Republik seiner zügellosen Kriegswut und Machtbegierde opferte.

Indessen trat Mazzini noch einmal auf und sagte, da Garibaldi es übernommen habe, die Unruhen, wie sie in einem von äußerster Not und Gefahr bedrängten Gemeinwesen gern zu entstehen pflegten, niederzuschlagen, könnten sie, nach seiner Meinung, zur Erledigung der wichtigsten Geschäfte zurückkehren, nämlich zur Ausarbeitung der Gesetze der Republik, womit die Sache beigelegt war.

Es war eine späte Nachmittagsstunde, und noch immer donnerte die Schlacht am Janiculus, aber schwächer als am Morgen. Aus Trastevere zogen in ununterbrochener Reihe Wagen mit den Habseligkeiten armer Familien, deren Häuser von den Bomben zerstört oder bedroht waren, und die im Venezianischen Palaste oder in andern leerstehenden Gebäuden einquartiert wurden. Die wenigen Wagen, die den abendlichen Korso besuchten, fuhren haftig mit schweigsamen, von der Hitze ermatteten Insassen, die übliche Runde entlang; bis zum Pincio hin schlugen verlorene Bomben und zündeten.

✱

An dem Tage, als die große Kanonade begann, lag Manara krank in einem Gasthofe der Stadt; erst am Nachmittage konnte er wieder aufstehen und ritt sofort ins Lager. Bei der Villa Spada begegnete ihm Hoffstetter und erzählte ihm, verstört und heimlich, daß Garibaldi mit der italienischen Legion das Lager verlassen habe. Er habe ihm und andern Herren am Vormittage befohlen, die Legion allmählich aus dem Kampfe zu ziehen, da sie ausruhen müsse, er sei darüber erstaunt gewesen, habe aber stillschweigend gehorcht. Da er während der Schlacht verschiedene Aufträge zu seiner Zufriedenheit habe ausführen können, habe der General ihm eine Flasche feinsten Weines zur Stärkung überbringen, aber nichts dazu sagen lassen. Als er dann, kurz nach Mittag, um dem General einen Vorschlag zu machen, in das Hauptquartier gekommen sei, habe er dort den Obergeneral Roselli mit mehreren ihm unbekannten Herren gefunden, die ihn freundlich begrüßt hätten. Es sei ihm mitgeteilt worden, daß Roselli bis auf weiteres die Stelle Garibaldis einnehmen werde, der sich mit seinem Stabe in die Stadt begeben habe. Da er ihm nachgewollt habe als einer, der auch zum Stabe gehöre, habe Roselli ihn ersucht, dazubleiben und ihm verschiedenes zu erklären und zu berichten, was er denn getan habe. Wo Roselli sei? fragte Manara. Hofstetter antwortete, er sitze in seinem Zimmer der Villa Spada, studiere Pläne und höre Rapporte an.

Während dieses Gespräches standen die beiden Männer zwischen zwei Gewächshäusern, durch die ein schmaler Weg zur Villa führte und aus denen starke Gerüche von Tuberosen und Datura strömten. Manara, der noch angegriffen war, suchte sich das befremdende Ereignis zurechtzulegen, als plötzlich vor seinen und Hoffstetters Füßen eine Bombe auf den Boden schlug und krepierte; keiner von beiden dachte daran, sich zur Erde zu werfen, doch wurden sie nicht verletzt, nur verdunkelte ihnen ein häßliches Gefühl von Schwindel und Ohnmacht die Sinne, und sie brauchten eine Weile, um sich zu sammeln. Manara beschloß, sofort in die Stadt zu eilen und Garibaldi aufzusuchen; er überlegte sich, daß der General ihm nur deshalb keinen Befehl und keine Mitteilung habe zukommen lassen, weil er den Kranken nicht beunruhigen wollte. In diesem Augenblick kamen Rosagutti, Morosini und Mangiagalli in großer Erregung: es sei unter den Truppen bekannt geworden, daß Garibaldi fort und durch Roselli ersetzt sei; sie fingen an, sich unzufrieden zu zeigen, ja sogar ihre Stellungen zu verlassen. Ein schnelles Zornrot flog über Manaras Gesicht, und er eilte voraus, um die Soldaten zur Ordnung zu weisen;

unterwegs traf er auch eine Abteilung Bersaglieri, die ins Hauptquartier wollten, um sich zu erkundigen, ob es sich wirklich so verhalte, daß Garibaldi das Lager verlassen und den Oberbefehl niedergelegt habe. Ihr Anführer war Chiassi, Manaras Altersgenosse, ein junger Mann von Bildung, Mut und Charakter. Manara herrschte ihn an: „Du! Du lässest dich zu solchen Unbotmäßigkeiten verleiten, anstatt die Schwächeren in ihrer Pflicht zu stärken! Eure Aufgabe ist es, auf euerm Posten zu stehen und dort, wenn es sein muß, zu fallen, ob die andern das Ihre tun, ist nicht eure Sache. Muß ich es erleben, daß Leute von meinem Regimente ihre Plätze verlassen ohne das Signal!" Chiassi wollte erwidern, aber vor Manaras gebieterischem und zugleich traurigem Blick unterbrückte er die Worte; aus herzlicher Achtung vor dem ehemaligen Hauptmann ebenso wie aus Gehorsam und weil er fühlte, was in ihm vorging, schwieg er, und das Häufchen zog sich gesenkten Hauptes zurück.

„Was soll daraus werden?" rief Manara den Freunden zu, die ihn unterdessen eingeholt hatten; „soll der große Kampf so jämmerlich enden?" Morosini sagte kleinlaut: „Mir fehlt der Mut, die armen Leute zu tadeln, denn ich habe selbst Kraft und Freude verloren. Ich fürchte, sie lesen aus meinen Mienen, daß ich keine Hoffnung mehr habe." — „Wir sind von Gott verlassen, das Ende ist da," sagte Mangiagalli. — „Das ist es, wenn wir uns so schmählich gehen lassen," sagte Manara unwillig; es werde sich noch alles klären, fuhr er fort, er halte nicht für möglich, daß Garibaldi seine Kampfgenossen verlasse; aber selbst wenn er nicht zurückkäme: sollte es von ihnen heißen, daß sie wie Puppen wären, die leblos umfielen, wenn die Hand des Herrn den Draht nicht bewegte? An ihnen wäre es, die Truppen zu ermuntern und zu vertrösten, dafür zu sorgen, daß der Feind einen tapferen und geordneten Widerstand fände, wenn es zum letzten Sturme käme.

Nach einer Stunde trafen sich Manara und Hofstetter bei der Villa Spada und gingen, da der Feind die Beschießung eingestellt hatte, zum Nachtessen in die Stadt. In der Nähe des Blumenmarktes stießen sie auf das Leichenbegängnis der Colomba Antonietti; ihr Sarg war mit Kränzen aus weißen Rosen und der dreifarbigen Schärpe zugedeckt. Es folgte ein großes Trauergeleite, das die Straße verengte, die beiden Offiziere traten zurück und ließen den Zug an sich vorübergehen. Als sie ihren Weg wieder fortsetzen konnten, sagte Manara: „Ich habe es nie glauben können, heute fühle ich es, daß es aus ist. Vielleicht noch ein Tag, noch zwei Tage, dann herrscht hier der Feind, und wir wandern aus. Wohin? Ich zog freudlos ein in Rom und kann es nun nicht lassen." — „Ja, durch diese lieben Straßen werden Pfaffen und Franzosen gehen," entgegnete Hofstetter, „unser Name wird nicht mehr genannt werden dürfen. Auch wir werden uns trennen müssen und vielleicht nie mehr begegnen." Manara schwieg. Sie wurden vom Volke begrüßt, aber es schien ihnen, als wäre in dem Zuruf kein Schwung und keine Freudigkeit wie sonst; häufig drängten sich Männer und Frauen an sie und fragten angstvoll, ob keine Hoffnung mehr für Rom sei, worauf sie tröstlich antworteten. Im Saale des Babuino, wo viele Garibaldiner zu speisen pflegten, war es fast leer, Hofstetter und Manara aßen eilig und begaben sich sofort zu den Mauern zurück.

Am Brunnen Pauls V., wo das sprudelnde und stiebende Wasser Kühle verbreitete, lagerte ein Häufchen Soldaten um Spavone, der dem verstorbenen Papageien die Leichenrede hielt. Das arme Tier war am Vormittage nicht einem feindlichen Geschoß, wie wohl zu befürchten gewesen wäre, sondern der beständigen Ueberfütterung erlegen, ohne daß an dem stürmischen Tage Notiz davon hatte genommen werden können. „Beppo ist hin!" rief er, „unsern Gewaltigsten haben wir verloren! Kein Eisen zerriß seine Brust, heil blieb er im Hagel von Kugeln und Kartätschen, nur durch sich selbst konnte er sterben: Sein Herz war groß wie die Welt, mußte sein Magen so klein sein! O Liebling des Heeres! O Wunder zweier Welten! Scharlachbeschwingter, federnumwallter, leuchtender Held! Dein Kriegsschrei, den du laut vor uns her krähtest: ‚Verflucht sei Pius IX.!' ist nun verstummt; wir wissen, was das bedeutet. Eine Weile noch wird es stumm bleiben, dann wird es schallen: ‚Es lebe Pius IX.!' als ob du niemals gelebt und geflucht hättest mit deiner schnarrenden Stimme."

Als er fertig war und die Kameraden noch die Rede verlangten, schüttelte Spavone den Kopf und sagte, das Sterben würde jetzt zu gemein, für ihn wäre es Zeit, sich aus dem Staube zu machen und eine andre Gegend aufzusuchen, wo noch mehr Aufhebens von jedem einzelnen Todesfalle gemacht werden könne. Hier könne einen zuguterletzt noch selbst ein nicht wieder gutzumachendes Uebel treffen. Die andern hielten dies für Geschwätz nach seiner Art, doch nach einigen Stunden ergab es sich, daß er wirklich fehlte; wohin er entwichen war, ließ sich nicht ermitteln.

Um zehn Uhr war alles still; an allen Posten waren Wachen in doppelter Stärke verteilt, denn ein Ueberfall mußte besorgt werden. Manara und andre Offiziere wachten bei der Pino-Batterie, zu erregt, um zu schlafen, man tauschte Mutmaßungen über das Verschwinden Garibaldis aus. Auch Offiziere von Rosellis Stabe kamen dorthin, und mit ihnen waren Felice Orsini und Antonelli, ein Bruder des Kardinals, der ein fanatischer Republikaner und Pfaffenfeind war und in der römischen Bürgerwehr diente. Er war seinem Bruder, den er haßte, nicht unähnlich, aber ebenso beschränkt und untüchtig, wie jener gescheit, praktisch und tätig; voll Eigensinn und Leidenschaft, hätte er lieber zehnfachen Tod erlitten, als von seinem Bruder, der ihn gern zu sich herangezogen hätte, eine Begünstigung anzunehmen. Orsini war am Tage vorher aus Ancona, wo er die Republik mit unbeugsamer Gerechtigkeit vertreten hatte und das sich nun Oesterreich hatte ergeben müssen, wieder in Rom eingetroffen, nachdem er sich den feindlichen Heeren, die den Weg sperrten, mit staunenswerter Kühnheit entzogen hatte. Er beklagte, daß er sich von Mazzini habe überreden lassen, die Feinde der Republik zu schützen, die ihre Sicherheit nur dazu benutzt hätten, das Vaterland dem Feinde zu verraten, und jetzt, nach dem Falle Roms, die Gerechtigkeit, die sie erfahren hätten, nicht ebenso, sondern mit schadenfroher Rache vergelten würden. Antonelli sprach die Hoffnung aus, daß sich eine Hand finden würde, Oudinot, den niederträchtigen Pfaffengeneral, wenn er in Rom einzöge, zur Hölle zu senden; aber Orsini sagte wegwerfend: „Wozu? Er ist nur ein Werkzeug. Wir haben es mit einem andern. Ueber dessen Genick steht das kalte Messer, wenn es neunundneunzigmal fehlt, das hundertstemal wird es treffen." Hofstetter fragte neugierig, ob es wahr sei, daß Napoleon in früheren Jahren Karbonaro gewesen sei, und ob ernstlich zu glauben sei, daß in seiner jetzigen hohen Stellung die ehemaligen Eidesbrüder sich an ihn wagen würden. Orsini streifte den Deutschen mit einem hochmütigen Blick und sagte: „Sein Schatten steht nicht so unvermeidlich hinter ihm wie der Rächer." Die Schönheit des Mannes, der einem römischen Edeln aus der blühendsten Zeit des Weltreiches glich, nahm sich unter dem Ausdruck eines durch Selbstbewußtsein und Verachtung gemäßigten Hasses prächtig aus; er hatte eine gute, gewählte und schönklingende Sprache und hielt sich mit Würde wie einer, der eine faltige Toga um sich zu schlingen gewöhnt ist. Hoffstetter betrachtete ihn nicht ohne Bewunderung; Manara und die übrigen Lombarden wußten nichts mit ihm anzufangen und hielten sich von ihm zurück.

Die Römer gingen nach einer Weile fort, die Garibaldiner hingegen konnten sich trotz ihrer Müdigkeit nicht entschließen, ins Quartier zu gehen. Zuweilen nickten sie ein, um bei irgendeinem leichten Geräusch wieder in die Höhe zu fahren. Drüben über Rom wetterleuchtete es; es war anzusehen, als ob ein rotes Schwert aus dunkler Scheide zückte. Auf Sekunden schnellten die Dächer und Türme der geliebten Stadt aus der Nacht und versanken wieder; den jungen Männern wurde es so zumute, als wären sie schon längst wer weiß wo in fremden Ländern, und die großen Tage auf den heiligen Hügeln blitzten nur zuweilen, das Herz zerreißend, aus der Erinnerung auf.

⊛

Um Sonnenaufgang kam Garibaldi mit der italienischen Legion, der bewilligt worden war, künftig die rote Jacke als Uniform zu tragen, wie Garibaldi und sein Stab sie hatten, den Janiculus herauf; durch die dunkelgrünen Gärten stieg der lange Zug, blendend von Farbe, eine Feuerfahne, die Garibaldi nachschleppte. Die Einkleidung, die naturgemäß in der Stadt hatte geschehen müssen, diente dem General zugleich, um seine Abwesenheit zu erklären. Von seiner Stirn strahlte Güte und Freude. "Ich bringe frische Kräfte mit, um die müden abzulösen," rief er Manara und Hoffstetter zu, die ihm wie einem Erlöser entgegeneilten; "nachdem ich einen Tag lang mit

Diplomaten und Politikern zu tun hatte, sehne ich mich nach den Bomben der Feinde." Nachdem er sich in Villa Spada kurz mit Roselli besprochen hatte und dieser mit seinem Stabe abgezogen war, untersuchte er die ganze Linie und ermunterte die Kanoniere, die nicht mehr hinter Befestigungen, sondern auf Trümmern standen, noch eine Weile auszuharren. Unterdessen hatte der Mohr hinter der Spada, wohin nur selten Geschosse trafen, ein Zelt aufgeschlagen; dorthin rief Garibaldi die Offiziere seines Stabes, die in der Nähe waren, und erklärte ihnen, daß die Verschanzung der dritten Linie, die er bereits vor einigen Tagen gezogen hatte, beschleunigt werden müßte, da sie den Sturm, der jede Stunde erwartet werden müßte, nicht lange mehr würden aushalten können. Da ihm entgegnet wurde, daß es an Arbeitern fehlte, schickte er Eilboten an verschiedene Gefängnisse ab mit dem Auftrage, daß eine Anzahl von Sträflingen zur Arbeit an den Mauern abgeordnet würde, die auch in kurzer Zeit ankamen. Garibaldi fragte sie nach der Ursache ihrer Haft, und es zeigte sich, daß die meisten von ihnen bei belanglosen Streitigkeiten zum Messer gegriffen und schwer verwundet oder gar getötet hatten. Dann setzte er ihnen den Unterschied zwischen männlichem Mute und roher Rauflust auseinander und kündigte ihnen an, daß es ihnen vergönnt wäre, ihre Schuld durch furchtlose Arbeit für das vom Feinde bedrängte Vaterland, vielleicht durch einen Tod, wie er die Ehre des freien Mannes sei, zu büßen; worauf er ihnen selbst die Beschäftigung anwies.

Die lähmende Hitze erschwerte jede Tätigkeit. Gewitter zogen sich mit mattem Donnern am Himmel zusammen und verliefen wieder. Der Feind bombardierte unausgesetzt, wenn auch ohne die Heftigkeit des vorigen Tages; aber von römischer Seite kam die Antwort schwach und langsam; denn der größere Teil der Artilleristen war gefallen, und die wenigen Geschütze, die noch bedient wurden, waren aufs äußerste erhitzt und mußten ruhen. Von der Bastion auf der Mauer her rückte der Feind langsam, stetig vorwärts, so daß das Vascello fast gänzlich von der römischen Linie abgeschnitten wurde und wie ein Vorposten inmitten feindlichen Gebietes zu liegen kam; aber auf eine Botschaft Garibaldis, er möge abziehen, wenn es nötig sei, antwortete Medici, noch könne er das Vorwerk halten und bleibe.

Am Mittag stiegen hinter dem Tore Flammen und Rauch auf: Narciso Bronzetti hatte das kleine Haus an der ersten Bastion bei San Pancrazio, das er mit wenigen Truppen mehrere Tage lang verteidigt hatte, auf des Generals Befehl in Brand gesetzt, bevor er es räumen mußte. An den oberen Fenstern der Villa Spada sahen Manara, Hoffstetter und Emilio Dandolo dem Brande zu; die hellblauen Flammen züngelten unruhig nach allen Seiten, indes der Rauch in jäher Linie nach oben wuchs, wie ein schlanker Baum, der von der Wurzel bis zum Wipfel leise zittert. Hoffstetter beklagte, daß Bronzetti, ein Mann von nie erschlaffender Tüchtigkeit und Kühnheit, von einer so gefährdeten Stelle, nämlich der äußersten Bresche der ganzen Linie, wo der Sturm des Feindes nach aller Wahrscheinlichkeit zu erwarten war, abberufen worden sei; doch hatte Bronzetti selbst im Hinblick auf seine übermüdeten Truppen die Ablösung verlangt, und Garibaldi hatte angeordnet, daß diese Bastion künftighin jeden Abend mit frischen Truppen zu besetzen sei. Er werde Hauptmann Rosagutti von den Bersaglieri hinschicken, sagte Manara, der mit dem Vollzuge des Befehls beauftragt war; derselbe sei ebenso zuverlässig wie Bronzetti, wenn er auch dessen schwungvolle Verwegenheit nicht besitze.

Emilio Dandolo legte die Hand auf Manaras Arm und sagte: „Wenn du den Befehl noch nicht gegeben hast, schicke einen andern mir zuliebe. In Rosaguttis Kompagnie ist Morosini; mich tötete die Angst, wenn ich ihn diese Nacht auf einem so gefährlichen Posten wüßte." Bevor Manara antworten konnte, sagte Hofstetter, das sei ein sonderbares Ansinnen; im Kriege gehöre der Tüchtigste an die schwierigste Stelle, es sei nicht erlaubt, weder sich noch einen andern zu schonen, besonders die Offiziere, die den gemeinen Mann der Gefahr aussetzten, müßten zeigen, daß sie selbst keine Furcht kennten. Dandolo sagte errötend: „Das sind Regeln aus dem Buche und schöne Redensarten. Es ist nicht wahr, daß einer wert ist, was der andre, und tun muß wie der andre: viele hundert können sterben, bis Emilio Morosini aufgewogen ist. Was tut es, wenn Rom fallen muß, ob die Franzosen einen Tag früher oder später einziehen? Was tut es überhaupt, ob in Rom der Papst oder Mazzini herrscht? Aber ob ein edler junger Mensch lebt oder stirbt, das ist nicht gleichgültig. Es sei doch einmal genug des entsetzlichen Schlachtens. Für wen errichten wir diese Mäler aus Gebeinen hochherziger Jünglinge?" Manara unterbrach ihn ungehalten mit den Worten: „Für die Freiheit Italiens und für die Pflicht. Du hast mehr als wir andern geopfert, darum wollen wir nicht mit dir rechten, wenn du in deinem Schmerze unbillig wirst." Ihm sei es gleich, fuhr er fort, ob Hauptmann Rosagutti an der bedrohten Bresche stehe oder ein andrer, aber er sei ein tüchtiger Offizier, und ganz könne er ihn in dieser Zeit nicht entlasten. Es handle sich nur um diese Nacht, fiel Dandolo lebhaft ein, gerade heute habe er ein peinliches Vorgefühl, das gewiß nicht trüge. Wenn Manara dieser Empfindung Rechnung tragen wolle, werde er ihn nie wieder behelligen. Nun gut, sagte Manara, diese Nacht möge immerhin Ghilardi statt Rosaguttis die Wache haben, das könne er verantworten. „Und Ghilardi?" fragte Hofstetter. „Auch der wird, denke ich, Geschwister und Freunde, Eltern, vielleicht Frau und Kinder haben." Manara sah ihn lachend an und sagte: „Ihr seid ein schwäbischer Moralist und Pedant. Gefahr ist hier und dort; auch hier, wo wir stehen, kann uns jeden Augenblick eine Bombe zerschmettern. Dandolo warnt nun eben das Gefühl wegen Morosini; sollte es uns nicht erlaubt sein, einmal einem kindischen Quälen unsers armen Herzens nachzugeben?" Hofstetter zuckte mit den Schultern und entgegnete, nach seiner Meinung sollten die Männer den Müttern nicht nachstehen, die täglich, ohne eine Klage laut werden zu lassen, ihre Söhne opferten. „Ein träges Herz ist keine Ehre," sagte Dandolo heftig. „und ein empfindliches keine Schande. Daß ich getan habe, was ich mußte, bezeugen meine Wunden, was ich gelitten habe, habt ihr gesehen. Mein Bruder war mein Liebstes auf Erden, nun habe ich nur noch euch beiden, Manara und Morosini. Ihr seid mir mehr wert als Rom und Italien, verarge mir, wer will, daß ich so fühle. Noch einen von euch zu verlieren, den Gedanken kann ich nicht denken." Er war aufs äußerste gereizt, seine Wangen brannten und seine Augen standen voll Tränen. „Auch mir ist Morosini lieb, als wäre er mein eigner Sohn," sagte Manara gerührt, „und es bleibt dabei, daß ich heute abend Ghilardi auf die Bresche schicke." Dandolo dankte ihm mit krankhafter Innigkeit: er wolle jetzt Morosini aufsuchen, sagte er, er müsse ihn sehen und umarmen, der ihm wie neu geschenkt erscheine, nachdem er ihn verloren gehabt habe; Hofstetter sah er nicht an. Der sagte gutmütig zu Manara: „Es soll mich nicht weniger als Euch freuen, wenn dem Kinde nichts geschieht; aber Dandolos Wesen reizte mich. Er glaubt, ein andrer sähe das Grün nicht so grün wie er und schmecke das Bittere nicht so bitter." Damit war die Sache abgetan.

In dieser Nacht schritten die Franzosen nicht zum Sturme, sondern versuchten einen Ueberfall auf das Vascello; aber die am Tore aufgestellten Wachen unter Zambianchi schlugen den Angriff blutig zurück, freilich mit großem eignen Verluste. Es fielen dabei unter andern der Präsident der Söhne der Wölfin, Matteo Barba, genannt Quiritus, und der blutdürstige Kutscher Numa Pompilius.

✣

Niemand hatte anfangs die Wunde Goffredo Mamelis für bedenklich gehalten; aber während der drei Wochen, die er im Spitale lag, war er immer kränker geworden. Als Bertani kam, fand er den Zustand des jungen Genuesen besorgniserregend infolge der verkehrten Behandlung, die ihm zuteil geworden war, doch gab er die Hoffnung nicht auf, ihn retten zu können. Es kamen Augenblicke der Besserung, dann trat eine befremdende Müdigkeit und Gleichgültigkeit ein: während er anfangs fast täglich kleine Briefe an Nino Bixio geschrieben hatte, fragte er nun nicht mehr nach ihm, und ein geliebtes Mädchen, das es sich nicht hatte nehmen lassen, ihn zu pflegen, schien er nicht mehr zu bemerken. Einzig nach Bertani verlangte er häufig und behauptete, wenn er fort sei, verließen alle Kranke und Wärter den Saal und er bliebe allein und fürchtete vergessen zu werden; eine Vorstellung, die mit seinem fieberhaften Zustande zusammenhängen mochte.

Als die große Kanonade schon begonnen hatte, fand Mazzini noch Zeit, ihn zu besuchen. Bertani führte ihn zu dem Lager des unruhig Schlummernden und sagte, er halte es für kein gutes Zeichen, daß der Kranke meist in dieser Art, mehr betäubt als schlafend, daliege und auch wenn er wach sei, keinerlei Anteil an seiner Umgebung verrate. Mazzini sagte beschwörend: „Wenn einer ihn retten kann, könnt Ihr es, Bertani. Er ist ein Kleinod Italiens, wir dürfen ihn nicht verlieren." Bertani entgegnete: „Die Kunst zu heilen ist nicht so ausgebildet wie die Kunst zu zerstören. Ich habe wenig Hoffnung mehr." Unterdessen träumte Mameli, er befinde sich in seiner Vaterstadt Genua und spiele als Knabe mit andern Knaben, was er in Wirklichkeit selten hatte tun können, da er in seinen Kinderjahren kränklich gewesen und von seiner Mutter ängstlich behütet worden war. Sie befanden sich in dem Hofe eines alten Palastes und warfen flache eiserne Taler in das offene Maul eines ehernen Löwenkopfes, der auf einer steinernen Brüstung angebracht war. Meistens fielen die Taler klappernd auf das Pflaster des Hofes, zuweilen aber auch gegen das Haupt, was einen tief donnernden Ton gab. Als die Reihe an ihn zu werfen kam, sah er statt des Löwenkopfes den Kopf einer Frau vor sich, der etwas zur Seite gewendet mit dem Schmerz einer gemarterten Seele nach oben blickte, und es handelte sich darum, hinzugehen und sie auf den Mund zu küssen, obwohl hinter der steinernen Brüstung einer versteckt war, der ihn greifen, vielleicht töten würde. Indem er klopfenden Herzens darauf zuging, bemerkte er mit Entsetzen, daß der Kopf lebte und aus einem blauroten Feuer starrte; auf einmal fing er an zu singen mit einer Stimme, wie wenn Metall auf Metall schlägt, die weithin dröhnte und seinen Schritt wider Willen fesselte. Dann auf einmal war die Stimme keine menschliche Stimme mehr, sondern ein Wasser, das tönend aus einem Brunnen rauschte.

Als er aufwachte, sah er Mazzini neben sich sitzen, der sich nun bemühte, seine Aufmerksamkeit zu erregen; aber Mameli vermochte seine Teilnahmlosigkeit nicht zu überwinden und versank, ehe er sich's versah, wieder in seine Träume. Mazzini war noch da, als ein junger Offizier in den Saal geführt wurde, ein Adjutant Garibaldis, der den Auftrag hatte, dem Verwundeten das Dekret seiner Ernennung zum Stabshauptmann zu überbringen. Garibaldi hatte ihn schon im Beginn des Feldzuges befördern wollen, allein Mameli hatte ihn dringend gebeten, davon abzusehen, weil es ihm schien, als sei er noch zu jung und habe zu wenig geleistet, wie er überhaupt immer besorgte, Mazzini und Garibaldi ließen ihm aus persönlichem Wohlwollen und seiner Gedichte wegen mehr Ehre zuteil werden, als er nach bloßer Gerechtigkeit verdiente. Als der Adjutant ihn in militärischer Weise begrüßte und ihm das Dekret vorlas, richtete er sich unwillkürlich auf, so gut er konnte, und brachte in geziemender Weise seinen Dank für die Auszeichnung vor. Dann, nachdem der Offizier fortgegangen war, betrachtete er lange Garibaldis Namenszug auf dem Briefe und pries die Güte des Generals, der an diesen Tagen, wo die Erde unter seinen Füßen zitterte, sich seiner erinnere. Sein Gesicht leuchtete, er wurde gesprächig und erzählte Mazzini und Bertani von seinem Zusammenleben mit Garibaldi und viele kleine Züge, die er an ihm beobachtet hatte, namentlich wie Garibaldi einmal, nach einem Gefecht mit päpstlichen Söldnern an der Grenze des Neapolitanischen, unter einem Feigenbaum ausruhend, zu ihm gesagt habe: „Der Krieg ist ein Fluch Gottes, über die Menschen gekommen als eine Folge ihrer Sünde und Unnatur; einst, wenn Italien frei ist, wollen wir unser Schwert in die Erde vergraben, ein Stück Land am Meere kaufen und es bebauen und abends am Strande sitzen und die Schiffe kommen und gehen sehen."

Von diesem Tage an waren ihm die Erinnerungen des großen Aufschwungs, den er miterlebt hatte, wieder erwacht und erfüllten seine letzten Delirien; daß er ein Krüppel geworden war, schien er vergessen zu haben. Während schon die Franzosen die Stadt besetzten, dichtete er an seinem Siegesliede und schwärmte mit unzusammenhängenden Worten, die wie Fetzen einer blutroten Fahne im Sturme durcheinander flatterten, in den Tod. Bertani versteckte seinen Sarg vor der Wut der Reaktion in der kleinen Kirche zu den heiligen Wundmalen, deren Klerus sich bereit finden ließ, das Geheimnis zu bewahren, und trug Sorge, ihn mit Zeichen zu versehen, an denen er ihn in ruhigeren Zeiten wiedererkennen und beglaubigen könnte.

⊕

Mit der Frühe des 29. Juni wurde das Feuer der französischen Geschütze wieder lebhafter; es war ein kalter Tau gefallen und hatte die Kraft der Kämpfenden zu neuen Anstrengungen belebt, aber auf römischer Seite begann es an Leuten zu fehlen. Als Garibaldi zu der Batterie am Pinohügel kam, um sich zu überzeugen, ob die Mannschaft richtig abgelöst sei, fand er einen einzigen Kanonier neben einer Kanone stehen; neben ihm und bei den andern Geschützen lagen Tote und einige Schwerverwundete, die bewußtlos waren oder sich nicht mehr bewegen konnten. „Bist du allein?" rief Garibaldi dem Manne zu, der gelassen an seiner Kanone stand und die Augen unentwegt auf das Ziel gerichtet hielt. Der drehte sich um, sah die Verwüstung um sich her und sagte mit einem Blick auf die Gefallenen: „Schöne Kameraden! Ohne ein Wort des Abschieds haben sie sich hinter meinem Rücken davongestohlen." — „Nun sollen sie auch vergebens auf dich warten," sagte Garibaldi fröhlich, indem er den Mann mit sich fortführte, der seit vierundzwanzig Stunden an der Arbeit war.

Von den Mauern krachte und bröckelte es fortwährend, die Savorelli war eingestürzt und das Dach der Villa Spaba war zerrissen, so daß es nicht mehr bestiegen werden konnte. Dennoch kamen Herren und Damen in das Zelt des Generals unterhalb der Villa, brachten Wein, Obst und Zigarren und erkundigten sich, ob noch Hoffnung sei, die Stadt zu halten. Da um die Mittagszeit das Feuer nachließ, eilten viele Offiziere in die Stadt, um zu essen und zugleich, sofern sie es noch nicht getan hatten, in aller Stille ihr Testament zu machen, während Garibaldi, seiner Gewohnheit nach, im Lager blieb. Viele Straßen waren, weil der Tag des heiligen Petrus war, in der üblichen Weise geschmückt: aus den Fenstern hingen rote Teppiche, und Blättergirlanden verbanden bogenförmig die gegenüberstehenden Häuser; denn der Magistrat hatte eine Aufforderung ergehen lassen, das Fest sollte wie in Friedenszeiten begangen werden. Trotzdem waren nur wenig Menschen unterwegs; der Himmel brannte, und Stadt und Land, soweit man sehen konnte, verdorrte langsam unter dem glühenden Dache. Als Manara in das Gasthaus eintrat, wo er bekannt war, übergab ihm der Wirt einen Brief, der von einem Manne in auffallend heimlicher und sorgfältiger Weise für ihn abgegeben worden sei; er war aus dem feindlichen Lager vom General Oudinot und bot dem Hauptmann der Bersaglieri in schmeichelhaften Worten einen besonderen Vertrag an, wonach ihm und seinem Heere, das die Bewunderung des Feindes verdiene, bei der bevorstehenden Uebergabe Roms freier und ehrenvoller Abzug zugesichert sein sollte. Es war Manaras erste Regung, den Brief den Kameraden, die anwesend waren, vorzulesen, doch fiel ihm gleichzeitig ein, daß mancher unter ihnen sein könnte, der es vorziehen würde, von einer solchen Begünstigung Gebrauch zu machen, anstatt mit Garibaldi verbunden aufs neue ungewissen Gefahren entgegenzugehen und weiter von der Heimat weggerissen zu werden, und er steckte den

Brief rasch ein, indem er so tat, als ob es sich um
etwas Gleichgültiges handle. Aufgeräumt, mit blitzenden
Augen betrat er den Saal, von dem hohe grüne
Fensterläden die Sonne ausschlossen und wo die
Kameraden ihn lärmend begrüßten, die, schon um den
Tisch versammelt, dabei waren, einen Schabernack aus-
zuhecken, den sie mit dem Mohren vorhatten. Von
den verschiedenen Damen, die sich in den bronzenen
Herkules verliebten, hatte es ihm endlich eine üppige
Rothaarige ernstlich angetan, während er sich bisher
die Liebkosungen und Leckereien nur mit Gleichmut
hatte gefallen lassen. Es war ein gewisses Schmachten
an ihm wahrzunehmen, was er vor dem General zu
verbergen suchte und was ihm schon allerlei Neckereien
zugezogen hatte, um so mehr als die Offiziere nicht frei
von Neugierde waren, wer die offenbar den höheren
Ständen angehörige Dame sein könnte. Nun sollte
sich einer von ihnen, so war der Plan, als Bruder
der Dame ausgeben und dem Mohren gegenüber als
Rächer der Ehre seiner Schwester auftreten, in der
Weise, daß er von ihm verlangte, sie auf der Stelle
zu heiraten, widrigenfalls er die Schwester töten würde,
was als italienische Sitte hingestellt werden könnte.
Vorangehen müßte der Heirat, sollte man sagen, die
Taufe, und man würde ihn glauben machen, diese
bestünde zum Teil darin, daß er sich die Haare glatt
vom Kopfe scheren lassen müßte. Da keiner der
Offiziere, die der Mohr alle gut kannte, die Rolle
des sogenannten Bruders spielen konnte, hoffte man
Enrico Cernuschi dazu zu bewegen, dem es leicht und
voraussichtlich auch ein Vergnügen war, einen vornehmen und ritterlichen jungen Herrn darzustellen.
Cernuschi sagte nicht geradezu nein, gab aber zu verstehen, daß es ihm nicht ganz geheuer schien, mit dem
tropischen Ungetüm anzubinden, von dem anzunehmen
war, daß er die Abneigung seines Herrn gegen kirch-

liches Wesen teilte und sich einem diesbezüglichen Anschlag mit Nachdruck widersetzen würde. Dandolo redete Cernuschi im Stile seiner bekannten Proklamationen zu, nicht vor dem Wagnis zurückzuschrecken: „Erkühne dich, Lombardenjüngling, Roms antiker Größe ebenbürtig zu werden! Verlache die Furcht, die das Kennzeichen weibischer Sklavenseelen ist! Hast du nicht Mannesaugen, den Wüstenwildling zu unterjochen? Und wenn eine tückische Bombe dich unter den Mauern niederstreckte, was täte es, solange dir der Atem bleibt zu rufen: Es lebe die Republik! Gott verdamme den Papst!" In ähnlichem Tone versprach Cernuschi, zu der verabredeten Stunde zu kommen. Die Lust stieg um so schneller, als die Zeit kurz bemessen war; denn der scharfe Dienst rief jeden bald wieder an seine Geschäfte. Manara sagte, man müsse sich am folgenden Mittage wieder zusammenfinden, um zu besprechen, wie der Spaß abgelaufen sei, und darüber zu lachen. Er lade alle zu einem auserlesenen Essen ein. Es folgte Gläserklingen und Hochrufen; Manara winkte dem Wirt, um die Speisen zu bestellen: es sollte etwas Besonderes und nach jedermanns Geschmack werden. Der Wirt wurde mit Fragen bestürmt, ob er dies und jenes Gericht zuzubereiten verstünde, Mancini sagte fast weinend, er habe seit einem halben Jahre kein Leberragout, auf mailändisch rostisada, gegessen, worauf Rosagutti ihn beruhigte, er könne es vortrefflich machen, und den Wirt um Erlaubnis bat, in die Küche zu gehen und die nötigen Anweisungen zu geben. „Der Wein aber muß römisch sein," sagte Hofstetter, „der hier wächst, ist süßer und dämonischer als anderswo." — „Ja, wir trinken Wein von Velletri," sagte Manara, indem er aufstand und sich zum Gehen bereit machte. Unterdessen war der Kaffee aufgetragen, sie stürzten eilig eine Tasse hinunter und verließen den kühlen Saal.

Am Nachmittage zogen sich weiße Wolken am Himmel zusammen und verdunkelten sich allmählich, die Luft stand still. Die Franzosen, die seit einiger Zeit eine trübe Nacht erwarteten, um den Sturm zu beginnen, rüsteten sich; denn wenn nicht ein starker Gegenwind es verwehte, mußte das Wetter bis zum Abend losbrechen. Inzwischen hörte das Bombardieren fast ganz auf, nur zwischen der Corsini und dem Vascello wechselten die Besatzungen vereinzelte Schüsse. Manara hatte den General gebeten, den Mohren an den Befestigungsarbeiten der inneren Linie helfen zu lassen, was dieser sofort bewilligte, da bei der großen Schwüle die Arbeiter öfters abgelöst werden mußten und die unerschöpfliche Kraft des Wilden gute Dienste tat. Es wurde veranstaltet, daß Cernuschi, der sich zur Zeit einfand, ihn dort aufsuchte und als Bruder der rothaarigen Schönen in verabredeter Weise Anklage gegen ihn erhob, aber mit anderm Erfolge, als man erwartet hatte. Der Mohr nämlich, sowie er hörte, daß der angebliche Bruder sich am Leben seiner Schwester zu vergreifen gedachte, spannte die Muskeln seiner Arme, daß sie kantigen Felsen glichen, und forderte den Gegner zu einem auf der Stelle auszufechtenden Zweikampfe heraus. Beim Anblick des erzürnten Kolosses, der die schimmernden Zähne fletschte, glaubte der mit berechneter Eleganz herausgeputzte Cernuschi schon seine Knochen knacken zu hören und versuchte sich, vorsichtig zurückweichend, durch geläufiges Reden zu retten, indem er den Schwarzen an seine edelmütige Gesinnung mahnte, die es ihm unmöglich machen sollte, Hand an den Unglücklichen zu legen, dessen Schwester er verführt hätte. Diese Bemerkung entwaffnete den Mohren, er schien von dem Rechte seines Gegners überzeugt, besann sich eine Weile und sagte mit plötzlichem Entschluß: „Taufen lasse ich mich nicht, du magst sie töten," worauf er, ohne Cernuschi noch eines Blickes zu würdigen, fortfuhr, Erdhaufen aufzuschütten, wie ihm aufgegeben war. Cernuschi hielt es für das geratenste, sich ohne weiteres zu entfernen; von denen, die den Scherz mit ihm verabredet hatten, war keiner anwesend gewesen, er hätte gern einen aufgesucht, hatte aber keine Zeit und eilte wieder in die Stadt hinunter.

Als die Sonne sich neigte, fing ein kühler Wind an zu sausen, jede Spur von Glanz und Röte erlosch am Himmel. Trotz des nah drohenden Unwetters wurde die frohe Beleuchtung des Petersplatzes, wie sie seit undenklicher Zeit bei dieser Gelegenheit veranstaltet zu werden pflegte, nicht aufgegeben; auch füllten sich die am Tage veröbeten Straßen mit Menschen, die das beliebte Schauspiel erwarteten. Die, welche an der Linie beschäftigt waren, unterbrachen ihre Arbeit, um die rosenrote Erscheinung der stillen Rotunde zwischen den vom Winde stärker gebogenen Bäumen aufleuchten zu sehen. Die kleine Spronella, die Erde aufschütten half, hob im Eifer nur flüchtig die Augen. Morosini, den sie als ihren eigentlichen Kameraden betrachtete, hatte schon mit einer Abteilung die Wache an der ersten Bastion bezogen, und mit den andern pflegte sie nur das Notwendige zu sprechen; aber sie dachte an die Petersfeste der vergangenen Jahre, wo sie zwischen Vater und Mutter in der Kirche kniete und mit einem lieblich überrieselnden andächtigen Schaudern den mildblickenden Papst die feierliche Handlung vollziehen sah. Es fror sie ein wenig, wenn der kalte Wind in ihre lose Jacke blies, und sie rührte sich desto schneller; ihre dunkeln Augen, die wie Schildwachen vor dem blassen Gesichte standen, bewegten sich regelmäßig auf und ab, trotzig, ohne ein Unbehagen zu verraten. Indes mußte die Arbeit bald aufgegeben werden, da der Sturm die Pechfackeln auseinander riß, so daß nichts mehr zu unterscheiden war. Noch bei dem ersten

Blitz und Donnerschlage, der jäh wie Feuer und Lava aus vulkanischem Schlunde aus der dunkeln Tiefe des Himmels stürzte, stand die bunte Glorie über der mächtigen Kuppel, erst die Flut des Regens verscheuchte die Menschen vom Platze und machte der Beleuchtung ein Ende.

Um zehn Uhr, als Manara und Hoffstetter die letzte Runde machten, schien es schon tiefe Nacht zu sein. Sie ließen das nasse Element mit Behagen an sich herunter strömen und sogen die Würze ein, die die Pflanzen ausatmeten, auf deren glatte Blätter es helltönend niederrauschte. Bei der ersten Bastion saßen Rosagutti und Morosini in ihre Mäntel gewickelt, leiblich gedeckt durch den stehengebliebenen Mauerkranz des abgebrannten Hauses, und sahen leise plaudernd in das Dunkel hinaus; als Manara und Hoffstetter kamen, standen sie auf und gingen mit ihnen den ganzen Platz ab, um die letzten Befehle des Generals entgegenzunehmen. Sie brachten einige Flaschen voll leicht entzündlicher Flüssigkeit mit, wodurch das Schilf, das rings um die Bresche herum aufgeschichtet war, im Notfalle leicht in Brand gesetzt werden könnte; freilich blieb das bei der stets zunehmenden Nässe doch schwierig. Es wurden noch einige Veränderungen an der Verteilung der Wachen vorgenommen und denselben eingeschärft, beim leisesten Geräusch, das sie wahrnehmen würden, Lärm zu schlagen; nachdem dann Rosagutti und Morosini die Zusicherung gegeben hatten, fortwährend selbst nachsehen und aufachten zu wollen, setzten die beiden Stabsoffiziere ihren Rundgang fort. Als sie Garibaldi, der noch in seinem Zelte war, Rapport erstattet hatten, schickte dieser sie in die Villa Spada, damit sie sich trockneten, denn sie trieften und dampften vor Nässe, und einige Stunden schliefen; er selbst wollte, bevor er sich hinlegte, noch die Abteilungen der Legion, die unter Waffen bleiben sollten, verstärken. Der Regen hatte jetzt aufgehört, wenn auch der Himmel noch grau verhängt war; Manara und Hoffstetter hörten beim Einschlafen das schnelle Pochen der auf die Blätter fallenden Tropfen in die Stille. Plötzlich fuhr Hoffstetter auf, griff nach dem Säbel und rief Manara laut bei Namen: er glaubte das Rollen von Gewehrschüssen oder Kanonen gehört zu haben. Allein draußen regte sich nichts, und wie er sich besann, kam es ihm selbst so vor, als habe er nur im Traume etwas gehört. Manara meinte, er sei aufgeregt und könne wohl durch das Klopfen des eignen Herzens geweckt sein; auch zeigte es sich, da sie nach der Uhr sahen, daß sie kaum eine Viertelstunde geschlafen hatten. Sie legten sich wieder hin, doch behielt Hoffstetter den Säbel in der Hand und beschloß wach zu bleiben, so unruhig hatte ihn der Zwischenfall gemacht; aber wider seinen Willen schlief er wieder ein.

Etwa eine Stunde später jagten die von der überrumpelten ersten Bastion Entkommenen gegen Villa Spada; alles erwachte von dem Rauschen der hastigen Flucht und dem Schrei: „Zu den Waffen!" Manara und Hoffstetter gelang es, die Soldaten aufzuhalten und zu sammeln; sie glaubten den Feind dicht hinter sich und wollten, eben zum Stehen gebracht, auf die Folgenden schießen, woran die Offiziere, die noch mehr fliehende Italiener in ihnen erkannten, sie kaum verhindern konnten. Gleich darauf kam ein geschlossener Haufen, der sich etwas langsamer bewegte und auf den die Soldaten sofort ihre Gewehre richteten; Manara und Hoffstetter drückten sie mit den Säbeln nieder, bis sie deutlich die französische Uniform unterschieden hatten. Als die Schüsse krachten, zog sich der feindliche Haufen eilig zurück, Verwundete und Tote auf dem Platze lassend. Manara verfolgte sie eine Strecke, aber die verlorene Bastion vermochte er nicht zurückzuerobern; die Soldaten erkannten sich und ihre Führer nicht und schauderten vor jedem Rascheln im Gesträuche. Immerhin wurde ein weiteres Vordringen des Feindes unmöglich gemacht.

Als die erste Helligkeit langsam über den Hügel kroch, versuchten Dandolo und Manara eine Nachricht von Morosini zu erhalten, der nicht unter den Fliehenden war; auch Rosagutti wurde vermißt. Mehrere Soldaten, die sie ausfragten, wußten nichts, sie hatten sich vom Drange der Flucht mitreißen lassen; endlich fanden sie einige, die aussagten, daß Morosini, als ein verdächtiges Geräusch wahrgenommen worden sei, um den Soldaten Mut zu machen, als der erste hinausgetreten und sofort durch einen Schuß niedergestreckt worden sei; er hätte sich noch gewehrt, und sie hätten ihn forttragen wollen, aber von den Franzosen verfolgt, hätten sie ihn zurücklassen müssen, so daß er ohne Zweifel, ob nun lebend oder tot, in ihren Händen sei. Die Leute sahen bleich und verstört aus; nun es Tag wurde, konnten sie den heillosen Schrecken der Nacht selbst nicht mehr verstehen. Es war Manara, als ob eine grausame Hand sein Herz zusammendrückte und nicht losließe; da erklang die strahlende Stimme Garibaldis, der soeben Medici und seine Truppen von dem Schutte des Vascello weg in die Trümmer der Savorelli geführt hatte, damit sie die ruhmvoll verteidigten Mauern nur verließen, um an einem nicht minder gefährdeten Platze weiterzukämpfen. Die Schönheit des geliebten Angesichts ging wie ein Stern auf, der durch alle Schrecken zum Ziele führt; obwohl er keine Hoffnung und keinen Trost über das ungewisse Schicksal des Freundes bringen konnte, fühlte Manara doch die Beängstigung weichen und sich wieder Meister seines Herzens werden. Garibaldi erteilte rasch Befehle über die Verwendung der Geschütze und über die Verteidigung der Villa Spada, die fast ganz ohne

Besatzung geblieben war, dann sammelte er die Soldaten zum Angriff auf die verlorene Linie. Als er die Truppen überblickte, schien es ihm, als ob die Leute mit trauriger Gleichgültigkeit unter dem schweifenden grauen Himmel daständen, und indem er sich aufrichtete, rief er aus: „Kameraden, heute ernten wir die Frucht unsrer Arbeit und unsers Leidens! Kämpfen wir, als wäre Rom noch zu retten!" wobei sein wehmütiges Lächeln das Gebieten seiner Augen milderte. Die Reihen der Soldaten regten sich, als ob ein Funken in ihre Seelen gefallen wäre und gezündet hätte, sie antworteten mit dem Rufe: „Es lebe Garibaldi! Es lebe die Republik!" und in einem Augenblick wich der entnervende Druck ingrimmiger Kampflust. Manara, Danbolo und Hofstetter eilten in die Villa Spada, deren Verteidigung der General ihnen übertragen hatte: ehe fünf Minuten verflossen waren, jagten Kugeln aus allen Fenstern des Gebäudes.

Auf der ganzen Linie von Porta Cavallegeri bis Porta Portese wurde gekämpft, Sacchi hielt den linken Flügel, Garibaldi den rechten. Von der Besatzung der Ponte Molle her kamen Freiwillige in Scharen, um den großen Kampf mitzukämpfen, man sah das düstere Auge Nicola Fabrizis und das gute, verwitterte Gesicht Maurizio Quadrios unter den vordersten. Garibaldi war überall: auch die ihn nicht sahen, spürten seine Gewalt und stürzten ihm besinnungslos über Leichen nach in den Tod, so wie ein herrschender Weltkörper die minderen unaufhaltsam zum Untergange an sich zieht. Immer wieder mußte der entschlossen anstürmende Feind ihm weichen, dreimal warf er seine Ueberzahl von der erstrittenen Bresche zurück, die er dreimal wieder eroberte. Das Gewühl und Getümmel wurde so groß, daß die Geschütze, die noch feuerten, die eignen Leute trafen, so daß der General vom Pferde sprang, um sie selbst zum Schweigen zu bringen. Als er im Begriffe war, sein Tier mit Hilfe des Mohren, der an seiner Seite geblieben war, wieder zu besteigen, traf diesen eine Kartätsche mit solcher Wucht, daß Garibaldi die Erschütterung in seiner Hand, die er auf die Schulter des Riesen gelegt hatte, fühlte. Er hörte einen seufzenden Laut und das Stürzen des gewaltigen Körpers, schon im Reiten, und drehte sich nicht um. Unaufhörlich schafften Arbeiter und Soldaten die Toten auf die Seite und trugen die Verwundeten in die nächsten Spitäler. Der Tag war dunkel und schwül geblieben, in langen Zügen blies der Wind aus Westen und jagte das Gewölk wie atemlose Flüchtlinge vor sich her.

Es war Mittag, als Emilio Dandolo in der Villa Spada eine Kugel an der Schulter traf; Manara, der sich aus dem Fenster bog, um einem draußen arbeitenden Soldaten etwas zuzurufen, wendete sich nach ihm um, indem er sagte: „Alles für dich! Soll ich keine Wunde von Rom mitnehmen?" hatte aber kaum ausgesprochen, als ein Schuß in den Leib ihn zu Boden warf. Die ihn stürzen sahen, vergaßen den Kampf und umringten ihn mit Entsetzen; das edle Haupt sank sterbend auf die Schulter des braven Appiani, der ihn aufgefangen hatte und, selbst verfärbt wie ein Toter, mit rauher Stimme nach Aerzten und einer Bahre schrie. Manara, der es hörte, sagte: „Laßt mich hier, wo ich gekämpft habe, sterben!" aber unterdessen war die Tragbahre angekommen, und nachdem ihn mehrere Bersaglieri sorgsam, damit er nicht litte, hinaufgehoben hatten, verließen die Träger das krachende Haus und führten den Helden langsamen Schrittes in das Lazarett der nahen Kirche Santa Maria della Scala.

⁂

An diesem Tage konnte das Spital der Pellegrini jenseits des Tiber die Verwundeten nicht mehr bergen, die hereingebracht wurden. Doktor Baroni, der Vorsteher sämtlicher römischen Krankenhäuser, schlug vor, daß diejenigen, denen der Transport am wenigsten schaden würde, nach dem Quirinal getragen werden könnten, wo die Leichtverwundeten lagen. Trotzdem ließ Bertani von denen, die in seinem Saale lagen, nur einen einzigen wegführen, der so gut wie geheilt war, und niemand wagte sich mit Bitten und Vorstellungen an ihn heran, so unzugänglich war die Stellung, die seine Umsicht, sein Können und sein beherrschendes Wesen ihm verschafft hatten. Seine graublauen Augen waren von schwarzen Wimpern wie mit einem Flor umrändert und trafen mitten ins Herz, sei es, daß sie zürnten oder liebkosten; von ihnen schien ein Balsam auf die Kranken zu fließen, die unter seinen Händen Schmerzen litten, und eine Kraft auf die, welche unter seinem Befehl arbeiteten. Die zehrende Hitze und angestrengte Arbeit zwischen Sterbenden hatte die Aerzte müde und unlustig gemacht, auch Bertani, der, obwohl von hohem und ebenmäßigem Wuchs, doch mehr durch Willenskraft als durch die Gesundheit seines Körpers stark war, fühlte sich elend; doch ließ er sich nichts merken, und in dem Aufruhr der letzten Tage hielt seine Besonnenheit allein die Ohnmächtigen und Widerwilligen zusammen. Von den Betten seiner Kranken, die nach ihm verlangten, eilte er zu den neuen, die jede Minute brachte, und die, da man nicht wußte, wohin man sie legen noch wie man ihre Bedürfnisse befriedigen sollte, von den andern Aerzten mit murrenden Worten und grobem Griff empfangen wurden. Dazu kamen Angehörige von Verwundeten und fragten nach dem Ergehen solcher, die vielleicht schon tot waren oder von denen man nicht wußte, wo sie geblieben waren, da niemand ihren Namen aufgeschrieben hatte; denn das Personal hatte, bevor Bertanis mächtiger Wille regierte, alles in gedankenloser Unordnung gehen lassen. Um das Haus herum pfiffen der Sturm und die Bomben; die Angst steigerte das Fieber der wunden Kranken, von denen viele kaum in ihren Betten zu halten waren.

Unter Bertanis Assistenten war ein junger Römer namens Vanetti, Sohn einer behäbigen Krämerfamilie, der sich reichlich und pünktlich nährte und in seiner äußerlichen Behaglichkeit nur durch eine außerordentlich reizbare Eitelkeit gestört wurde. Er hatte schwarze Haare und Augen, dicke Lippen und eine stumpfe, etwas aufgeworfene Nase, sein Gesicht trug meistens einen Ausdruck von Verdrossenheit, außer wenn in seinen kleinen Augen Bosheit und Rachsucht oder das Vergnügen an absonderlichen und komischen Vorstellungen funkelte, worüber er zu brüten liebte. Beständig von der Sucht geplagt, sich auf irgendeine Weise auszuzeichnen, wünschte er das hauptsächlich vor Bertani zu tun, den er bewundert hätte, wenn er nicht sein Vorgesetzter und weniger überlegen gewesen wäre, den er nun aber inbrünstig haßte.

Als am Tage des Sturmes Bertani sich zum vierten oder fünften Male freigemacht hatte, um die neuangekommenen, für seinen Saal bestimmten Verwundeten zu untersuchen, fand er, daß Vanetti bereits einem von diesen ein Bein amputiert hatte, ungeachtet er wiederholt eingeschärft hatte, es dürfe keine, auch nicht die kleinste Operation ohne seinen Befehl vorgenommen werden; denn er strebte an, den Körper ganz zu erhalten, und war der Meinung, daß die jungen Aerzte zu schnell mit Schneiden bei der Hand wären. Keiner aber trachtete wie Vanetti danach, flugs zu operieren, bevor Bertani des Kranken ansichtig geworden wäre, teils um sich nichts von ihm vorschreiben zu lassen, teils um zugleich mit seiner Unabhängigkeit seine Kunst zu zeigen, im stillen überzeugt, daß der Vorgesetzte seine Leistung zu sehr bewundern würde, um einen Tadel zu äußern. Hingegen sowie Bertani den jungen Soldaten erblickte, der die Besinnung verloren hatte, und sah, was mit ihm vorgenommen worden war, zog er seine Brauen drohend zusammen, und als er fragte, wer die Amputation vorgenommen hätte, waren alle froh, die im Hintergrunde bleiben konnten. Vanetti war stolz genug, sich mit Keckheit dazu zu bekennen, doch begann er sich unbehaglich zu fühlen und mußte sich Mühe geben, dem leidenschaftlichen Zornfeuer, das aus Bertanis Augen sprühte, standzuhalten. „Wie kommen Sie dazu, meinem Befehle zuwiderzuhandeln?" rief Bertani. „Seien Sie draußen eitel oder anmaßend oder träge, oder was immer Ihre Natur erfordert, in diesem Hause dienen Sie dem Wohle der Kranken und mir, der darüber wacht." Die wegwerfende Verachtung, die in Bertanis Miene und Worten lag, hätte Vanetti zu offener Empörung gereizt, wenn sein majestätischer Zorn ihm nicht Furcht eingeflößt hätte, doch wollte er sich in Gegenwart andrer auch nicht gänzlich bucken lassen und sagte scheinbar gleichmütig, die Amputation sei notwendig gewesen und, wie Bertani sich sofort überzeugen könne, gut ausgeführt; allein dieser unterbrach ihn ungeduldig mit den Worten: „Schweigen Sie! Sie sind ein naseweiser Geck!" indem er sich über den Soldaten beugte und bekümmert den prächtig fest und elegant gebauten Körper betrachtete, der nun verkrüppelt war. Der Auftritt wurde durch ein das Haus erschütterndes Krachen beendet, wie das Einschlagen der Bomben es hervorzubringen pflegte, nur war es nie vorher so furchtbar gewesen. In seinem Saale angekommen, wohin er ohne Verzug eilte, sah Bertani eine unheilvolle Verwüstung: ein Teil der Decke war eingestürzt und hatte mehrere Kranke verletzt, andre hatten sich, ihres

Zustandes ungeachtet, aus ihren Betten gestürzt, um zu fliehen, und waren dabei gefallen, wodurch kaum zugeheilte Wunden aufs neue aufgebrochen waren. Zur Vermehrung des Uebels waren Wärter und Wärterinnen davongelaufen, nur zwei Frauen und ein Mann befanden sich noch im Saale und wagten weder zu bleiben noch sich zu entfernen. Bertanis donnernde Stimme, keiner dürfe sich vom Flecke rühren, hielt sie fest, auch die Entsprungenen kamen auf sein Rufen beschämt und eingeschüchtert zurück. Den Kranken gegenüber verriet der stolze Mann keine Ungeduld: er sprach ihnen ermutigend und beschwichtigend zu, bis alle wieder in den Betten waren und die Aufregung sich gelegt hatte; doch starben einige infolge des plötzlichen Blutverlustes nach wenigen Minuten.

Als die Ordnung wiederhergestellt war, begab sich Bertani in das Zimmer, wo die Aerzte die Mahlzeiten einzunehmen pflegten, wenn sie nicht ausgehen konnten; obwohl die Mittagszeit schon vorüber war, saßen noch mehrere am Tisch, die wegen der außergewöhnlichen Ereignisse nicht vorher zum Essen gekommen waren. Die Aerzte erkannten untereinander Bertanis Tüchtigkeit an, mißbilligten aber, daß er die Dinge zu ernst nehme und zu wenig gemütlich sei. Einer, in dessen Nähe Bertani sich setzte, sagte laut mit nachdrücklichem, gleichsam belehrendem Behagen: „Wenn nur keine Bombe einschlägt, bis ich genug gegessen und getrunken habe; denn alle Kranken der ganzen Welt verhindern nicht, daß wir niederträchtige Gesunde auch einen Magen und einen Darm haben, der zuweilen gefüttert werden muß, wenn die gefräßigen Tiere nicht eingehen sollen." Er hatte noch nicht ausgesprochen, als der Hufschlag eines galoppierenden Pferdes vernehmlich wurde, der durch die schmale Straße näher kam. Unwillkürlich horchten alle auf; es trabte in den Hof, und eine Stimme rief gleich darauf in der widerhallenden Diele: „Bertani!" und noch einmal: „Bertani!" Bertani setzte das Glas mit Wein nieder, das er eben ergriffen hatte, und stürzte die Treppe hinunter; Mangiagalli kam ihm entgegen und keuchte: „Manara liegt im Sterben! kommt!" In einer Minute saß Bertani zu Pferde, Mangiagalli erzählte schluchzend, wie es geschehen war. Dann ritten sie stumm, so schnell die Pferde konnten.

Manara lebte noch; als Bertani seine Wunde untersuchen wollte, bewegte er die schöne Hand und sagte: „Es ist aus; laß mich nicht noch mehr leiden. Bring meinen letzten Atem meiner Frau und meinen Kindern." Seine Stirn war von Schweißtropfen bedeckt, er strengte sich an zu sprechen, aber Bertani, obwohl er sich tief über ihn beugte, fand keinen Zusammenhang in seinen Lauten. Am Fuße des Lagers lag Dandolo und schrie: „Verlaß mich nicht, Manara! Verlaß mich nicht, Manara!" Die halb bewußtlos wiederholte Klage drang schneidend durch den kahlen Raum; Manara hörte es nicht mehr oder konnte kein Zeichen mehr davon geben. Am äußersten Ende des Saales kauerte Ugo Bassi an die Mauer gedrückt, die Tränen flossen aus seinen Augen auf den Boden, wie Wasser aus einem gebrochenen Glase rinnt, rinnt, bis der letzte Tropfen verschlichen und der Scherben leer ist. Als Manara tot und Bertani wieder im Freien war, überkam ihn ein Schwindel; jemand brachte ihm ein Glas Wein, das er austrank, worauf er sein Pferd besteigen und wieder in das Krankenhaus zurückreiten konnte.

⊕

Vor Tage versammelten sich die Deputierten auf dem Kapitol und erwarteten das Ende. Die Boten, die von Zeit zu Zeit von den Wällen kamen, berichteten von dem großen Blutvergießen und heroischen Sterben der Römer und von dem unaufhaltsamen Vordringen des Feindes. Mazzini sprach eine Weile, um die Abgeordneten anzufeuern, daß sie nicht kapitulierten, aber an ihrem zähen Schweigen merkte er, daß sie nichts mehr an die Sache wagen wollten, die sie für verloren hielten, und verließ den Saal, um ruhelos in den Gängen auf und ab zu gehen. Wenn er allein war, schien es ihm, als wäre es noch möglich, daß irgend etwas getan werden oder geschehen könnte, um die Dauer der Republik zu fristen; wie einer nicht glauben kann, daß der Leib eines geliebten Menschen sterbe, um zu verwesen und zu verschwinden, solange sein Auge das entseelte Fleisch nicht vor sich sieht. Als es Mittag wurde, kamen einige Freunde und drangen in ihn, daß er mit ihnen ein nahegelegenes kleines Gasthaus aufsuche, um zu essen, und er ließ sich bis auf die Straße mitziehen; dann schüttelte er plötzlich den Kopf, kehrte um und wieder in das Kapitol zurück. Auf der Treppe begegnete er Rosselli, der hoffnungslos aus einer Sitzung des Kriegsrates kam, und Canino; dieser sagte: „Es ist nicht anders, der Schwächere muß stets zuletzt dem Stärkeren unterliegen, das ist ein Gesetz so gut wie die Schwerkraft, und der Schwächere sind wir." Mazzini entgegnete schmerzlich betroffen: „Warum? Auch Recht ist Stärke, nicht nur Zahl, auch Glauben und Willen ist Stärke, Gott im Himmel hat nicht nur Zahl und Masse schwer gewogen!" Canino schnitt ein Gesicht und sagte: „Stimmen muß die Rechnung. Unsre idealen Qualitäten haben eine Weile der Uebermacht von historischer Schwere, Verstand und Zahl getrotzt, zuletzt kommt doch der Ueberschuß zur Geltung, der auf ihrer Seite ist." Mit diesen Worten ging er in den Saal, während Rosselli und Mazzini zusammen an ein

Fenster des Treppenhauses traten, wo sie sich befanden. Die Sonne brach in diesem Augenblick durch die aufgelösten Wolken und schien mit weißen, stechenden Strahlen vom Scheitel des Himmels herunter. „Morgen," sagte Mazzini, „morgen schon werden unsre Henker an dieser Stelle stehen, und wir ziehen auf verborgenen Wegen verhüllten Hauptes in die Fremde." Roselli stieß einen Fluch aus, Wut und Rachsucht verzerrten sein Gesicht. „Sprengen wir jene dreihundert Kirchen, den großen Jahrmarkt des Aberglaubens und der Heuchelei, in die Luft," sagte er, „daß die pfäffischen Horden einen Schutthaufen finden, wo Rom war." Die Stirn an die Scheibe gedrückt, blickte Mazzini lange auf das flimmernde Linienspiel der Dächer, Kuppeln und Türme, bis seine Augen naß wurden, und sagte: „Auch die Barbaren beten die Schönheit der Ewigen Stadt an, und wir sollten sie zerstören? Sie gehört uns so wenig wie den Feinden, die sie erobern, sondern einem unvergänglichen Reiche, das alle unsre Grenzen durchschneidet. Aber wir Kinder Italiens haben das Recht, sie zu schirmen, und unser Herz wird aus fernster Ferne unveränderlich nach diesem Pole schlagen, bis wir sie wiederhaben."

Ein Offizier von den Bersaglieri kam, um den Tod Manaras anzuzeigen und sich ein Zertifikat für Emilio Danbolo geben zu lassen, der in das französische Lager gehen und Morosini auslösen wollte, sei es nun, daß er lebte oder tot wäre. Die Nachricht von dem neuen und kostbaren Opfer bestärkte diejenigen, die dem Kampf ein Ende machen wollten, in ihrem Sinne; die Vernunft verlange, so sagten sie, daß man nicht länger widerstehe und teures italienisches Blut fließen lasse, ein solches Beharren würde fanatischer Trotz, nicht heldenmäßige Unbeugsamkeit sein. Mazzini, der jetzt wieder bei der Versammlung war, stand auf; das Angstgefühl der letzten Entscheidung durchbohrte sein Eingeweide wie mit glühenden Messern. Erst, rief er, müsse man Garibaldi hören! Die Republik kenne weder ihr Unglück, noch ihre Hoffnung, ehe sie ihn vernommen habe. Nach der Zustimmung aller wurde sofort ein eilender Bote an den General abgeschickt, der ihn im Namen der Versammlung ersuchen sollte, auf das Kapitol zu kommen, obwohl es vielen unmöglich erschien, daß er die umstrittenen Mauern jetzt verlassen könnte. Inzwischen wurde zu Papier gebracht, welches nach dem Gutachten der Versammlung die letzten Möglichkeiten der Republik wären: nämlich den Widerstand aufzugeben, wofür die Mehrzahl der Abgeordneten, außer Mazzini und einigen seiner Anhänger, stimmten; oder den Kampf auf den Barrikaden mit Aufbietung des ganzen Volkes fortzusetzen, oder denn als Unbesiegte Rom zu verlassen und den Sitz der Republik nach einem andern Orte zu verlegen, wo man, unterstützt von der patriotischen Revolution, die noch hier und da glimmte, das Glück von neuem versuchen könnte.

Diese Sätze waren eben niedergeschrieben, als Garibaldi auf die Schwelle trat, sprühend vom Tumulte der Schlacht, das herrliche Antlitz von Rauch und Schweiß dunkel, die Augen fest über Jammer und Schrecken. Beim Anblick des ungeheuern Mannes erhoben sich die Versammelten von ihren Sitzen, und es verging eine totenstille Minute, bevor gesprochen wurde. Dann sagte der Präsident: „General, wir haben Euch hierher entboten, um Euer Urteil zu hören, ehe wir die äußerste Entscheidung treffen. Es sind uns, nach dem, was heute geschehen ist, drei Möglichkeiten geblieben: erstens den Widerstand nunmehr als vergeblich aufzugeben; zweitens auf den Barrikaden weiterzukämpfen, bis das letzte Blut vergossen ist; schließlich Rom zu verlassen und die Republik auf die Hoffnung neuer Revolutionen zu gründen. Sagt Ihr uns, nicht als Abgeordneter der Versammlung, sondern als General Eurer Truppen, was Ihr meint, daß wir tun können." Ohne sich zu bedenken, antwortete Garibaldi: „Das Volk kann den Kampf in der Stadt vielleicht um einen Tag verlängern; dann aber muß es sofort ohne Zeitverlust auf die Barrikaden geführt werden. Ich riet euch vor Tagen, als wir noch eine Macht waren, auszuziehen; jetzt habe ich kein Heer mehr, nur Trümmer; dennoch habe ich nichts andres zu sagen. Ich werde mit denen, die mir folgen wollen, Rom verlassen und das Schwert nicht niederlegen, solange ich Soldaten habe." Sowie er dies gesagt hatte, verließ er den Saal und ritt ohne Aufenthalt in die Schlacht zurück.

Noch einmal ergriff Mazzini das Wort und schlug vor, das Volk auf die Barrikaden zu führen. Er sagte: „Laßt euch noch einmal meine Worte ans Herz gehen, denen ihr manches Mal, nicht um meinetwillen, sondern um meiner Liebe Italiens willen, die ihr kennt, Gehör schenktet und nachgabet. Ich möchte euch nicht überreden, euch kein Opfer entreißen, nur das möchte ich, daß ihr noch einmal zurückblicket: denkt an das lange Dunkel der Vergangenheit, an die Qualen der Verbannung, an die Erniedrigung der Gefangenschaft, an ermordete Freunde. Denkt dann an den feurigen Frühling, der uns befreite! An den Tag, als wir zum Kapitole gingen, die Erwählten des freien Rom, mit trunkenen Schritten wie Auferstandene, die kürzlich aus dem Grabe stiegen, an den Jubel des Volkes, der uns trug, an den lichten Himmel, der uns einschloß. Denkt an unsre gemeinsame Arbeit, an unsre Kämpfe, an unsre Pläne! Seht euch um in diesem Saale, seht die eherne Wölfin, das Bild des Rienzi, die Trikolore, die sich von Säule zu Säule windet, festlich und glorreich — soll es denn so enden? Mit einer Uebergabe enden?" Er bedeckte plötzlich das Gesicht mit den Händen, und es schien, als wäre die Sprache ihm vergangen; aber er faßte sich schnell wieder und fuhr leiser fort: „Ich wollte euch nicht rühren und nicht überreden und habe zuviel gesagt; denn ihr sollt nach euerm Gewissen handeln. Nur das eine sage ich noch, daß die Triumvirn ihren Namen nicht unter eine Akte setzen werden, die Rom preisgibt."

Während einer das Wort ergriff, um über die Aussichtslosigkeit des Barrikadenkampfes zu sprechen, zog sich Mazzini in ein Nebenzimmer zurück und bewog Armellini und Aurelio Saffi, mit ihm das Amt des Triumvirates niederzulegen. Es war schon Nacht, als die Abgeordneten sich zu dem Beschlusse einigten, den sie in diesen Worten ankündigten: „Die Versammlung gibt nunmehr die Verteidigung Roms auf, die unmöglich geworden ist, und bleibt auf ihrem Posten."

☉

Nachdem der Kampf achtzehn Stunden lang gedauert und Garibaldi siebenmal versucht hatte, die verlorene Bastion zurückzuerobern, das Blut der Feinde und der Seinen vergießend, zog er die Truppen hinter die innere Linie zurück; denn viele waren gefallen und von den gebliebenen die meisten verwundet oder ohne Kräfte. Trotzdem war das Heer noch in guter Haltung und keineswegs aufgelöst, so daß die Franzosen, die von der gewonnenen Höhe des Hügels aus die römischen Stellungen überblicken konnten, nicht versuchen mochten, da es außerdem Abend geworden war, sie daraus zu verdrängen und die Eroberung der Stadt zu vollenden. In der Frühe des folgenden Tages begaben sich die Abgeordneten des Gemeinderates von Rom, der nach der Abdankung des Triumvirates an der Spitze des Staates stand, in das französische Lager, um über die Bedingungen der Uebergabe etwas zu vereinbaren, und obgleich sie es vorzogen, keine Kapitulation abzuschließen, da Oudinot den Schutz des Lebens und der Habe der Einwohner, wie es die Sitten und der Stand der Kultur erforderten, nicht gewähren wollte, erließen sie eine Weisung an die Truppen, die Linie zu räumen und sich in gewisse Quartiere in Trastevere zurück= zuziehen.

Etwa um die vierte Nachmittagsstunde waren die Uebriggebliebenen der Regimenter, die vom dritten bis zum letzten Juni die Mauern verteidigt hatten, zum Abzuge bereit aufgestellt, sowohl diejenigen, die den Janiculus und Aventin besetzt, wie diejenigen, die am Monte Mario und der Ponte Molle gestanden hatten und zum letzten Kampfe herbeigezogen waren, nämlich die italienische Legion, die Bersaglieri, die lombardische Legion unter Medici, die bolognesischen Reiter des Masina, eine andre bolognesische Hilfs= truppe, die Finanzieri unter Zambianchi, die römische Legion, römische Linientruppen und die Legion der Emigranten. Vor der zertrümmerten Kirche San Pietro in Montorio hielt Garibaldi zu Pferde mit seinem Stabe und sagte: „Soldaten, die Republik hat beschlossen, daß ihr die Mauern, die ihr rühmlich verteidigt habt, verlaßt. Bevor wir von dieser Stätte gehen, die wir blutrot gemacht haben, wird Priester Ugo Bassi, unser Kamerad, eine Messe für unsre Toten lesen, die wir unbegraben zurücklassen müssen." Mit diesen Worten stellte er sich gegen eine niedrige Mauer, die als Altar dienen konnte, vor welcher Ugo Bassi schon vorher auf den Knien gelegen und auf welche er ein kleines Testament gelegt hatte, das er bei sich zu tragen pflegte. Er stand nun auf und wendete sich gegen die langen Reihen der Sol= baten, die funkelnd im überfließenden Sonnenlichtstrom standen, und wollte sprechen; aber er brachte kein Wort aus der Kehle, und indem er mit einer schmerzlichen Gebärde den Kopf erhob und gegen den Himmel blickte, drehte er sich langsam wieder um, dem Altare zu. Die Soldaten, die ihn verehrten und von denen die vorderen die Blässe seines Gesichtes und seine geröteten Augen erkennen konnten, hielten sich still, während er mit Kelch und Hostie den vorgeschriebenen Ritus ausführte. In dem Augenblick, wo ein Glockenzeichen die Gegenwart des Allerheiligsten anzuzeigen pflegt, drehte er sich um, kniete mit gefalteten Händen nieder und gab ein Zeichen, worauf sich langsam die Fahnen aller Regimenter senkten. Da war die Fahne mit der Aufschrift „Gott und Volk," welche Mazzini in dem kurzen Frühling des Jahres 1848 selbst getragen hatte, die Fahne, die über den Trümmern des Vascello aufrecht geblieben war, die Ruhmesfahne mit dem Bilde des Vesuv, die die italienische Legion von Montevideo in den fürchterlichen Sieg von Sant' Antonio geführt hatte, die Fahne von Mailand, die in unzähligen Gefechten in den Lüften gespielt hatte über den fröhlichen Herzen der Bersaglieri, die Fahne der römischen Republik und die Fahne der Studenten; sie waren von Rauch geschwärzt und viele zerrissen. Stolz und schwermütig wie sterbende Schwäne, die mit Gesang in das blinkende Wasser tauchen und langsam untergehen, neigten sie sich und rauschten leise durch das zitternde Sonnenlicht bis auf die Erde; nach einer Weile hoben sie sich wieder und standen aufrecht.

Als diese stumme Messe aus war, gab Garibaldi das Kommando, worauf die Regimenter sich in Bewegung setzten und in geordneten Reihen in ihre Quartiere zogen.

Am 1. Juli, einen Tag bevor die Franzosen in Rom einzogen, wurde Luciano Manara, nachdem Freunde ihn mit seiner Uniform bekleidet und eingesargt hatten, aus Trastevere in die alte Kirche San Lorenzo am Corso geführt; der bleierne Sarg war mit dreifarbigen Schärpen umwunden, deren Enden herabhingen, darauf lagen Manaras Federhut und Schwert. Die Kapellen der römischen Regimenter, die während der Belagerung in den Gärten der Savorelli und Spada zu spielen pflegten, gingen voraus und spielten die Todeshymne der Märtyrer Italiens:

>Kränze, von Lorbeer gewebt,
>Der nie verdirbt —
>Wer für das Vaterland stirbt:
>Genug gelebt!

Es folgte dem Sarge, was noch von den Bersaglieri übrig war, nämlich dreihundert Soldaten und überdies noch etwa hundert Verwundete, welche trotz des Widerspruchs der Aerzte aufgestanden waren und das Spital verlassen hatten, um ihrem Hauptmann die letzte Ehre zu erweisen. Auch von den Offizieren fehlten viele und waren viele verwundet. Alle, die dem Zuge auf der Straße begegneten und erfuhren, daß es das Trauergeleite Manaras war, schlossen sich an, denn nach Garibaldi war kein Name so gefeiert wie seiner in Rom. Die Hitze auf dem langen Wege war erbarmungslos, und die Verwundeten, von denen manche Fieber hatten, quälte Durst und Wundschmerz; aber sie unterschieden diese Pein kaum von ihrem Kummer und gingen stier vorwärts wie in einem unerklärlich drückenden Traume. Der Himmel, der voll schwerer Gewitterwolken war, glich einem dunkelblauen Meere, in dem keine Welle schlüge und wunderbare stählerne und bleierne Schiffe mit dick aufgeblähten, beglänzten weißen Segeln unbeweglich stillestünden.

In der Kirche war es hell und kühl. Die Soldaten setzten den Sarg zwischen vier gewaltigen Säulen aus schwarzem Marmor nieder, die den Altar umgaben, und Ugo Bassi stellte sich an sein Fußende, um die Leichenrede zu halten. Er trug einen priesterlichen Umhang, doch sah man darunter die scharlachrote Bluse der Garibaldiner. Er sagte: „Auf jenem himmlischem Kapitole, wo die Ueberwinder des Todes triumphieren, ist jetzt Luciano Manara. Ihr erwartet vielleicht, daß ich von ihm zu euch sprechen würde; aber dazu bin ich nicht gekommen. Meine Brüder, ihn glücklich zu preisen, dessen Los in reinem Lichte, unerreichbar und unvergleichbar, sich entrollt, bin ich zu schwach; meinen Augen erscheint noch die teure Gestalt des Irdischen, den sie viele Male gesehen haben, im Kampfe, beim Spiel, beim Fest, in Not und Untergang, als Freund und Feind, in Zorn und Milde, immer lauteren Herzens, aus fröhlichen Tälern den harten Felspfad der Größe hinan. Wenn ich ihn so vor mir sehe, wie kann ich anders, als ihn jammernd zurückrufen, so wie er war, in unsre Mitte?

„Aber ihr sollt wissen, daß wir mit diesem Sarge nicht Manara begraben. Ich bin gekommen, um am Grabe einer Toten zu sprechen, deren Name heiliger ist als der Name aller, deren Tod wir beweinen, deren Name unser Schild und unsre Fahne war, und deren Namen wir jetzt versenken müssen mit ihrem Leibe. O, meine Brüder, wir begraben Italien! Die wir unter glühenden Sonnen und unter tauenden Sternen über Roms Hügel haben schreiten sehen, göttlich in Schönheit und Freiheit, Erde und Meer segnend, hat die Wut der Feinde zerschmettert, und wir tragen sie in Verschwiegenheit zu Grabe. Wenn wir nun aus Rom ziehen und uns zerstreuen, bettelarm und geächtet, wird niemand um unsre Tote wissen, Schafe und wilde Pferde werden über ihr weiden, aber wie auch das Erdreich mag aufgewühlt und erschüttert werden, sie wird nicht erwachen. Dereinst, ja, dereinst wird sie sich bewegen. Unverwest, nach Götterart, wird sie das Grab durchbrechen, ihr Schwert schütteln und ihre Kinder versammeln. Ein Tag wird kommen, wo sie glorreich von den Hügeln strahlt und der Stern auf ihrem Haupte den Schiffern der fernsten Meere leuchtet. O Italien, wenn du auferstehst, gedenke derer, die heute für dich sterben!"

Wie er bei den letzten Worten niederkniete, knieten alle und blieben lange so; es war ihnen so zumute, daß sie nichts wünschten, als nie mehr aus der stillen Kirche auf das erstorbene Schlachtfeld des Vaterlandes hinaus zu müssen.

⊕

In der Nacht des 1. Juli berieten die Abgeordneten noch über die Verfassung der gestürzten Republik, über die sie das Volk wollten abstimmen lassen, bevor die Versammlung aufgelöst würde. Etwa zwei Stunden nach Mitternacht gingen sie heim, um kurze Zeit zu schlafen. Der folgende Tag zog rein herauf und wölbte sich blitzend wie ein edler Kristall über Rom. Während die Franzosen anfingen, den Janiculus hinunter über den Tiber in die Stadt einzuziehen, begaben sich die Abgeordneten auf das Kapitol, um dem Volke, das zahllos zusammengeströmt war, die vollendete Verfassung vorzulegen. Noch wehte vom Turme des Senatorenpalastes die Trikolore, wie auch die Deputierten Schärpen in den Farben Italiens trugen. Stürmisch begrüßte das Volk die bekannten Erscheinungen: das kühne Abenteurergesicht des Fürsten Bonaparte, die würdevolle Greisengestalt Armellinis, Mazzini, dessen Schmerz der Stolz des Augenblicks noch bändigte, Cernuschi mit vornehm angedeutetem Schwung der weißen Halsbinde und unbekümmertem

Lächeln auf dem beredten Munde. Sie traten alle ein wenig zurück, um Platz für Aurelio Saliceti zu machen, der die Verfassung vorlesen sollte; er gehörte, wenn er auch nicht geliebt wurde, unsympathisch schon im Äußern mit der ungraziösen Finsternis seiner gedrückten Stirne, zu den Größen des Tages, denn der blinde Tatendrang seines Hasses, der sich bei jeder Gelegenheit geltend machte, empfahl ihn in den Zeiten der Ohnmacht. Wie in einer brennenden Kirche die Schwungkraft der wachsenden Flamme das Spiel der Glocke erregt und der erhabene Wohllaut des gestimmten Erzes lebendig durch das Krachen des stürzenden Hauses bringt, so begleitete die Verkündigung ihres Gesetzes den Untergang der Republik, deren äußerster Rand schon unter dem Hufschlag des siegreichen Feindesheeres erzitterte. Saliceti verlas die Verfassung von dem ersten Satze an, der lautete: „Die Souveränität ist nach ewigem Recht beim Volke. Das Volk des römischen Staates gibt sich die Verfassung einer demokratischen Republik," bis zum letzten, der die beiläufige Verfügung enthielt, daß die jetzigen Angestellten sämtlich der Bestätigung bedürften, unter dem Beifall der lauschenden Menge. Als er geendet hatte, zogen sich die Abgeordneten langsam in den Senatorenpalast zurück; eben wurden in der Straße von Araceli, die zum Kapitole führt, die ersten französischen Dragoner sichtbar, die nunmehr den Platz besetzten.

Da die Besitzer der großen Paläste Rom schon bei Beginn der Revolution verlassen hatten, überwogen in der Stadt die Feinde des Papstes, und öde Straßen und verschlossene Häuser empfingen die Franzosen, die zu zweifeln anfingen, ob der Anschein eines festfrohen Einzuges sich würde wahren lassen. Hastig bewegten sie sich durch die Winkel der leeren Gassen, denn es erwachte in ihnen die Erinnerung an tragische Blutgeschicke, wie sie in Italien aus Schmach und

Rache leicht zusammenschießen, und während sie mit prahlerischem Witz die Armseligkeit der Ewigen Stadt verlachten, schielten sie mißtrauisch nach den geschlossenen Türen, ob sie sich nicht bewegten und der Dolch des Mörders durch die Spalte zuckte. Der Zufall wollte, daß Oudinot mit seinem Gefolge zum Platze der Minerva kam, als gerade Pietro Ripari, der Leibarzt Garibaldis, vorüberritt, dem es gefiel, sich gemächlich und breitspurig zu gebärden, als ob er, was in französischer Uniform sich ausbreitete, nicht oder nicht mehr als den Staub und Dunst der heißen Gasse sähe. Da er die rote Jacke trug und ein grimmiges Gesicht machte, kam er den französischen Offizieren ziemlich diabolisch vor, und sie glaubten Garibaldi selbst vor sich zu haben; sie empfanden einen häßlichen Schrecken, der ihnen für den Augenblick Herz und Hände steif machte, so daß sie wie von einem Blitz fest in die Erde geteilt standen. Zwar wurden sie ihres Irrtumes bald inne, und weil sich auch nichts Unnatürliches begab, erbosten sie, und Oudinot gab unter Rasseln und Schnauben Befehl, daß die dreifarbigen Rosetten, die die Mauern des Gasthauses „zur Minerva" noch schmückten, augenblicklich abgerissen würden, was aber, da sich kein römischer Arbeiter dazu fand, die französischen Soldaten selbst besorgen mußten. Unterdessen ritt Ripari, ohne sich umzusehen, seiner Wege dem Tore von San Giovanni zu, um von Garibaldi Abschied zu nehmen, der dort mit seinen Truppen die Stadt verlassen wollte.

Auf dem Platze vor der Laterankirche standen die italienische Legion und die Reiter Masinas, welche Garibaldi begleiten wollten, ohne zu wissen, wohin er zielte; auch eine Abteilung römischer Nationalgarden war anwesend, aber nur, um dem scheidenden General ihre Verehrung zu bezeugen. Sacchi und Hoffstetter hielten unter dem Obelisken und besprachen das Aus=

bleiben der Bersaglieri, deren Offiziere auf Befragen
stets solche Antworten gegeben hatten, die auf ihren
Anschluß rechnen lassen konnten; anstatt dessen kamen
nur vereinzelte Soldaten, die, da das Regiment auf=
gelöst und ihres Bleibens nicht in Rom war, nichts
Besseres wußten, als das ungewisse Schicksal Gari=
baldis zu teilen. Als Garibaldi, begleitet von Anita
und Ugo Bassi, auf den Platz kam und das Aus=
bleiben der Erwarteten erfuhr, sagte er nur: „Sie
wären gekommen, wenn Manara lebte!" und fügte
hinzu, eigentlich sei ein kleines Heer für sie vorteilhaft,
da die schnellen und oft wechselnden Bewegungen, die
sie in ihrer Lage, zwischen aufmerksamen Verfolgern
durchschlüpfend, machen müßten, nicht leicht von größeren
Massen ausgeführt werden könnten. Trotz seiner
ruhigen Haltung jedoch war ihm anzumerken, daß er
traurig war; nur aus Anitas Augen lächelte, obwohl
ihre Miene ernst war, das Glücksbewußtsein, vermut=
lich lange Zeit hindurch unausgesetzt an der Seite
des geliebten Mannes bleiben zu können. Er fragte
mehrmals nach Medici, der ihm, seit er ihn kannte,
in Amerika und Europa, ohne Besinnen gefolgt war
und an dessen Kommen er auch jetzt nicht gezweifelt
hatte; niemand hatte ihn gesehen oder wußte etwas
von ihm. Verschiedene kamen, um Abschied zu nehmen,
darunter Pietro Ripari, der sich nicht darüber trösten
konnte, daß Garibaldi einen Feldzug ohne ihn machte,
aber seine Verwundeten nicht verlassen zu dürfen
glaubte, worin Garibaldi ihn bestärkte. Er erzählte,
daß bereits wieder wie feuchtlederne Schwämme die
Pfaffen aufschössen und hungrig und böse nach allen
Seiten schnüffelten; daß die Kranken aus Angst vor
der Rache des Papstes und aus Gram über das Ende
Roms kränker würden und stürben; daß Rom bald
wieder sein würde, was es vordem gewesen sei: drei=
hundert Kirchen in einem Moraste, und daß er der

gottverlassenen Stadt den Rücken kehren würde, sobald die Verwundeten des republikanischen Heeres alle entweder heil oder tot sein würden. Garibaldi möge nicht vergessen, ihn zu rufen, wenn er ihn für neue Kriegswunden brauche. „Das wird ein glücklicherer Tag als dieser sein," sagte Garibaldi, indem er ihn zum Abschied umarmte.

Zwischen sechs und sieben Uhr, als die Hitze gelinder zu werden begann, ersuchte der General einige Offiziere, den Abzug zu besorgen, und ritt mit Anita, Ugo Bassi und einer Abteilung Reiter voran, dem Tore San Giovanni zu. Dort erwarteten ihn Angelo Brunetti und seine beiden Söhne, die muntere kleine Schecken ritten; aber noch standen alle neben Lucrezia Brunetti, die bis zum Tore mitgegangen war. Da ihr Mann nicht erwarten konnte, von der päpstlichen Rache verschont zu bleiben, hatte sie nicht versucht, ihn zurückzuhalten, als er den Wunsch aussprach, Garibaldi zu begleiten, obwohl sie selbst nicht daran denken konnte, mit den kleinen Mädchen sich anzuschließen; vielleicht auch hätte sie es nicht vermocht, selbst wenn es möglich gewesen wäre, ihre Vaterstadt zu verlassen. Als sie Garibaldi kommen sahen, sprangen Brunetti und Lorenzo, der, seit die kleine Spronella am letzten Tage der Verteidigung Roms unter den Mauern gefallen war, das Leben mit trauriger Gleichgültigkeit vorbeigehen ließ, auf ihre Pferde; allein Luigi, der jüngste, warf sich noch einmal in die Arme seiner Mutter, die ihn leidenschaftlich empfing und, indem sie sich über ihn beugte, mit sich auf die Knie zog. Wie er als kleines Kind getan haben mochte, kletterte er an ihr hinauf und umschlang ihren Hals fest; in dieser Stellung sahen sie sich stumm in die tränenüberfließenden Augen. Alle sahen mitleidig auf die schöne Frau und den blonden Jungen, Garibaldi stieg ab, um ihr die Hand zu reichen und ihr ein warmes

Wort zu sagen. Sie ließ, als er vor ihr stand, das Kind los und nahm seine Freundlichkeit mit stiller Würde an, doch glitt kein Lächeln über ihr majestätisches Gesicht. Mittlerweile hatte sich Anita dem Kleinen genähert und mit mütterlicher Herzlichkeit zu ihm gesprochen, worauf sich alle wieder aufs Pferd setzten und der Zug nach diesem kurzen Zwischenfalle sich in Bewegung setzte. Weder die Söhne noch Brunetti warfen einen Blick zurück, Angelo und Luigi gaben sich Mühe, keinen Kummer im Gesichte merken zu lassen. Als Hoffstetter, der die Nachhut besorgte, eine gute Stunde später als Allerletzter durch das Tor reiten wollte, sah er noch die Frau stehen, der er früher in ihrer daseinsseligen Laune begegnet war, und die er darum nicht gleich erkannte. Er beobachtete sie eine Weile, wie sie mit herabhängenden Armen, ohne sich zu rühren, den abmarschierenden Soldaten nachblickte, die der aufgewühlte Staub und die Dämmerung schon verschlungen hatten, und ihre erstarrte Schönheit erregte seine Bewunderung und seine Teilnahme. Aber wie er sich einige Male zurückwendete und sie immer noch unverändert stehen sah, fiel eine fremde Bangigkeit auf sein Herz; denn es war, als stände dort die Göttin Rom und beweinte den Untergang ihrer ausziehenden Söhne und Helden.

Der Deutsche hatte sich bisher nicht die Mühe genommen, darüber nachzudenken, welches Garibaldis Absichten und Aussichten sein könnten; jetzt fielen ihm die Gespräche verschiedener Offiziere ein, die nicht mitgegangen waren, wie sie ihre Zweifel andeuteten, ob der General etwas ausrichten, ja, ob er überhaupt nur entkommen könnte, und daß sie sich ausgeschlossen hatten, schien ihm auf einmal eine schreckensvolle Bedeutung zu haben. Es hatte bis jetzt den Anschein, als ob das Unternehmen gegen Neapel gerichtet wäre, doch bei Garibaldis Art, zu marschieren, ließ sich daraus noch kein Schluß ziehen; wer konnte wissen, wohin es ging? Das Bild der Heimat kam ihm in den Sinn; die grün und gelb gemusterten Hügel, die weiten Täler und wilden Höhen der Rauhen Alb, dazwischen die guten kleinen Städte, altertümlich und traulich, mit spitzen Türmen und einem träumerischen Himmel darüber. Das indessen lag zu weit fort, als daß er sich danach hätte sehnen können; es erschien ihm wie etwa ein bleicher Stern in müden Abendwolken, der ein namenloses und unerklärliches Heimweh erregt. Die heroischen Abenteuer der letzten Vergangenheit, die herrlichen Freundesgestalten, die aufgetaucht und schnell entschwunden waren, schienen sich von seiner Seele losgerissen zu haben, und er starrte sie traurig an, während er neben den langen Reihen der gleichmäßig trabenden Soldaten herritt. Der Vollmond ging auf und füllte den Raum mit milchigem Lichte; die grenzenlose Steppe verbrannten Grases darunter glich einem hohen Meere, aus dem die heidnischen Grabmäler und hier und da eine Pinie wie dunkle Klippen aufragten; es kam ihm öde und grauenvoll gigantisch vor. In der Beklemmung seiner Brust zog es ihn zu Garibaldi; er gab seinem Pferde die Sporen und jagte vorwärts, bis er den Schimmel des Generals erkannt hatte, dessen begrüßendes Lächeln sogleich den Druck von seinem Gemüte löste.

Die ganze Nacht durch wurde eilig geritten und kein Wort gesprochen außer den notwendigsten Befehlen, die geflüstert die Reihen entlang liefen. Am Morgen war das Gebirge erreicht, und es wurde in Tivoli gerastet. Während die Bewohner der Ortschaft Wein, Wasser und Brot brachten und die Portionen unter die Soldaten verteilt wurden, ritt Garibaldi auf eine Höhe, um die Gegend zu überblicken, wie er zu tun pflegte, von Ugo Bassi, Angelo Brunetti und seiner Frau begleitet. Von den schäumenden Stürzen

des silbernen Anio, von dem grauen Schein heiliger
Trümmer durch Olivenhaine und vom entfesselten
Ueberfluß grüner Gärten weg blickten alle nach Westen,
wo Rom war. Wie einer, der sterben will und sich
die Schärfe des Dolches einmal, zweimal, dreimal fest
ins Herz bohrt, gruben Brunettis heiße Augen das
geliebte Bild in sein Gedächtnis; indessen als Garibaldi sich seiner Umgebung wieder zuwandte, lag eine
siegreiche Ruhe auf seiner Stirn, als hätte er einen
Schwur getan und ein Zeugnis erhalten, daß, was er
geschworen, in den Willen der Gottheit eingesunken wäre.

☉

Am Tage nach seinem Einzuge verkündete Oudinot, daß alle Fremden ohne Verzug Rom verlassen
müßten, nämlich nicht nur die Polen, Deutsche oder
andre Ausländer, sondern die Lombarden, Genuesen,
Neapolitaner und Sizilianer, die im Dienste der Republik gestanden hatten, bis auf die Aerzte, mit denen
der französische Sanitätskörper ein Abkommen traf,
wonach sie, solange sie noch Kranke in den Spitälern
hätten, bleiben durften. Dessenungeachtet wurde Pietro
Ripari, von dem bekannt war, daß er das Priesterregiment haßte, und dem man nachsagte, daß er sich
unter Garibaldi mehrere Male tätlich am Kampfe beteiligt hätte, gefangengenommen und brachte sieben
Jahre in den päpstlichen Kerkern zu. Nachdem die
meisten schon abgereist waren, fand der, der am meisten
zu fürchten hatte, Mazzini, das Herz nicht, sich von
Rom zu trennen, und irrte, ewig Abschied nehmend,
durch die Gassen, die er liebte. Auch wohnte er in
diesen Tagen geheimen Versammlungen der Republikaner bei, die ihn als Meister anerkannten und mit
denen er ein neues Programm für die Revolutionierung Italiens vorbereitete; denn trotz der hoffnungslosen Zeit wollte er das Feuer der großen Verschwö-

rung nicht erlöschen lassen. Die opferwilligsten und liebendsten seiner Freunde, Aurelio Saffi, Scipione Pietrucci, Pisacane und Maurizio Quadrio, hatten beschlossen, den gefährlichen Boden nicht ohne ihn zu verlassen, aber er mied sie jetzt, deren Gesellschaft ihn sonst beglückte, und suchte die Einsamkeit, um Zwiesprache mit Rom zu halten. Oft folgten sie ihm von weitem, um zu seinem Schutze in der Nähe zu sein; was für ein Fang wäre dem Gegner der Volkstribun gewesen, der Europa entzündete! Doch niemand tastete ihn an oder hielt ihn auf.

Eines Abends saßen Gustavo Modena und Julia mit Giacomo Medici in ihrem Wohnzimmer am leeren Kamin und warteten besorgt auf die Heimkunft des Irrfahrers. Er glaube nicht, sagte Modena, daß ihm etwas geschähe, die Geschichte halte ihre Hand über ihren Erkorenen, und er erinnerte an manchen gefährlichen Augenblick in vergangener Zeit, wo er den Verfolgern scheinbar mehr durch Wunder als Mühe entronnen war. Julia sprach von der Angst, die seine Mutter litte; man müsse ihn durchaus bewegen, Rom zu verlassen und sich in Sicherheit zu bringen, sein Bleiben fruchte nichts mehr und verlängere ihm nur seine Qual. Medici, der im letzten Augenblicke sich nicht hatte entschließen können, Garibaldi ins Ungewisse zu folgen, und nun verdrossen und müde seine Abreise von einem Tage zum andern verschob, sagte: „Sowohl Mazzini wie Garibaldi verstehen sich mit den öden Zeiten, wo man nichts tun kann als warten, nicht abzufinden. Die Tat wird vom Menschen mit der Stunde erzeugt, kommt die rechte nicht, so ist Stillhalten und Kräftesammeln besser als eigenwilliges Suchen und Zwingen." —
„Das Warten muß freilich dem am schwersten fallen," entgegnete Modena, „dem die Kraft der Tat in Kopf und Herzen rege ist; doch glaube auch ich, daß Mazzini jetzt das Höchste leistete, wenn er in irgendein

Mauseloch kröche und den Speck in der Falle unberochen ließe." Was ihn betreffe, fuhr Medici nach einer Pause fort, so wolle er versuchen, in Genua zu bleiben und dort ein kaufmännisches Geschäft zu betreiben, um sofort zur Stelle zu sein, wenn Italien seiner wieder bedürfe. Am liebsten würde er schlafen, bis der Kampf wieder aufgenommen werden könnte; da das unmöglich sei, wolle er arbeiten und vergessen. Dann versank er wieder in unmutiges Schweigen.

Spät in der Nacht kam Mazzini, bleich und erschöpft. Julia Modena suchte ihn mit Speise und Trank zu erquicken, und nachdem das geschehen war, setzte sie sich vor ihn hin und schilderte ihm die Liebe und Sorge seiner Mutter, deren Liebling er sei und der er schuldig sei, an seine Erhaltung zu denken. Sie begann ihre Rede mit einer ernsten, beinahe strafenden Miene, bis zum Schlusse indessen hatte ihr weiches Gesicht seine natürliche Lieblichkeit wieder angenommen und lächelte ihn rosig an wie das Leben selbst, das ein verlorenes Kind zurückruft. „Könnte ich zu meiner Mutter," sagte Mazzini, „wäre ich schon nicht mehr hier; aber in die Verbannung geht man mit widerwilligen und langsamen Schritten." Es fehle ihm in der Schweiz und in England nicht an Freunden, sagte Julia, viele begleiteten ihn von Rom, andre erwarteten ihn dort, und wer könne wissen, wie bald die Ereignisse ihn wieder nach Italien riefen; sie betrachtete mit zärtlichem Erbarmen sein schmalgewordenes Gesicht mit den großen Augen, das dem eines zu früh gealterten Kindes glich. Auch Gustavo Modena redete in seiner Weise auf ihn ein: „Was würdest du sagen, Pippo, wenn ich, nachdem ich auf der Bühne das letzte große Seufzen und Brüllen meiner Rolle ausgestoßen hätte, das die haushälterische Weisheit des Dichters mir gönnte, nicht abgehen wollte, sondern auf eigne Hand weiterraste ober gar, anstatt mit einer vorgeschriebenen erhabenen Gebärde zu enden, mir aus zügelloser Begierde eines pathetischen Abgangs einen Dolch in die Brust stieße? Es ist anzunehmen, daß der beleidigte Dichter mich umbringen und das Tribunal der literarischen Nachwelt ihn freisprechen würde. Siehst du denn nicht, Pippo, daß schon eine neue Truppe vor der Türe steht, die schöne Schaustücke und Ballette aufführen will, mit denen sie weit mehr Ehre beim Publikum einlegen wird als ihr mit den alten Römertragödien? Der große Dichter oben berücksichtigt jeden Geschmack und sorgt für Abwechslung mit Abkürzung des Ernsthaften und Ehrbaren, welches die ermüdendste Gattung ist. Also tritt ab, Pippo, ziehe dich zurück und studiere deine Rolle, bis es Zeit ist, wieder aufzutreten, gleiche du nicht jenen Uebereifrigen, die unter Schweiß und Drangsal gestikulieren, wenn die Damen schon hinter dem Fächer gähnen und das Parterre leer wird. Begreife doch, daß, wie tugendhafte Szenen du auch spielst und wie trefflich du deine Sache machst, das Publikum sich nie ein Beispiel daran nehmen und sich bessern wird, sondern Erholung und Belustigung sucht und desto vergnügter zu Nacht speisen wird, je blutiger es sich während der Vorstellung aufgeregt hat. Reize denn nicht unnütz den Zorn der neuen Truppe, indem du dich noch auf der Bühne breitmachst, wo sie jetzt agieren wollen. O, wie gern verkrieche ich mich, wenn ich meine Fratzen geschnitten habe, in eine Nebenlaube, wo meine Julia mir Polenta aufticht und niemand mir Beifall klatschen oder mich auszischen kann!"

„Ich habe keine Julia," sagte Mazzini lächelnd, „und ich kann nicht glauben, daß das Stück aus ist. Es ist der große Vorhang nicht, der gefallen ist! Es ist das Ende nicht, nur eine Pause!" — Aber sie wird lang genug sein," fügte Modena hinzu, „daß wir inzwischen eine Reise machen können."

Am folgenden Tage verließ Mazzini Rom. Gelassen und unverstellt ging er durch die auflauernden Feinde von den Hügeln, die die Welt krönen, hinunter ans Meer, wo er sich einschiffte, um, von allen italienischen Staaten geächtet, als Flüchtling in die Fremde zu ziehen.

⊛

Nach Tivoli schlug Garibaldi eine nördliche Richtung ein. Das Tempo seiner Märsche wurde so geschwinde und die Ruhestunden wurden so kurz und spärlich, daß nicht wenig Soldaten zurückblieben, zum Teil durch die Anstrengungen abgeschreckt, aber auch willige, die Krankheit oder Erschöpfung am Weitergehen verhinderten. Die Ausrüstung dieser Truppen war niemals musterhaft gewesen; vollends jetzt, da das Verbrauchte nie ersetzt worden war, fehlte es oft am Notwendigsten; viele gingen auf durchlöcherten Schuhsohlen. Niemand wagte Garibaldi zu erinnern, daß er den Soldaten zuviel zumute; da sein eigner Wille mit jeder Schwäche und Widerspenstigkeit des Körpers fertig wurde, glaubte er nicht leicht, daß andre unterliegen könnten; auch wußten Offiziere wie Gemeine, daß seine Vorschriften nicht willkürlich waren und daß die Eile notwendig war, um dem Feinde zu entgehen. Auf toskanischem Gebiete wurde die Lage noch schwieriger, als sie in den römischen Provinzen gewesen war, wo die Franzosen die Verfolgung nicht mit aller Macht betrieben hatten; zwar wurden die Garibaldiner in den freundlichen Ortschaften Toskanas gut aufgenommen und bewirtet, doch an nachdrückliche Unterstützung dachte niemand, und oft wirkte die Furcht vor den Oesterreichern der wohlwollenden Gesinnung entgegen.

Man war etwa zwei Tagereisen von Orvieto entfernt, als eines Morgens die ausgesandten Kundschafter berichteten, daß sie auf der ein schönes Flußtal durchziehenden Straße österreichische Vorposten gesehen hätten und infolgedessen der beabsichtigte Weg nicht genommen werden könne; doch hatte Garibaldi bereits bemerkt, daß es einen Seitenweg gab, der zwar, den Berg hinaufsteigend, für das Gepäck und die Kanonen schwer zu passieren war, auf dem man aber hoffen konnte, den Feind zu umgehen. Auf Anordnung des Generals blieb die Reiterei auf dem Lagerplatze zurück, während die große Masse des Heeres den beschwerlichen Weg still, jedes Geräusch vermeidend, antrat. Nach einigen Stunden war die Höhe erreicht, von der aus man die Stellung des Feindes im Felsental erkennen konnte; schweigend blickten alle hinunter, ohne anzuhalten. Obwohl nicht wahrscheinlich, war es doch unsicher, ob der eingeschlagene Weg nicht umstellt war, und die Soldaten schlichen flüchtig wie Schmuggler, beim Schreien der Maultiere zusammenschreckend, durch die dunkle Nacht. Gegen Morgen wurde an einer Quelle kurze Zeit gerastet; von hier aus zweigte Sacchi mit einer kleinen Abteilung der Legion auf kaum sichtbaren, verwachsenen Hirtenpfaden ab, um zu rekognoszieren, während Garibaldi die übrigen dem Ziele des Weges entgegenführte, das sie um die siebente Abendstunde erreichten. Auf der Hochebene jenseits des vom Feinde besetzten Tales lag ein altes Franziskanerkloster, von dem aus die Straße weiter nach Montepulciano und Torita führte; es war ein von gewaltigen Mauern und Türmen umfangenes, burgartiges Gebäude, in dem eine Besatzung sich leicht hätte verschanzen und lange Zeit verteidigen können. Die aufs äußerste erschöpften und verschmachteten Soldaten jubelten beim Anblick des fetten Ruheplatzes; allein die Mönche hatten, als sie die Garibaldiner herankommen sahen, eilig die

349

Tore verrammelt und beantworteten die erst höflich,
dann zorniger klingende Bitte um Einlaß durch
höhnisches Schweigen. Schon schlugen die erbosten
Soldaten mit ihren Gewehrkolben an die Pforte und
drohten Mord und Brand, als Garibaldi erschien,
auf dessen Ruf: „Hier steht Garibaldi! Macht auf,
gute Freunde, in Gottes Namen, den Soldaten
Italiens!" nach kurzem Säumen die sperrenden
Riegel zurückgeschoben wurden. Garibaldi ritt, höflich
grüßend, in den Hof ein, und als er sich von einer
hinreichenden Anzahl die Furcht hinter einem verbissenen Lächeln verbergenden Mönchsgesichter umgeben
sah, hielt er an, um ihnen folgendes zu sagen:
„Schämt euch, daß ihr, die ihr euch Diener des allerhöchsten Gottes nennt, armen müden Soldaten, euern
Brüdern, die notwendige Speisung und Unterkunft
verweigert. Euch wie jene hat eine fruchtbare und
schöne Erde mütterlich getragen; jene düngen sie mit
ihrem Blut, ihr mästet euern Bauch mit dem, was
sie hervorbringt. Doch auch den ungleichen Bruder
schonen wir; was wir euch mit Waffengewalt entreißen könnten, erbitten wir von eurer Vaterlandsliebe
oder, wenn ihr die nicht kennt, von eurer Menschlich-
keit. Solltet ihr euch aber auch darauf nicht verstehen, so zwingt ihr uns zu einer nachdrücklicheren
Sprache." Dann, da er beim Reden die Kutten
scharf ins Auge gefaßt und unter ihnen einen Jüngling von tadelloser Schönheit bemerkt hatte, wendete
er sich plötzlich zu diesem mit den Worten: „Knabe,
nach deiner Gestalt und deinen Zügen mußt du ein
Abkömmling jener Heldenstämme sein, die in der
Vorzeit diese Felsen besiedelten und aus deren Mitte
die Adler aufflogen, die unsern Erdball beschatteten.
Wüßtest du wie sie ein Pferd zu bändigen und ein
Schwert zu schwingen, könntest du ein Held werden,
anstatt daß du nun ein Bettler und Faulenzer bist.

Armseliger, verbrennt dich die Scham nicht, wenn der heilige Krieg über dein Grab reitet?"

Die Mönche hörten dies alles mit niedergeschlagenen Augen und steifem Lächeln an und begannen, langsam einige Fässer voll Wein aus dem Keller zu schaffen, wobei die Soldaten, mutwillig lärmend, unerbetene Hilfe leisteten. Inzwischen war bereits die Spitze der von Sacchi geführten Abteilung sichtbar geworden, die in stetiger Bewegung an der Felswand hinaufrückte, und Offiziere und Soldaten, die ihr Näherkommen beobachteten, mutmaßten über die Bedeutung eines Zuges von Eseln und Maultieren, die nicht zum Heere gehörten. Mehrere Neugierige liefen den Erwarteten entgegen, und es stellte sich heraus, daß es ein Transportzug war, der den Franzosen Proviant, nämlich Geflügel und Eier, nach Orvieto hätte bringen sollen und den die Garibaldiner als Kriegsbeute betrachtet und mitgeführt hatten. Die ausgehungerten Soldaten, die fast vierzehn Tage lang nur Brot und Käse oder an grünen Stecken geröstetes Rindfleisch ohne Salz gegessen hatten, frohlockten, die Klosterküche füllte sich, und leckere Gerüche strömten durch die gewölbten Gänge. Allmählich dehnte sich an den emsig flackernden Feuern und angesichts der Fülle, die auch in ihre Tiegel floß, die Seele der Mönche aus, und sie setzten sich, gesellig scherzend, bald zu dieser, bald zu jener Gruppe, vorzüglich aber Garibaldi umschwärmend, damit sie sich später eines kühn bestandenen Gesprächs mit dem Antichristen rühmen könnten. Für Anita war gleich nach ihrer Ankunft an den Außenmauern des Klosters ein Zelt aufgeschlagen worden, wo sie sich schlafen gelegt hatte; inzwischen hatte sie sich erholt und lagerte sich mit ihrem Mann und seinen Gästen im Freien, wo der Blick toskanisches und römisches Land weithin umfassen konnte. Die Sonne war untergegangen, und die Täler füllten sich mit weichen Schatten, aus denen wie purpurne Inseln die Höhen tauchten. Als schon allerorts gespeist wurde, kam vollzählig und in bester Verfassung die Reiterei an, die am Tage vorher zurückgeblieben war; Garibaldi rief Hoffstetter, der sie geführt hatte, zu sich, dankte ihm und lud ihn ein, an seiner Mahlzeit teilzunehmen.

Garibaldi war in froher Stimmung, nicht nur über das gelungene Wagnis, sondern weil er durch Briefschaften, die man bei dem Führer des erbeuteten Transportes gefunden hatte, über Stellungen und Absichten des Feindes unterrichtet war, während zugleich daraus hervorging, daß Franzosen und Oesterreicher die Stärke seiner Kolonne beträchtlich überschätzten. Zum ersten Male ließ er sich über die Möglichkeiten des Feldzuges aus: er habe eingesehen, sagte er, daß augenblicklich die Revolution nicht wieder angefacht werden könne, die Verwahrlosung der römischen Provinzen mache ihre Bewohner gleichgültig; in Toskana komme ihm wohl die Bevölkerung herzlich entgegen, aber Opfer wolle niemand bringen; sie bedauerten und bewunderten das mutige Häufchen und atmeten auf, wenn sie weitergegangen wären. Nur Venedig rage noch frei, dort wehe die Trikolore noch, wenn es gelänge, über den Apennin ans Meer zu bringen, wolle er dorthin; nachdem so viel Unwahrscheinliches getan sei, werde auch das letzte glücken und die Abria erreicht werden. Der Richtung nach, die Garibaldi verfolgte, hatte man in seiner Umgebung bereits vermutet, daß Venedig sein Ziel sei; seine bestätigenden Worte und das Bewußtsein, daß ein Ende der Gefahr und Mühsal abzusehen sei, wenn auch nach Ueberwindung ungemeiner Schwierigkeiten, erregte überall Freude. Man erzählte sich Geschichten von den beherzten Männern, die Venedig regierten und verteidigten: von Enrico Cosenz und Sirtori, dem ehemaligen Priester und selbstquälerischen Grübler, und besprach die einzige Lage der Meeresfestung und ihre Vorteile und Nachteile bei der Belagerung. Garibaldi wünschte vor allem jenen Cesare Rossaroll kennen zu lernen, der, aus stolzem sizilianischen Blute, von seinen Vätern das Vermächtnis unversöhnlichen Hasses der Tyrannen von Neapel empfangen hatte, verbannt, zum Tode verurteilt, gefangen und gemartert war, in Griechenland und Italien gekämpft und schließlich sein italienisches Herz und seine unbeugsame Soldatenkraft Venedig dargebracht hatte; denn es war Garibaldi nicht bekannt geworden, daß der trotzige Mann schon vor dem Falle Roms auf der Batterie, die er verteidigte, von einer österreichischen Kugel getroffen worden und gestorben war.

Inzwischen war der letzte Widerschein des Lichtes erloschen, aber noch nicht Nacht; es war die blasse Stunde, wo die Elemente entschleiert aus den Wogen der gelösten Dinge tauchen. Aus dem Kloster scholl Gelächter und Gläserklingen, Mönche und Soldaten tranken Brüderschaft und küßten sich; nur der schöne Jüngling, den Garibaldi so hart angelassen hatte, saß abseits von den Zechenden an einem alten Ziehbrunnen zwischen Weingärten in ruhelosen Gedanken. Garibaldi erzählte ein Abenteuer aus Amerika: seine Frau war einmal während eines Scharmützels von ihm getrennt und in Gefangenschaft geraten, es glückte ihr aber, sich zu befreien und mitsamt ihrem treuen Pferde zu entkommen. Sie ritt zwei Tage und zwei Nächte, ihn suchend, fast ohne Nahrung, durch die labyrinthischen Urwälder, um endlich in einer Hütte seinen blutbefleckten Mantel zu finden, welcher Umstand, verbunden mit den Äußerungen einiger Leute, die sie ausfragte, sie glauben machte, er sei in dem Gefechte getötet worden. Trotzdem ritt sie weiter durch Wald und Steppe, eine seltsam schöne Vision,

der man kopfschüttelnd nachblickte, bis sie ihn endlich
fand, der ebenso an ihrem wie sie an seinem Leben
verzweifelt war. Wie er ihr, als er die Erzählung
geendet hatte, die Hand reichte, und sie einander, von
Erinnerungen hingerissen, in die verhüllten Augen
sahen, schienen sie allein zwischen dem hohen Zuge
der Wolken und der dunkel umfluteten Erde zu sein.
Die Offiziere betrachteten die zarte Frau mit ehr-
fürchtigem Mitleiden, die in zurückliegender Zeit
Proben außergewöhnlicher männlicher Kraft gegeben
hatte und der es jetzt oft anzusehen war, daß sie sich
nur mit Anstrengung auf dem Pferde halten konnte.
Unter ihren großen, von schweren Lidern bedeckten
Augen, in denen oft die Süßigkeit innigster Er-
müdung lag, zogen sich graugrüne Schatten hin, und
es kam vor, daß sie einschlief, während ihr Mann sie
vom Pferde hob und zu dem Lagerplatze trug, bei
dem man angelangt war. Wie im Herbst, wenn die
Blätter fallen und die Blumen abgeblüht sind, eine
Luft, leicht wie Schaumwein, die Landschaft durch-
dringt und verzaubert, lag ihre Schönheit nur noch
in ihrem Lächeln und in der Leidenschaft ihres Blickes;
sonst sah sie welk und alt aus. Garibaldi schrieb
die auffallende Erschöpfung ihrer Schwangerschaft zu,
worin sie ihn bestärkte; denn sie fürchtete, er würde
sie, damit sie bessere Pflege erhielte, nach Hause
schicken, und verheimlichte deshalb, wie schwach sie sich
fühlte. Wenn er bei ihr war, strahlte auf ihrem
Gesicht immer ein Lächeln, das die grenzenlose Unterwürfigkeit und Beseligung ihrer Liebe ausdrückte und
ihn des Reichtums sicher machte, den er sich gewöhnt
hatte als eine notwendige Zubehör des Lebens zu be-
trachten. Doch wachte sie manchmal bei Nacht, wenn
die größte Müdigkeit gestillt war, vor Schmerzen auf,
und wenn sie dann, um ihren Mann nicht zu stören,
unbeweglich neben ihm lag, stieg eine bitterliche

Traurigkeit in ihr auf, und an ihre Kinder denkend, die sie verlassen hatte, und an das, das traumspielend sich in ihr regte, weinte sie lautlos und hoffnungslos.

☙

Von Arezzo an, wo sich die Kolonne, den Apennin überschreitend, dem Adriatischen Meere zuwandte, drängte der Feind näher an den Weg, so daß es immer schwieriger ward, auszubiegen. Es fielen Geplänkel vor, bei denen sich die Offiziere nicht mehr so zuverlässig wie sonst erwiesen; täglich desertierten Soldaten, aber auch jener Amerikaner, namens Bueno, dem Garibaldi viel vertraut hatte, entwich heimlich mit mehreren Rettern und vielen Pferden, die er zu verkaufen gedachte. In einem Gefecht bei San Sepolcro mit den Oesterreichern, die dem Heere den Auffstieg zum Monte Luna verwehren wollten, fiel Lorenzo Brunetti. Als der Vater davon unterrichtet war, ritt er, ungeachtet der Gefahr und Aussichtslosigkeit des Versuches, zurück zu dem Platze, wo gekämpft worden war und den die Oesterreicher besetzt hatten, suchte und fand, ohne den Feind zu beachten und von ihm unbelästigt, den leblosen Körper, begrub ihn aber nicht, sondern nahm ihn zu sich auf sein Pferd und ritt mit ihm der Truppe nach.

Im Lichte der Nachmittagssonne zog sich die Heersäule die breiten Schleifen des Weges am Monte Luna hinauf unter schönblättrigen Kastanien, die ein kristallener Bergwind säuselnd bewegte. Wie eine Prozession bei alten Götterfesten schwoll es feierlich prangend über die Felsenstufen; die roten Uniformen und weißen Mäntel der italienischen Legion, die wehenden Federn und Fahnen, die beladenen Maulesel, vom Schrei der Führer getrieben, denen mit majestätischem Gange die Rinder der Campagna folgten, kenntlich an den breitausladenden Hörnern und der marmorgrauen Haut. Aber die Reiter auf den glänzenden Bologneser Pferden führte Masina nicht mehr, bei den wenigen Bersaglieri, die barfuß oder in zerfetzten Schuhen den munteren Schritt ihrer Truppe vergebens auszuführen versuchten, war keiner ihrer Offiziere. Unter den letzten ritt Angelo Brunetti, sein totes Kind vor sich auf dem Pferde, Luigi an seiner Seite. Seit dem Abzuge von Rom hatte niemand mehr das triumphierende Gelächter des „Königs von Rom" gehört; doch hatte er immer Heiterkeit und Zuversicht bewahrt, scherzte auch mit dem Jüngsten und erwies ihm viele kleine Zärtlichkeiten, damit er die Sorgfalt seiner Mutter nicht vermisse. Luigi war Tag und Nacht munter und beglückt über das Gedeihen seines Geschäftes, das besonders durch den Handel mit Früchten und frischem Quellwasser einen bedeutenden Aufschwung genommen hatte. Er war ungeduldig wie keiner, nach Venedig zu kommen, wo er es mit Hilfe der dort aufgestapelten Schätze noch weiter zu bringen und den blühendsten Handel der Welt zu überbieten hoffte. Jetzt jedoch ritt er gesenkten Kopfes und verstohlen schluchzend neben seinem Vater.

Auf der Spitze des Berges wendeten sich alle sogleich nach Osten, wo jenseits der waldigen Ausläufer des Apennin das Adriatische Meer lag; es blinkte matt am grauen Horizonte. Garibaldi streckte den Arm in der Richtung aus, wo eine vorspringende Bucht Venedig verdeckte, und sagte zu Anita: „Dort steht vielleicht die Wiege unsers Kindes"; sie erwiderte sein liebkosendes Lächeln mit einem glücklichen Blick in seine Augen. Dann sagte der General halblaut zu Sacchi, der in seiner Nähe hielt: „Es ist Zeit, daß wir zum Ziele kommen. Dies unglückliche Heer hat die Tracht und Bewegung des Lebens, aber es ist nur sein Widerschein in einem umgehenden Gespenste, das sich auflöst, wenn man es anrührt. Was der Tod nicht genommen hat, ist von Strapazen entkräftet, denn unser Volk hat gelernt sich um seine Leckerbissen bücken und schicken, nicht mit einem Trunk Wasser und hartem Brot für seine Ehre zu stehen. Dennoch, läge Rom vor uns, möchte ich mich noch großer Hoffnungen vermessen, wir wären in unserm Frühling wie die Erde, die sich der Sonne entgegendreht; aber wir scheiden weg von ihr und sinken jeden Tag tiefer in Nacht und Kälte."

Man schickte sich schon zum Abstiege an, denn ein längeres Rasten auf dem Berge war nicht vorgesehen, als Garibaldi den unglücklichen Brunetti mit dem toten Lorenzo bemerkte, untersuchte er den leblosen Körper nach seinen Wunden und sagte: „Dein Sohn ist als ein tapferer Römer gegen unsern Todfeind kämpfend gefallen. Laß uns ihn hier begraben und ihm einen Grabhügel errichten, der als ein Denkmal unsers Waffenzuges durch das geknechtete Italien in dieser hohen Einöde stehen mag." Es wurde von mehreren Soldaten eilig ein Grab gegraben und, nachdem der Leichnam hineingelegt und mit Erde bedeckt worden war, eine ungeregelte Pyramide aus Steinblöcken darüber aufgetürmt; es lagen nämlich viele behauene Trümmer umher, von denen man annahm, daß sie Reste uralter, von Völkern, die vor den latinischen Stämmen Italien besiedelt hätten, erbauter Tempel wären. Nachdem die Stelle durch ein Gebet Ugo Bassis eingesegnet worden war, wurde zum Abmarsch geblasen, und der Zug senkte sich in die umbüschte, bereits nächtlich dunkle Schlucht des denkwürdigen Metaurus hinunter. Die Zurückblickenden sahen noch eine Zeitlang die Spitze des steinernen Grabmals über dem einsamen Wehen des Grases aufragen.

✠

Jenseits des Monte Luna wurde die Verfolgung seitens des Feindes so bedrohlich, daß Garibaldi es angemessen fand, die Straße zu verlassen und die letzten

Hänge des Apennin hinuntereilend, auf das neutrale Gebiet der kleinen Republik San Marino überzugehen, die zu edelmütig war, um dem gehetzten italienischen Heere die Aufnahme zu verweigern. Nachdem die Soldaten die Waffen niedergelegt hatten, versammelte Garibaldi sie um sich und entließ sie aus ihrer Pflicht, für seine Person jedoch und diejenigen, die sich ihm anschließen wollten, die Kapitulation mit den gehaßten Oesterreichern verschmähend. Mit etwa hundert Mann, die teils ihn nicht verlassen wollten, teils nicht glaubten, daß die österreichische Regierung den Vertrag, den Garibaldi unter Vermittlung der Republik zum Schutze seiner Anhänger abgeschlossen hatte, anerkennen oder dann einhalten würde, verließ er beim Anbruch der Nacht durch das Tor von Rimini die Stadt. Am Fuße des Felsens, auf dem San Marino liegt, warteten sie in einem Gehölze, ob sich noch andre zu ihnen einfinden würden; als aber nach einer Stunde niemand gekommen war, brachen sie auf, um die Dunkelheit zu benutzen. Der Weg führte schmal über unebenen Boden durch Wald. Garibaldi, der an der Spitze ritt, ließ die Pferde einen raschen Trab nehmen, dachte aber nach kurzer Zeit daran, welche Mühe es den Fußgängern, die folgten, machen müßte, einen so scharfen Schritt einzuhalten, und trug Hofstetter auf, zurückzureiten und sie zu vertrösten, daß nur, bis man aus dem Bereich der Oesterreicher wäre, so weitergegangen werden sollte. Zu diesem Zwecke mußte der Deutsche die ganze Kolonne entlang reiten, die, da einer hinter dem andern gehen mußte, eine lange Strecke bedeckte, und als er endlich sein Geschäft beendet hatte, fand er, daß die vorderen unterdessen einen großen Vorsprung gewonnen hatten und nichts mehr von ihnen zu erblicken war. Nur zwei Reiter waren vor Müdigkeit nach mehreren durchwachten Nächten auf ihren Pferden eingeschlafen und infolgedeſſen zurückgeblieben, wußten aber ſo wenig wie er, wohin ſie ſich wenden ſollten. Garibaldi pflegte, um Verfolgende irrezuführen, wenn es möglich war, bald dieſen, bald jenen Weg einzuſchlagen, und da nun viele kleine Pfade durch das Gehölz liefen, war es nicht leicht, ihm nachzugehen; doch glaubte Hofſtetter, es müſſe möglich ſein, die friſche Spur der Pferde wiederzufinden, und machte ſich mit den andern, die von der Spitze abgetrennt waren, ans Werk. Zwar drang der Schein des Mondes hinlänglich durch die luftigen Baumgruppen, trotzdem war auf den wenig begangenen, ſtellenweiſe hoch mit Gras und Kraut überwachſenen Wegen kein Zeichen von Huffchlägen zu entdecken, und man mußte ſchließlich die Hoffnung aufgeben, Garibaldi, außer durch Zufall, wieder zu erreichen. Die Zurückgebliebenen waren ungefähr achtzig Mann, ein Häufchen ohne Führer, ohne Kenntnis des Landes, zu ſchwach, um ſich gegen Angriffe des Feindes ſchützen zu können, zu zahlreich, um unbemerkt zu bleiben, deswegen machte Hofſtetter den Vorſchlag, daß ſie ſich trennten und ein jeder ſeinem Sterne folge, womit alle einverſtanden waren. Sie waren zuſammen gehend bis an den Fluß Uſu gekommen, der im Altertum Rubikon hieß, und gingen hier ſtillſchweigend auseinander; Hofſtetter wählte mit ſeinem Burſchen das ſteinige, faſt ganz ausgetrocknete Flußbett zum Wege, bis er im Zwielicht des Morgens durch die Büſche des Ufers hindurch Getreidefelder und einzelne Gehöfte dazwiſchen liegen ſah, wo er Unterkunft zu finden hoffte. Indeſſen wurde er beim erſten Hauſe, wo er anklopfte, unter Schreckensbezeigungen abgewieſen, denn es war bekannt, daß die Oeſterreicher jeden niederſchoſſen, der einem Garibaldiner, als welchen man ihn ſofort erkannte, bei ſich Aufnahme gewährte. Er entſchloß ſich deswegen, in einer verlaſſenen Scheune, an der er vorbeikam, ſeine Uniform mit einem gewöhnlichen Anzug, den er im Gepäck mit sich führte, zu vertauschen und sie dort liegen zu lassen bis auf die rote Jacke, von der er sich nicht trennen mochte. Inzwischen war seine Anwesenheit zur Kenntnis einiger Bauern gekommen, die sich sein Unglück zunutze zu machen dachten; er war etwa eine halbe Stunde gegangen, als ein Mann ihm nachgelaufen kam, der ihn durch Zeichen ermunterte, stehen zu bleiben, und, da jener ihn erwartete, ihm ein Angebot auf seine Pferde machte in der Voraussicht, daß der geächtete Offizier froh sein müsse, die Tiere loszuwerden, die ihm hinderlich sein mußten, wo es galt, sich unauffällig durchzuschleichen. Hofstetter grollte über die geringe Summe, die der schlaue Bauer zahlen wollte, bedachte aber die Natur der Menschen und seine Lage und nahm den Vorschlag an, nur bat er sich aus, daß der Mann aus seinem nahegelegenen Hofe ein paar Säcke mit Hafer herbeischaffe, damit die ausgehungerten Tiere vor seinen Augen gefüttert würden. Hierauf ging der Bauer ein und entfernte sich, um das Futter zu holen, während der Deutsche seine Pferde zu einem Brunnen führte, den er, wenige Schritte entfernt, zwischen ein paar Eichenbäumen bemerkt hatte. Traurig betrachtete er die Trinkenden; das eine, das er Moretto genannt hatte, war bis auf einige weiße Haare an den Schenkeln ganz und gar glänzend schwarz, er hatte es bei Palestrina und Velletri geritten; das andre, hellbraun mit weißen Flecken an den Ohren und auf der Stirne, war von Masina auf Manara und dann auf ihn gekommen, es war am 3. Juni, als es Masina trug, durch einen Schuß verwundet worden. Die Vorstellung, daß die edeln Geschöpfe, nun vor Pflug und Karren gespannt, unter der Peitsche Lasten schleppen würden, schnitt ihm ins Herz; es schien ihm auf einmal, als verkaufe er Freunde in die Sklaverei, und als handle er getreuer, wenn er sie durch einen

Revolverschuß tötete. Langsam schnallte er das Gepäck ab und legte es auf die Erde, aber noch ehe er eine Pistole hervorgezogen hatte, gab er es wieder auf; er besaß keinen Heller Geld mehr und bedurfte der Summe, die ihm für die beiden Pferde zugesagt war, wenn er überhaupt an Rettung denken wollte. Er schlang die Arme um Morettos Hals und blieb, das Gesicht in seine Mähne gedrückt, müde so stehen, bis der Bauer zurückkam. Nachdem die Pferde gefüttert und fortgeführt waren, setzte er sich auf den Rand des Brunnens, zählte das Geld, das er bekommen hatte, teilte es mit seinem Burschen und schickte sich an, seine Waffen, die ihn verraten konnten, in die Erde zu graben. Mit Hilfe seines Burschen machte er eine tiefe Grube, hieß ihn Umschau halten, ob niemand käme, und packte dann die Waffen aus, die er noch bei sich hatte: eine feine Toledanerklinge, die Manara gehört und die Emilio Dandolo ihm als Andenken gegeben hatte, einen Revolver, den ein Soldat einem französischen Offizier abgenommen und ihm gebracht hatte, und eine Pistole mit kunstreichen silbernen Beschlägen, die Morosinis Großvater als Andenken von dem Polenhelden Kosciuszko erhalten hatte und die nach seinem Tode in den Besitz des Enkels übergegangen war; er wickelte sie sorgfältig in seine rote Bluse, begrub alles zusammen und versuchte die Spuren seiner Arbeit so gut wie möglich zu verwischen. Die stille Luft des Hochsommers glühte über den endlosen Feldern, weit und breit war niemand zu sehen. Bevor er ging, sah sich Hoffstetter noch einmal aufmerksam die Stelle an, den runden Steinbrunnen und die Eichen mit dicken, zerrissenen Stämmen, von denen einer, vom Blitze gespalten, mit scharfer Zacke durch die reiche Krone starrte; denn er dachte, er könnte in glücklicheren Tagen wiederkommen und seine Waffen ausgraben.

Als es dunkel wurde, fand er in einem Bauernhause dicht vor der Stadt Cesena Aufnahme, Nahrung und ein Bett. Er schlief eine Stunde lang wie ein Toter, dann schüttelte die Erinnerung seine gebundene Seele. Einmal fuhr er auf, weil er die Stimme Garibaldis gehört zu haben glaubte, die ihn riefe, und horchte noch eine Weile in die Nacht. Am Morgen fühlte er sich matt wie ein Fieberkranker, setzte aber dennoch seine Reise fort und gelangte, überall von Patrioten geförbert, über Bologna in die Lombardei, wo er sich einige Tage aufhielt, und in die Schweiz.

❊

In der Nähe von Cesenatico erreichte Garibaldi mit denen, die noch bei ihm waren, das Meer, und da sie in einer Bucht dreizehn Boote fanden, bemächtigten sie sich derselben und zwangen die Fischer, denen sie gehörten, sie zu fahren. Anita, die sich eine Nacht und einen Tag durch fast ohne Unterbrechung auf dem Pferde gehalten hatte, trotzdem das Fieber an ihr zehrte und krampfartige Schmerzen sie quälten, verlor das Bewußtsein, sowie sie im Boote war. Garibaldi kühlte ihre Schläfen mit Wasser und bettete sie, als sie wieder zu sich gekommen war, so gut es gehen wollte, auf seinen Mantel, wo sie bald, von der Bewegung des Meeres geschaukelt, in Schlummer fiel. In dem Boote befanden sich außer Garibaldi und seiner Frau Angelo Brunetti mit Luigi und Ugo Bassi. Dieser hatte unterwegs an Fiebern gelitten und einmal sogar bei wohlmeinenden Leuten, die ihn pflegten, einige Tage zurückbleiben müssen; er sah hager, gelb und alt aus. Meist war er schweigsam neben Brunetti geritten oder hatte dem kleinen Luigi vaterländische Geschichten erzählt und ihn Verse von Dante und Tasso gelehrt. Doch überkam auch ihn wie die andern ein Gefühl von Himmelsruhe, als die erkämpften Schiffe auf dem Wasser waren. Garibaldi erschreckte zwar der Zustand seiner Frau, die er nie ohnmächtig oder irgendeiner Schwäche verfallen gesehen hatte, aber die Lust, auf dem Meere zu sein, stimmte ihn zuversichtlich; unter der Spitze des Bootes, wohin er trat, um aufrechtstehend mit dem Ruder zu steuern, wölbte es sich empor wie ein gebändigtes Raubtier, das sich aufrichtet, um die Hand seines Herrn zu lecken; der Wind flog herzu, als bannte ihn die unvergeßliche Stimme, deren Befehle hell durch das Rauschen des Wassers klangen, und trieb die kleine Flotte mit gewogenem Hauch gegen Norden. Halblaut, damit Anita nicht geweckt würde, berechnete er die Zeit, wann sie bei andauernd günstigem Wetter in Venedig sein würden. Er könne es nicht erwarten, daß er seine Frau erquicken und ihr die Pflege, deren sie bedürfe, verschaffen könne; eine Nacht festen Schlafes werde ihr die frühere Kraft zurückgeben, meinte er hoffnungsvoll. Sie waren etwa eine Stunde gefahren, als der Mond aufging und die ebene Fläche mit unaufhaltsamem Licht überschwemmte. Ein Laut des Entzückens kam von Luigis Munde, der noch nie auf dem Meere gewesen war; die Männer hingegen hatten eine widerwärtige Empfindung, als wäre eine verbergende Decke von ihnen weggezogen und sie wären schutzlos den scharfen Augen der Verfolgung ausgesetzt.

In der Tat war es unter den österreichischen Strandwachen schnell bekannt geworden, daß der gefürchtete Mann, der ihnen zu Lande entkommen war, sich eingeschifft habe, und Signale verkündeten längs der Küste die Richtung seiner Flucht. Doch zeigte sich kein Hindernis, bis, als Mitternacht schon vorüber war, die österreichische Flotte, die vor Venedig kreuzte, auf der beleuchteten Fläche das fliegende Geschwader bemerkte. Mehr noch als die Garibaldiner erschraken die Fischer, die nur gezwungen das Wagnis unternommen hatten und nun für ihr Leben und ebenso für ihre Boote zitterten, die die Oesterreicher ihrer Meinung nach zusammenschießen würden, so daß einige die Ruder hinwarfen und sich weigerten, weiterzurudern. In diesem Entsetzen blieb Garibaldi besonnen; er befahl, um dem Feinde die Verfolgung zu erschweren, daß die Schiffe sich zerstreuen und jedes für sich Venedig zu erreichen suchen sollte, vor allen Dingen, daß mit äußerster Schnelligkeit ausgegriffen würde; aber die Angst der Schiffsleute war nicht zu überwinden. Weder Vorwurf noch Drohung vermochte die Feigen anzufeuern, so griffen auch Ugo Bassi und Brunetti zu den Rudern, freilich, da sie ganz ungeübt waren, ohne erheblich zum Vorwärtskommen beitragen zu können. Aber Garibaldis unbesiegbarer Geist riß das Fahrzeug durch die Flut; während die meisten der flüchtigen Boote von den Oesterreichern eingeholt und gefangen wurden, entschwand das seine, einer Möwe gleich, die wie der Zickzack des Blitzes durch Wogen und Wolken stürzt, ihrer Aufmerksamkeit und landete bei den schilfigen Lagunen im Gebiete von Ravenna.

Anita war bei dem Wortwechsel mit den Schiffern aufgewacht; sie begriff nicht ganz, was vorging, fragte aber nicht, sondern lag bewegungslos und starrte mit wüsten Augen über sich in den Himmel. Garibaldi hob sie aus dem Schiffe und trug sie durch den Schlamm watend, bis fester Boden erreicht war, wo man sich niedersetzen konnte. Jetzt erst, nachdem die höchste Anspannung der Fahrt vorüber war, betrachtete er mit erwachender Sorge seine Frau und sah sogleich die entscheidende Veränderung, die in ihren Zügen vorgegangen war. Ugo Bassi und Brunetti hatten unterwegs schon geglaubt, sie stürbe, aber dort, wo die letzten Augenblicke aller gekommen schienen, war es ihnen überflüssig vorgekommen, davon zu reden. Traurig betrachteten sie Garibaldi, der, stumm über das entfärbte Gesicht der armen Frau gebeugt, seine Seele an die unbarmherzige Tatsache zu gewöhnen suchte. Ihre Lider standen halb offen, ihre Augen hatten keinen Blick mehr; wenn sie auf sein Gesicht trafen, blieben sie daran haften, aber ohne daß sich unterscheiden ließ, ob sie ihn erkennte, so wie man im Spätherbst etwa tote Schmetterlinge an den letzten Blumen hängen sieht. Eine lange Weile sprach niemand, dann richtete Garibaldi sich auf und sagte, er halte dafür, daß sie sich trennen müßten, weil jeder einzelne sich leichter retten könnte als alle zusammen; was ihn anginge, so müsse er eine Unterkunft für die Kranke finden, die andern sollten so schnell wie möglich Ravenna oder Bologna zu erreichen suchen, vielleicht fänden sie Gutgesinnte, die ihnen behilflich wären. Ugo Bassi und Brunetti bejahten stillschweigend; der Junge war, sowie sie sich auf den Boden geworfen hatten, an seinen Vater gelehnt eingeschlafen. Die Sonne stieg gerade aus dem Meere: über die schwärzliche, blanke Haut des Wassers liefen gelbe Lichter, und nach Westen hin fing die unabsehbare Ebene langsam an zu ergrünen.

Obwohl die Gefahr zu einem schnellen Entschlusse drängte, zögerten die Männer noch an ihrem Platze, Ugo Bassi still betend, daß Gott ihn als Opfer annehmen und der Weg, den Garibaldi gehen würde, ein Weg des Lebens sein möge. Als Brunetti sich anschickte, den schlafenden Luigi auf den Arm zu nehmen, wachte der auf und erklärte trotz augenscheinlicher Schläfrigkeit, munter zu sein und zu Fuß nach Venedig gehen zu können. Inzwischen hatte Garibaldi Umschau gehalten; er warf noch einen ernsten Blick auf die beiden Männer und den Knaben und entfernte sich, Anita auf dem Arme, in nördlicher Richtung längs des Meeres. Die andern gingen auf verschiedenen Wegen ins Land hinein und fielen nach kurzer Zeit in die Hände der Oesterreicher: Ugo Bassi wurde in Bologna, Brunetti mit seinem Sohne an der Stelle erschossen, wo sie gefangen worden waren.

※

Nach und nach begaben sich die Landleute an ihre tägliche Arbeit, und so kam es, daß Garibaldi, nachdem er etwa eine Stunde gegangen war, einem italienischen Bauern begegnete, zu dem er sagte, er sei ein Soldat aus Rom und mit seiner kranken Frau auf der Flucht vor den Oesterreichern; er, der Bauer, möge ihn zur nächsten Hütte führen, wo die Verschmachtete ausruhen und sich erquicken könne. Der Bauer antwortete, die nächste Hütte sei noch weit entfernt, er wolle ihm einen hundert Schritt weit entfernten Brunnen zeigen, damit er der Frau sogleich könne zu trinken geben. Indem sie nebeneinander weitergingen, musterte der Bauer den angeblichen Soldaten, der ihm nicht übel gefiel, und da er, obwohl nicht ungutmütig, doch womöglich nichts umsonst tat, fragte er zutunlich, mit einem Auge listig blinzelnd, ob seine Tasche ebenso leer wie sein Magen wäre, worauf Garibaldi mit einem hellen Lächeln erwiderte: „Ebenso. Ich habe meinen Rock mit all meinem Gelde den Fischern gelassen, die mich hergefahren haben: du mußt es um Gottes und um des Vaterlands willen tun." Es leuchtete dem Manne ein, daß dem erschöpften Manne und der sterbenskranken Frau auf alle Fälle geholfen werden müsse, und er hätte sich vielleicht entschlossen, etwas daran zu wagen; aber der feste Blick, den der Fremde bei seinen Worten auf ihm hatte ruhen lassen, hatte ihn wunderlich berührt, so nämlich, daß er empfand, er könne keinen gewöhnlichen Soldaten, sondern müsse einen Seltenen und Großen vor sich haben, und eine Reihe von Vorstellungen lief ihm blitzschnell durch den Kopf. Plötzlich blieb er stehen, fuhr sich mit beiden Händen in die

Haare, schrie laut auf: „Garibaldi! Garibaldi!" und lief, ohne sich noch einmal umzusehen, querfeldein in die Felder. Garibaldi ging zunächst weiter bis an den Brunnen und blieb dort eine Weile unschlüssig, was er tun sollte. Es schien ihm besser, die Hütte des Bauern, die er schon liegen sah, nicht aufzusuchen, da seine blinde Furcht ihn verraten könne, wenn er es nicht absichtlich täte, sondern auf gut Glück eine andre Richtung einzuschlagen. Das frische Wasser und die zunehmende Wärme hatten Anita noch einmal belebt, so daß sie sich ihrer Lage bewußt wurde und ihren Mann erkannte und versuchte, ihn anzulächeln. Sie war, seit sie ihn kannte, seine starke und furchtlose Gefährtin gewesen, die seine wilden Abenteuer mit ihm bestand und, wenn sie auch bei der Geburt ihrer Kinder und bei den Krankheiten derselben vieles litt, stets so viel Kraft behielt, um ihn nichts merken zu lassen, so daß er, so zärtlich und hilfsbereit er war, kaum je Gelegenheit gefunden hatte, sie zu schonen und zu pflegen. Da sie nun sterbend sich ergeben hatte, keine Kraft mehr zu haben, und alle Schmerzen in dem aufgelösten Körper still geworden waren, hatte sie nur noch das eine Verlangen, willenlos und matt an dem geliebten Herzen zu liegen. Ihrem Gefühle nach war sie winzig klein, kleiner als ein neugeborenes Kind, nicht viel mehr, als was eine Hand füllte, und dementsprechend leicht; auch entschwand ihr zuweilen das Bewußtsein, wo sie war und wer sie war, aber nicht das Gefühl durchdringenden Genügens. Die leise schwingende blaugrüne Luft, die dicken Rebengirlanden, die zwischen den Maulbeerbäumen hingen, unzählige in endlosen Reihen, und das regelmäßige Schlagen des großmütigen Herzens, an dem sie ruhte, vereinigte sich in ihren Sinnen zu einer feierlich kreisenden Bewegung um sie her, jenseits welcher die fabelhaften Ereignisse ihres ausgelebten Lebens lagen.

Von Zeit zu Zeit fragte Garibaldi mit behutsam gedämpfter Stimme, ob ihr wohl sei, worauf sie mit einem schwachen Lächeln oder, den Kopf auf die Seite sinken lassend, mit einem Kuß auf seine Hand antwortete.

Unterdessen hatten die Freunde des Generals wie seine Feinde in allen Ortschaften am Meere, wohin die Kunde seiner Flucht gedrungen war, die Küste bewacht, und einer derselben, Gioacchino Bonnet, dem es hinterbracht worden war, daß unweit Magnavacca ein Boot an Land gegangen wäre, hatte sich aufgemacht, um, wenn er Garibaldi fände, ihm beizustehen und ihn mit Hilfe Gutgesinnter der Verfolgung zu entziehen. Er hatte ihn bereits in Gesellschaft des Bauern gesehen, wollte sich aber nicht zeigen, bis er sicher wäre, von diesem nicht mehr bemerkt zu werden, und erst als nichts Lebendes in der ganzen Runde wahrzunehmen war, ging er, schon von weitem Zeichen des Einverständnisses und seiner Freundesgesinnung gebend, auf Garibaldi zu. Dieser hatte den jungen Mann bei seinem Aufenthalte in Ravenna nur einmal flüchtig gesehen, erkannte ihn aber, da er mit dem linken Fuße hinkte, sofort am Gange und der ihm eigentümlichen Haltung, beschleunigte seinen Schritt, bis sie einander gegenüberstanden, und sagte, indem er ihm die Hand bot: „Ihr seid Gioacchino Bonnet, ein Patriot, Euer Bruder Gaetano ist am 3. Juni in Rom gefallen, ich vertraue Euch. Sagt mir, wohin ich meine Frau bringen kann, damit sie Ruhe und Pflege findet." Bonnet antwortete, er habe schon alles vorbereitet, nicht weit entfernt, am Meere, befinde sich die Meierei eines ihm befreundeten Gutsbesitzers, wo er vorläufig Aufnahme finden würde; er, Bonnet, hoffe bestimmt, daß ihm dorthin nicht nachgespürt würde, bis er sich mit andern ins Einvernehmen gesetzt hätte, die ihm zum Weiterfliehen die Hand reichen könnten; er besitze glücklicherweise einen Paß seines verstorbenen Bruders Gaëtano, dessen Garibaldi sich als seines eignen bedienen könnte. Er führte Garibaldi bis ans Meer, rief einen Fischer, der nicht weit draußen still lag und angelte, schärfte ihm ein, den Mann und die Frau nach der bezeichneten Meierei zu fahren, und eilte selbst nach Comacchio, um für einen noch gesicherteren Aufenthalt zu sorgen. In dem Pächterhäuschen wurde Garibaldi von einem erschrockenen Manne und einer stattlichen Frau mit schwarzem Kraushaar und funkelnden Augen empfangen, die schon ein Lager für Anita bereitet hatte und herzhaft zugriff, daß die Kranke gut darauf gebettet würde. Es wollte auch der Zufall, daß ein Arzt anwesend war, da die Pächtersleute ein krankes Kind hatten, ein gutherziger Alter, der die Leidende untersuchen wollte, aber auf den ersten Blick sah, daß hier nicht mehr zu helfen sei. Die Frau bereitete ihr ein erquickendes Getränk aus Wasser und Zitronensaft, und Garibaldi flößte ihr ab und zu einige Tropfen davon ein, was ihr wohlzutun schien. Nach einer Stunde kam Bonnet wieder, führte den General in einen an die Wohnräume angrenzenden Stall und erzählte flüsternd, während jener etwas von einer Gurke und Trauben aß, was er ausgerichtet habe: daß in einem Hause in Ravenna eine Zuflucht für die Flüchtenden sei, wo sie einige Tage bleiben sollten, bis die Wachsamkeit der Oesterreicher ein wenig nachgelassen habe oder von dieser Gegend abgelenkt sei. Ferner berichtete er von den letzten Ereignissen in Venedig, vom Tode des Cesare Rossaroll, und wie die Cholera, mehr als der Feind, die Widerstandskraft des belagerten Heeres auflöse, so daß in höchstens einer Woche oder zweien das Ende sich vollziehen müsse. Die Republik wäre früher gefallen, sagte er, wenn nicht der erbitterte Kampfesmut einiger Heerführer und Staatsmänner gewesen wäre, die das Volk fast mehr als die Oesterreicher gefürchtet hatte; dies wäre jetzt, die Armen wie die Wohlhabenden, der schweren Zeit müde und zu irgendeinem Frieden bereit. Sie waren in diesem Gespräch, als der Pächter vorsichtig hereinblickte und meldete, er habe auf der großen Straße österreichische Uniformen gesehen, die auf die Meierei zukämen, Garibaldi müsse augenblicklich mit seiner Frau fliehen, wenn er ihnen nicht in die Hände fallen wolle. Garibaldi überzeugte sich, daß Oesterreicher in Sicht waren, doch meinte er, es könne noch eine Viertelstunde dauern, bis sie da wären, er wolle nun sehen, ob seine Frau in einem Zustande wäre, daß man sie weiter transportieren könne; damit ging er in das Zimmer, wo sie lag. Die Pächtersfrau und der Arzt traten bei seinem Anblick mit verlegenem Mitleid vom Bette zurück, um ihm Platz zu machen, und gaben Bonnet Zeichen, daß es aus sei; sie lag im Sterben. Als Garibaldi das schrecklich veränderte Gesicht sah, das, obwohl ihm so nah, aus der Tiefe eines unterirdischen Abgrundes gramvoll nach ihm gewendet schien, mit den Augen noch an ihm hängend wie am himmlischen Lichte, von dem sie losgerissen nun auf immer in Finsternis versinken sollte, warf er sich laut aufschreiend über sie; aber der Pächter war ihm in höchster Furcht nachgelaufen und jammerte, die Oesterreicher wären da, Garibaldi möge Erbarmen haben und fliehen, es gehe um sein und aller Seinigen Leben. Die Frau, wenn sie ihrem Manne auch unwillkürlich einen entrüsteten Blick zuwarf, widersprach ihm doch nicht; auch ihr wurde es bange um ihre Kinder. Dieser Auftritt währte nur einen Augenblick; Garibaldi riß sich von der geliebten Brust, die noch schwach röchelte, gab dem Pächter und seiner Frau die Hand mit den Worten: „Begrabt meine Frau!" und verließ durch eine auf das Meer führende Tür das Haus. Ein Boot mit drei Männern, die Bonnet gedungen hatte, lag bereit; dieser legte den Schiffern nochmals ans Herz, daß sie den Flüchtling bis Ravenna brächten, und sie beteuerten mit vielen Eiden und Selbstverfluchungen, daß sie den Auftrag, was auch geschehen möge, pünktlich ausführen würden.

⊕

Die Männer trieben das Boot mit starken Schlägen ein Stück in das Meer hinein, bis es vom Strande aus kaum noch zu erkennen war, und fuhren dann nordwärts, tief vornübergebückt, so daß die Ruder schnell und leise durch das Wasser schossen. In dieser Weise ging die Fahrt längere Zeit ungestört, dann aber wurden Schiffe sichtbar, die augenscheinlich weder Fischerkähne noch Kauffahrer waren, und die Leute wurden unruhig; sie gaben sich Zeichen, bald nach den verdächtigen Schiffen schielend, bald mitten im scharfen Rudern Blicke wechselnd. Da schon die weichen Schatten des Pinienwaldes bei Ravenna das Ufer verdunkelten, winkte einer mit dem Kopfe seitwärts dorthin, was die übrigen sofort richtig so auslegten, daß es gut wäre, den gefährlichen Schützling dort abzusetzen. Sie gaben sich nickend und blinzelnd ihr Einverständnis über die Sache zu verstehen, ohne daß Garibaldi, der, den Kopf in die Hände vergraben, in ihrer Mitte saß, etwas davon bemerkte, und lenkten leise in einen dunkeln Kanal, wie solche die Pineta an mehreren Stellen durchschneiden. Wie sie anlegten, hob er den Kopf, und obwohl er begriff, daß sie ihn nicht dahin gebracht hatten, wo sie sollten, stieg er aus, als ob es so sein müsse, und ging geradezu in den Wald hinein, so daß sie die Erklärungen, die sie schon auf der Zunge hatten und bereit waren hervorzusprudeln, mit Achselzucken verschluckten und erleichterten Mutes davonruderten. Garibaldi ging weiter,

871

bis der Hain lichter wurde und er in einer Entfernung von ein paar hundert Schritten die Landstraße liegen sah, worauf er unter die Bäume zurücktrat und sich müde in eine Senkung des wildbewachsenen Erdreichs warf. Wie einer, den Räuber erschlagen und in eine Grube geworfen haben, das Gesicht auf dem Grase, damit das Blut, das ihm aus Mund und Herzen fließt, in die Erde sickert, lag er da. Er dachte an einen Tag in der Vergangenheit, als das Atlantische Meer an der Küste von Rio Grande seine Schiffe, seine Habe, alle seine Freunde aus seinen Händen gerissen und verschlungen hatte und er allein in unwirtlichen Ländern, schaudernd vor der Wut und Kälte des Ozeans, kein Herz zu leben mehr in sich fühlte; und wie er da, am Brunnen Wasser schöpfend, das Kind des Schicksals fand, das ihn mit seinem Fleisch und Blut errettete und das jetzt von ihm fern, vielleicht noch atmend, fremde Hände in unheimischer Erde verscharrten. Er wunderte sich, warum er nicht bei ihr geblieben und mit ihr gestorben war. Zuweilen verging ihm vor Müdigkeit das Bewußtsein, denn er hatte seit dem kurzen Aufenthalt in San Marino nicht mehr geschlafen, und dann war es ihm, als ginge er noch, die Kranke auf den Armen, durch die grüne Glut der unendlichen Ebene, das Herz voll von Zärtlichkeit; aber er schreckte bald wieder auf und fand sich an alles Glücks und aller Hoffnungen Ende.

Als die Sonne untergehen wollte und auf dem Waldboden und an den Stämmen kupferne Kronen und Ringe zu entbrennen schienen, fuhren drei Wagen voll österreichischer Soldaten über die Landstraße, auf deren einem der gefangene Ugo Bassi nach Bologna transportiert wurde, um dort vor ein Gericht gestellt zu werden. Garibaldi, den das Knarren der Räder aufmerksam gemacht hatte, erkannte zwischen den verhaßten Uniformen die befreundete Gestalt und sah halb aufgerichtet den Karren nach, die rasch im gelben Staube der Straße verschwanden. Er mußte noch einmal an den großen Schiffbruch denken, ehe er Anita fand: so arm war er selbst damals nicht gewesen, denn er hoffte noch auf Italien; jetzt war der Kampf gekämpft und verloren. Vielleicht, dachte er, hätte sein Genius ihm damals von den Göttern noch eine Spanne Leben erfleht, und diese wäre nun verflossen; noch einmal hätte sein Herz Lust und Schmerzen überschwenglich genossen, nun sei die Zeit des Untergangs gekommen. Er stand auf und betrachtete lange durch die Bäume hindurch die grauen und lila Farben des Abendhimmels, die in unendlich vielen Tönen, sich immer wieder teilend und auflösend, in langen dunkelgelben Streifen verrannen, und ihren traurigen Widerschein in den Sümpfen vor dem Walde; dann ging er in die dunkelnde Pineta hinein. Langsam ging er unter den Bäumen hin, die, einer am andern, gerade wie das wankellose Licht aufstiegen und das göttliche Ebenmaß ihrer Zweige zu Kronen formten, die uralt herrschten; es tat ihm wohl, zu denken, daß sie Jahrhunderte nach seinen Tagen noch dastehen und die goldenen Säulen des italienischen Himmels sein würden. Allmählich entfernten sich die Stämme weiter voneinander, bis nur noch einzelne groß über Gestrüppe und Buschwerk wuchsen, und er sah das Meer vor sich als ein endloses dämmerndes Zittern, über dem die undeutliche Mondscheibe stand wie die ferne Feuersbrunst eines verlorenen Schiffes. Den Frieden der Natur schon im Herzen, grub er sich in den weichen Küstensand; aber es kam so, daß er statt des Todes, den er suchte, ja in dem er ruhte, Mut des künftigen Lebens voll gemeiner Tage und ruhmloser Kämpfe fand.

Viele glauben, daß die Bilder seiner Bedürftigen, des Vaterlandes, der geliebten Mutter, der geliebten

Kinder vor seiner scheidenden Seele aufgetaucht wären und sie zurückgeleitet hätten; das Volk hat eine Legende, die so erzählt: Einst habe die Göttin des Meeres das zweijährige Kind, das, am Strande spielend, von der Flut ergriffen und weggerissen worden sei, in ihren Armen aufgefangen, liebkosend an ihrer kühlen Brust gewiegt und endlich an das Ufer getragen. Seitdem habe sie die Fahrten des Jünglings und des Mannes begleitet, und oft, wenn er sich über den Rand des Schiffes hinuntergebeugt habe, Träumen nachhängend, habe ihre Schönheit durch die fließenden Wasser zu ihm aufgeleuchtet. Sie habe sich in jener Nacht an ihres Lieblings Seite gesetzt, sein Haupt in ihren Schoß gelegt, seine Augen geküßt und so zu ihm gesprochen: „O mein Held! Verlasse das zertretene Schlachtfeld nicht, weil dein Feind siegte und dein Schwert zerbrochen ist! Gib den Verführungen der Trauer nicht nach, lasse dein müdes Herz nicht vom Tode berauschen. Harre aus im Kampfe, damit du einst in himmlischer Rüstung unter den Gestirnen glänzest, die aus meinen vollen Meeren trinken, im Ozean des Aethers kreisend. Dann wirst du die Namen, um die du auf Erden strittest, nicht mehr kennen; aber dein ritterliches Bild wird unversehrbar durch den ewigen Sturz des Vergänglichen strahlen." Sie habe ihm dann die Namen aller Sterne genannt und ihre Geschichten erzählt und ihn mit den Chören der Brandung in einen tiefen Schlaf gesungen, aus dem er in später Nacht, nach dem Untergange des Mondes, erinnerungslos aufgewacht sei. Er habe sich langsam auf das Elend seines Lebens besonnen, aber Kraft bei sich gefunden, es zu tragen, und habe in der Hut der Dunkelheit den Hof bei Ravenna aufgesucht, wohin die untreuen Schiffer ihn hätten fahren sollen und wo ihm kühne Patrioten Unterkunft und Hilfe schafften.

Lightning Source UK Ltd.
Milton Keynes UK
UKHW022013041118
331772UK00004B/428/P